U1073971

魅丽文化

温柔一♡100满分

乱世长安
著

江苏凤凰文艺出版社
JIANGSU PHOENIX LITERATURE AND
ART PUBLISHING

图书在版编目（CIP）数据

温柔满分 / 乱世长安著. —南京：江苏凤凰文艺出版社, 2021.10
ISBN 978-7-5594-5352-5

Ⅰ. ①温… Ⅱ. ①乱… Ⅲ. ①长篇小说 - 中国 - 当代
Ⅳ. ①I247.5

中国版本图书馆CIP数据核字(2020)第215583号

温柔满分

乱世长安 著

出版统筹　曾英姿
责任编辑　张　倩
特约编辑　喻　戎　苏　婷
封面设计　BookDesign Studio 阿鬼设计 QQ:476454071
出版发行　江苏凤凰文艺出版社
　　　　　南京市中央路165号，邮编：210009
网　　址　http://www.jswenyi.com
印　　刷　湖南天闻新华印务有限公司
开　　本　880mm × 1230mm　1/32
印　　张　10
字　　数　304千字
版　　次　2021年10月第1版
印　　次　2021年10月第1次印刷
书　　号　ISBN 978-7-5594-5352-5
定　　价　45.00元

江苏凤凰文艺版图书凡印刷、装订错误，可随时向承印厂调换

目录 CONTENTS

目录 CONTENTS

目录 CONTENTS

目录 CONTENTS

第一章　重逢

时隔多年，他已不再是那白衫翩翩的少年，坚毅的棱角抹去了年少的天真。而她，却还是那个傻傻跟在他身后的女孩。

尽管他不曾留意，但她还是悄悄将那份爱留在了最纯美、最炙热的年代。

她是在一场噩梦中醒来的，床头灯光晕黄，暖暖地照在她脸上，和许多个夜里一样，却又有些不同。

视线恍惚，她陡然意识到，这不是她的房间！惊得一个弹跳。

只是，这个动作半途而废，变成了轻微的挣扎。

空调的温度很低，饶是如此，她的额头上、背上依然起了一层冷汗。不敢回想自己在他身下的样子，百般求饶也没有被放过。满室情欲的气息。彼时抵死欢爱，此时四肢纠缠。她的背贴着另一个温热的怀抱，这样亲密的姿态，宛如一对深爱的情侣。

她仰着脖子，咧开嘴无声地笑了。这笑里有酸涩，还有讽刺。

温热的液体从眼眶滴落，下巴却被一只冰凉的手强硬地掰转。

“未晚，你哭了。”顾召南的声音低沉，听不出情绪地说，“你又做噩梦了。”

平白生出一股怨气，宋未晚挣了一挣，从他怀中脱身。她胡乱披上睡袍，遮掩住满身印记。赤着的双脚在踩上地毯时不由得一阵酸软，差点摔倒。

她咬着牙，恨恨地在心里骂这个男人。

对方却像是知道她心中所想一般，嘴角勾起轻蔑的笑意说：“是你自己送上门的，不能怪我。”

他特地将“送上门的”四个字咬得特别清楚，果然看到背对着他的女人，肩背陡然一僵。

宋未晚强自按捺住情绪，在黑暗中摸索到自己的包，掏出东西。然后，她慢慢走到他的面前，姿态恭谨地说：“顾总，如果你对我刚刚的表现满意的话，是不是把合同签了？”

他不接，只是冷冷望着她，不理、不屑。

“顾总？”

“好，我签。”终于，他点头接过，手中的笔在合同上一抖，唇边笑意深沉，“不小心，这合同废了。”黑色的墨水痕迹划过了半张纸，如何还能用？

“没关系，我包里还有备份的合同，顾总愿意的话，再多不小心几次都没关系。”对他的秉性熟悉至极，她怎么可能不多做准备？

顾召南望着新的合同，摇头：“我对你刚刚的表现不满意，所以，不能签。”

“顾召南！”她平静的姿态被对方一句话打破，声音尖锐地说，“你不要欺人太甚！”

“这一夜，还没有结束！宋未晚，这一回，可是你自己主动送上门来的。你可以选择现在就滚出去，或者，留下！”他滚烫的唇吻上她的唇、她的耳垂，将她缓缓放倒在床上。

宋未晚身体微微发抖，像一片瑟缩的叶子，想要逃离。可是，她不能。

她像是砧板上的一条鱼，忍受着千刀万剐的痛楚。意识涣散，宛如当年，也是这样绝望而漫长的夜。许劭严，你为什么，不来救我？

再次醒来的时候，屋内一片黑暗，刚刚的动作太激烈，连床头灯都被碰倒，碎了。

一星暗红的光点，伴着浓浓的烟草味，熏得她不舒服。

“醒了？”顾召南的声音低沉，吓得她瑟缩。

未晚艰难地跪起来，望着那抹黑影说：“顾总，如果你还不满意，请继续。”

“呵呵，为了许劭严，你还真是豁得出去。”他冷笑，“这么些日子，你在顾氏集团谈下了那么多案子，是不是……都是用这样的方式换来的？”

她攥紧手下的床单，终究忍不住昂起头：“不用这样的法子，我怎么能帮邵严签合同呢！”

“好，这么多年了，你还是这么死心眼，为了那个废物，不择手段！好，很好！”他冷笑着说，“只是这么脏，不知道他还会不会要？顾家——呵呵呵……”

字字狠毒，都打在她的七寸上。

大概是被烟呛到了，顾召南咳了两声，没有说出更残忍的话来。

只是这咳嗽声，回响在她的耳边，黑暗中一下子就浮现出顾家老爷子那惨白的病容。他阴毒地望着她一边咳，一边说：“你这个水性杨花的祸水，还妄想嫁入我们顾氏，做梦！宋未晚，你要是还有一点羞耻心，就请离邵严远点！”

那会儿，蒋梦溪就在顾老爷子病床边递着削好的水果，温柔地笑着，一言不发。呵呵，就是这样纯良贤淑的女子，在一开始的时候就四处散布谣言，说自己进顾氏集团是为了勾引许劭严，让自己在公司无法立足。好不容易做出了成绩，又有谣言说自己跟上司有暧昧关系。

她咬着牙，生生承受住周遭嘲讽的目光，当众问顾老爷子：“要怎样，才能给我一个机会？”

她只要一个公平的机会，没有家世背景的女子，想要嫁入豪门，难如登天。她没有蒋梦溪好命。

“就凭你？”顾老爷子的神情和众人一样，不屑一顾。

她总是这样，为了心爱的男人不肯放弃，哪怕早该想到这是自取其辱。

那个总是找机会羞辱自己的蒋梦溪没放过机会，站在一旁“好心”地劝阻说：“宋小姐，邵严需要的女人，不是光能讨男人喜欢就行的，最主要是能够帮助他的生意，你不要勉强。说起来，我们蒋家刚刚跟顾氏谈成了一笔七千万的生意合作……”

“我也可以！”

就为了这一声承诺，她不得不求助顾召南。谁都知道，本城能一下子签下这样大手笔合同的集团，寥寥无几，而她唯一可以求助的，只有他。

她在黑暗中穿好衣服，摸索出合同，递到对方手边，手却被对方紧紧攥住，劲道大得几乎要捏断她的腕骨。她想要抽离，却逃不了，慌慌张张地说：“顾总，我，我去开灯！”

“别！”顾召南声音喑哑，眼神灼灼地罩着她，“别走！”

手劲松了，伴着啪的一声轻响，打火机的光亮起，借着微弱的光，他用笔在合同的右下角签字，自始至终，甚至都没有看一眼合同。

签完字，像是怕他再出花招，她飞快地将合同收了起来。

打火机已经滚烫，他依然不肯丢，死死看着对方的一举一动。

“顾总，交易完成，我可以走了。”她转身就走，达成目的绝不多做停留。

他在黑暗中伸出手，望着门打开，她的身影在门口消失，嘴唇动了动，半晌才发出声音：“未晚——”

门砰的一声关上，截断所有声音。他甚至没有来得及看清那纸合同上面究竟写了什么，更来不及问完那句话。

其实，他只想问一句：“未晚，你可还恨我？”

上午十点过一刻，日头已经很晒了。

“嗒嗒嗒嗒”高跟鞋一步一步敲击出的声响很突兀，衬得走廊里一片安静。宋未晚被折腾了大半夜，几乎没怎么睡觉，脸色有些苍白，却依然强打精神来到这里。

她仔细想过了，只有上午这个点儿，才方便。

雪白的墙壁，雪白的床单，躺在病床上的老人的脸色也是雪白的。

宋未晚慢慢走进病房，一眼就看到这样的情景。老人的生命一分一秒都在流逝，他躺在那里闭目养神，虚弱的样子让人几乎难以想起他以往的气势。

上帝再怎么不公平，总有一些事情是公平的，比如生死，比如……她正不知道该如何和老人说上话，却听到了一声咳嗽。

“谁……”声音含糊得几乎听不清，她几乎以为是听错了。

病床边坐着的美艳女子，她再熟悉不过，堂堂的蒋家小姐蒋梦溪——什么时候，都已经登堂入室了。侍奉老爷子病床前，啧啧，提前进入角色了？

宋未晚讥诮地弯了一下嘴角，就看到对方的眼神如刀一般朝她剐了一下，然后随即弯下腰去，殷勤而小声地说：“老爷子，是宋姐姐来了。”

“嗯？”

宋未晚走过去，从包里慢慢掏出合同，递到老人的面前，说：“我完成了。”

老人的眼睛在一瞬间睁开，瞪着她，满脸不信的神情。

“不可能！不可能！咳咳——咳咳，你，怎么，咳咳，可能？”

“我也能帮到邵严！”未晚避而不答，视线对上顾老爷子，说，“所以……”

“宋——”蒋梦溪尖利的嗓音打断了她的话。

只是她的声音也被打断：“吵什么？”

声音从病房外传来，并不高，却叫病房里众人的心头都是一紧。

宋未晚背对着门的身体僵了一下，忘了转身。

一个身材高大的男人从病房外走进来，银灰色西装，面容清俊，只是眉头有些皱。他一边往里走一边说：“我不过是去了欧洲三个月，你就要把我们家都翻了不成？”身后跟着的人立马把一堆补品果篮堆放在床头。

“邵严——”蒋梦溪惊喜了一下，随即有些尴尬地说，“你可算回来了，瞧你说的，我只是瞧你不在家，帮你来照看照看老爷子。”

对方满脸淡淡的神情，只是目光一转，正和转身的宋未晚对上，顿时呆立当场。

宋未晚想过太多与许劭严重逢的情景，她该不该笑，要不要先开口，开口能说什么……她想了那么多，却没有想到，真正见面的时候，会是这样。

那些预备了许多次的问题，只是对方一个眼神，就全部失灵。

倒是许劭严比她更冷静，先开口问好：“晚晚，你……回来了？”

像是料到她一定会回来，而他，只需要等着就好。

宋未晚点了点头，心里却叹气：好吧，高了点，瘦了点，也比以前更英俊了点。

一旁的蒋梦溪看到他们两人目光纠缠的样子，恨得牙痒，怒斥道：“宋未晚，你给我出去！”

“蒋梦溪，爷爷需要休息！”许劭严冷冷瞥了对方一眼，表达自己的不满。

蒋梦溪顺着他的话说：“宋未晚，你听见没有，爷爷身体不好，你没事不要来打扰。”

“蒋梦溪，我只是来告诉老爷子，八千万的生意，你能做到，我也可以！”她瞪着对方妆容精致的面孔，冷冷笑了。

许劭严皱起了眉头，望着那薄薄的几张纸，一步，一步，走近，突然伸手抓住了宋未晚的手腕，问：“你做了什么？八千万的生意？”

“咝——”宋未晚疼得直抽冷气，她的手腕真是苦难深重，被他们轮着捏，真的快要碎了。

“哼哼，本城有几家能做这么大笔的生意？宋小姐认识的人不多呀……”顾老爷子意味深长地望着纠缠在一起的两个人，连说话都不需要带着咳嗽了，“这么脏，居然是当初想进我们顾家门的人？”

许劭严的目光陡然变得凌厉起来，他突然伸手，宋未晚看到他的动作，脸色唰的一下白了，连忙想要缩回手去。

可是，终究慢了一步，对方将她的袖子向上撩起了半截，就看见斑驳的青紫痕迹，那样刺眼。

许劭严俊脸铁青，额头上青筋暴起，咬着牙，狠狠地、慢慢地说：“宋，未，晚——”一字一字，恨不得要将这名字咬碎在齿间，她怎么可以？怎么敢？

宋未晚最怕看见他发怒的模样，只是那青筋就足以让她心里乱得万马奔腾，更何况他这样喊着她的名字。哪个女孩不希望在心爱的男人心中永远是干净清白模样？可她宋未晚，这辈子再也不可能了。

手腕疼得已经没有知觉，连同那颗心也碎得没有了知觉。她哑着嗓子，想说：“邵严，你别生气。”还没说出口，就被他狠狠一拉，拖出了病房门。

蒋梦溪在身后讶然地唤他的名字，却被他狠狠打断："谁也不准跟过来！"谁都知道，他发起狠来很可怕，果然就没有人再跟来。

他粗暴地拖着她，冲进了护理室，凶狠地瞪着值班护士斥道："滚出去！"

两个小护士年纪不大，被许劭严吓得像小兔子似的，立马逃出了护理室。

这个男人，她们经常在电视和杂志上面看到，偶尔出现在医院会引起大家半天的议论，总是温文尔雅的样子。没有想到，脾气会这样可怕。

小小的屋子很快只剩他们两人。

宋未晚悔得肠子都青了，早上虽然洗过澡，也换了长衬衫遮掩住那些痕迹，但是仍然被发现了。早知道，应该过些天再来医院的。都怪自己最近心浮气躁，乱了方寸。她心中慌乱，像个做错了事情的孩子，低着头不敢看许劭严，只听见对方急促而沉重的喘息声，每一下都像是敲打在自己的心上。

她的手被捏着，想要抽出来，却被许劭严使劲扯了过去。

对方凶狠地撩起她的袖子，手上的力气又大了几分，她忍着不敢出声，怕触怒对方。印象中，许劭严发怒的样子——很少见。

很少见，却很可怕。

她不敢想——只有两个人在，许劭严要是发怒，她一定死得很惨。

可是，许劭严只是深呼吸了几下，然后放手，转身找来了一瓶消毒药水。

宋未晚还没来得及诧异，对方已经再次捋起她的袖子，用棉签蘸着消毒药水，在她手臂上破了皮的地方擦抹，皮肤表面的刺痛让她咝咝吸着凉气。

他望着那些错落的伤痕，心里有股火无处发泄，手上终究不免忘了轻重，听着她忍痛的声响，终于狠狠一把砸碎了手中的瓶子。

啪的一声，清脆响亮，消毒药水的味道瞬间弥漫整个屋子。

要有多愤怒怨怼，才能让这样温柔内敛的男子忘了冷静自持?

她不知道，这样一个丢弃了尊严的自己，该怎么面对他。还未想清楚怎么打破这尴尬，突然就觉得身体一紧，被对方一把揽在了怀里。

许劭严的双手，热得就像是烙铁一般，紧紧箍着她的腰，力道大得似乎要将其勒断。满屋子药水的味道，可他还是能够闻到复杂的气味：酒精、烟草、男士香水……她的身上沾染了各种味道，唯独没有他的。每一种味道，都无言宣告着另一个男人的存在！

一滴滚烫的液体落在她赤裸的手臂上，烫得她手一缩。

她大惊，抬头想看对方是不是哭了，却觉得眼前一花，清脆的一个大耳光打得她耳朵轰鸣不止。

“宋未晚，你怎么——怎么这样不知羞耻？”许劭严双眼通红，看不清是愤怒多一些，还是悲伤多一些，甚至看不出刚刚那一滴液体，是不是从他眼中落下。

宋未晚心中一慌，摇头道：“对不起，邵严，我……”

宋未晚想说，她没有办法。但也知道，这种理由根本不能称之为理由。

第一次，她可以说是自己昏迷不醒。

可是这一次，这样的凌辱是她自己求来的。

许劭严瞧着她话说一半就断的样子，冷冷道：“你怎么这么贱？”

“许劭严！”

“怎么，为了钱，再爬一次他的床？”

“许劭严！你——你浑蛋！”她气得浑身发抖，泪花在眼眶中打转，却只能这样不软不硬地骂他。

对方也一脸难受地望着她，这样羞辱她，自己心里又何尝好过？什么时候，他们之间走到了这一步？

两个人反唇相讥的结果，不过是一场沉默的对峙。

谁也不肯让谁，许久，终究是许劭严先悠悠叹了口气，说：“宋未晚，你……离他远点！不要再见他！”

“为什么？”她又忍不住冷笑，“许总，虽说我刚进了你的公司，你如今是我的上司，但是我跟谁亲近跟谁疏远，见谁或者不见谁，也该由你来管？”

“宋未晚！”他原本跟自己说一定要冷静，一定不要发脾气，不要失去了理智，可是，这个女人，总是有办法轻易就叫他理智崩溃。

她不说话，只看他烦躁的模样，就觉得心里畅快。三年的时间，足够将过往磨碎、湮灭。她以为时间是很强大的东西，却忘了，怨恨比时间更顽强。

许劭严在这样的目光注视下，只想逃跑。意识到自己有这样的心思，他心中陡然一惊，宋未晚，什么时候有了这样强大的气场？

他气昏了头，以至于忘了问她，这些年过得好不好，什么时候回来的，怎么会出现在病房，还有和那个人怎么又……

一连串的疑问，他居然都忘记了。

宋未晚也没有心思去猜测他站在自己对面究竟揣着多少心事，刚刚那一耳光，打得她半边脸都肿了，用手捂着也觉得火辣辣的疼。

偏偏她最清楚，怎样能叫许劭严懊悔不已。

果然，许劭严看着她，低声说："对不起。"

宋未晚的背不由得一僵。熟悉许劭严的人都知道，他平时虽然看似温和有礼，但是要他随便向谁道歉，真不是容易的事情。

可她，不领情，只是淡淡地说："没什么事，我先回去上班了。"

说完，她将袖子慢慢捋下，遮住那些不可见人的淤痕。药水已经干得差不多了，凉丝丝地刺激着皮肤。她一边往外走，一边在心里冷笑，这么多年还是没变吗？惯会做这些不痛不痒的温柔把式，给她手臂上了药，怎么没有多看看多想想，她身上岂止手臂一处受了罪？她都羞于多回想。

许劭严连忙喊她："等等——你回来，我还不知道怎么联系你？"今天这场久别重逢，实在是太仓促突然。

"许总，我们还有联系的必要？"对方回头，脸上笼着寒霜，噎得他说不出话来。只是女人善变的天性在她身上越发明显，刚刚甩脸子让他尴尬，转瞬又能笑得春花乍放一般，"许总，我刚刚提起过，我两个月前已经进了顾氏集团上班。所以——以后我们见面的机会会很多。"

脚步声渐渐远去，许劭严却依然站在原地，满脸思考的神情。

她一回来，就进了顾氏？

宋未晚没走几步，就在走廊里遇上了蒋梦溪。

两个人并排站着，只是一个肩膀的距离，占了大半个走廊，幸亏没有什么行人，所以并不显得突兀。她们并没有急着避让，而是侧着身子，目光短兵相接。

对方抱着胳膊，盛气凌人地说："宋未晚，你还是和以前一样，尤其是这死皮赖脸的性子。当年在学校的时候，你就喜欢缠着许劭严不放，怎么现在还是一点没变？"

宋未晚微微一笑："是呢，怎么他就这么不争气，总是被我缠着。"

话一说完，对方的脸唰地变了色。宋未晚是什么样的角色？如果小瞧她，真的会吃大亏！当年许劭严被那么多狼女环伺觊觎，谁都没能从她手上讨到半点便宜。她太知道怎样刺激人，轻飘飘一句就打到了对方的痛处。

蒋梦溪咬着牙，气愤地说：“还这么牙尖嘴利，你真是阴魂不散，都已经走了，为什么还要回来？”

她笑眯眯，言简意赅地说：“回来——是为了和你抢男人呀。”

果然，对方的脸色更难看了。

完胜！宋未晚点到即止地从对方身边过去，姿态从容优雅，留下蒋梦溪站在原地浑身发颤。憋了一个星期的鸟气，终于能够当面报仇，她觉得畅快极了！

只是，这股畅快的情绪保质期太短，并不能伴随一整天。

当她下午回到公司的时候，推开办公室的玻璃门，就听见啪的一声玻璃破碎的声音。

部门经理廖凡气急败坏地吼道：“李佳琪，你以为你是个什么东西，敢跟我甩脸子？不能喝酒，不能喝酒要你来我们部门做什么？你怀孕就可以不陪客人了？谈不成合同，看你……”

“请你嘴巴放干净点！什么叫陪客？”宋未晚往里走了两步正好看到李佳琪发火，一向笑容可掬的李佳琪，头一回这样愤怒狰狞。这个小姑娘才不过二十四五岁，已经在公司打拼七八年了，几乎每个季度都是部门的先进。不知道她哪里得罪了廖凡，居然在办公室里就这么撕破脸吵了起来。

廖凡黑着脸，皮笑肉不笑：“陪客是什么意思，你不是最清楚？不然，怎么能这么容易得上先进？”

“你胡说八道！”

“我胡说八道？如果我没记错的话，你至今单身吧？这肚子里的孩子……”他似笑非笑的目光罩着对方，又像是寻求共鸣一般朝周围看去。

连爸爸是谁都不知道，还不是野种？公司里私下传言已久，他不过是把暗地里非议的事情摆到明处而已。

围观的人群顿时一静，并没有人说什么，只是，眼神都多了些别的意味。有的幸灾乐祸，有的悲悯同情，大多数是轻蔑快意。

李佳琪的人缘其实没有这么差，只是，她的签单成绩太好，即使再低调做人，也难免惹来众人的眼热妒忌。

人情冷暖，世态炎凉，都是在这样的时候最分明。

宋未晚叹了口气，瞬间就做了和大多数人同样理智的决定，旁观。

李佳琪的眼中已经有泪花在打转，虽然她口齿伶俐、聪明灵活，在商业谈判中常常无往不利，可是被人掐着羞辱，她实在不擅长应付。

廖凡难得有这样的机会挫一挫对方锐气，说话越发难听："其他人都听好了，我不管你多才华横溢、能力卓越，在我手底下做事，都记得本分！签合同？呵呵，说穿了，不就是陪客人睡觉吗，像李佳琪，还有那个宋未晚……"

"廖经理——"宋未晚打断了廖凡，一边心里叹着气，一边忍不住从人群后面站了出来。她冷冷地喊出对方的名字后，所有人心里都咯噔一下。所有人都知道，这一位，可不是李佳琪这种好惹的型。

廖凡尴尬地笑着说："宋小姐，你来了？"

"廖经理刚刚说，谁陪客人睡觉换合同？"宋未晚穿着高跟鞋站在他面前，居然比这个人还高了几分，气势也是明显强大得多。

廖凡顿时敛了刚才盛气凌人的气势，清了清嗓子说："那个，我只是不小心提到你的名字，并没有说你陪客人……换合同。"

他知道自己刚刚话多了，即使身为上司，这样编排诽谤同事，也有点过。宋未晚来头肯定不小，虽然他不知道对方究竟有什么依仗，但是能引得老爷子和蒋小姐纷纷找自己帮忙盯紧的人物，怎么会简单？所以，他一直多了个心眼，多有为难，却从不过分。

就像现在，他含糊其辞地否认自己刚刚说过的话，相信她也会默契地选择跳过这个话题。

哪知道宋未晚偏偏笑吟吟地望着他，看得他的表情都有些僵硬了，才说："其实，我觉得廖经理多管闲事的习惯真不好。"

"什么？"

"公司不是只看成绩的吗？能签得到合同就好，难道还管怎么签的？"她笑意盈盈，望着对方越来越糟的脸色，没有半点要绕开话题的意思，"起码，不是所有人都有那资本，能够爬得上别人的床换来合同的！"

原本安静的四周顿时哗然。

别人避之不及的话题，这个女人却丝毫不忌！

“啊！廖经理千万别误会我是在指责你，差点忘了提醒你，李佳琪肚子里的孩子如果是他男朋友的，那你刚刚岂不是诽谤？会判刑的！就算是她为了公司业务陪睡的结果，啧啧，那这孩子的父亲恐怕也是来历非常呀，廖经理你确定惹得起？”

“呃——”廖凡吓得额头上都冒出了汗，心里有气却不敢发，只得连连陪着说，“是，是，是我多事了。佳琪，你身体不舒服，还是早点回去休息吧。”

李佳琪冷冷瞥了对方一眼，再望向宋未晚，脸色柔和中带着几分感激。她点点头，转身回自己的位置收拾东西回家，明显不想跟廖凡一般见识。

廖凡顿时松了一口气，似笑非笑地望着宋未晚道：“既然你这么关心同事，不如，今晚的应酬，你替她去吧！”

多管闲事的下场多半是把自己拖进闲事里去。

包厢里冷气开得很足，这种场合对女性未免有些残忍。对面那位郭总带来的美艳秘书穿的衣服露背低胸，隔着一定的距离仍然能看出手臂上那一粒粒的鸡皮疙瘩。

应该冻得不轻吧，还要勉强摆出笑脸来，职场上拼杀起来，总是不见血的伤痛。今晚，又是一场硬仗！

宋未晚原本精神就不大好，加上因为昨晚的一番纠缠，不方便回去换衣服，于是依然穿着白天的黑色工作套装来赴宴。廖凡特地把她喊过来顶替李佳琪，本身就存着整她的念头，对方要求喝酒，他眼睛眨也不眨全部替宋未晚应下。

宋未晚要强得很，也不管谁敬酒，统统喝下，豪气得很，一轮下来，三瓶烈性洋酒全部都空了。对方有两个男性员工已经醉眼蒙眬，偏偏她的眼睛还非常明亮，原本苍白的脸颊也泛起了淡淡的粉色，看不出任何差错。

对方老板啧啧称奇，吆喝着服务员再开一瓶。廖凡瞧着合同被对方轻轻推开，似乎还没喝够就不急着签的样子，额头上开始渗出汗来。这，这也太能喝了，这种挥金如土的会所，一瓶酒就好几万！再来，再来他的预算就该严重超支了吧？这个合同的代价……他一边着急，一边恨恨地望了身边的女人一眼，要不是她太能喝，对方怎么会被挑起了好胜心，咬死不放？这个女人怎么比男人还凶悍？

就在这时候，宋未晚突然站了起来，说：“抱歉，我去趟洗手间。”

说完，她步履有些匆忙地走了出去。

廖凡心头顿时松了一口气，指着她的背影朝对方老板说：“瞧，醉了，已经不能再喝了，刚刚都是在逞强呢。咱要不就喝到这里，先把合同签了吧？”

“呵呵，急什么，宋小姐只是去趟洗手间而已，等回来咱继续。”对方老板姓郭，今晚不知道怎么的，就是跟宋未晚杠上了似的。他望着宋未晚消失在门口的身影，曲线玲珑，嘴角不由得扬起一丝笑意。有意思，这么有味的女人，他还是第一次见到。他这边还有两位男下属，等下轮战，不信放不倒！

“郭总你可不能再为难女士呀，再喝可真的要倒在这里回不去了。”

“呵呵，倒在这里好呀，倒在这里正好不急着回去嘛……”

廖凡一愣，没听明白道：“郭总的意思是？”

“呵呵，夜还这么长，有好多事情可以做嘛！”郭总笑眯眯，“宋小姐这么漂亮干练，我喜欢得很呀！”

“哦——明白！明白！”这一回，他终于明白了对方的意思，也跟着笑了。

这时候，服务生托着托盘进来，门在身后关上，掩住房间里的一切龌龊言语。

宋未晚这时候强撑着走过长长的走廊，胃酸上涌，在洗手间外的水池边吐得昏天暗地。她吐出来的大多是液体，因为今晚基本就没怎么吃过菜，净忙着喝酒了。

那个猪头老板，头发都没几根了，还喝酒！早晚喝得他早泄不举、不孕不育！她恨恨地在心里诅咒着，觉得自己从胃到食道，从食道到喉管都火辣辣地疼，一定受伤了！

清凉的水不断泼在脸上，刺激得昏昏沉沉的神经一个振奋，反正妆容早就有些花了，索性全部洗去。她抬起头来，看着镜子里的自己，即使素颜，也依然年轻漂亮。

想着还要回去，她懒得重新补妆，从自己随身的小包里掏出唇彩，嘴角轻轻勾起一丝笑意，几乎要被自己迷倒的时候，身后传来一声嗤笑。

她眉头一皱，就看到镜子里映出的那张脸，那么阴魂不散，走到哪里都有机会遇上！

顾召南手指间夹着一支烟，才燃了半支，瞧着镜子里的女子满脸水珠滚落的情景，就觉得喉头一紧。

清水出芙蓉说的是这样的画面？偏偏这清纯的芙蓉还带着点妩媚之态。他将烟蒂按灭，心里却起了无名的火。

“顾总，上个洗手间都能遇到你，真巧！”她似笑非笑地转过了身，脸上的水慢慢淌下来，在她胸口湿了一小块地方，她不以为意地掏出四四方方的手帕来，擦去脸上的水珠。

顾召南站在她面前，冷冷不语的神情，自有一股威势。

宋未晚不得不承认，这个男人对她而言一直都很有压迫感，所以，她挺起了胸膛——跑了。

还是隔了点距离绕着跑开的，惹不起，我还躲不起吗？她这样想着，没有转身多看一眼，更不会知道，他站在原地望着她消失在走廊一角，久久没有动。

回到战场，宋未晚就嗅到了危险的气息。对方硕果仅存的那两个下属看着自己的眼神，跟结了仇似的，花样也换了——白酒掺兑着洋酒，中西合璧。

即使知道这样喝容易醉，郭总还是主动敬了一杯，宋未晚微微皱着眉头，硬是喝了下去。抬眼的瞬间，她正撞上对方鬼祟的眼神，心中不由得一跳。

“啊，头有点晕……”她的眼神瞬间迷离，纤细的手指捂着嘴巴，口齿也有些不利索，“郭总，这酒——好辣！啊——”

小巧的嘴唇微启，哈着气，烈酒与香水的味道混合在一起，扑面而来。

郭总闻得都快醉了，眼睛都有些直了，眨也不眨地看着那唇，鲜红欲滴，像是咬一口都能有水溢出来！

好一个，美人！

郭总的手不由自主伸出去，却扑了个空，宋未晚摇摇晃晃地稳不住身子，咯咯笑着说：“郭总，你怎么还不签合同呢？呵呵呵——对不住，我喝不了了，歇，歇会儿——”说完，哐当一下，趴在桌上，像是睡了过去。

“宋小姐？宋小姐，你没事吧？宋小姐……”

“……”

“宋未晚，没事吧？人家郭总还没醉呢，你这样不礼貌知道吗？”

“……”

桌上的人一动不动，任凭他们怎么推，也没有一点反应。

郭总和廖凡心照不宣地对望一眼，俱是无声地笑了，原本以为，还要再费一番功夫，没想到会这么顺利。

廖凡望了一眼没有知觉的宋未晚，嘴角微不可察地勾起一丝笑意，说："郭总，这人可算是放倒了，剩下的事情，嘿嘿——都交给你了！"

"放心，都交给我，宋小姐交给我，保管她度过一个销魂难忘的夜晚！"郭总得意地点头，酒过三巡，只觉得浑身发热，都有些迫不及待了。

廖凡连忙殷勤地递上合同："郭总，人都交给您了，您看，这合同？"

"哈哈哈，签，当然签！廖经理年轻有为，希望我们合作愉快！"

唰唰唰，潦草的字落在纸上，廖凡的心终于稳稳落地，这个合同终于搞定。他低头将合同收起，就听到郭总发出一声奇怪的声音："啊？"

"郭总，怎么——"

"站住，喂，你要去哪里？"郭总手指着前方，呼喝道。

原本烂醉在座位上的宋未晚，好巧不巧，就在他们签完合同之后，突然站起身来，往外跑去。这一下横生的变故，叫所有人都没有来得及反应。等到他们意识过来是怎么回事，对方已经冲出了包间的门。

"这个狡猾的女人！"廖凡低声咒骂着，慌忙将合同放好，生怕对方反悔。

郭总朝两个下属喊："拦住她，别让她跑了！快，给我去追啊！"

两个男人顿时冲出了包间。

宋未晚跑得很果断，速度也不慢，可是踩着高跟鞋非常不便，冲出包厢门后，因为心急，脚一崴，差点没摔倒。站直了身体，只觉得脚踝处钻心地疼。她今天的确喝得有些多了，尤其是最后一杯，洋酒混着白酒的后劲特别足，她差点没吐出来。

现在顾不上脚踝的疼痛，使劲往会所外跑，可是，终究还是慢了。身后的两个男人逼近，她心里又急又怒，慌不择路之下居然一头撞在了某个人的身上。

"对不起，让让——"

"未晚？"

冤家何处不相逢，她今天一定很衰，崴脚不算，还接二连三遇上他！她顾不上跟他寒暄叙旧，想要绕开，却不料，对方高大的身躯像是一座山一样，牢牢挡在了她面前。

"嗯？就是她？"他身边还站着一个男人，面容清俊白皙，表情却有几分倨傲冷漠，开口的时候语气也是冰冰凉凉。

“怎么回事？”顾召南没有回答身边男人的话，反而望着宋未晚身后追来的两个男人，微微皱起眉头。

“让开，不要挡路！”

“我问你，怎么回事？”

“你让不让？”

“不让，除非你说清楚！”

他比她更固执，气得她脸色铁青，瞪着他说：“顾召南，你这个无赖！”

“宋小姐，请跟我们回去！”郭总的两个下属见她被人拦下，不明所以，想要带她回包间，却又不敢过分靠近。

那个叫顾召南的男人，表情有些不善，他身边那个冷漠男人，朝这边淡淡一瞥的眼神更是闪着莫名的凶光，叫他们心里微微一颤。

对方人多势众，他们有些怯了。

顾召南嘴角露出一丝冷笑，望着宋未晚道：“你还真是受欢迎，到哪里都有这么多男人追着跑！要是我没看错，是我不小心阻碍了你落荒而逃？”

她恨恨地瞪了他一眼，恨不得扑上去咬他一口：“算你狠！”

前有狼，后有虎，怎么都逃不过，索性——她心里迅速做决定，转身！两害相权取其轻，起码在她心目中，身后的一群老虎都比不上眼前这条凶狠的狼！

然而，手腕被人一把抓住。

“你要去哪里？”

“你干什么？”使劲挣扎，无奈对方的手就是不放开，她真是快要疯了！挡住她的路不让往前，现在她退后也不行？

她喝多了的样子真是可爱，尤其是发怒的情况下，明明摇摇晃晃得都站不稳了，还偏要跟他保持距离，被拉拽着一不小心撞进了他的怀里。

宋未晚的脸滚烫滚烫的，绝对不是害羞的缘故，而是因为愤怒，对方分明欺负她柔弱无力，才敢这样肆无忌惮！

“顾召南，她喝醉了。”旁边的男人提醒他。

他当然知道，所以才不能放任她在这里乱跑。喝醉酒被两个男人追着狂奔，这个女人如今是有多随便？一想到这里，他的目光顿时凌厉地扫向前方，语气冰冷道：“我先带她回去，卫少，这两个人就拜托你了。”

“好。”冷面男点头。

“别再断手断脚的那么狠了，问清楚就好。”

“……”

顾召南强拉着宋未晚，转身，却听到咝的一声倒吸凉气的声音，顿时停下。

转身，他的目光沿着她的身体往下看，落在她的脚上，顿时明了。

下一秒，在宋未晚的惊呼声中，他将她一举横抱而起，离去。

“喂，喂！顾召南？”

“顾召南，你干什么？放我下来！”

“放我下来，你听到没有？”

卫少转身，瞥了一眼那人抱着女人离去的身影，平静的脸上终于微微露出一丝变化，是嫌弃，还有鄙视。

这个顾召南……怎么这么恶心？以前怎么没发现，太恶心了！公主抱！咳咳，有什么不好的记忆，是关于公主抱的？

他甩甩头，朝身边的几个黑衣男人看了一眼，懒懒地说：“把这两个东西，先给我围起来打一顿。”

宋未晚在顾召南怀里挣扎了几下，听到他在耳边说：“再动我就直接把你摔地上。”

于是，她突然就放弃了挣扎，一动不动。这个男人最认真，千万不能跟他较真，不然一定会吃亏。

会所里人来人往，都用奇怪的眼神朝这边看过来，看到一个西装革履的男子，横抱着一个女人，平静地朝外走。

宋未晚的脸躲在对方的怀里，避过各种探视的目光。太丢人了，游街示众似的！顾召南最近是有多无聊，连一贯低调的本色都丢了。天气很热，她靠得这样近，隔着衬衫，顾召南都能感觉呼吸间那湿热的气流，从胸口烧了起来。他可耻地起了反应。

他压低声音道：“宋未晚，你的脸，靠我太近！”

“我不！你先放我下来！”她的声音闷闷的，“这样太丢人，快放我下来！”

“你也知道丢人！”顾召南忍得辛苦，声音里含着克制。该死的！他真是自讨苦吃！他紧走两步，将她放下的时候，终于微微舒了一口气。

宋未晚脚下疼痛，扶住他的肩膀，好不容易稳住身体，这才发现自己已经身处会所门外。会所门外的门童目光深深地朝自己瞥来，她顿时觉得有一团火在脸上烧开。

对方对她的脾性太熟悉不过，抢在她发火之前“体贴”地问：“你的脚扭伤了，要不要——”

“不要——”她毫不客气地打断他，目光越过他的肩膀却不由得凝住，与另一道视线不期而遇。她在心里咒骂：该死的，怎么这么巧！

近处，对着客人言笑晏晏的，可不正是许劭严？今晚，真的很巧，都在这里遇上了。宋未晚是来谈生意，他却是因为刚回云城，被一帮商场上的朋友喊来接风洗尘的。

此时，正是客人从会所离开的高峰时间，本该是乘兴而归，却叫他看到那女人和别的男人搂搂抱抱在一起的样子，眼神顿时凌厉地扫过去，像飞刀一般。

如果真的是飞刀，宋未晚此时已经被扫成了筛子。她身体顿时僵硬，心虚得很，下意识想要低头躲过对方的视线。

顾召南察觉到她瞬间的变化，转头朝后望了一眼，瞧见了许公子有些意外。他眼中快速闪过讽刺与不屑，像是示威一般。许劭严被他这么一看，顿时自燃。

许劭严自问脾气自小就生得要比一般人好些，即使在以虚伪狡诈著称的商业圈子里，他的耐力也绝对是让人称赞的。曾经有叔伯辈的长者夸赞他说：“至少在云城，没有什么人和事能够让顾氏的公子皱一下眉头的。”

这话既是夸他能力强，更是夸他涵养的功夫到家。可是，在某个女人面前，他再次破例了。他的脸色变得那样快，宋未晚看到，原本搭在顾召南双肩的手顿时滑了下来。

“哼，出息！”顾召南鼻子里哼着冷气儿，最见不得她一遇上许劭严就跟遇到克星似的，这副软骨头的样儿。

宋未晚瞪了他一眼道：“要你管。”

一看他们打情骂俏，好得很！

许劭严冷冷地开口：“宋未晚，你在干什么！”

她微微从顾召南的身子一侧探出头，笑眯眯地答：“许总，如你所见，我们正在勾肩搭背。”

好！很好！许邵严气极，维持笑容是不可能了，表情还有几分扭曲。他辗转打听才知道，今晚宋未晚要陪上司去谈一桩生意，地点和自己接风宴的地方在同一处，所以才特地早早散了与众人的聚会，想要在门口等她。

可她，总是干自己不喜欢的事情！

宋未晚看都不看他一眼，朝身边的男人微笑，说："召南，你刚刚不是说要送我回家？我们走吧！"

召南？

她想，顾召南对自己的鄙视绝对已经达到了一个小高潮。他冷冷看着她一言不发，一双眸子漆黑深沉，脸上的表情也晦暗莫名，有种山雨欲来的味道。她那么懂得看脸色，心里暗道不妙，见对方一动不动，也顾不上在旁人眼里自己有多主动，伸手就揽住了他的手臂，拉着他就往外走。

顾召南那辆黑色的迈巴赫早就停在路边，不过几步的路，她却连走路姿势都已经僵硬，不用回头似乎都能感觉到身后有一道目光，几乎要将她洞穿！

她几乎是手忙脚乱地拉着顾召南上车，觉得背上已流了一层汗。车门砰的一声关上，宛如一颗心悠悠落到了地上。

车缓缓开动，她闭上眼，只觉得全身力气都被抽干。

不知道车行了多久，她才恍然意识到自己上的是谁的车，望着车外飞快倒退的夜色，居然已经上了高架桥，离她住处越来越远。她心中一跳，连忙说："等下了高架，随便找个路口把我放下吧，今晚——谢谢你了！"

周遭一片安静，冷笑声刺耳分明，随即是更加刺耳的刹车声，车停得很急，安全带将她的肩膀勒得生疼。

她的下巴被用力捏住，一点一点被逼着转向左侧，她疼得睁大眼，想大声吼："顾召南你发什么神经？"

在看到对方表情的那一秒，满是狰狞，吓得她将想说的话生生吞回去！

"宋未晚，你好，很好！"

顾召南慢慢解开安全带，说："是不是我太纵容，所以你才这么随心所欲，想利用的时候就利用，从来不顾虑我的感受？"

她做得太明显，任何一个有自尊的男人，都不会允许。

宋未晚的下巴被他捏住，一句话都说不出，只能使劲摇头。

“你想说，不？不是这样的？还是，你不是故意的？”他冷笑，一点一点朝着她靠近，“你就这么在意许邵严？你这么恨我，为了刺激他，居然连我的车都敢上？你难道不知道，我很危险？”

宋未晚一怔，本能地意识到危险，连忙去掰车的门锁，甚至忘了解开安全带。

门，打不开。

她转头望着对方，声音都不自觉地抖了：“顾召南，你想干什么？”

“做错事，是应该被惩罚的！”他的身体大半已经压在了她的身上，说话时离她这样近，明明声音轻得近乎温柔，可她却觉得自己浑身汗毛都竖了起来。

“你别这样——”

所有的话都被吞了进去，她尚来不及反应，他的牙齿已经啃咬着她的唇，狠狠的一口，报复的目的十分明显，腥甜的味道瞬间在口中漫开，出血了。

她痛得眉头皱起，挥着拳头，打在他的肩膀上，他就再狠狠一口，咬在伤处！每一下反抗，都要叫她知道后果，他绝对不是多温柔和气的男人，招惹他就要付出代价！

他一个走神，宋未晚下一拳就直接招呼在他的颧骨处，他痛得闷哼一声，一把捉住了对方胡乱挥舞的双手，不费力气就锁在了一处。

“女人，这是你自找的！”

“浑蛋！”

衣料撕开的声音在狭小的车厢里响起，她那件小套装的纽扣啪嗒啪嗒扯开，散乱地落下。

她噤若寒蝉，不敢吭声，望着他的眼神充满了惧意。又是这样的眼神，又是！不知道为什么，这偏偏激起了他心头的火气！

“宋未晚，不准你这么看着我！”

“听到没有！你这是什么眼神？”

他怒了，低头噙住她的唇，碰上裂开的伤口，血的腥味混着酒精的刺激，像是激起了他体内深藏的兴奋因子，越发想要深入。

而她，无力地抵着他的胸膛，想要推开，却挡不住对方的强取豪夺。

路边的街灯又高又远，柔和的光斜照进车里，正有斜斜一线本该映入她眼底。可是，他整个将她笼罩在身下。车内光线越发昏暗，安静得让人莫名烦闷。

他终于放开了双手。

而她，闭着眼，一串热泪从眼角滚落，羞愧而耻辱。

她的心里像是藏着一只骆驼，坚韧而忍耐，无论遇到怎样的困难，都不肯示弱。偏偏他的逼迫羞辱，成了压垮那只骆驼的最后一根稻草。

他愣在那里，突然失去了所有逼迫她的兴致。懊恼与后悔交替，这一刻他陡然自省，刚刚的行为有多卑鄙下作，他居然，这样欺负一个女孩子。

他一拳击打在方向盘上，语气恶劣："哭什么？"

啪的一声，回应他的是一记响亮的耳光，打得他眼前直冒金星。

宋未晚下手极重，打得对方蒙了，她自己也不好过，那只手一下子就疼得麻木了。

"顾召南，你也算是个男人？"她脸上的泪珠尚未干，刻薄地讽刺他。

顾召南被打得散了的视线正慢慢集中，调回焦距，怒气积聚："宋未晚，你小心说话，不然，我会让你后悔！"

"后悔？"她傲然地扬起下巴，"我就当是被狗咬！"

"你——"

"你再折腾，也不过是个丧家犬！"

"砰——"拳头狠狠砸在她头侧的坐垫上，力道大得让她身体反弹了起来，惊了她一下。他被戳到了痛处，盛怒之下恨不得往死里揍她。可是，偏偏是她，他的怒气再竭力控制，也终于狠狠落下，偏了几分没有打在她脸上。

顾召南冷冷瞪着她，整个人都散发着戾气，咬着牙，一字一字，慢慢地吐出来："你、给、我、滚、下、去！滚！"

宋未晚被他的狂躁吓了一跳，突然意识到对方这是放自己走，忙不迭转身，几乎是连滚带爬地逃下了车。

他的怒火更炽，摇下车窗道："宋小姐，你可千万赶得回去才好。这里，可不好打车。"

她下车太急，不小心扭到了脚，火辣辣地疼，偏偏还装作什么都没发生似的，对他反唇相讥："滚！"

话刚落，那辆车像箭一般蹿了出去。那一刻，他愤怒地想：就让她在这前不着村后不着店的地方自生自灭吧！这个点，在这里，几乎没有任何路过的车辆，她自找的！

大桥上路灯成串，每隔几米就有一盏，照得整座桥在夜色中闪亮。四下的静寂因此也没有显得太可怕。

宋未晚被丢在了高架桥上，她性子倔强，见很难打到车就自己一个人往前走。

原本站着还不觉得，此时走了两步，才发现脚踝处钻心地疼。路还这么长，她又喝了不少酒，此时酒力发散得更厉害，走得跌跌撞撞，背后也出了一层汗。酒意上涌，昏昏沉沉得想要睡觉，可是，顾召南存心要整她，把她丢在这里，几乎拦不到回家的车。

沿着路，孤魂野鬼一样走了片刻，她终于失去了继续走下去的耐性，索性一拐一拐地朝着江边而去，今晚，也许只能吹着这江边的风度过了。

今夜头顶有不少星子，还有皎洁的月光，可是，星月再亮，都照不亮她心里的悲凉凄怆。

羞耻像黑洞一般，蚕食着她的自尊。

眼泪，一颗一颗地往下落，她终于豁出去，抱着栏杆放声大哭。也只有这样四下无人的空旷处，她才豁得出让眼泪这样肆意。

她多恨自己这样软弱，更为这样一个软弱的自己掉眼泪。

顾召南突然掉转车头的时候，车速已经飙到一百二十码，一个猛刹车，车头转得凶狠，发出的声响很刺耳。忘了直行的交通规则，忘了所有的原则立场，更忘了原本的怒火怨愤，这一刻他也特别恨自己，原本应该铁了心硬着性地开回家，可是，才跑了多远，又忍不住回转。

终于还是放不下！还是放不下！

他怎么就这么贱！

他一边暗骂自己，一边担心，这么晚，会不会有什么意外。

车往后开了一段，同时各种胡思乱想几乎让他焦躁到心神不安的时候，他的视线突然落在了前方不远处，那个抱着桥边栏杆哭泣的、瘦削小巧的身影。

只是一个恍惚，他陡然回过神，猛踩刹车，又是一声刺耳的声音。他的车胎再高档，也经不起这样反复地糟践！

车身终究还是过了桥边那个人十几米才停下。他狠狠地咒骂：“Shit！”来不及细想，又匆忙下车，头顶的灯光照着他匆忙的背影，明明西装笔挺，却有一丝莫名的狼狈仓皇。

这一刻，他忘了，自己是顾召南，是这个城里寥寥可数的站在顶处的男人。这样的男人，哪里需要为一个不值得的女人折腰回头？

他更忘了，自己是她最恨的男人，最不想见的男人。

他只是，舍不得丢下她一个人。

她的双肩因为哭泣而抖动，于是，他的心也就跟着抖动了。

他跑得那样快，那样急，好像晚一秒，就会错过。

等到了她身后，手指快要触及她，却像被电到一般突然停住。他听到她边哭边骂：“许劭严，你这个王八蛋！”

许劭严！又是许劭严！

他以为，她哭得这样惨，是因为自己欺负了她。

却没想到，他从来都不是她爱的因由，甚至连恨的缘故都算不上。

这结果，有多悲哀。

一瞬间，所有的焦灼与怜惜，全部都散了。这一刻，他像是从自己的梦里陡然惊醒了。一切，都是他自作多情，放不下她。她遇到任何的不幸又怎么样呢？她需要的，从来都不是自己。

他的手颓然放下，声音低沉到连自己都听不到：“宋未晚。”

他有点懊恼，自己怎么还要开口说话？明明应该安静地转身离开，当作从来都没有来过，给自己留下点尊严。可是，偏偏做不到。

“邵严？”她转身，朝他看过来，眼睫毛上还挂着晶莹的泪珠。饶是如此，他依然能看到嘴角那一抹弧度，是甜蜜？是期冀？即使也恨着那个人，可是一想到仍然会笑，许劭严在她心中永远是不同的。

夜色深沉，这个名字，只是两个字，明明如此讨嫌，清清淡淡从她口中说出，瞬间就像是变得温柔了。

她就站在自己的面前，江边的栏杆上，被夜风吹得长发都凌乱了。她张开双臂的动作，分明是以为另一个男人来到，在索要拥抱的姿态，似娇似嗔。

这画面多好看，可是为什么，他却从心底泛起带寒意的残忍？

这一刻，他捏紧了拳头，突然伸手抓住对方的手臂，恨不得用力推过去。只要轻轻用力，她就会翻身从桥上坠落，见鬼去吧！

他真的有这样的冲动，可是下一秒，他将她朝自己这边拉了过来。

小小的柔软的身躯撞进他怀里，那身子被夜风吹得冰凉了，可是，更凉的是他的心。他想，她一定又要在自己怀里撒野了，拳打脚踢、冷嘲热讽什么的，各种反抗与挣扎。

可是，出乎意料。

“你怎么才来？好困！”她迷迷糊糊地嘟囔了一句，然后就没了其他声音。

他愣在那里，不知道该怎么回答。这句话，压根儿不是对他说的。

而她，说完这句话，已经睡得昏沉。

第二章　往事

挺拔的身姿，配上简单的白色衬衫与黑色校裤，略显冷漠的神情透出些许贵气。

只是一瞬间的定格，便成了她此生痛苦与美妙的开始。

“这回的全年级第一是谁？”

“又是那个转校生，长得很帅的，许劭严。”

“啊——又是他呀？”

宋未晚站在成绩公告栏前，抬头看一眼榜单最高处的那个名字，自从转学过来一个月，连续四次都是第一，的确是实力强横的优等生呀！

“许邵严。”她喊住他的时候，上课的铃声已经响起了。人潮往教学楼方向涌去，每个人都行色匆匆，因为下一节课是数学。大家都知道，严厉的数学老师最恨学习不积极、不认真的学生。

可他，还是头也不回，逆着人潮往外走。

而她，蓄谋已久地跟着他，终于找到了合适的机会开口。

少年回头看她，一脸清淡的神情，连语气都是淡淡的：“有事？”

宋未晚没有想到他真的会搭理自己，一时间愣住，呆呆地看着他。不过是与自己一般的年纪，他已经发育得身姿挺拔，配上简单的白色衬衫与黑色校裤，莫名就是比同龄的学生多出了些许贵气。

她突然想起来，自己甚至都没有事先打听清楚，他家里究竟是干什么的，就这样临时凭着一腔冲动的热血，找上了。

或许，应该多了解点情况的。

他本来就有点不耐烦，见她呆呆傻傻站着的模样，心中莫名涌上烦躁的情绪，却因着良好的教养微微颔首，说：“我有事，先走了。”

“哎？等等，我还没说完……”

对方大步向前，压根儿没有理她。这一回，宋未晚的粗大神经终于受不了了。在人潮散尽了的时候，她跟在他的身后，像个傻子似的一边追一边喊：“许劭严，你给我站住！喂，你有没有礼貌——”

对方理都不理她，甚至开始奔跑，宽大的校服被风吹得鼓鼓扬起，即使是背影，也如同白杨树一般俊秀挺立。

宋未晚一边追，一边恼火，可是见着那背影，好像什么脾气都渐渐散了。

那一年，她追在他的身后，像一个甩都甩不掉的尾巴，穿过了篮球场与图书馆，最终在学校最边角的小树林追上了他。

许劭严从来没有见过这样难缠的女孩子，他转过身，铁青着脸说：“你究竟要干什么？”

“许，劭严——我，我——呼——”她喘着气，跑了这么远，已经分不清究竟是因为剧烈运动，还是因为害羞，她脸颊上的红晕特别深，断断续续地说，“我，喜欢你！”

一句话破了几段，只有最后三个字，咬得特别坚定、清楚。

她仰起头来看他，心跳得那样快，好像下一秒就要从嗓子眼里蹦出来。等待他的一句回答，似乎要鼓起全部的勇气，也挡不住那些惴惴不安的小心思。

那一天，她永远也忘不掉。她甚至记得，那天天气那样好，阳光从头顶的树缝中倾泻下来，将他整个脸都模糊在逆光里，刺得她睁不开眼。

那是她的十七岁，她追过的男孩，有着最耀眼的光芒。

“你说——什么？”

“啊？”

宋未晚惊讶地抬起头，看不清楚对方的表情，但是，听得清楚声音。

他说：“喜欢？”

微微的不确定与小犹豫，仿佛不明白这两个字的含义。如果不是早就打听清楚，他与女朋友分手的频率可以以周计算，她大概会以为，这个男孩子单纯得听不懂自己的话。

她不容他逃避地重复说：“许劭严，我喜欢你。我知道，你听得懂。”

“哧——”男孩嘲弄般的笑声是最直接的回应，他的语气冰冷又生硬，“你喜欢我什么呢？能喜欢我多久呢？”

“我——”她想了片刻，为难地说，“我，也不知道喜欢你什么，可是就是喜欢。”

其实，她撒谎了。她最喜欢的不是他帅气英俊的样子，也不是杰出耀眼的成绩，而是，那倨傲冷漠的姿态。只是，这句话不能告诉他，不然，他一定会轻蔑地望着自己，用那薄薄的嘴唇吐出两个字：“变态！”

哦，天哪，她在心里狠狠告诫自己，绝对不能说，自己喜欢的是他这调调，拿热脸去贴冷屁股，绝对不是正常人的行为。

她宋未晚这样阳光温暖的女孩子，喜欢上许劭严这样沉默孤独的男孩子，本来就不正常。

她说，他也未必信。

“哧——”又是一声冷笑，更糟糕的是，他显然把她当成了最浅薄无知的那种女孩子。

宋未晚有些手足无措，想要跟他说，不是你想的那样，可是，对方慢慢地朝她靠过来，叫她更加乱了。

那张脸，终于看得清了，帅气英俊，却也带着她看不明白的怒气。宋未晚吃了一惊，还来不及反应，对方右手的拇指和食指已经轻轻捏上了她的下巴。

这一刻，她的脸与他靠得这样近，红得快要烧起来了，只是对方指尖的凉意提醒着她，眼前的状况，有些诡异。

许劭严冷冷地说：“你现在是喜欢我，那以后呢？”

“啊？”

“你们这些女人，都是这样浅薄的吧？”

连辩驳的机会都不给，他径自给她扣上了这样大的一顶帽子。宋未晚愣住了。

“你说你喜欢我？”许劭严叹了口气，似乎遗憾，实则是恶毒的低声说，“可是怎么办？我不喜欢你，最讨厌你们这些女人，这副善变的嘴脸！”

这些女人……

嗖嗖的冷气从脚底蹿了上来，她不知道，有哪些女人一再让他失望，以至于一棍子打死了全部。

顾召南站在巨大的落地窗前，此时是夜色最深沉的时间。从五十多层的高楼俯视下去，已经可以将城市最繁华的灯火夜景尽收眼底。

如今的他，即使离开了顾家自立门户，依然混得风生水起，俨然可以与那个人分庭抗礼，可是为什么他还是觉得寂寞？

身后的床上，睡着他曾经深爱的女人。她在甜蜜的梦里，哭着喊着的却是另一个男人的名字。

顾召南暴躁地掏出烟，点燃一根，深深吸了一口，才算是将怒气压了下去，可是，在对方第八次喊到许劭严名字的时候，他突然打断道：“宋未晚，你够了！”

“邵严——”

“再喊一次他的名字，我就再睡你一次！”

原本熟睡的女人，突然从床上弹坐起来，愤怒地瞪着他说：“顾召南，你不要脸！”

“我还可以更不要脸！”顾召南阴阴地说，“宋未晚，睡在我的床上喊别的男人的名字，胆子是越来越大了？”

她突然噤声，因为深知这个男人的危险。

顾召南静静看着她从张牙舞爪的样子变回温柔无害的假象，仿佛刚刚的小冲突没有发生过。时隔三年，她再回来，变得越发难以捉摸了，他阅人无数，却看不穿她此时心中究竟想什么。

她回来，又是为了什么？

这么想着，不由自主也就问出了口：“为什么？”

“什么？”宋未晚惊疑不定地望着他，眼睛骨碌碌闪着光，一点都不像是刚睡醒的样子，顾召南也分辨不清，她是从什么时候醒来的。

他问：“为什么回来？”

“为了你呀。”

“我？”顾召南轻嘲道，“这个回答很有意思，虽然你一回来就爬上我的床，但是，归根到底还不是为了许劭严？”

她一个弱女子，刚进顾氏，没有他的帮助，怎么可能站得稳脚跟？只是，要想要他顾召南的帮助——

没有牺牲，怎么行？

在云城这个不大不小的地方，谁都知道，他顾召南是个狠角色。想要占他便宜的人，下场都很凄惨。

宋未晚不知道他要什么，但是知道自己能给什么，她能依仗的，不过是三年前的一点孽缘，半分痴迷，哪怕不确定他如今是不是变性或者换了口味，她也不得不……

一支烟的时间那么短，不过短短几句对话，几个眼神，就烧到了头。

宋未晚看着顾召南将烟头熄灭，屋子里弥漫着一股浓郁的气味，很特别。

她随口问道：“你这烟草，是私人定制的吗？”

他点头：“有些刺鼻，你闻着不习惯，是吗？可是，闻起来很提神。”他睡不着的时候，经常会吸一根，久而久之，像是有了依赖，就再也戒不掉了。

他又想了想，然后说：“宋未晚，你回顾氏也不可能回到许劭严的身边。”

这么浅显的道理，他以为她早就该懂。老爷子不会让她进顾家的门，三年前不会，现在也不会。

她沉默地低着头，不再与他针锋相对。刚刚睡过一觉把头发都睡得散了，凌乱地披在肩膀上，遮住眉眼，反倒显出几分乖巧温顺来。

话说到这里，似乎又回到了原来的话题。她不欲多说，他也突然觉得意兴阑珊，瞧了一眼窗外欲晓的天光，说："快天亮了，你再睡一觉。"

说完转身，往客房去了。

房间里，宋未晚一个人睁着眼到清晨，再也没有睡着。

好不容易挨到七点半，宋未晚起床洗漱，出房间的时候，顾召南早已经离开。

她在屋子里随便转了一圈，三室两卫一厅的格局，相比于他曾经住过的大宅，实在是天上地下的区别。她也听说过，这两年，他身价不断上涨，早就已经买了大屋，在郊区，开车也要一个多小时才能到。

这里地处市中心繁华地段，离他公司地点近，应该是他多处房产之一，虽然小，装修却丝毫没有减省，整间屋子的装饰几乎就是灰、白、黑三色，完全是按照他的喜好来的。

这样的品位明明已经是一流了，可她总觉得有些不对劲，看了半天，终于冷冷笑出声来。果然，是他的住处，五十多层的高处别墅，高则高矣，贵则贵矣，美则美矣，终归缺少了人气儿。适合他居住。

笑声在空空的屋子里回荡，尤其古怪。她可以想见，平时顾召南懒得回自己的大宅，住在这里也该是多么空虚寂寞冷了。也只有他这样阴沉的人，才耐得住。住久了，不变神经病才怪！

想到这里，她心情愉悦地离开，坐电梯下楼打车回家，想要换了衣服再去公司上班。

结果刚进门，就听到一声惊呼："哦——宋未晚，你完蛋了！"

"什么？"宋未晚措手不及，被穿着睡衣站在餐厅里乱晃的女人吓了一跳，"你今天怎么会起得这么早？"

她刚回国，还没来得及找房子，暂时寄居在以前同学沈蓉的家里。沈蓉如今是某报社的记者，时不时要出去跑新闻，熬夜加班是常事，生活极不规律。她以为对方会和平时一样，这个点还在自己房间里睡懒觉，没想到今天却这么巧遇上。

沈蓉用手指戳着她，一脸夸张的表情："你完蛋了，连续两个晚上不回来睡觉，你是不是和许邵严旧情复燃了！"

"哪有的事情，不要胡说！"

"瞧瞧你这身衣服，还是昨天出门时穿的那件，就没换过。啧啧，真是疯狂啊！"

饶是宋未晚极力辩白，却依然有些心虚，只重复否定了几次，就败下阵来。在牙尖嘴利、目光如炬的刁钻记者面前，她只有招架之力，没有还口之功。

她憋得脸都红了，这副模样在对方眼里简直成了更加充分的佐证。沈蓉的脸色又严肃了几分，说："你们当年不是早就分手了吗？宋未晚，你刚从国外回来没多久，只怕还没了解清楚情况吧？作为你的好朋友好姐妹，我可警告你，人家许劭严如今可是顾氏的掌权人，你不在的这些年，他的绯闻就从没消停过，你何必再去招惹？何况，前阵子刚传出他要订婚的消息，绝对不是无凭无据，你可别不小心玩出火来，到时候被我的哪个缺德同行写两笔，我可救不了你。"

宋未晚连忙求饶："饶了我吧，姑奶奶！我真的没有和许劭严旧情复燃，真的，你相信我。"

沈蓉坐在餐桌上，啃着蒜蓉面包终于安静，让宋未晚长出一口气。

她原以为，解释清楚了，对方就不会再苦苦相逼，哪知道对方沉默了一小会儿，突然惊悚大叫："什么？不是许邵严？那是谁？"

"……"

所谓自己挖坑自己跳，不外如是。

廖凡一晚上没有睡好觉，昨晚郭总和手下那帮人被几个小流氓揍得跟烂泥似的，他悄悄躲在旁边看得清清楚楚，吓得魂都快散了。没想到，一个新来的宋未晚，背后居然有那么硬的角色！那个什么卫少他并不认识，但是姓顾的那个祖宗，那可是——

那是顾氏集团所有员工私下谈论最多的话题，大家提到他的名字，总怀着一种纠结的感情：既敬且畏，还有一丝微妙的自豪感。他曾经是顾氏最年轻的当权人物，因为某些事离开，转身成了顾氏在云城生意上最大的竞争对手。

公司的几个元老人物说起他，也总是一脸惋惜，如果当初不是惹得老爷子生气，顾氏早晚都是他的，也不至于便宜了一个外人。

这样厉害的一个人物，昨晚抱着宋未晚离开，如果不是亲眼所见，他绝对不会相信。唉，总而言之，自己这次是真的踢到铁板了。

廖凡从早上起来就眼皮直跳，总觉得，有什么事情要发生。果然，刚坐下来就接到总裁办公室打来的电话，要自己上去一趟。

他心里一惊，直觉和昨晚的事情有关，一边匆匆坐着电梯上去一边心里打鼓，那个许邵严虽然是外姓人，可是这几年在顾氏干了好几单漂亮的生意，越来越炙手可热，难保日后老爷子的基业不会给他。

电梯叮的一声，将他从思绪中拉回，他穿过外面秘书的座位，敲门进去。

许邵严就坐在巨大的办公桌前，在一份文件上迅速签下自己的名字，才抬头看他："昨晚在兰溪打架的，是你的客户？"

"是的。"廖凡额头已经开始冒汗，生怕有麻烦惹到自己头上，连忙推诿道，"其实也不是什么大事，就是因为郭总看上我们部门一个女同事，本来想让她好好陪陪郭总，没想到她会认识这么厉害的人，所以才会——"

"陪陪？"许邵严脸色陡然一沉，"廖经理的业绩都是这么来的吗？谈合同做生意，就是要我们公司的女员工都去当交际花？"

"不不不，我绝对不是这个意思……那都是郭总单方面的想法而已，我个人是绝对不赞同让女员工吃亏来换合同的……在我手下，也从不允许发生这样的事情……"

"你真的没有？"许邵严冷冷地说，"廖经理，早就有其他部门的经理向我反映这个情况，不可否认你带领的团队业绩出色，可是，如果你再不知道收敛，我不保证会不会采取相应措施。"

"这——"廖凡一边擦汗，一边弯腰点头，"是是是，我一定注意，绝对不会再让许总你为难了。"

"不用废话了，扣发三个月薪水和今年奖金，未来三年内年假全部取消，算是让你长个记性。"许邵严低头继续看文件，口中继续道，"没什么事出去吧。"

廖凡点点头，慌忙出门去了，只觉得背上都是冷汗。

离开许劭严的办公室，他掏出纸巾擦汗，不经意就看到蒋梦溪从电梯里走出来。

蒋家在云城虽然比不上顾氏，但是也是经营了数代企业的家族，资产丰厚，这两年和顾氏合作颇多。蒋梦溪更是顾老爷子指给许劭严的未婚妻，两个人在三个月前传出要订婚的消息，还上了八卦杂志的头版头条，顾氏的股票因此反弹了好几天。今天，她身着一条粉色的新款长裙，连脚上穿的也是当季最流行的银色鱼嘴鞋，一如既往的清新甜美，与顾氏公司员工清一色的蓝白系制服完全不是一个套路。

廖凡苦着脸的样子被她看到，她忍不住打趣道："廖经理一大早就把愁苦都摆在脸上，是被邵严骂了？"

"唉——"廖凡叹了口气，瞧着四下没有人，才开口说，"蒋小姐，您快别挖苦我了，您让我找机会收拾的那个宋未晚，看着不显山不露水的，没想到也是个有靠山的。我昨儿个算是倒了霉，按您的吩咐做事，差点踢到铁板。"

蒋梦溪脸上露出感兴趣的表情："哦？"

廖凡以为她也没想到，连忙压低声音说："就是那一位，原本该是坐在这里头的正主儿！"他一边说，一边还用手指悄悄指了指许劭严的办公室，"我可不是对许总有意见啊，实在是，没把您当外人，才这么直接。顾氏过去那些事儿，您应该也是知道的。"

蒋梦溪脸上露出一丝意外的神色："怎么，你收拾宋未晚，还碰上了那个人？"

"是呀，可不就是这么巧，后来许总不知道怎么，也来了，都撞一块儿了，差点没把我吓死！"廖凡说，"这事儿被那人知道倒也没什么，反正我躲在后面没被发现，可是，许总心里透亮啊！一大早他就把我喊来办公室，发火了，说是有人举报我，唉，那帮孙子——"

蒋梦溪被他详细解释一番下来，顿时没了心情，摆摆手说："算了，廖经理别太在意，你为难宋未晚怎么说也是为了我，我心里是明白的。不能叫你吃亏，邵严罚你的，回头，我偷偷给你补上。"

"嘿，这怎么好意思，蒋小姐，你这——"

"廖经理，不要跟我客气了，这是你应得的。以后，还有不少事情要麻烦你多费心，你可千万不要推辞。"

廖凡原本一肚子冤枉，没想到反而因祸得福捡了便宜，顿时眉开眼笑。他就知道，悄悄傍了这未来的太子妃做靠山，准没错！

蒋梦溪心里嘲笑着他的小家子气，脸上却堆着温和亲切的笑意，又安慰了他几句，拜托他替自己继续盯紧宋未晚，这才与他告别，转身朝许劭严的办公室款款走去。

在顾氏，许劭严的秘书张瑞希是很特殊的存在：掌握许劭严的一切行程，帮忙安排日常会晤，陪伴出席各种大的场合，偶尔还能接触到深居简出的顾氏最大掌权人——顾老爷子。

公司员工对这样的人，向来是羡慕嫉妒恨。

在蒋梦溪的眼中，她却是：聪明、适龄、单身、有几分姿色。

每一点都让蒋梦溪非常不放心，最让她不放心的还是，与许劭严离得太近。

这样，发展出暧昧关系的可能性又暴增了几成。

蒋梦溪就算长得再漂亮，心思再缜密，家世再显赫，也终究是个女人，一个努力经营着恋爱关系的女人。

恋爱这件事里，不允许其他任何有威胁的同性存在。

在和许劭严的关系上面，她有许多的确定，确定自己爱他，确定自己非他不嫁，确定自己该用什么样的方式争取他。

可是，唯一的不确定，也是最让她气馁的，是许劭严的心。

许劭严对女人，一贯是温柔体贴的，可是，没有心。只有真正爱他的女人，关心他的所有细节，才能发现，他在约会相处的过程中总是一副认真敷衍的姿态，让人挑不出任何毛病，却也觉得失望。

蒋梦溪不怕他不把心放在自己身上，最怕的，是他把心放在了别的女人身上。

所以，她神经敏感地注意着任何可能与许劭严发展出特别关系的女人，这么多年了，他忙于顾氏的生意，几乎与绯闻绝缘，唯一危险的，就只有这个张瑞希了。

想到这里，蒋梦溪望向拦住自己的女秘书，眼里不自觉就带上了几分审视的意味：“怎么？邵严应该是在里面的吧？”

“许总是在里面，可是，他现在应该在忙，要不要我先请示——”

“不用了——”蒋梦溪最烦的就是她这副样子，什么事儿都要汇报，好像很贴身似的，她难得没有和气地加了一句，“我和你们许总，没这么见外！”

说完，看也不看对方，直接推门进去了。

在她的身后，张瑞希慢慢抬起头，看着合上的门，嘴角勾起一丝冷笑。

蒋梦溪对她的防备与嫌弃，她怎么会没有知觉？还没成为太子妃呢，就这么傲慢无礼，泥人也会有三分火气。她是故意的，这时候贸贸然闯进去，许总的脾气应该还没完全消吧。

门轻轻合上，伴着许劭严冷冷的声音：“谁允许你不敲门就进来的？”

蒋梦溪愣了一下，迅速缓过来，喊了一声：“邵严——是我啦。”微带撒娇的语气，最是以柔克刚。她是在提醒对方，自己和他的关系与旁人不同，应该是可以享受这种特权的。

许劭严抬头，看了她一眼，面无表情，机械地说：“是你啊，一大早怎么来了？”

“我不是看你刚回来，都没有时间陪我吃饭嘛。”蒋梦溪在他面前的椅子上坐下，笑吟吟地说，“你这么忙，只好我来看你喽。”

许劭严被她这么热切的眼神注视着，反而没办法专注于眼前的事情，便放下文件说：“去欧洲考察了三个月，堆积了好些文件，所以恐怕有段时间不能陪你了。”语气里，却丝毫没有歉意。

蒋梦溪早就想到，他会用这样的理由来搪塞自己。她笑了笑，似乎不经意地接过话说：“没有关系，爸爸也说了，男人就该多花点时间在工作上，他听说你刚回国，让我不要打扰你，是我自己太心急着见你，你不会怪我吧？”

听到对方提及蒋家的长辈，许劭严的脸色微微一凝，然后点头道：“好久没见蒋伯伯，应该登门拜访，也不知道他最近有没有空？”

蒋梦溪脸上顿时露出欢喜的神情：“你知道爸爸最喜欢你了，你要是去，什么时候他都有空的。要不，今晚怎么样？我去订闲池阁的位子，你最喜欢这家的菜。”

许劭严点点头说：“好的，都随你，记得点蒋伯伯最喜欢的菜。”

他原本紧绷的嘴角挂上了一丝浅淡的微笑，却用垂下的眉睫掩住眼中的烦厌。每次，都用她的父亲来施压，真是让人难以忍受！可是，顾氏如今的状况，很需要蒋氏。所以，他顺着对方的话头，要去见见蒋伯伯，联络感情之余说不定能为顾氏寻找更多商机。

想到这里，他又不由得入了神。

蒋梦溪看着他心不在焉的样子，顿时联想到刚刚廖凡灰溜溜走出他办公室的神情，想到对方的行为也是自己暗中授意的，忍不住柔声道：“又在想廖经理的事情吗？好啦——不要想太多了，他做什么不也是为了公司吗？我可听说，他带领的部门在顾氏一直业绩突出，你何必对他太苛责。”

话还没说完，许劭严的眉头已经蹙起。他深深地望着对方，许久才开口问道：“你，怎么会知道他的事情？”

蒋梦溪心头一跳，突然有些后悔自己嘴快，忘了廖凡的行为牵扯到了宋未晚。她连忙装作平静地解释说：“我刚过来的路上，在电梯口遇到廖经理，他一副做错了事情很后悔难过的样子，我就多嘴问了几句。”

“唔，原来是被我说了几句心有不满，找你抱怨。”许劭严再也掩饰不住脾气，“说起来，我公司的员工什么时候和蒋氏的千金走得这么近了？”

“喂，你这是什么意思——”蒋梦溪受不了他的严厉，反唇相讥道，“怪我和你的下属来往太密切？那你呢，你和前女友藕断丝连又该怎么算呢？许劭严，我睁一只眼闭一只眼，你就真当我是傻子？”

“你什么意思？”

“你为什么一大早把廖凡拉到办公室来训斥？真是为了顾氏，为了公司？你不过是为了宋未晚那个人尽可夫的贱人！”

“住嘴！”

许劭严陡然拔高的声音把蒋梦溪吓得不敢再说话了，他自己也吓了一跳。

他满脸怒容地望着对方，许久，才开口说：“我早就对你说过，不要说我不想听的话。”

是的，早在他们刚刚开始恋爱的时候，他就说过，不要说他不想听的话，也不要提到他不想提的人。那个人，就是宋未晚。

好长一段时间，他都无法坦然面对这个名字，以至愚蠢地提到过的女人，都变成了前任。

蒋梦溪深深明白其中曲折，她一直小心翼翼避免犯这样的错误，不想在被嫉妒冲昏了头脑的时候，还是犯了。她脸上的神情，一半尚未来得及从震怒中脱出来，另一半却又露出了惊惧的苗头，连连说：“我不是有意的，我不是故意的，邵严，你知道，我只是太嫉妒——”

“好了！我不想再听了！”许劭严冷冷打断她说，“梦溪，我想你应该知道，我最讨厌别人过问我生意上的事情。哪怕是你，也不例外！”

蒋梦溪一脸快哭的表情，点头，却说不出话来。她太在乎这个男人，即使靠整个蒋家与顾氏的利益关系做依仗，也担心会失去他。

她连连点头说："我保证，以后再也不问生意上的事情，也不会再提她了……你千万别生气……"

对面那个男人似乎对她的态度感到满意，前一秒还是被触了逆鳞的暴怒模样，这一刻却又露出温柔神色，低声说："这一次就算了，帮我去闲池阁订个包厢吧，晚上七点，我等一下打电话约蒋伯伯吃晚饭。"

蒋梦溪点点头，飞快逃离了办公室。她无比庆幸，自己或者是蒋家，在许劭严的心里终究还是有些位置的。所以，他才没有因为自己不小心触及禁区而彻底翻脸。

只要有位置，就好。其他的，她可以慢慢等待，慢慢争取。

许劭严望着对方狼狈离去的身影，心里有些不屑，又有些轻松。然后，他听到手机的响声，接起来，听到对方说："许总，您要我查的事情，我这边已经有线索了……"

"哦？发给我了？稍等，我打开一下邮箱。"他微微一挑眉，手指飞快在鼠标上点了几下，接收最新的邮件来查看，一堆文字夹杂着图片弹了出来。

他一边看，一边耐心听着电话那头的人简要叙述，然后打断说："和她住在一起的这个沈蓉，以前是她同学？你刚刚说她在哪个传媒公司工作？"

"《娱时代》？是什么类型的杂志？"

"好，我会通知会计和你结算这次的酬劳，不过，接下来还有一些工作希望你继续跟进……"

半个小时后，张瑞希面前的内线电话响起。

她刚刚亲眼看见蒋梦溪离开时神情不大好的样子，已经可以猜到对方刚刚与许总的见面并不愉快。看了一眼电话显示的号码，连忙收敛了幸灾乐祸的情绪，接听道："喂，许总？"

"您要我安排接受杂志访问？"她惊讶得眼睛都瞪大了，怀疑自己听错对方的话，"可是，您不是一向——"

谁都知道，顾氏集团的许总为人低调，代替顾老爷子掌控公司大权这几年，从不肯接受外界媒体的报道访问。张瑞希身为他的秘书，几乎每天都要替他挡下此类邀约，乍听到他主动提起要接受访问，而且是想上一本杂志，她有些吃惊。

许劭严一本正经地说："最近公司的情况有些低迷，你也是知道的，所以，我想改变以往的做法，多种渠道宣传公司。"

这个理由很充分，虽然熟悉对方为人，但是她选择不迟疑、不多问，说："目前为止，几乎所有社会、财经、娱乐类杂志都有向您发出过邀约，甚至还有一些人文科学类杂志，我个人建议您可以选择《云城周刊》这种发行量高、受众层次广的杂志，而且能够彰显您的品位。"

"嗯，你的建议可以考虑，不过我需要你替我优先预约一个叫《娱时代》的杂志。"

《娱时代》！电话这头的张瑞希表情彻底裂了，这是什么杂志？听名字，好像还是娱乐杂志？许总是怎么了？

"我想指名要求一个记者来对我进行采访……喂？你听清楚了吗？"

宋未晚从家里换了衣服才来公司，紧赶慢赶差点迟到。

这一天的事务很杂很多，临近中午的时候，她才算做出了头绪。她坐在座位上一边给上午的工作扫尾，一边听办公室其他人在小声议论着八卦，似乎谈论的是关于廖凡的事情。

"廖经理今天早上是怎么了？小吴不过是撞了他一下，跟吃了枪药似的。"

"该不会是因为李佳琪吧？她今天早上好像又请假没来，难怪廖经理这些天怎么看她都不对付。你们说，不过是怀个孕，跟要生太子似的。"

"喂，太子不就是许总吗，要生也是小小太子……不过，你要说李佳琪肚子里是许总的，那也太狗血了吧？打死我也不信！"

……

"够了！"最后还是廖凡的秘书贾佳打断了大家的激烈讨论，她倒水的时候经过，本来也是听笑话玩的，没想到大家越说越没有尺度，连忙站出来澄清说，"你们快别瞎猜了，我就知道是想逼我说出真相，一群没节操的家伙！"

"你快说吧，再不说，我们更加没有下限。"

贾佳耸耸肩，说："其实，你们把关键人物都提到了呀，廖总生气的确跟许总有关——"

"啊！不会吧——"大家一致发出嘘声，七嘴八舌地议论，"难道真的是许总的孩子？”

贾佳连忙补充了一句：“跟李佳琪没有关系，你们想多了！廖总今早被许总电话喊过去，回来心情就不好了，我估计，是被批了。”

“嘁——”众人的热情瞬间幻灭。

这时候，宋未晚的手机响了起来，她看了一眼屏幕上闪烁不停的陌生号码，隐隐猜到了来电者为何人，一大早的好心情瞬间跌到谷底。她不想打搅大家继续八卦，连忙走出办公室，一边走，一边接起：“喂？”

“宋小姐，这么早就接到谷某的电话，心情是不是很不好？”

电话那头，男人的声音沙沙地响起，好像刚睡醒不久，随意给她打个电话问好。谷文森，她脑袋里一瞬间就可以想象到那个人目光慵懒地朝自己扫过来的样子，不经意中透着股洞彻一切的精明，好像没有什么能够瞒过他。

一瞬间，她毫不自知地挺直了腰板，神色凛然地说：“谷总，你既然什么都知道，还要打电话来？”

“实在是没有办法。”谷文森慢条斯理地说，“我怕再不打电话过来，宋小姐会沉醉在旧情人温柔的臂弯里，忘了正事。”

“谷总多虑了，您和我约定的事情，我一定办到。”

谷文森“嗯”了一声，表示满意。

宋未晚赶紧问他：“她现在情况怎么样？”

“你说你妈？”对方顿了顿，说，“她在我这里一切都好，不过，我没有耐心等太久。你早点把事情办完，带她走吧。”

说完，电话就被掐断了。

宋未晚看了看号码，和以前每一次一样，都是随机的。谷文森真是个狡猾的角色，为达目的不择手段，还不留人把柄，有这样的人做对手，云城的商界人物真是辛苦。

她深吸一口气，转身，冷不防身后有个人站着，吓了她一跳。

“接电话呢？”廖凡皮笑肉不笑地看着她说，“我看你在忙，就没好打扰。”自从昨晚的事情之后，他知道宋未晚背后有人，对她的态度更加微妙，看似客气，却掩饰不住嫉妒。

宋未晚点点头，说：“廖经理找我有事？”

“嗯，不是我找你，是许总。他指名要你陪他去参加中午的一个饭局，与召南实业谈谈接下来合作的事情。”廖凡语气酸酸地说，“这三年，也不是没有人不想与召南实业合作，可是硬是没人谈得下来。也只有宋小姐有这本事，能够让顾总在合同上签字，难怪许总这么器重你。”

按照规矩，谈合作，至少也要总经理级别才能同去的。这回，许劭严直接绕过廖凡，给了刚进公司不到三个月的宋未晚机会，把规矩抛开不说，相当于打了他的脸。所以，廖凡对宋未晚说话也没了好声气儿。

宋未晚一听他说是许劭严的意思，心里顿时涌起一股焦躁之气，压根儿没有心情去看廖凡是什么脸色。她焦急地说：“我去？为什么要我去？不是只需要把合同签了就行吗？剩下的这种具体合作的事情，我怎么懂？”

“呵，你也知道你不懂？难道不是你主动要求去的？”廖凡不信她这么单纯无辜，许总一定是知道她和顾召南的暧昧关系，所以才想带她去谈生意。

他冷笑道：“不管是什么情况，许总让你陪他去，你就去吧，他在办公室等你！”

宋未晚满腹火气地赶到了指定的饭店，等了十几分钟，许劭严才过来。

她语气不善地问对方：“为什么一定要我陪你去谈合同？”

许劭严反问她：“有什么问题？”

“公司历来的规矩，这种大的合作项目，是需要董事会成员与相关部门经理去洽谈才够级别的，我们部门的经理是廖凡。而我，只是个还没转正的小职员。”她板着脸，一本正经地试着与他沟通。

许劭严坐在她对面，认真听了她的话，笑了：“公司的各项制度里并没有严格规定必须是这样的流程。何况，我向廖经理了解过情况，这个合同是你独自去跟顾召南签成的，事先并没有跟他报备过……”

“可我跟老爷子报备过！”宋未晚毫不客气地打断了他，她一脸终究没有忍住还是说出来了的神情，似乎悲愤到了极点，又似乎有些自暴自弃。

这句话刚说出来，许劭严的声音就戛然而止。他望着她，白净的面皮一瞬间就堆起了红晕，但那不是羞赧的表情，而是，隐隐有些难言的羞耻，还有愤怒。这种反应，早就在她意料之中，这份合同是怎么签来的，她不怕再提醒他一下。而且，她还要告诉他，这件事，顾老爷子也是知道的。

她甚至还补充说："连你的未婚妻，蒋小姐，她也是知道的，要不要，找她也问问？"

如今这个境遇，早就在她，准确地说是在谷文森的预料之中了。甚至现在说的每一句话，也是谷文森教给她的。他说，许劭严逼你的时候，不要客气，像我教你的那样去逼他。

如谷文森预想的那样，她刚进顾氏，立马就有人通知了顾老爷子和蒋梦溪，他们高高在上，想要把她赶走却又顾及面子，只好用各种办法让她知难而退。折辱她，逼她像当年那样，再爬上顾召南的床，不过是其中一计。他们就是想要许劭严知道，这个女人有多卑微下贱不值得。

现在，她帮他们告诉他，当面、直接。

其实，许劭严早就猜到了不是吗？除了顾老爷子和蒋梦溪，还有谁能把她逼到这一步？

果然，许劭严瞪着她，眼睛都红了，说："未晚，你这又是……何必？"

每一步，都在谷文森的算计之中，宋未晚按照他教过的，面上摆出倔强而悲愤的姿态，在心里却几乎要为那个男人鼓掌喝彩了，还有谁是他的对手？

"许劭严，你不用这样看着我……"宋未晚笑了，"我就算是陪睡换来合同又怎么样呢？你以为我有什么别的办法可以在公司留下来？"

"我以后，保证，不会再让你受到这样的羞辱。"许劭严甚至激动地抓住了她的手，"我回来了，以后会照顾你。"

"照顾我？以什么名义或者理由？男朋友吗？"她试着将手抽出来，却没能抽动，最终冷冷地提醒他，"许劭严，我们已经分手了。"

"未晚——"

"不要说，我不想听。"她别过头去，眼泪已经湿润了眼角，强忍着不让它流出来。谷文森说过，哭哭啼啼的女人，把最丑的样子肆意暴露在男人面前，简直是蠢透了。只有透着故作坚强的柔弱，才能让男人从心底生出保护的欲望。

要不是眼泪早就在三年前流尽，她大概也要相信自己是真情流露，而不是演戏。

不管自己信不信，许劭严大概是信了。他语气中带着温柔与怜惜地说："未晚，其实，我让你陪我来谈合作的事情，只是借口，我只是想多找机会与你见面而已。"

她说："许劭严，你为什么非要逼我？"

她想说的是蒋梦溪，可是对方偏偏误会了，语气生硬地说：“你放心，等一下召南实业来的人里面，没有顾召南。”

“什么意思？”

许劭严语气酸酸地反问：“什么意思你不明白？昨晚你们不是刚亲热过，今天反而不能见面？”

宋未晚被他的话伤到了，所有虚与委蛇的温柔与心疼，几乎将她麻痹。这不，一下就来了个猛的。她冷笑着，对自己说，没关系，这算什么呢？昨晚他是亲眼看着自己上了顾召南的车，不这么想才奇怪。她终究是离开得太久，几乎忘了他许劭严是什么样的人。

她冷笑着讽刺：“跟你有什么关系呢？男未婚女未嫁，有什么不可以？”

“你和那些女人又有什么区别？”

那些女人？呵呵，这么多年过去了，即使占有了顾召南原有的一切，他还是逃不出顾召南的阴影吗？

宋未晚看着许劭严放在桌上的手，已经紧紧握成了拳头，如果自己不是女人，大概他早就要动手了。能把他气成这样，算不算一种成就？

话题显然无以为继，她不想再和许劭严就昨晚自己是不是睡在那个男人的床上展开讨论。

所幸，召南实业的人来得很快，打断了他们的对话。此时距离午饭时间还有一个小时。

两三个人由召南实业的某副总带队，顾召南果然没有出现。宋未晚看了一眼许劭严，对方似乎完全没有注意到她的目光，抓紧时间招呼人坐下，然后打开文件夹，开始认真讨论相关条款。

工作的时候，他又变成冷静、认真的男人，全身散发着光芒，仿佛刚刚的温柔与暴躁都是从没发生过的假象。

宋未晚在一旁陪着，起先还有些走神，后来随着讨论的深入，也不得不被拉入到节奏中去。她忙着解释合同中的一些细节，直到服务生来提醒饭点到了，询问是否要用餐时，才感觉有些饿。

这样简单的合作洽谈，在正式董事会议前还要开两三次，所幸今天商谈的一切让双方都还满意，所以，午餐在很轻松愉快的气氛中进行。

宋未晚在中途去了一趟洗手间，结果，却在这家餐厅意外撞见了熟人。

请假半天没有去上班的李佳琪，和一个男人面对面坐在大堂靠窗的位置。

她原本想要悄悄绕路离开，结果，却听到一声尖锐的响动，伴随着男人低沉的呵斥声。她转身，正看到李佳琪起身想要离去的样子，桌椅与地面摩擦发出更大的响动。

可是，那个男人似乎根本不让她就这么离开，一把抓住她的手腕说："不准走，你给我说清楚，不然不准走！"

"我们已经分手了，还有什么好说的？"李佳琪语气异常坚定，却怎么也甩不开对方，一张脸都憋得红了。

宋未晚知道她怀孕了，和一个男人这样大力气地拉拉扯扯，似乎有些……她正想着，就听到轰隆一声，李佳琪一下子被那个男人又扯回到座位上，两人动作幅度过大，撞翻了一张椅子。

李佳琪眉头顿时蹙起，眉宇间似乎有些不舒服。宋未晚没办法再装作没看到，慢跑几步到男人的面前，拦住他说："住手！"

男人个子不高，长得瘦瘦的，说话却有些冲："你是谁？凭什么管我们两个人之间的事？"

宋未晚来不及回答，先低头问李佳琪："你没事吧？"

李佳琪摇摇头，给她一个感谢的眼神，一张小脸早已白得很不正常。

宋未晚说："我是李佳琪的同事，你是谁，凭什么在这里动手动脚？"

"我是她男朋友！"

"是前男友！"李佳琪声音低低地在宋未晚身后响起，"张永，我已经把话说到这份儿上，你再纠缠就要让人瞧不起了！"

"佳琪！"

"张永，你这样，还像个男人吗？"

话说到这份儿上，似乎就再也没有回旋的余地。那个叫张永的男人，一张脸唰的一下红一阵白一阵，站在原地足足有半分钟，然后头也不回地走了。

他是真的被伤到自尊了，所以走得那样快。

李佳琪从头到尾都低着头，看也不愿看对方一眼，似乎一切都与她无关。

可是，宋未晚站在她身边，看到她在抖。

小情侣决绝分手时，大概都是这样难过吧？却要倔强地装作不在乎的样子，宋未晚喊了一声她的名字，她才慢慢抬起头，眼神有些空洞。

宋未晚问她："你没事吧？"

女孩的牙齿死死咬着嘴唇，一开口就是："疼——"

心疼？难过？

"肚子……好疼……"

宋未晚闻到了淡淡的血腥气，她低头看去，恰好看到对方的裙子上，慢慢地有一小团深色液体在洇开……她心中扑通一下，有不妙的感觉。一定是刚刚和张永纠缠的时候，用力过猛了。

李佳琪也看到了，她瞪大眼睛，下意识用手护住自己的肚子，慌张地说："孩子，我的孩子……"

"不要慌，我马上喊人，冷静点，千万不要慌——"宋未晚抓着她的手，连忙掏出手机来打电话，"是医院吗？快来人，我们在……"

宋未晚一顿饭没有吃完，在去医院的路上给许邵严打电话请了假。

医生检查了李佳琪的情况，并做了相关处理，让李佳琪留院休息一天再说。

宋未晚询问具体情况，得到的回答是：怀孕还不足三个月，情况很不稳定。孕妇平时情绪太过压抑，再加上受到刺激，所以有流产先兆。建议最好卧床静养。

宋未晚送走医生，掩上门又回来。

李佳琪坐在病床上，背后垫着一个软软的被子靠着，脸上有未干的泪痕，显得有些疲惫。她一言不发，似乎在思索。

宋未晚摸了摸她的手，冰凉的，柔声劝她说："不要再想太多事了，你肚子里还怀着孩子。"

刚说到孩子两个字，就感觉到被握着的手猛然一颤。

李佳琪突然抬起头，看着宋未晚，说："打掉吧！"

"什么？"

"把他打掉，我不能生下来。"

宋未晚吓了一跳："你疯了吗？"

"我没有疯，这个孩子，不能留下来。"李佳琪一脸惶恐无助的样子，"未晚，他是个意外，我也没有想到。除了打掉，还能怎么办呢？"

宋未晚没有怀过孕，所以她不知道该怎么设身处地去考虑遇到这种情况该怎么办。她只是看着对方慌乱的眼睛，不停地劝慰她："冷静点，你不要激动……"

李佳琪终究还是平静了下来，又想了片刻，然后说："再说吧，我要再想想。"

宋未晚犹豫着问她："要不要告诉刚刚那个——"

"不要！"李佳琪摇头说，"不是他的……是我自己贱，不能拖累别人……"

宋未晚觉得头有点疼了。

李佳琪轻描淡写地告诉宋未晚，这个孩子，是她自己一夜厮混后的产物。那个男人，有钱有势，是公司的大客户。

她说："在我们这个部门工作，要想做出成绩，就不得不做自己不愿做的事情。不做就要离开，做了，就该想到会有这样的结果。"

"因为这个孩子，所以你才和男朋友分手？"宋未晚问她。

她点点头，又摇摇头说："我犯的错，不该伤害他。从我躺在另一个男人的身边开始，我就在想该如何和他说分手了。不然，以后他总会有知道的一天，这会成为他的心结。"

"男人的心结，无非那几个。"

她说完，沉默了下来。

宋未晚也沉默了，因为男人的心结……

她突然明白了，许邵严的心里，也一直有一个结，就像李佳琪说的那样。从三年前的那一夜之后，这个结，永远都在他心里，再也没有办法解开了。

哪怕，她还没有放下他，他也没有彻底忘了她，他们还是没有办法再如从前那样。

宋未晚对沈蓉说："我突然觉得很累，想要离开顾氏了。"

说这话的时候，她已经离开了医院，去沈蓉工作的杂志社楼下和她一起吃晚餐。

沈蓉趴在桌上，懒洋洋地吸了一口果汁，说："宋未晚，你又闹什么闹？这才刚回国多久？而且进的还是云城出了名的大公司，多少职场精英羡慕都羡慕不来的工作，突然说要辞职？"

"……"

"你，你不会是遇到了职场……骚扰吧？"

“我说你——”

“啊，不对不对，你可是顾氏集团的太子爷的前女友哦，那些个小角色怎么敢？”沈蓉摇头说，“除非，是太子爷展开攻势了，你们这对苦命鸳鸯是要旧情复燃吗？可千万别叫我说中了。”

宋未晚苦笑，旧情复燃？从她回来开始，蒋梦溪就恨不得二十四小时派人看着，要是真的有旧情复燃的可能，估计早就派人泼她硫酸了吧？

她说：“我和许邵严，不可能了。”她不确定，亲口说出这种类似总结的话时微酸带苦的心情究竟是因为什么。

“为什么！宋未晚，你别这么虚伪矫情好吗？你敢说，当初你费尽心思进顾氏，不是为了他？”

宋未晚突然不说话了。

费尽心思进顾氏，不管顾老爷子和蒋梦溪怎么为难，都要留下来，这是谷文森交代给她的任务。可是，她自己，也存着几分私念。

想回来，看看那个人。因为，她也有心结。

宋未晚不开心的时候，喜欢找沈蓉吃饭，她公司旁边这家餐厅的海鲜焗饭很有名，只是今天的虾仁炒得有些老了。

由于在娱乐杂志工作，接触许多娱乐圈的人物，沈蓉经常会有第一手的八卦。

用八卦下饭，能够驱走许多烦恼。

偏偏沈蓉也是个什么秘密都会想办法知道，却总是守不住的人。她把娱乐圈万年女配喻千紫其实早就有个儿子，最近崛起的花美男施罗格看似健康阳光其实私生活很乱等消息竹筒倒豆子一样说了出来，能够在这几周娱乐版第一页出现的明星几乎全都没逃过。

宋未晚听得津津有味，对方似乎讲得累了，端起水杯喝了一口，突然岔开话题问：“未晚，有个问题我一直憋在心里，你和许劭严当初为什么分手啊？”

“咳——”宋未晚被呛得脸都红了，好不容易才把嘴里的饭咽下去，问她，“为什么突然问这个问题？”

“哦，我只是好奇嘛。你当初居然成功追到这位优质男，把我们都吓了一跳。而且，许总那时候对你那么死心塌地，全年级女生都嫉妒疯了，以为你们一定会结婚。可是，后来……你突然出国，他也接管顾氏，到现在我都想不明白……”

宋未晚没好气地打断她：“你想不明白的多了去了，干吗要管我的事情！”

“喂，我是你的好朋友啊，好朋友关心一下能怎么样？再说了，我觉得许劭严到现在应该还很喜欢你吧。”

“照顾好你的天王天后影帝影后，好吗？许劭严也好，我也好，都不滥交，更没有危害社会，你的好奇心太泛滥了。”

连她自己都不知道，许劭严究竟还喜不喜欢自己。外人又怎么可能知道？难怪满大街都是明星的绯闻八卦，今天和谁浪漫过夜，明天和谁感情破裂，全都是这种狗仔娱记想象力丰富的产物。

宋未晚腰板挺直地坐着，竭力不让自己面上露出烦厌的情绪，只是一顿饭吃得再也没了滋味。

吃完饭，两个人打车回家，从的士里走出来，正准备上楼，身后有车闪了几下大灯，还按响了喇叭。

宋未晚转身，这才发现楼下停着一辆凯迪拉克 SRX，有些眼熟。正犹豫，只见从车上走下来一个人，是白天没见到的顾召南。大晚上的，他戴着墨镜，站在车边向她挥手示意。

沈蓉拉了拉宋未晚，嘀咕着说：“这个人，好像有点眼熟……找你的？”

宋未晚点点头，有些担心被她认出是顾召南，连忙推着她敷衍地说：“你先上去吧，我跟他说几句话。”

“啊？这么帅不请到家里来聊聊？”

“不用，就几句话。”

“外面蚊子多，而且，好像真的是个型男，你确定……”

“滚！”

“……”

沈蓉欢快地滚回去了，宋未晚才磨磨蹭蹭走到顾召南身边，问：“你怎么知道我住在这里？”

“我想知道，自然就有办法。”

“那你来找我，有什么事？”

小区里路灯很亮，所以她能够清楚看见顾召南的脸，他带着似笑非笑的神情说："听说，今天白天顾氏和召南实业谈合作的时候，是你陪许劭严参加的？"

"是，顾总今天白天没空出席，但是你的副总都已经向你汇报过了？"她忍不住出言讽刺。

虽然她不想与他、许劭严三个人同时出现在一个场合，可是，对方今天没有去参与合作商议，充分表达了对顾氏集团的轻视。召南实业的副总，讲话时各种绵里藏针，没少给许劭严脸色看，果然什么样的人就教出什么样的下属。多亏许劭严涵养功夫一流，才没伤了和气。

宋未晚却有些看不下去。她知道，没有顾召南的授意，对方肯定不会这样。

她说："这么多年了，你还是这么傲慢无礼，就算已经有合作意向，也不把邵严放在眼里……"

"你错了，我从来都没有把他放在眼里。以前是这样，以后还是。"顾召南冷冷地打断她，"就算我去了，大概眼里也只看得到你。"他心里重复了一下她刚刚提及的名字，邵严？哼哼，叫得还跟以前一样亲热，难道还天真的以为能和对方再续前缘？真是脑残得无可救药了！那种像渣滓一样的男人，也值得她这么放不下？

宋未晚被他的话噎住，这么一个冷淡强硬的男人，让他说出这样类似表白的肉麻话，实在是有些违和。她有些无所适从，甚至没办法抬头看他的眼睛。

顾召南见她不说话，问她："你来顾氏将近三个月了，还混得过去吗？爷……老爷子有没有为难你？"

她摇头："顾老爷子没有为难我，他——"

"没有为难你，你需要通过那种方式来换合同？"他嗤笑着怀疑道，"宋未晚，你什么时候连诚实这种基本品质都没有了？就为了一个许劭严，你要这么作践自己？"

宋未晚终于还是没忍住，"啪"的一下，一个巴掌掴在他脸上。她余怒未消，还想再掴，却被对方一把箍住了手臂。

顾召南的脸上有明显的红印，却无碍他的肃然，他望着她，慢慢地说："也只有你，敢打我。"

"你活该！"

"对，是我活该！"他的嘴角微微扬起，像是要牵扯出一个笑容，却终究没有，暗想这个女人骨子里到底还是有股劲儿，这么多年都没有变过，即使套上温和从容的假象，依然倔强执着。所以，敢一巴掌朝他打下来，而且还这么疼。

他不动声色地忍下脸部的麻痛，对她说：“我是活该，这么不长记性，这么多年过得好好的，结果你一回来，又被你给全部搞乱了。可是，宋未晚，你别忘了，是你先来找我的！是你先撩拨我的，每次都是这样。这一回，撩拨完了，你又想走了吗？”

他心里泛起一阵酸楚，这么多年了……这么多年，他还是对她不死心，就像她对许劭严一样。

宋未晚突然失语，她想反驳他，却似乎找不到半句。

她想说，如果可以，她也不想找他，都是谷文森逼的。

可是这话不能说。

她想说，上次……三年前……

可是，她说不出口，因为羞愤。

那一个晚上，大概是她这辈子最莫名其妙却又难以启齿的。

她想说，她没有故意撩拨他，只是想签一份合同，是他逼迫自己。

可是，到嘴的肉不啃，怎么可能？她送上门的行为无疑就是撩拨。

好像说什么话都不对了。错的都是她。

顾召南瞧着她呆怔的样子，忍不住告诉她说：“我知道你回来是为了什么，可是，他已经快要订婚了，和蒋家的那个，如果不出意外，明年初还会结婚。你所想的，都是空想。老爷子不会让你破坏顾氏和蒋氏之间——”

“我想什么，求什么，跟你有什么关系？”她打断他，不想听他继续说完更残酷的实情，“顾总，这么晚了，早点回去休息好吗？没什么事，我想我们没有什么必要再见了。”

“要是遇到问题，你还可以找我。”他意味深长地说，“我等着。”

其实，这才是他今晚想要来说的话。

她面无表情地把头偏向一边，不予回应。

他无奈地看了她一眼，转身步入车里，发动。车身迅速消失在夜色中。

第三章　噩梦

再长的噩梦，也终有醒来的时候。

如果可以，她宁愿死在那个夜晚、那场梦里，永远不要醒来。

宋未晚回到家，沈蓉正软趴趴地躺在沙发上，某卫视放着肥皂剧，男女主人公抱作一团，哭得死去活来。

这本该是沈蓉最爱看的剧码，但是今天她显然注意力转移了，从宋未晚进门的第一刻开始，目光就始终跟随。

宋未晚被她看得受不了，问她："怎么了？"

"那个——虽然我是个毁三观无节操的娱乐小记者，我也常常看财经栏目，关心关心股票……"

"然后？"

沈蓉手里把玩着遥控器，慢慢地说："所以呢，我对一些商界新贵、世家名流神马的，还是有些了解的……刚刚路灯太暗，我一下子没想起来，后来想想……和你说话的那个男人，好像是……顾、召、南？"

"你肯定是看错了，不是。"

"怎么可能？绝对没有错！"

"……"

"是吧是吧？你不说话是不是代表默认？他就是顾召南，对不对？"

"唔。"宋未晚含糊地应了一声，说，"你不要管这么多，看你的电视。"

"喂，我可是你的好朋友，你的事情我怎么能不管。"沈蓉迅速进入角色，"话说，顾召南可是召南实业的老总啊，最近几年在云城也是混得风生水起，他怎么有空大晚上开车到我们家楼下等你？"

宋未晚没办法，只好继续编话说："我们公司刚刚签了一份合同，和召南实业达成合作意向，所以，他有事情来找我谈谈。"这样回答，绝对合情合理，没有什么可以让她猜测揣摩的余地了。

"骗人！我明明看到你们两个靠得那么近，那么暧昧，人家堂堂一个大公司老总，为了工作的事情大晚上找你，相信你是脑瘫！"沈蓉毫不留情地拆穿她，"而且，聊工作需要甩耳光这么激烈？老实交代，你们两个到底什么关系？"

"喂，沈蓉！你是不是当狗仔当出职业病来了，居然从楼上偷看我！"

"我这是关心你！"

理直气壮的指责换来更理直气壮的辩解，不得不说，有个这样关心自己的朋友，真是幸福的负担呀。宋未晚被她追问得头都大了，连忙摆手说："我们真的没有什么关系。你看花眼了。”

“不可能！”

“太刨根究底咄咄逼人的女人，是不可能有男人要的。”

“吾爱男人，吾更爱真相！”

宋未晚受不了地摇头说：“我得去放水洗澡。没有什么所谓的真相，你不要纠结了。”

她起身到浴室打开水龙头，调了调水温。

沈蓉站在她身边，两眼放光地八卦说：“你不知道，相比于许劭严，我对这个顾召南的所有事情实在是太好奇了。他真的是太低调、太神秘了。你想啊，顾氏唯一血脉，身份高贵，理所当然应该是继承如今顾氏所有基业的不二人选。当年莫名其妙地离开顾家，所有人都说许劭严一个外姓人取而代之，鬼知道顾老爷子是不是年纪太大脑袋都不清楚了。至今在云城还是个解不开的谜团。”

宋未晚的手指正在浴缸中拨弄水花，听了她的话，手上动作不由得一滞。

沈蓉站在她旁边，看到她异样的反应，忍不住激动了：“你不会，不会是知道内情吧？”

“什么内情？我怎么会知道！”宋未晚白了她一眼。

“不可能，你的反应不正常！”

“……”

“告诉我嘛，求求你了，你一定知道对不对？”

宋未晚推开她，往卧室走。

沈蓉一路跟随，不死心地继续说：“哎呀，豪门这些事儿真的是好精彩，未晚你以前是许劭严的女朋友，他们表兄弟关系到底怎么样？你要是知道更多八卦，告诉我好不好……关于顾召南当初被赶出顾家，云城各种说法传得铺天盖地，有人说顾老爷子最疼自己的女儿，所以要把顾召南踢走给许劭严铺路。还有人说，其实顾召南的父母当年感情并不好，他父亲从不在家，他母亲生的不是顾家的血脉。更有人说，顾召南当年犯了一个特别大的错误，触及了顾老爷子的底线，导致他一怒之下将其赶出家门……”

她的话刚说到这里，宋未晚脚下就一个踉跄，撞到了椅子角。她深吸一口气，痛得眉头都皱起来了。

“要不要紧，怎么这么不小心？”沈蓉连忙扶住她，注意力也被分散了一下。

“没关系，撞了一下。”宋未晚摇摇头示意她不要大惊小怪，“还不是你害的？你别再跟过来了。我真的什么都不知道。”

她被沈蓉从客厅追到卧室，又从卧室跟到客厅，实在是没有办法了，趁着对方这会儿不再步步紧逼，赶紧拿着睡衣躲进了浴室，反手关上了门，以洗澡为借口，谢绝骚扰。

躺在浴缸里，温暖的水流立刻将身体包围，她舒服地闭上眼，整个人都放松了下来。

浴室外，门被捶得哐当响，沈蓉锲而不舍地大声叫嚷：“宋未晚，你开门，我告诉你，逃避是解决不了问题的。老娘我一定要知道八卦，一定要！”

“你们两个有什么奸情，居然瞒着我！”

“前几天你夜不归宿，到底是跟许劭严还是跟顾召南啊，你不要吓我！”

“喂，我也不管你和许劭严会不会复合，和顾召南是不是有什么暧昧了，好不好？你哪怕告诉我他们关系好不好，也行啊……顾召南为什么会被顾老爷子赶出去，和许劭严有没有关系……”

宋未晚被吵得脑仁都疼了，她深吸一口气，往下深深一躺。

清澈的水流打着旋儿，很快就没过了头顶，也将一切声音淹没，终于，听不到了。

她在水里睁开眼，一个个气泡翻滚着，涨得她眼睛微微有些疼痛，终于，在别人看不到的水下，她可以放任自己的眼泪。

白花花的浴室灯光在头顶，隔着水面晃得她眼睛发花，人在缺氧的时候，就连脑袋都陷入一种真空状态，那些封存着不愿意再想起的东西，总是在她最脆弱的时候不停地冒出来，关也关不住。

回忆，像一把冰冷的匕首，锋利地割开时间。

如果问许劭严和顾召南的关系，宋未晚自己也说不清楚。

说他们是表兄弟，呵呵，怎么会有那样相对生厌的表兄弟？他们真的是用尽所有时间与力气在互踩啊！哦不对，应该是顾召南用尽所有时间和力气在踩许劭严，而许劭严，则是用尽所有时间和力气在……被踩？

她还记得，自己倒追许劭严一直没成，直到某一天，许劭严只问了她一句：“你以后如果腻了，不喜欢我了，会不会和顾召南在一起？”

“啊？”她当时瞪着一双眼，完全不能理解他的逻辑，“我为什么会腻，会不喜欢你？而且，就算腻了，不喜欢了，为什么要和顾召南在一起？”

“我只是问问，会不会有那个可能？”

“顾召南不是你表兄吗？”她不大确定地问，说实话，她也不知道是不是，都是从同学那里听来的。她甚至连那个男人见都没见过。

许劭严点点头。

她脑筋有点转不过来，只能随口说：“我好像还没想过这个奇怪的问题，跟见都没见过的人……”

这话说完，她就成了许劭严的女朋友。

然后，第二天，她就见到了许劭严的表哥，顾召南。那么准时。

那个男人站在自己面前，甚至连正眼都懒得瞧她，不可一世地问：“离开许劭严，跟我在一起。他，不过是个寄人篱下的外人，而我，以后整个顾氏都是我的！”

她讶然，后来，才听人说——顾召南对许劭严的态度，是一种玩弄于掌心的不屑，以至于许劭严的每一任女朋友，最后都会被他抢走。

她终于明白，许劭严之前为什么不肯谈恋爱，甚至那么抵触。在那么强势，甚至有些蛮横的顾召南面前，他没钱、没势，更没有任何竞争力。

可是，她不是为了钱，也没有想太多以后，只是想要和这个阴郁、寂寞的男子在一起。所以，她对于顾召南更张扬的帅气、更大方的手笔都没有任何感觉。

许劭严时不时望着她出神，甚至露出忧虑的神色。

她知道他的担心，握着他的手安慰说：“以前我还不知道你为什么会问这么奇怪的问题，现在我只想告诉你，那些明知道顾召南只是玩玩，还抛下你和他在一起的女人，才是真的奇怪。”

许劭严苦涩地笑着说：“那是因为你不知道，他对女人，多有一套。他什么都做得出。”

宋未晚耸耸肩，淡定地说：“那他就尽管试试吧，总会有人叫他失望。”

那时候的她，真的很天真，真的相信自己，坚定地相信，会一直和许劭严在一起，没有任何人可以将他们分开。

直到，许劭严二十岁生日那年，她的美梦全部醒来。

那一年，她那样简单单纯，滴酒不沾。

那一年，顾家大少顾召南和许劭严还是井水不犯河水的表兄弟。

许劭严的生日宴，请了好多朋友。她作为女朋友，去参加生日宴。

许劭严被朋友们劝着多喝了几杯就醉了，接着就轮到身为女朋友的她。

那一夜，是她这辈子也难以忘记的一夜……一点酒就让她醉得不省人事，她被丢进房间，然后被顾召南……

昏睡中，她被一个沉重的身体压住，衣裳撕裂。

她以为，那不过是一场噩梦，终究会有醒来的时候。第一次的痛楚伴着血腥味，让她瞬间一个激灵醒来，一切，都是真的。

“不要——”她想要推开他，想要大声喊人来救自己，可是，为什么声音都像是卡在了嗓子眼里，发出来的声音只能在这小小的房间里回荡。

全身软得无力，失去了反抗的力气，只能任由顾召南胡作非为。

她喊着许邵严的名字，可惜对方听不到，她只能骂：“我是他的女朋友，你怎么可以——”

“怎么不可以？”顾召南与她贴得这样紧，他似乎完全被欲望笼罩，连眼睛都泛着红，喘着粗气说，“你是我的，他配不上！”

她被他碾压，撕裂，揉碎……哭喊着求饶……可是，他像是发了疯，狠狠折磨着她，像是猫玩老鼠一般。

后来，她哑着嗓子喊：“邵严，救我，救救我——”

他眼睛通红地骂她：“贱人！你不是自愿的吗？身为他的女朋友，你不该是自愿为他付出一切的吗？”

她知道，一直都知道，他想要她离开许邵严。可是她拒绝了，所以，他要用这么赤裸裸的方式掠夺。

那一夜绝望，漫长。

再长的噩梦，也终有醒来的时候。

如果可以，她宁愿死在那场梦里，永远不要醒来。

那些血腥、丑陋、肮脏、不堪，都与自己一起埋葬在时光里，再也不要被开启。

可是——

宋未晚从水中猛地探出头来，大口大口呼吸，外面的空气瞬间一下子涌入肺管心腔，有些胀痛的感觉。

那个黑暗的房间，那个狂暴的人，还有所有疼痛的画面，瞬间消失。

白花花的灯光依然在头顶笼罩，一下子有些看不清，她的眼角有水滚落。她慢慢地回过神来，回味刚刚那种窒息到极致差点死去的感觉。

有些遥远，却又如此逼近，真实得让她战栗。

原来，谁都是惧怕死亡的，哪怕被逼得无路可走，依然有本能驱使。

浴室外面，沈蓉把门捶得快碎了，大声喊着说："未晚，你还在洗澡吗？是不是睡着了？听见就给个回话呀，不然我要破门而入了！"

"沈蓉，我在呢！"宋未晚连忙回应她，"等一下，等一下我洗好就出来。"

浴缸里的水已经渐渐凉了下来，她仓促地洗了几把出来，正碰到蹲在门口表情无比幽怨的沈蓉。

"妈呀，终于回答了！"沈蓉拍着胸口说，"你在里面洗澡，一点水声都没有，吓死我了！"

宋未晚红着眼睛解释："哦，可能是白天工作太累，一不小心居然睡着了。"

"你的眼睛，怎么肿了？"

"哦，刚刚洗澡的时候，浴液不小心进了眼睛。现在已经没事了。"

沈蓉瞧着她一脸疲惫的样子，终于放下好奇心，妥协道："好吧好吧，我不吵你了，你早点休息。"

一夜无梦，睡到天亮。

早上起床，还没出门就突然接到部门秘书打来的电话。

对方说："宋未晚，你早点来公司，你之前和盛华签订的一份合同，出现大问题了。经理请你一来就去他办公室向他详细说明情况。"

宋未晚只觉得脑袋嗡的一声响，连忙答应了一声，拿起包就往公司赶。

等到了公司仔细一问，原来她几个星期前与盛华签了一个房地产合作项目，其中涉及一项能源循环利用于房屋的技术，被有关人士在网上曝出涉嫌抄袭另一家有名的企业新锋科技。

事情一经披露，很快就在网上引起广泛热议，甚至还有媒体迅速前往求证，第二天不少报纸头条都是以这件事作为头版头条来报道。

宋未晚了解到这些情况，心里有些吃惊，事实上，她当初也是带了顾氏的技术专家团队去进行项目可行性论证的，可是，一行数人，居然没有一个专家告诉她，这个技术有问题。所以，听说涉嫌抄袭，她第一时间以为自己听错了。

可是，有媒体已经将相关项目的科学原理与技术数据分析详细列在上面，还附上了某几位权威专家的鉴定结论，容不得她不信。

廖凡把一沓报纸狠狠摔在她面前的时候，怒气冲冲，表情恨不得把她吃了。她挑了几份随意翻了翻，就看到一组标题，血红的大字格外醒目。

“顾氏集团资金告急，为节约成本低价买进山寨技术。”

“撕开大集团的冷艳高贵，合作背后有何不堪内幕。”

“顾氏集团内部管理混乱，家族企业的明天何去何从。”

……

她不得不佩服，干媒体这行的，真的需要丰富的想象力，沈蓉那点小八卦的心已经算是很普通了。更高档的是写这种社会报道的，光从标题，都能引发人的无尽遐想。

“这些媒体都在小题大做，对顾氏很不利。我们需要澄清这些谣言。”

“澄清？你怎么澄清？你知不知道现在整个云城的媒体，几乎就没有在说我们公司好话的！发生这种事情，想让他们保持中立都不可能！”廖凡早就看她不顺眼，这回逮着机会把她骂得狗血淋头，“你知不知道因为你个人的不谨慎，害得公司承受多大的冲击，现在整个云城都把目光集中在顾氏的身上，不少媒体添油加醋歪曲事实，让公司形象遭受了许多损失。今天早上，我们的股票足足跌了三个点！”

“这件事是我准备工作做得不够细致深入，对于其中技术环节没有进行详细论证与了解，所以我很抱歉。”宋未晚不得不低头，诚恳地检讨自己。

可是，对方对于她的检讨嗤之以鼻：“你的检讨能挽回公司损失吗？你知不知道公司已经规划了这个项目在新地产上的投入使用，相关材料都已经花了大价钱买了，还请了许多专业人士，因为这件事，所有一切都要推翻！宋未晚，我想你不用再说好听的了，早点递交辞职报告吧。”

“辞职？”宋未晚惊诧地抬起头，她没有想到，自己的上司会在这么敏感的时候，鼓动自己做出这样的行为。这件事情，高层应该也已经被惊动了吧？说不定还没想好该怎么处理，她就先提出辞职，几乎是临阵脱逃的行为，以后她还怎么在这行里混？

廖凡冷笑着反问：“不然你以为？就算你死赖着不走，许总也保不住你。宋未晚，都到这一步了，你何必连累许总为你说情，到头来还要被其他董事误会呢？”

“这话，是蒋梦溪要你对我说的吗？”宋未晚微微一笑，看到对方脸上明显掠过一丝不自然的神色。她心里早就有感觉，自己刚进公司不久，自问没做什么让人反感的事情，可是这个廖凡总是刻意针对自己，想想也知道他是蒋梦溪的人。

她这么一想，顿时心中一紧，自己签的这个合同，早不出问题，晚不出问题，恐怕很有可能也是蒋梦溪在背后搞的鬼，目的就是要赶走她。可是，她偏偏是个打不退、吓不跑的性子，要赶她走，她偏要留下。

她坚定地看着他，说：“既然她让你带话给我，那我也请你带话给她，我怎么也不会这么灰溜溜地走掉的！”

撂下这话，她昂着头走出了廖凡的办公室。

往回走的路上遇到了李佳琪，宋未晚瞧她脸上依然没有一丝血色，忍不住责怪：“医生不是让你卧床休息吗？你怎么不请几天假，等情况稳定一些。”

她说着话，忍不住朝对方的小腹瞧了一眼。

“他还在。”李佳琪明白她的意思，摇摇头说，“我还是狠不下心打掉，可是，我也不想留……还有一段时间，让我想想再说吧……”

宋未晚知道对方有了主意，兼之自己现在问题缠身，向她说一声有事就要先走。

李佳琪连忙喊住她说：“差点忘了，你的事情我也听说了，正好我有朋友在盛华工作，她告诉我，现在盛华已经被新锋科技起诉了，他们现在忙着应付官司都来不及，根本没有精力顾得上你。”

“那之前研究这个能源技术项目的相关人员呢？”

“事情被媒体曝出来之前，他们就早已经辞职了。”李佳琪忧愁地望着她说，“据我朋友听来的消息，这次所谓的抄袭事件，与那几个技术人员无关，反倒可能是某几个高层的问题，具体的情况，她也不大清楚……未晚，你这次遇到的问题真的很棘手。”

宋未晚点点头，感激地说：“谢谢你费心替我打听这些消息，剩下的，我自己想办法吧。”

李佳琪拍拍她的肩膀，然后回去了。

宋未晚站在原地，思索了良久，还是不能确定，这件事跟蒋梦溪有没有关系。

但是，她唯一能够确定的是，不管是不是蒋梦溪，这一关，她必须挨过。不然，之前所有的力气都白费了。

在任务完成之前，谁也不能把她赶出顾氏！

“于是，你发了那么多邮件给我，甚至妄图用木马程序入侵我的系统，就是为了这件事？”电话那头的男人，声音清清淡淡听不出一丝情绪，可是宋未晚却感觉得出，他的心情很不好。

她实在是没有办法联系上谷文森，只好用这些小动作挑衅他，让他发现自己。

距离她从廖凡办公室出来，已经过去整整一天了，公司高层一早就在开会商讨稳定公司股价的办法。许劭严在休息的时候给她打了个电话，告诉她董事会的注意力暂时还集中在收拾局面上，让她先去积极想办法联系上新锋科技，看有没有商量的余地，顾氏可以跟他们商谈 GEF 高新技术的合作问题，希望可以把问题压缩在可控范围内。

可是，宋未晚去了新锋几次，对方听说她是顾氏之前促成与盛华合作项目的人，直接让前台打发她离开。

宋未晚耐着性子跟谷文森解释说：“如果这件事不能妥善解决的话，我很可能没有办法再在顾氏待下去。”

“那又怎样？”

“我希望你能够帮助我。”

“宋小姐，你知不知道我很忙？”

他完全没有耐心听下去，宋未晚生怕他下一秒就会直接撂了电话，连忙说：“原本这件事只是盛华单方面抄袭新锋科技的高新技术，但是莫名其妙把火烧到了顾氏的身上，我暂时也不能确定是不是有人在背后推波助澜耍花样。如果你不帮我，很有可能我会因为这件事不得不离开顾氏。你难道不需要我继续寻找机会给顾氏惹出更大的麻烦？”

“现在这件事，不是已经给顾氏惹上了不小的麻烦？”谷文森语气不悦，“我乐得看顾氏陷入这样的丑闻中，他们越乱，我就越有机会。说不定你还能提前完成任务，难道不该为此感到高兴吗？”

“可是你知道，顾氏根基雄厚，根本不可能因为这件事真的伤筋动骨。”

“那不是你该操心的！”宋未晚的话还没说完，就被对方打断了，他冷冷地说，“你也不用费心想要我动用资源帮助顾氏了，这件事归根究底也是因你而起，如果不是你让蒋梦溪有了危机感，她何必要花这么大力气逼你走？”

“真的是她？”虽然猜测过，可是真的从谷文森嘴里听到，她还是忍不住惊呼。虽然不知道谷文森从哪里得知的，但是她知道，他不是信口开河的人。

谷文森对她的惊讶很不屑，冷笑了一声，说：“如果就这样被蒋梦溪赶走，足够证明你没有一点用处，那我何必用你？这件事，你自己想办法解决吧，不要再来烦我。”

说完，电话被掐断了。

与此同时，云城某咖啡厅的包厢里，顾召南不耐烦地看了一眼手表，说：“有什么事情快说，我只给你十五分钟。”

他刚和客户谈完生意准备回公司，哪知道突然冒出来一个自称是蒋家女儿，许劭严女朋友的，拦住他非说要做一笔交易。

他咀嚼着“交易”两个字，怎么都觉得里面充斥着算计，许劭严的女朋友，和他能做个什么交易？

他的对面，蒋梦溪用银匙搅了搅杯子中的咖啡，笑了：“顾总，你很赶时间？可是我要说的事情和宋未晚有关，不知道你是不是能稍微耐点心听我说完？”

顾召南皱着眉头，他很不喜欢眼前这个女人，长得虽然漂亮，行为举止也优雅得体，可是全身上下那股精明劲儿，让他非常反感。许劭严这几年的品位越来越差了，想到这里，他眉头微微舒展开，心中多少有些幸灾乐祸。

蒋梦溪从包中掏出一叠纸，递到顾召南的面前说：“这样东西，我想送给顾总。”

顾召南朝纸上瞄了一眼，正上方写着“GEF 高新技术项目独家应用授权合同”，他的目光陡然一凝，语气不善：“你这是什么意思？这样东西，应该是顾氏现在最需要的吧？你送给我？不怕被顾老爷子和许劭严知道？”

“所以呀，这份合同价值几千万呢，我可不是白送给顾总的。”

“我不大明白你的意思。”

蒋梦溪白皙的手指在合同上面轻轻点了点，慢条斯理地分析说：“顾总你也知道，现在新锋科技已经正式对盛华提出起诉，这场官司肯定要持续很长一段时间。顾氏无心这趟浑水，可惜却被社会舆论绑架，不得不想办法恢复自身名誉形象，不然，早晚会被像您这样虎视眈眈的对手给扒下几层皮来。”

“那你还把这份合同交到我手上来？”顾召南斜睨着她问，“你不是顾老爷子亲自选定、将来要嫁给许劭严的孙媳妇儿吗？你不为顾家考虑，反而暗地里拆台，会不会有些过了？”

蒋梦溪歪了歪嘴角，露出一个充满讽刺的表情：“我当然要想办法拆一拆台，不然，顾氏发展得太顺利，还怎么倚重我们蒋家的财力？我们蒋家没有了利用价值，许劭严还一定会要我吗？”

她怎么会不知道，顾老爷子说喜欢她，其实喜欢的是她背后的蒋家。而许劭严，对她一直不冷不热，甚至因为宋未晚回来，还更冷了几分。她要是再不主动点，只怕以后真要变成云城的笑话了。

顾召南听明白了她的意思，似笑非笑地看着她说：“这么说来，我可以放心收下蒋小姐送的这份礼，只是也没什么情意需要领了？不知道你需要我和你怎么交易。”

蒋梦溪点点头，称赞道：“顾总果然是明白人，我就不兜圈子了。这份合同，早在这事故发生之前，我就已经想办法买下了，现在只需要顾总你接手即可。我的要求很简单，第一，当然，费用需要顾总自己来出。”

“这个合理。”

“第二，顾总接手后，立即就要向外界宣布这一消息，而且必须帮我保守秘密，这份合同是您自己谈成的，和我可没有半点关系。”

“蒋小姐什么都没做，坏事都是我顾召南做的？”顾召南摇摇头，“这笔交易对我来说太不公平了。到时候外界都要说我顾召南心黑，往绝路上逼顾氏。”

蒋梦溪思忖了片刻，点点头：“好吧，费用打八折，算是弥补顾总，行不行？”

“合理。”

“第三，宋未晚得知这项技术的独家授权合同在你手上，肯定会来找你，你必须答应我，无论怎么跟她虚耗，绝对不可以和顾氏谈成这笔合同。”

“要我替你周旋应付情敌，好让她没有办法继续接触许劭严？”

蒋梦溪没有想到顾召南是这么难缠的角色，她没好气地说：“顾总，虽然别人不知道，可是我在顾家出入这么多年，有些事情是知道的。你对宋未晚的那份心，到现在只怕都还没息吧？”

顾召南脸上的笑意一敛，听她继续诱惑地说：“如果有了这份合同，她只要想待在顾氏一天，就不得不去找你……”

她的话还没说完，顾召南已经冷笑了：“如果她是为了留在顾氏来找我，难道我会稀罕？”

“所以顾总你手握这一纸合同，不管她怎么求你，都不要给顾氏任何方便。”蒋梦溪笑着说，“不用多久，她宋未晚在顾氏就会待不下去。”

顾召南陷入了思索。

蒋梦溪不急不躁地等待着，轻啜一口咖啡，用杯子掩住嘴角的笑意。她早就分析得清清楚楚，顾召南没有理由不答应她的交易，一切尽在掌握。

可是，出乎她的意料，顾召南似乎没多久就拿定了主意，摇了摇头说：“这笔交易我恐怕要拒绝蒋小姐了。”

“为什么？”蒋梦溪手中的银匙猛然落在咖啡杯盘上，发出叮的一声脆响，她甚至没有注意到自己的失态，“这笔交易是双赢的，我们都能达到我们想要的目的不是吗？你不是一直很讨厌许劭严？这是个很好的让他头疼的机会。”

“你说的一切我都明白，可是，我也想请你明白，我并不一定非要接手这份合同，虽然没有人比我更喜欢看着许劭严难堪，但是我还不至于糊涂到要花这么多钱来逼得他更难堪。我有的是其他办法，更加节约成本，更加直接方便。”

蒋梦溪方寸大乱，她头一次接触顾召南谈交易就陷入了这样被动的局面。

她原本想好的计划，一下子全都落空了，她花了几千万买来一个对蒋家完全没有用处的合同，却不能将它转卖给她想要转卖的人。她甚至不能卖给其他任何人，因为不能确保会不会被传出去，如果不小心被顾老爷子和许劭严知道她私底下的做法，只怕她很难和许劭严再在一起了。

想到这里，她连忙拉住准备起身离去的顾召南：“七折？七折行不行……六折，其他四折全部由我们蒋家出了，你只需要出百分之六十的资金，这可是份很有潜力的技术合同，对你而言绝对不吃亏。”

“蒋小姐，你要知道，这笔交易，是双赢的。”顾召南眼中的精光一闪而逝，他弯下腰似乎在和她商量，然而口气却不容辩驳地坚定，“既然是双赢，五五比较公平，你觉得呢？”

蒋梦溪点头的时候，快要哭出来了。她没有和父亲商量，就想着要布这个局来给许劭严压力，逼走宋未晚。

可是她没有想到，最难搞定的，居然是顾召南。

她忐忑着，却又不得不按捺住焦急的心等待顾召南细细看完了那沓合同，然后签了字，才逃一样提前离开了咖啡店。

顾召南漫不经心地朝她离去的方向看了一眼，见到她步履匆忙差点在门口摔倒，心情莫名有些轻快。

然后，他怡怡然掏出手机，按下号码。

宋未晚匆匆忙忙赶去见顾召南的时候，差点把钱包落在的士上。

她一路思索着，为什么 GEF 高新技术的独家授权合同会落到顾召南的手里，车一到顾召南公司楼下，她丢下车费就往里冲。

司机在她身后边追边喊："小姐，你的包……"

她这才回过神来，连忙调整了心情，站在大楼门口抬头看，不知道顾召南的办公室在哪里。短短三年，他能把召南实业做成今天这番规模，也足以在云城骄傲了。

身边来往进出的人，不比顾氏少，虽然大多数都只是带着各种图纸和材料的年轻人，可是，行色匆匆之间让人觉得，这是个很有人气的公司。

宋未晚深吸一口气，平静心情，去前台告知对方自己已经预约来见顾总，前台小姐很客气地点头说："宋小姐，顾总在办公室等您。"

她按照对方的指点，乘坐电梯直接到达顾召南办公室。

顾召南坐在宽大的办公桌前，手指在电脑上面飞速跳动，发出很有力的声响。从宋未晚敲门，他只说了一声"进来"，然后就一直在忙自己的事情，其间连看都没看她一眼。

他是故意的。

宋未晚站得不耐烦，打断他道："顾总把我喊过来，就是为了晾着？"

"茶，还是咖啡？"

"啊？"她一时间跟不上，听到他又重复了一遍，才回答说，"咖啡，谢谢。"

他终于摆出了要与她谈谈的姿态，宋未晚站在他面前，被那样炙热的目光审视着，恍惚间有种错觉，对方是猎人，而自己是猎物。

宋未晚明白对方占尽主动的优势心理，只有先开口：“虽然你在电话里说过，但是我还是想看看，确定 GEF 高新技术的授权合同是不是真的在你手里。”

对方很干净利落地扔过来一份复印的合同，宋未晚迅速看了一遍，确定是真的。

顾召南不忘在一旁告诉她：“我已经让我们公司的技术人员事先论证检验过，GEF 技术绝对是原创，所以才会放心签下合同。”

对于这种间接的讽刺，宋未晚装作没听到，直截了当地说：“顾氏有意愿和你们公司就 GEF 技术开展合作，不知道顾总要什么条件？”

“合作？”顾召南摇头，“我只是告诉你，我拿到了这项技术的授权，可是我目前并没有要使用的想法。”

“那我换句话来问你，你为什么会有这份合同？”宋未晚脸色一沉，“偏偏在这个时候，顾总，难道最近顾氏被舆论攻击的事情，背后也有你在掺和？”

“如果也有我的掺和，你会怎么做？掉头就走，不再谈合作的事情？”

顾召南漫不经心地看着她，一副不怕她一怒之下掉头就走的神情。

掉头就走，不可能。

她只能耐着性子，放低身段：“你既然告诉我，就是预备我来求你，对不对？既然这样，为什么不干脆点呢？你开价，我回去跟许总汇报，让顾氏的董事们考虑给不给得起。”

“开价？如果还是和上次那份合同一样呢？”

宋未晚的眼中瞬间闪过愤怒的神色，她暗暗捏紧拳头，劝自己要忍耐，千万要忍耐。

顾召南早就将她的反应看在眼中，继续说：“陪我上床这种事情，你也要回去向许总汇报，让董事会替你决策一下不？我觉得这是个好主意……”

“顾召南！”宋未晚打断他，深吸一口气说，“只要和你上床就可以，是吗？”

她眼睛死死盯着顾召南，又不是没有过。如果这副身体，他还没有腻烦的话，自己是不是更应该庆幸？

可是，顾召南的表情却叫她看不透。

“我只是和你开个玩笑。”他说，“你别太把自己当回事，我见识过比你漂亮的，床上更热情火辣的，你……真的很一般……”

“那你有什么条件？”

“我要你保证，绝对不会介入许邵严与蒋梦溪之间，接下来的时间里，只要我需要，你必须陪吃陪喝陪约会。只要我找你，你必须随叫随到。”

“为什么？”宋未晚不明白地说，“顾召南，你不过就是嫉妒许劭严，他有的一切你都要抢到，真是幼稚！”

顾召南压抑着怒气，面上却不露半点地说：“你不答应没关系，反正你想不出办法帮顾氏解决麻烦，有蒋梦溪在暗处搞风搞雨，你的日子也不会好过，甚至很快就有可能离开顾氏。以后，想破坏许邵严和蒋梦溪的关系也不可能了。”

宋未晚不说话，她知道，自己连说“不”的资格都没有。

只是，不知道为什么，在心里，有个声音轻轻响起：“你看，这么多年来，他都没有变过。”

她低头犹豫了一下，说：“让我考虑一下。”

垂下的眼睫让对方看不到她眼中的感情起伏，同时，她也没有看到，对方听到她这句回复时，面上闪过的复杂神色。

拒绝了顾召南一起吃饭的提议，宋未晚独自坐着的士回家。

天气有些闷热，司机却告诉她，车上的空调坏了。她只能慢慢摇下车窗，望着外面已经黑了大半的天空。

虽然透了口气，依然没有一丝风，这种天气已经持续了好多天，不知道是不是在酝酿一场大的暴风雨。

司机说：“这种鬼天气，热得快把人的耐心都耗光了，每天都在期待，也不知道什么时候能够来个痛快。”

她笑一笑，看着路边一闪而过的五彩灯牌，心想，把人耐心耗光的，岂止是天气。

她离开顾召南办公室的时候，多问了一句：“顾召南，以前你说过，只要是许邵严的女朋友，你都要抢走。可是，我早就不是他的女朋友了。现在，许邵严身边的女人，是蒋梦溪，你下一个目标，不应该是她才对吗？”

顾召南莫名其妙地瞪着她，许久才回答她：“是，我也不知道，自己这么多年怎么就没腻味呢？你何尝不是呢，非要死死盯着一个许邵严？你这么明白我，为什么不敢答应和我试试呢，怕和以前那些女人一样——爱上我？”

当年，他也是这样对她说的：“不敢答应？是不是怕和那些女人一样，爱上我？”

她叹着气回答：“我真佩服你，这么多年过去了，还是见不得我和许邵严有半点好。”

有句话怎么说，越是得不到，越是想要。

如果说，许劭严之前的女友都没能逃得过顾召南的手心，偏偏她宋未晚是个例外，所以，他才会不甘，才会用尽手段。

以前她以为是这样，可是现在，她不敢确定，甚至不敢多想了。

她是在离住处还有一站的地方下车的，家里没有什么吃的，所以，在外面的小面馆吃了碗面。

然后，一个人散步回去。

马路两边种着高高的大树，随意投下一团团阴影，仿佛笼罩在心头的那些杂念。宋未晚觉得有些压抑，抬起头看了看。

今晚的月亮很大，很亮，让人舍不得移开眼睛，只是有一阵子被云彩遮住了，顿时又若隐若现、暗淡无光。

以前她觉得，许劭严就像这被遮住了光芒的月亮，不管多好，也不会有人看到。

而顾召南，就是云彩，永远横亘在他的头顶。

她爱的是月亮，而不是云彩。

顾召南不会明白这个道理。他只会在一次又一次被拒绝后，一次又一次告诉她：“许劭严有的，我都有，许劭严想要的，我都会抢过来。”

感情是没有办法抢夺的。

以前，就算他不明白，她也掌握着选择权。

可是如今，他掌握了顾氏最需要的一纸合同，也掌握了她的去留。所以，他提出了那样含蓄而危险的要求。

一贯霸道直接的顾召南突然含蓄了，她不由得谨慎起来，怕自己一不小心就回不了头。

对于顾召南提出的要求，她第一次觉得无力，因为知道他要的会比他说的更多，所以，不知道该怎么答应。

快到小区门口的时候，电话响了，她接起，听到谷文森说：“听着，现在只有一个办法可以解决顾氏的困境，同时你自己也能继续留在顾氏上班。”

她赞同地说：“那份技术合同现在在顾召南的手上。”

“蒋梦溪已经把合同送到顾召南手里了？”谷文森似乎还没有及时了解到这个信息，他笑了，“有点意思，我想知道，顾召南对你提了什么样的条件。”

“……”

虽然很不情愿，但她还是将顾召南提出的要求一一向对方说了。

“为什么不答应？你回来，难道不想弄清楚许劭严心里到底有没有你？如果能借助顾召南刺激他，说不定能够很快就搞清楚。”

“胡说！我没有。”

电话里传来一声冷笑：“这时候还矫情有什么意义吗？别以为我不知道你那点小心思，你不是对许劭严还存着幻想，难道是磨磨蹭蹭喜欢上顾召南了？”

宋未晚的额头上冒起了汗，她不得不承认，谷文森的精明让她无所遁形。

他替她做了决定：“你等一下就打电话告诉顾召南，你答应他的要求，这份合同，务必要替顾氏争取到。”

她很不情愿，却很无奈地问了最后一个问题：“你为什么突然改变主意，愿意帮我想办法帮助顾氏了？”

“当然不是因为善良。而是因为，我突然想要更多。”

电话又被他单方面掐断，她深吸一口气，疲倦得恨不得躺在地上。

为什么每个人都想要更多？

前几日，云城各大新闻媒体的头版头条都在报道一个话题，新锋科技就其GEF技术遭人抄袭一事将盛华告上法庭。

情况一目了然，原告方新锋科技早在三年前就已经投入人力物力研发GEF技术，经过两年时间逐步完善成熟，期间从未间断过相关台账资料的整理，手握数名专家学者的论断作为佐证，身后也有社会舆论的热烈支持响应，原本占尽风头。

可是被告方盛华在这种情况下，居然请来了云城赫赫有名的金牌律师杜可风。这个杜可风的确是个奇人，出了名的能言善辩、诡计多端，居然将原本形势对己方十分不利的官司打得风生水起，双方在法庭之上各执一词，争得不可开交，一时之间难分高下。

媒体向来闻风而动，重新在这场官司中找到了新的看点，纷纷对被告方律师杜某产生了好奇，一时之间对他的学历、背景乃至花边新闻各种铺天盖地地挖掘报道。这位杜姓律师年轻有为，长得也英俊帅气，再加上是本城夜店欢场出了名的花花公子，情人玩伴甚至涉及娱乐圈，在媒体的网罗之下，每天几乎都有或真或假的猛料爆出，一时之间成了本城的风云人物。

云城民众大半的注意力，都似乎有些偏了。

在这种情况下，顾氏集团原本承受的“包庇纵容甚至伙同抄袭”的舆论压力顿时减轻大半，虽然还有不少商界对手死抓着这件事不放，非要搞臭顾氏的名声，可是顾氏在云城盘踞多年，人脉资源丰富，应付之间也逐渐显出大集团危机公关的从容不迫。

这份合同当初的签订者宋未晚早在一个星期前就已经向董事会递交书面说明，已经得知GEF技术被新锋科技独家授权给召南实业使用，目前她正在积极接洽召南实业的顾总，希望能够谈成这项技术的合作项目。一旦谈成，必定能够让顾氏迅速摆脱目前遇到的困境。

许劭严也在董事会上暗示其他董事，宋未晚之前也曾帮公司达成与召南实业的合作，能力出色。与会众人大多知道对方老总顾召南与顾氏千丝万缕的恩怨，之前公司不少员工都曾在对方那里碰过钉子，听说宋未晚能够促成合作，也不由得有些吃惊。

虽然对宋未晚给公司带来的麻烦很不满，可是在这种情况下，还需要依仗她在顾氏与召南实业之间斡旋，所以众人暂时按捺住了处理她的心思，采取静观其变的态度。

宋未晚得知这样的结果，非但没有松一口气，反而更加感觉到压力。她这几天几乎天天联系顾召南，希望和他再谈谈GEF技术合同，可是对方总是推说忙，没有空见她。

说要她陪吃陪喝陪约会的人是他，可是，忙得消失不见连电话都不怎么接的人也是他。顾召南，你究竟要玩什么把戏？她看着电脑里快速闪动的数字，有些出神。

电脑正在进行各种数据分析，她才不会相信，顾召南会简简单单和她吃几顿饭喝几次酒就把这个技术轻易交出来。这些天，她搜集了大量顾氏与召南实业的大项目资料，寻找双方可以就GEF技术达成合作的切入点，想要做一份详细可行的方案，希望能够引起顾召南的兴趣。

下班前十几分钟，许劭严的秘书张瑞希通过公司内线给她打来电话，要她去公司大楼下面等许总。

她从一堆繁复的数据中抬起头来，看了看外面已经暗下来的天色，一下子有些回不过神："公司大楼下面等许总？有……什么事吗？"

张瑞希心中也很奇怪，不知道宋未晚是什么来历，但是作为一个合格的秘书，最重要的一点就是不要过问老总的私事。她只负责传达对方的话："许总今晚要参加一个酒会，需要你当女伴。现在。"

宋未晚匆匆收拾东西，关了电脑，然后下楼。

果然看到一辆兰博基尼停在公司门口，许劭严从后座下来，朝她挥了挥手。

宋未晚连忙朝他走去，还没来得及上车，就听到长长一声喇叭响，伴着发动机的轰鸣声。

另一辆车，以很快的速度从旁边冲了过来，恰好停在并排的位置。

对于这种几乎是挑衅的行为，宋未晚车门拉到一半，忍不住皱眉看过去，瞧着车型和车牌，似乎有些眼熟。

驾驶座的车窗缓缓降下来半边，露出男人戴着墨镜不辨喜怒的脸，她没有想到，这个时间他会突然出现在这里。

顾召南摘下墨镜说："上车。"

"可是，我现在要和邵严去参加一个酒会。"

"不准去，你现在必须和我走。"

"……"

顾召南朝她眉头微挑，像刀锋一样锐利，不忘提醒道："你忘了之前答应我的？"语气隐隐带着威胁，还有几分不耐烦。他自始至终都懒得朝旁边的另一人看一眼。

她答应过他，要随叫随到，如果在这个时候拒绝他，天知道再想见他要吃多少苦头。宋未晚太了解顾召南的脾气，更加在意他手中的GEF合同，所以，一瞬间在心里就有了计较。

总要有对不起的那一个，宋未晚朝许劭严投以抱歉的眼神，说："邵严，我稍后还要和顾总谈一谈 GEF 技术的合作事宜，你另外找人陪你去吧。”

“未晚——”

她不敢再看对方是什么表情，匆匆坐上了顾召南的车。

顾召南好像什么都没有听到，脚踩油门，车像箭一样冲了出去，将那辆兰博基尼远远甩在后面。

心情，莫名其妙的好。

身后，许劭严脸色铁青地看着那辆车渐渐消失在视线中，暗暗捏紧了拳头。

愤怒，无声无息地翻腾，几乎快要抑制不住。

云城有名的餐厅，环境、菜式、服务都是一流的。

悠扬动听的音乐在餐厅里回荡，充满了浪漫的情调，这家店专门请了意大利顶级厨师主厨，精心烹调的菜式让许多美食家都赞不绝口。宋未晚坐在顾召南的对面，举止有些不自然。

顾召南一边点菜，一边将她的样子看在眼里，眼中有阴霾积聚，似乎酝酿着一场风暴。

他刻薄地说：“这么不适应，难道许劭严之前从来没有带你来过这里吗？”

宋未晚表情一僵，不吭声。

这时候，有人匆匆忙忙赶了过来，站在他们的餐桌旁一个劲儿鞠躬：“对不起，对不起，实在是很抱歉，我迟到了。”

声音清脆好听，像一只黄鹂鸟。宋未晚抬头一看，是个年轻漂亮的女孩子，穿着一身粉色的晚装裙，气质清新甜美，看得出是精心打扮过的。她可能是一路狂跑过来的，头发有些乱了，说话的时候还轻微有些喘气。

宋未晚疑惑地看了看她，又看了看顾召南，还不明白是什么情况。

顾召南却微微抬起眉毛看了对方一眼，没好气地说：“陆小姐怎么不等到我们用完晚餐了再过来？看一眼就走，那样岂不是更替我节省了时间？”

“对不起，我，不是故意的。”对方大概被他严厉的语气吓到，眼圈一下子就红了，低着头声音小小地解释说，“路上堵车，我没有想到会遇上晚高峰……”

顾召南听了她的解释，突然就沉默了。他沉默的时候，比说话时更可怕，顿时让人感到一种无形的压力。

这位陆小姐怎么也没有想到，这个男人的气场会这么强，几乎都快把她眼泪逼得掉下来了。她强忍着，生怕在陌生人面前丢脸。

宋未晚连忙替她解围，问顾召南："这位是……"

"这位是陆小姐，我母亲替我找来的相亲对象。"

"啊？"宋未晚差点以为自己听错了，想要再问，却对上顾召南幽深的眼神，顿时中途噤声了。她尴尬地朝里边让一让，给陆小姐腾出地方来，"陆小姐，你请坐，坐下来聊吧。"可是，心里不免有许多疑问，为什么带她出现在他相亲的场合，太不合适了。

"还需要坐下来？"顾召南挑了挑眉，"请问陆小姐你以什么身份坐下来打扰我和未晚吃饭呢？"

话一说出来，宋未晚顿时觉得有些不对劲，似乎，过于亲密了？

"啊？你们——"陆小姐尴尬地站在原地，听了他的话，忍不住用手在两人之间比画了一下，"你们是？"

"对，如你所想，她是我的女朋友。"顾召南深深地看着宋未晚说，"我们很相爱，不希望别人打扰。"

宋未晚震惊了，相爱……她甚至不敢看顾召南的眼神，脑袋一片空白，完全搞不清楚状况。

"可是顾阿姨说……说你没有……"

"我妈对未晚一直有些意见，她想找个更满意的儿媳妇，所以才会这样说。"顾召南看着她说，"这一点，你能理解吗？"

"理解，我能理解。"宋未晚已经可以看到女孩的泪花在眼眶里打转了，连声音都在颤抖。对方勉强露出一个比哭还难看的微笑，说，"祝福你们，我……还有点事，先走了。"

说完，她就像一只受了惊的兔子，快跑着离开了餐厅。

宋未晚甚至还看到她因为跑得太急，中途崴了一下脚，却还是一瘸一拐地逃了，好像背后有什么在追她。

宋未晚眼中满是疑惑："这是怎么回事？今晚你原本是要和这个陆小姐在这家餐厅相亲？"

"不然呢？"顾召南冷冷望着她说，"你以为我让你来做什么的？不过是为了防止被纠缠，这些什么都不懂的小女孩，我懒得在她们身上花费时间和心思。你只是挡箭牌，替我把她们一一挡掉的工具。”

“你怎么可以这样对她？”宋未晚脸上涌现愤怒的表情，“她只不过是个年轻单纯的小姑娘，什么都还不懂，也不一定会看上你，可是你却一见面就给她难堪。顾召南，你凭什么这么刻薄？”

“刻薄？拒绝一个人就叫刻薄的话，那么你拒绝我呢？是不是也很刻薄？”他的话，让她突然不知道该怎么回答。

明明知道他是不对的，可是，自己总是能被他的狡辩绕进去，无言以对。

他冷冷地看着她说：“宋未晚，你有什么资格说我？”

她的确没有资格。

桌上华丽精致的菜肴都好像失去了味道，宋未晚没有想到，她今晚是来陪他拒绝一个女孩子的。

那个女孩子，都哭了。

她将刀叉摔在盘子上，哐当一声脆响，然后愤怒地说：“你很过分，她只是个小女孩，以为今天会是个很愉快的夜晚，可是你从头到尾都在给她难堪！”

顾召南晃晃手中的红酒杯，浅啜了一口说：“我不喜欢她，没有时间陪她玩。”

“那我也不喜欢你，没有时间陪你玩，还不是得坐在你对面？”

“对，相比于和我坐在一起吃饭，你更愿意和许邵严一起出去。可是，我偏偏不让你们有机会在一起。”

她骂他：“你就是个变态吧，最见不得别人幸福，非要一个个摧毁了，自己也从没得到过幸福。”

“你难道还在幻想自己和许邵严，你们还有可能幸福？”他冷笑，“许邵严什么时候转了性子，被我用过的，他还要？”

一杯红酒劈头盖脸地泼在他脸上，宋未晚忍无可忍地站起身说：“你这个神经病，没救了！”

说完，她起身就往餐厅外走。

顾召南一个人面无表情地坐着，任由红酒顺着他的眉毛、脸颊、下巴流下来，湿透了他胸前的衣服。

餐厅的侍应生听到动静赶过来，认出顾召南，连忙递上毛巾说：“顾总，您擦一擦吧，要不要我帮您把衣服拿去换洗？”

顾召南摇摇头，示意他走开，不要打扰自己。年轻的男子很有眼力见儿，鞠了个躬，然后无声退去。

都走了，清净了。

他轻声重复着宋未晚刚刚的话，声音低沉得只有自己才能听到：“是的，我早就得了病，没救了。”

可是，那又怎么样呢？

宋未晚回到住处楼下，意外地遇见了许劭严。

她看到他的时候，他正斜斜倚靠在车门上，抬起头朝楼上看。这个动作，有说不出的萧索落寞。

路灯下，明暗交错的光线将他整个人一半照亮，还有一半隐于暗处，像是在进行一场无声的拉锯战。从宋未晚的角度看过去，他侧脸的样子和以前不大一样了，多了几分成年男人的硬朗。他将这个动作维持了一会儿，然后低下头，从口袋中摸出烟和打火机，正准备点上，转头就看到了宋未晚。

他把烟又收了起来，说：“你回来了？”

地上散落了许多烟头，宋未晚走近，闻到了淡淡的酒气，许邵严的脸色细看也有些红。她皱了皱眉头说：“你喝酒了？疯了吗，喝过酒怎么能开车？”

“嗯，喝了一点儿。”他听到她说的话似乎心情一下就好起来了，淡淡地笑着，突然一把将她抱在怀里，差点吓到她。成年男子的气息，伴着烟草和酒精的味道混在一起，扑面而来，令她来不及反应，只听见他在耳边说：“你喝醉酒那天晚上，他抱着你离开，我也是在这里，在你家楼下等着你。可你一夜都没有回来。今天我想着不甘心，还要来等你，幸好你回来了。真好。”

宋未晚的身体一僵，说：“你醉了。”

“我没醉！我知道我在说什么！”

“你如果没醉，来找我干什么？”她使劲推他，却推不动，急了，捶打他的肩膀说，“许劭严，我不是你的什么人，你该去找蒋梦溪！”

“别闹！”

“我没有和你闹，放开，听到没有……再不放开，我要喊人了……”

“你喊吧，你喊我也不放开……”他把她抱得更紧，似乎在赌气一般，“我以后也不会放开……”

“喂，放开，我真的要喊的，小区里有保安的……来人呢，来人……”她的声音，全部都被他突然袭来的唇堵住，还来不及反应，对方的舌头已经凶狠地冲了进来，纠缠着她的不放。

浓烈的酒气，熏得她几乎无法呼吸，而眼前这个男人，充满了攻击性，由不得她闪避。宋未晚没有想到，今晚的许劭严热情、强势、主动……一下子失去了他最引以为傲的冷静自持，似乎变了一个人。

她挣不开，逃不掉，却不知道为什么，害怕这样一个失控的许劭严。

她好不容易挣开的时候，望见他热切的双眼。他说：“未晚，我一直没来得及告诉你，你能回来，我真的……是真的很高兴。”

对方的眼里似乎有团火幽幽地烧着，可是她，眼底却是一块沉静的寒冰，丝丝冒着冷气：“我更想知道，你怎么会知道我的住处？”

许劭严脸上露出局促的表情，多亏晚上光线太差看不出，他不能说自己曾经找了私家侦探跟踪她，连忙编了个借口：“公司人事处有你的地址。”

宋未晚顿时沉默了。她进公司时，在人事表格上填的地址是她三年前还没离开云城时的住址。

许劭严本能感觉到她的反常，连忙问她：“怎么了？”

“没什么，只是有点意外，你会来找我。”她的声音有些飘，心却一点一点沉下去，许劭严为什么私下找人查自己？他是真的还对自己余情未了，想要知道她过得好不好吗？或者，已经察觉到她回来的原因不单纯？

以前，他们还是男女朋友的时候，她就觉得他像是一个谜，永远猜不透。

如今，隔了数年的光景再见，她更加看不清了。

许劭严仔细看着她，苦笑：“我以为你早就会想到我会找你，像过去那样，相信我依赖我。”

“不要再提过去。”他们之间的过去，那么脆弱。

“晚晚——”许劭严喊她的名字，他知道对方的心结在哪里，试图解释说，“当年，我真的没想到，爷爷会把你送出国。如果我知道——”

“如果你知道，你就会来见我？”宋未晚冷笑着摇头，“你连解释的机会都不给我，你和他们一样，以为是我主动勾引了他，是吗？”

“……”

三年前，她从顾召南的房间里醒来的那个清晨，崩溃地惊叫着，挠破了对方的脸，然后跌跌撞撞冲出来。

她的脖子上还带着疯狂后的斑斑痕迹，头发散乱着，就这么被楼下用餐的顾老爷子和许劭严看到，那一刻，她吓得差点从那么高的楼梯上滚下来。

而顾召南，衣衫不整地追出来，一起被撞见。

整个顾家，大概都已经知道了吧？

后来她想，如果当时自己滚下来摔死，是不是可以一了百了？总好过以后，那么多的折磨，那么多的难过。

第二天，顾老爷子就主动约见了她。

他将一张支票丢到她的面前，很随意地说：“带着这笔钱，出国去读书，如果可以，不要再回这里了。”

和所有电视剧里演的一样，用一笔钱，打发一个麻烦。

而她，也像那些信奉爱情的女子一样倔强地昂着头拒绝：“我不要钱，我要见邵严。”

“邵严不会见你，他以后也不可能娶你。这一点，你们早就该明白。”老爷子吹着碗里的茶水，轻轻抿上一口说，“这次发生的事情，未尝不是好事，起码让他看明白，你是怎样的女人，以后就不会再这么年轻不懂事了。”

“我没有，我不知道怎么会——”那一晚有太多人在场，她喝醉了，什么都不知道，不知道怎么会到了顾召南的房里，睡在他的床上，更不知道会发生这样的事情。

可是，对方打断她说：“你敢说你和召南一晚上什么都没有发生？”

一语中的，让她瞬间失去辩白的能力。

顾老爷子意味深长地说：“你到现在还不明白？不是我不让你见邵严，是他不愿见你。”

后来呢？

她不肯走，然后家里就遭遇了各种危险事情，先是母亲被人追债，然后是家里房子失火……有钱人想要逼你走，有的是手段。

宋妈妈吓得睡不着觉，甚至哭着求她快和自己离开这个鬼地方，她怕自己再待下去就要没命了。

可是她不肯，她想等许劭严来，跟他说清楚。

她苦苦支撑了十来天，许劭严都没有再出现。

终于，她再也支撑不下去了。她知道，对方已经做出决定，连解释的机会都没给自己。

于是，她带着一张支票，和母亲一同飞到了大洋彼岸。

在国外的这几年光景，她过得很辛苦，每天要拼命上课学习、打工赚钱、照顾母亲，她像一只陀螺忙碌转动，可是，总会有停下来休息的时候，她总是忍不住想起曾经。

曾经有多美好，如今就有多绝望。

她一直在心里思索一个问题，当年，为什么他没有来？

她替他找了几千几百个借口，生病了，被老爷子关起来了，来见自己的路上出车祸了……想得她脑仁突突地疼，可是，仅有的一丝理智告诉她，不是因为这些。

不是不能见，而是不想见。

她一想起这些，就整夜整夜地失眠，然后一个人在房间哭到不能自已。

她没有对任何人说过，在国外的那段时间，她甚至得了忧郁症，差点死掉。

许劭严不会知道。

他不会知道过去在宋未晚身上发生过什么，更不会明白她为什么会回来。

但是他心有亏欠，想要再把她揽入怀里，却被她躲开了。

他的神情瞬间萎靡了下去："晚晚，我知道，你恨我。当年，是我对不起你……如果我当年不是因为想不通所以不见你，你就不会离开这么久。"

他用力将一个巴掌甩在自己脸上，清脆响亮，然后低着头说："对不起，对不起……"

宋未晚不说话，喉头滚热，却说不出话。明知不是他的错，可是听到他不停地说对不起，她却泪流满面，不能自已。

当年，究竟是谁的错？

她一直知道，他从没有爱过她，或许喜欢是有的，在意也是有的，只是没有那么喜欢，没有那么在意。

所以，他在那件事之后，选择了逃避，连辩解的机会都不给她。

他们之间，从头到尾都是她一厢情愿。

她摇摇头说：“许劭严，不要说对不起，反正你也没有爱过我，所以不用对我说对不起。”每一句“对不起”，她都会以为是在可怜自己。

“不是你想的那样，我爱过你。”

“你不爱我，许劭严，你只爱你自己。”她说出自己心里早就想得通透的结论，虽然对自己很残忍，可是眼下她需要这样的残忍来提醒自己。她推开他，“如果你有一丝爱我，你会了解我不是那样的人，起码你会愿意相信我，听我的解释。可是，那件事发生之后，你不肯见我。你认为，我和那些女人一样，爬上了顾召南的床，所以你特别瞧不起我，连见面都会觉得浪费时间……”

“不是！不是那样的……”他急急打断她，“其实……”话到嘴边，却似乎犹豫着，停住。

他的眼神闪了一下，似乎没有办法面对她，望向她身旁虚无的空气说：“其实，我只是害怕，不知道该怎么面对你，我很乱……所以我做了一个错误的决定，那是错误的，你知道吗？事实上，我一直在后悔，晚晚，有些感情，在你走了之后，我好像才意识到……我犯了多大的错误，彻头彻尾不可饶恕……”

他有些激动，说话似乎都有些语无伦次了，她越听越不明白。从见到他开始，从想起那些不堪回首的往事开始，就快要没办法思考了。她突然觉得，自己的想法有些荒谬，时隔多年，还想了解他心里想的是什么，想知道他当年心里有没有过自己。

这样矛盾纠结却又痛苦绝望的心情……本来心里已经早有了答案，只是为了让自己彻底死心，彻底告别。

他现在告诉她一个在她意料之外的答案，她却不敢相信，甚至连该有的惊喜都没有。

他真的爱过她吗？或者现在还爱吗？好多答案都已经超出了她自己的想象。

“晚晚，我知道你不信，我以前也不敢相信。”许劭严看着她一脸被惊到的表情，苦笑着说，“以前你问我喜不喜欢你，我一直没有办法回答。因为我一直不知道，什么才是喜欢。哪怕是以前那些被顾召南轻易就撬走的女朋友，她们公然在我面前调情，我似乎也只是觉得被羞辱得难堪和愤怒，却没有一丝别的感觉。可是，当我知道你被顾召南……我觉得特别后悔，特别难过……”

宋未晚突然觉得有些喘不过气来，她被对方的眼神深深地望着，似乎有什么是她现在不能听，却不得不听的话。她忍不住颤抖，想要逃开，却迈不开腿。

许劭严就这么静静地说出了自己一直以来，没有机会当面对她说的话。他说：“这么多年，再没有一个女人，让我一想起来，就觉得心疼。”

“许劭严，别说了，我不要听！”她厉声制止他，“够了，我不信！”

“只有你，晚晚，每次想到你，好疼。”他眼角突然红了，指了指自己左胸膛的位置，就是那里，每次疼起来，就好像空了一块，“想到你，就会疼，这算不算是爱？”

像是突然一颗炸弹，在她心里轰隆隆一阵狂响，把她炸蒙了。她看着他伸手，似乎想要拥抱她，突然就回过神来，退了一步，和他拉开距离。

“未晚？”许劭严的脸上露出惊讶的神情，没有想到她会是这样的反应。

宋未晚深吸一口气说：“劭严，不能这样，我们早就分手了。”

“我们还可以复合！”

“可以吗？蒋梦溪呢？你们不是快订婚了？”她问得他哑然了，心里越清醒就越是觉得悲哀。她回来之前就已经知道他们快订婚了，哪怕蒋梦溪和顾老爷子以为她回来是图谋不轨，想要抢回许劭严的心，她自己却从来没有这么想过。

她只是想，再看看他。

许劭严咬着牙，说：“你给我点时间，我会把那些不相干的人和事处理好。”

“劭严，不要这样……”宋未晚摇摇头，拒绝了他的想法，“既然选择了，就不要后悔，你好好和蒋梦溪在一起。”

她说完，转身就往回走，不再和他纠缠，瘦弱的背影显得那样倔强。可是，脸上的神情，却显得木然，甚至有些阴沉。如果他知道自己这次回来，不是为了他，而是为了顾氏，他还会像现在这样深情款款吗？

身后，传来他坚定的声音：“不，我只要你，你相信我，等我。”

等？哦——她等得起吗？

耐心，早在三年前耗光了。

第四章　两难

天知道她还要过多久这样的日子，一边是许劭严，一边是顾召南，每天在夹缝中生存，她真的疲于应付。

和许劭严一起时的美好，和顾召南一起时的纠缠，此刻成了厚重的磨难，令她无法呼吸。

宋未晚回到楼上的时候，沈蓉坐在沙发上，也不看剧了，只一双眼睛死死盯着她进门的方向。

宋未晚被她这副诡异的神情吓了一跳，打趣地问："怎么不看电视剧了？"

"看什么电视剧呀，都是假的。"对方的声音幽幽飘着，眼神从她头顶到脚来回扫视了好几圈，"现实生活中，有的是比电视剧更精彩的……不留心，还真不容易发现……"

"你什么意思？"宋未晚渐渐回味过来对方话里别有深意，手指着自己的鼻子问，"跟我有关系？"

"宋未晚！不要跟我打马虎眼了！"沈蓉双手叉腰地走到她面前，摆出审问的架势，"你说，你现在和许劭严到底是什么关系？"

"什么意思？我如今只是进顾氏做事，和他的关系也是前男友前女友的关系，都是过去。"

"骗谁呢？前男友会对你这么关心？"沈蓉冷笑道，"敢情我那些前男友都是人渣败类？他们八百年也不会关心老娘一下！"

"你怎么知道他对我关心？"

"呃……这个……"沈蓉被她一下子问得愣住。

"你又躲在楼上偷看？"宋未晚一脸无语的表情，"你也太可怕了吧？"

"那又怎样，我只是……不小心看到而已！"沈蓉理直气壮，"我现在有一肚子疑问等着你解答，你还没回答我呢，你现在和许劭严究竟是要闹哪样？还有，之前那个顾召南，和你又是什么关系？"

"我们——"

"啊！你们，不会吧？你们，难道是在搞三角恋？"宋未晚还不知道该怎么编话应付她，她已经充分发散了思维。

宋未晚的脸色顿时变了："我们没有！"

"我不信！啧啧，宋未晚，你够疯狂的呀，一下子勾上俩钻石单身汉，还是兄弟俩……"对方坚定地认为她在狡辩，问的问题让宋未晚汗都从额头上渗出来了，"说，你上次一晚上没回家，在谁那里过夜的？许劭严？还是——"

这时候，一阵铃声打断了她的话。

宋未晚连忙从包里掏手机："电话，我接个电话。"

来不及细看是谁，她只当是救命的，随手按下接听键就朝自己房间跑：“喂，你好，哪位？”

“我！”

她听出来了，是顾召南。因为沈蓉刚刚逼供，她到现在还有些莫名其妙的心虚，反手把门锁上，然后低声问：“有事？”

“我只是想问，你到家了没？”

宋未晚听出他语气不善，顿时回想起自己刚刚在餐厅里和他大吵一架，甩手就走，把他一个人撇在了餐厅，脊背感到一阵寒意。她究竟是有多生气，敢对着顾召南发脾气，对方手里现在还捏着她想要的东西。

“怎么，不说话？”顾召南阴森森地问，“现在知道怕了？”

他眯着眼，正把玩着手里的一份合同——《GEF 高新技术项目独家应用授权合同》。只要有它在，她就该识趣，知道低头，不敢让自己不痛快。现在，他就是要来给她点教训。

果然——

“顾总，今晚，我，我是有些……失态了。”宋未晚话不对心地说，“希望你——”

“我心情很不好，所以，短期内，没有空再劳烦你来陪我了。”她的话被顾召南打断，“晚安。”

办公室里一大早就弥漫着一股浓郁的咖啡香气，宋未晚揉着太阳穴，难掩疲倦的神色。她这几天都没怎么睡好。

这些天，顾召南一直不肯接她电话，她去召南实业楼下等，前台小姐总是微笑着婉拒她：“对不起，顾总现在不在公司，你要不先回去吧……”再见不到顾召南，谈不下 GEF 高新技术项目合作的话，董事会那边恐怕就要发难了。

这时候有人走进办公室，问：“哪位是宋未晚小姐？”

她奇怪地抬起头，应了一声，看到来人端着一个小纸盒放到她面前，笑着说：“宋小姐，这是一位客人让我们送给你的外卖，祝您一天好心情。”

“是谁送过来的？”

“这个，我不大清楚。”对方笑了笑，转身离开了。

宋未晚打开包装盒，里面没有任何卡片或者提示，只有整整齐齐的几个蛋挞，应该是刚出炉的，还冒着甜甜的香气。

她顿时愣住了，味道很熟悉，是自己以前经常去的一家。可是，自从回来以后，她没再去过。

她心里突然想起一个人，顿时没有了吃的胃口。这时候，有同事嘻嘻哈哈地从旁边经过，她连忙喊住："哎，你们有谁没吃早餐吗？我这边有蛋挞。"

"蛋挞？哈哈哈哈，怎么今天一大早谁都在吃蛋挞？"几个同事一起大笑起来，互相暧昧地看了一眼，冲着宋未晚奸笑，"说，你的蛋挞是哪里来的？是不是许总送的？哈哈哈！"

另外一个同事接口打断："讨厌，许总哪有空陪别人吃蛋挞！这是给我的蛋挞啦！"

宋未晚脸上一红，慌得几乎打翻了桌上的水杯。她连忙扶住，强装镇定地微笑着看他们过来一起哄抢。她抓住最活泼的那个同事，问："究竟是怎么了？你们为什么笑得那么古怪？"

"哎，部门的姑娘们一大早抽风呢，你别理她们。蛋挞呀，现在可是她们的槽点，那是羡慕嫉妒恨……你看看今早云城星娱乐的头版头条就知道她们为什么那么调侃了，哈哈哈，跟你没关系啦。"

宋未晚难得花时间翻了翻那份报纸，目光在硕大的标题上停了停——"夜宿香闺甜蜜早茶，顾蒋联姻水到渠成"。

原来是关于昨晚许邵严与蒋梦溪之间的感情八卦，报道占据了几乎大半个版面，图文并茂，内容丰富。有许邵严深夜探访美女住处的照片，也有两个人早上一起在早餐店吃蛋挞的照片，尤其是蒋梦溪拿着蛋挞往许邵严嘴里喂的场景，虽然隔得远远的看不见两个人的表情，可是在外人眼里看来，有说不出的恩爱甜蜜，羡煞旁人……难怪，一大早"蛋挞"和许邵严挂上了关系，被那些同事热议成这样。

宋未晚细细欣赏了喂蛋挞的那几张照片，几乎要冷笑出声来，也难为蒋梦溪做出这么肉麻的动作来请记者拍了，只是许邵严到底是真的不知情，还是故意装作不知情？

不管怎样，只要不牵连到她就好。她和许邵严之间的过往如果真的被翻出来，只怕能跌破众人的眼镜，到时候，她在公司的处境岂不是更加艰难？

还是像现在这样，低调一些，没有任何人注意，更好。

她心不在焉地看着，旁边探出一个脑袋来，也看了看报纸，然后淡淡地说：“许总已经把她逼到这个份儿上了吗？”

“啊？”

“一个女人，如果到了要靠外力来为自己的爱情注入信心，她大概也快要失去了吧？”

宋未晚惊讶地望着对方，不知道是应该赞对方眼神太好，还是该装作没听明白。她随手拿起蛋挞的盒子问：“吃蛋挞？”

“谢谢，太甜腻了，我吃不了。”对方微微一笑，走开了。

宋未晚点点头，表示赞同：“其实我也不爱吃这么甜腻的东西。”

然后，随手把蛋挞连同盒子，一起丢到了座位旁的小垃圾桶里。

临近中午吃饭的时候，廖凡通知她下午两点陪同去开会，会议地址是在召南实业十九楼的会议室。

宋未晚有些意外，忙问是什么会，对方冷笑一声说：“当然是谈顾氏与召南实业的合作事宜，这可是你争取来的合同，忘了？”

廖凡大概还在不满上次许邵严直接越过他把宋未晚带去与顾氏谈合作的事情，所以语气不大好，只简要说了几句就挂了电话。

宋未晚心里明白过来，今天的会议是双方第二次谈合作的事情，她心想着昨天去召南实业前台得到的消息是顾召南已经出差了，可能要好几天才能回来，估计又是让那些和他一样态度傲慢的下属应付顾氏，心里微微有些气闷。

可是，还是不得不按时到了对方公司，然后她发现公司几个部门的经理和许邵严都在，每个人的脸上都或多或少露出几分焦躁不安的神情来。

宋未晚觉得有些奇怪，会议还没开始怎么就出现了这样的情况？她故意忽略许邵严盯着自己看的眼神，走到廖凡身边低声问他发生了什么事。

廖凡把她拉到一边，压低声音说：“你还好意思问，都是你签下的合作合同，我们上午都来开了半天会了，许总亲自带队，连对方老总的面都没见上！你说，这不是成心羞辱人吗？真不知道你给公司招来的究竟是个机遇，还是个麻烦！”

宋未晚垂头听着，心里越发不是滋味。

顾召南到底也是顾氏家族的人，当初突然被赶出顾家，震惊了整个云城。云城商场上众所周知，他一直对顾氏有极大的怨气，别说合作，使绊子、搞恶性竞争都是常有的事情。她当初也没想到会从他那里签到这份合同，还以为是自己运气好，现在看来，对方早就想到会有今天折辱顾氏的机会，才会那么轻易答应下来。

下午的会议，顾氏集团的部门经理来了五六个，似乎都有些心不在焉，眼神不停地往对面廖凡身边飘。宋未晚知道，他们都在暗自揣测自己的身份，瞧着并不是公司的中高层，怎么有资格出席这种会议。

廖凡平静地坐着，任他们目光打量，那几个都是人精，很快就意会过来，这个女人，多半是许劭严要求带过来的。

召南实业那方依然是之前那个叫贺源的副总带队，提出的要求十分苛刻，像是处处都要与顾氏争个高低上下。

讨论一时僵持不下，双方脸上都逐渐出现了不悦的神情。

许劭严终于按捺不住地将文件夹砰的一声摔在桌上：“贺总，我想我们再这么谈下去，也很难在短时间内迅速达成统一意见了，不如还是请你先跟你们顾总汇报一下，改天他有空我们再约时间详谈？或许他的效率能比你高一些。”

话刚说完，双方脸色顿时都变了。召南实业是怒，顾氏是惊。

对方有人立刻站了起来，手指着许劭严不客气地问：“许总你这是什么意思？是说我们贺总没资格和你谈合作？”

“不要激动。”贺源镇定地坐着，摆摆手示意对方坐下来，“许总愿意等顾总的档期，你替他急个什么劲儿？只是，我怕顾总太忙，而我接下来也不一定再有太多时间，我们召南实业没有人能就合作的事情做主了……”

他很坦然地说着，不加掩饰地传递出威胁的意思。

许劭严脸色铁青地看着他，不吭声，气氛紧张得让人感到压抑。

宋未晚清了清嗓子，下意识想要劝和，却被身边的廖凡瞪了一眼。可是，她已经顾不得许多，开口说：“贺总，其实顾氏与召南实业的这份合同是我找你们顾总签的，他当时说过，一定不会婆婆妈妈地计较，丢了风度，凡事都好商量。可是这两次具体谈合作细节，你总是违背他的意思，难道他在你们公司说话还不算？”

她的话还没说完，一旁的许劭严脸色早已阴沉得难看，虽然他知道宋未晚是在帮自己解围，可是，真正听到宋未晚提及合同签订的细节，他终究还是觉得心情复杂。

贺源连忙否认说：“胡说，顾总怎么可能说过这种话？”

“可是，你怎么知道顾总没有说过？他这两次讨论都没有露面，我相信你一定是误解了他的初衷，所以才会和我们许总没办法深谈下去，不如我们还是请他早点露面，免得我们之间的合作陷入困局。”

对方顿时忍不住细细瞄了她一眼，她也只笑吟吟地看着对方，这时，会议室的门突然被推开了。

为首一人穿着黑色休闲衬衫，墨镜遮住眼睛，大步走了进来。有人反应快，惊呼道：“顾总！”

出差在外，据说还要好几天才能回来的顾总，就这么突然出现在气氛紧张的会议室，让所有人措手不及。就连贺源都收起了随意的姿态，站起来喊了一声：“顾总，你怎么来了？”

“路过。”顾召南摘下了墨镜，他身后还跟着几个女文员，也是清一色的职业套装，手里抱着一叠文件，神色严谨地跟着。

顾召南在长桌的一头站定，环视了一圈会议室里的人，视线在贺源的脸上停了停，说：“才多大点合作案，需要浪费这么多时间？”

话音刚落，顾氏的人都有种脸上被他抽了耳光的感觉。他们非常重视的合作计划，在对方眼中，是不值得投入太多精力的事情。许劭严眼中更是闪动着精光，明明动了气，却没有像之前一样失态。

“其实我也很忙。”贺源耸耸肩说，“顾总，之前我已经把合作细节全部发给你了，只是你还没有回复我，所以我才会浪费这大半天的工夫陪他们细说。”

“我已经看过，基本赞同，修改了几处，就按照你的意思办。”顾召南给了个手势，原本站在一旁的女文员连忙将手中的文件分发了下去。

顾氏的几位经理先拿到，看了文件上的几行，声音顿时嘈杂起来。宋未晚一边浏览，一边竖起耳朵听，无非是“太过分了”“霸道”之类的评论。的确，这份文件上面的要求虽然比贺源提出的要宽松，可是总体来说，依然处处占尽上风，甚至还留了不少“后手”。

这依然不是能让双方都满意的内容。

许劭严还没看完就按捺不住反问道：“顾总，你列出这样的要求，真的是诚心要与我们顾氏集团合作吗？”

“当然。”顾召南又把墨镜戴上，让人看不清他的表情，“许总，你再考虑考虑，没什么意见就尽快启动合作计划吧。不然，我只能让贺源他们先搁置一下，再等半年或者一年，或许那时候许总能想得更明白。”

“凭什么？”

“许总是真的不知道还是假不知道？你们顾氏如今处在怎样的境地，别人看不出，难不成我也看不出？”顾召南薄唇微掀，露出不屑的笑容，“既然需要我们顾氏，那就不要再贪得无厌，你们耗不起。”

说完，许劭严的脸色瞬间就变得灰白……而他，似乎连停下欣赏一下的时间都没有，转身就往会议室外走。

宋未晚望着他的背影，心头剧震，只听见廖凡在旁边刻意压低颤抖的声音：“怎么，顾氏已经落魄到这种地步了吗？”

即使是部门经理，也只是负责公司某一项业务的中层管理者，接触不到公司最核心的内容。他们虽然知道顾氏在顾老爷子深居养病的这十几年里渐渐式微，却不知道公司的状况究竟到了什么地步。

许劭严的反应，已经无形中证明了全部。

原本以为还要苦战到晚上，结果顾召南丢下文件之后，那个谈判桌上咄咄逼人的贺源已经不愿再与顾氏多费口舌，他直接丢出“以顾总提出的要求为准”的理由，结束了这次会议。

宋未晚原本想要离开，可是，走到楼下又咬咬牙，掉头找到前台小姐问：“方便告诉我一下你们顾总下午接下来的行程吗？”

那个前台小姐终于微笑着给出了和前几天不一样的答案：“顾总在办公室等你。”

“……”

顾召南并没有他说的那么忙。

宋未晚到顾召南办公室的时候，他面前茶壶里的水正好烧开。他轻轻拎起壶把，烫了细白瓷茶具，挑好茶叶，然后泡开。

淡淡水汽伴着袅袅茶香在房间里氤氲蒸腾，极其风雅。

他递给宋未晚一个杯子，说：“我就知道你会来。”

“顾总，你不是还在生气吗？而且，还说短期内不会再见我……”她突然觉得有些好笑，以为短期起码也是半个月，结果这好像才过去一个星期？

“我要是真的一直不见你，你心里别提有多开心自在，你以为我不知道？”顾召南睥睨着她道，“宋未晚，惹我生气的后果怎么可能这么轻松？”

“所以，你知道今天会议结束了我为什么还会来找你？”

“为了许劭严。”他修长的手指捏着杯子，像是揉捏着她的软肋一般，“和我想的一样，我只是给许劭严一点压力，你就忍不住又来找我。宋未晚，你就只剩这点出息了……”

宋未晚叹口气，想说自己真不是为了许劭严，她是为了自己能留在顾氏，为了等谷文森下一步指示。

可是，不能说。她只能又叹了口气。

这样惆怅、无奈、忧伤的神情，落在对方眼里无疑是可憎可厌的，他冷冷道：“收起你那自怨自艾的样子，尤其是在我面前，最好藏着点，不然，我大概会想把刚刚丢给顾氏的合作细则再重改一遍。到时候，只怕许劭严更加头疼，你又该更心疼了！”

宋未晚受不了他这阴阳怪气的样子，摆手道：“行，我以后尽量不在你面前这样。我等夜深人静的时候，自己一个人，悄悄地自怨自艾。”

“宋未晚！”对方的声音提高了八度。

“顾总——”她正想敷衍着问他又有什么要求，他已经站在了她的面前，手指捏住了她的下巴，抬起，让两双眼睛正好对在一起，他的眼里有些细微而复杂的情绪，一闪而过，让她来不及捕捉，只觉得心惊。

宋未晚下意识想要退开，没想到对方比她更快，一把搂住了她的腰，将她重重揽在怀里。

“顾总，你，别这样——”她推搡着他的肩，想要推开，力气不够。想采取点别的措施，不敢。

想要的东西在别人手里，就只能受制于人。她明白，他更明白，连她脸上一闪而过的犹豫都清清楚楚看在眼里，一想到她这样“委曲求全”是为了谁，心里就觉得火气更旺。

“别这样……啧啧，以前你可不会这么欲拒还迎地客气呢。”顾召南抱着她细细的腰，头抵在她的肩上，几乎与她贴在一处，轻薄而恶意地说，“以前你会踢我，或者打我吧？那时候你和许劭严谈恋爱的时候，我让你跟我，你骂我是疯子，神经病……怎么，难道陪我两晚多少也有点感情了？”

“滚开！”她终于使劲推开了他，满脸戒备地后退了两步，和他拉开距离。

他刚刚说什么？感情？不觉得可笑吗？

顾召南不再逼近，可是他冷冷望着眼前的女人，漆黑如墨的瞳孔里似乎有蛰伏的凶兽，让她害怕。她听见他冷冷地说：“宋未晚，你如果想继续帮顾氏，只怕陪我是远远不够，你确定我要的，你给得起？”

晚上回到家的时候，宋未晚已经累得没有力气了。

天知道她还要过多久这样的日子，一边是许劭严，一边是顾召南，每天要在夹缝中生存，她真的疲于应付。

沈蓉难得没有在家，每个月的今天是他们杂志出片的日子，所有同事应该又按照旧例出完片狂欢去了。

沈蓉平时工作的桌上乱成一团，如果是往常，宋未晚肯定不会管，可是今天，家里的窗户忘了关，风吹得窗帘摇摆不停。桌上的东西许多都被吹到地上了。宋未晚瞧着地上一片狼藉，先去关了窗户，然后蹲下来把纸一张一张捡了起来。

手指不经意触碰到一张照片，照片上的人西装笔挺、眉眼如画，光线恰到好处地衬托出了沉稳儒雅的气质，是她熟悉的。宋未晚手指顿了一顿，有些意外沈蓉怎么会有他的照片。

而且，不止一张。

瞧背景，似乎全都是在他的办公室拍的，最后居然还有一张沈蓉与他的合影，两个人靠得很近，似乎关系友好的样子，沈蓉笑得嘴巴都快合不上了。

宋未晚看到，眉头不由得一蹙。

她慢慢站起来，将乱七八糟的稿纸和照片放到桌上，突然，视线落在一张修改得密密麻麻的稿件上，这应该是她前些天赶出来的稿子。

《云城新贵——顾氏集团未来当权人许劭严的商业帝国》，这样积极励志的题目，呵呵，可惜通篇不见成功经验或者青年奋斗史，反而有很多八卦：昔日情史？学生时代？深爱的某出国女子？呵呵，每一个话题都很劲爆呢，含蓄之中更显得暧昧……看得她几乎要鼓掌叫好……

照片连同稿件，一沓，啪的落在桌上。

宋未晚掏出手机，拨通沈蓉的号码，声音里是掩饰不住的惊怒交加：“你，给我回来！现在！”

沈蓉一夜未归，宋未晚原本在客厅一边看电视一边等她，等得不耐烦了再打电话过去，对方居然已经关机了。

好样的，看来是早有心理准备了！宋未晚咬咬牙，洗澡、卸妆、睡觉！

第二天一大早她就跟廖凡打了电话请假，然后去小区楼下的报亭买了一份《娱时代》的杂志。新鲜出炉的一期，封面果然用的是她昨天看到的那一沓照片里的某张，许劭严笑容浅浅，亲和力十足，一张帅脸配上顾氏集团的富贵背景，估计能迷死一大批女读者。

沈蓉主笔的那篇报道果然被列在本期主打，足足四个页面的篇幅，详细介绍了许劭严身上的各种八卦，极具爆点。虽然昨天已经看到草稿，可是现在看到真的上市，宋未晚还是觉得有些气愤。尤其是其中一个页面的内容“含蓄”提及令许劭严多年难忘的前女友S，不用A，不用B，偏偏用的是S，这个沈蓉，会不会太不知道收敛了。

她随手将杂志卷成一个团，捏得纸张咯吱作响，准备直接杀去沈蓉的单位算账。只是还没走出小区，就听到汽车喇叭长鸣了几声。

她不由得看了一眼，认出那是许劭严的车，对方方向盘微微一转，在她身边停下。

宋未晚心里不大高兴，却还是坐上了对方的车，不悦地问：“你怎么会过来？”

“我听说你跟廖凡请了假，所以来接你。”许劭严今天穿了一身黑色的西装，还戴了深色墨镜，不知道为什么，神态比平日多了几分肃穆庄重。他见着宋未晚，才微微笑了一下，问她，“要去哪里？应该还没吃早餐吧？要不我先带你去吃？”

“谢谢许总，我不爱吃蛋挞蛋糕之类的甜食。”她想起昨天对方让人送来的早餐，忍不住冷冷拒绝。

许劭严心思玲珑剔透，一下子就明白了她态度糟糕的点在哪里，连忙说：“你是不是看到了昨天那些记者乱写的报道了？那些都是假的，你不要相信……”

“真的或者假的，对我来说不重要。”宋未晚不想听他解释，“事实上，顾氏现在的确需要蒋氏，而许总你和蒋小姐本来也是男女朋友，关系自然是要亲密点。”

“晚晚，我真的——”

“许总，你个人的绯闻，我想不大合适拿来跟我这个小员工探讨。如果方便的话，送我去西江路一百三十七号《娱时代》杂志社可以吗？”

她迅速截断了对方接下来想要解释的话，她不需要听，因为心里早就有了判断，蒋梦溪固然需要找记者来坐实自己和许劭严的关系，许劭严何尝不需要借助和蒋梦溪绯闻的炒作来提振顾氏的股价。所以，对于对方的行为，他更多是保持沉默、采取了配合的方式。

前面路口的指示灯迅速转换成了红灯，许劭严在车停下的间隙里转过头来看她，脸上的神情有几分焦虑。可是对方一脸淡漠，他只能叹了口气说：“我知道你心情不好，沈蓉害怕你生气，都不敢回家。”

“所以她一大早就拜托你来跟我说？”宋未晚将手中的杂志丢给他，说，“堂堂顾氏集团的许总，放着那么多大牌的杂志不上，偏偏要接受小杂志的报道，你想从沈蓉那里获得什么呢？了解我的事情？”

“我只是问问她你过得好不好，并没有别的意思。”许劭严耸耸肩，“沈蓉是你的朋友，你一回来就住在她那里，我想了解，只能找她。”

“作为回报，所以你答应接受她的采访？许总，你有女朋友了，不要再从别人那里问我的消息了好吗？”

她的话刚说出口，许劭严的脸色顿时就变了，他张了张口，想要再说什么，身后那辆车的喇叭突然嘀嘀响起，提醒他前面的红灯已经变绿。他只好转过头去，继续开车。

他一边开车一边说：“晚晚，你真的还因为三年前我没有留下你的事耿耿于怀吗？”

“许劭严，我不想和你讨论这个！”她将头偏向一边，不肯看他，开始思考等下去见了沈蓉该怎么教训对方一顿。

可是，车在下一个路口，拐向了相反方向，等到宋未晚意识过来路两边的建筑物与平时不同时，才连忙转身提醒道：“喂，你走错了。”

许劭严恍若没有听到一般，车直接开往郊区的方向。

宋未晚意识到有些不对劲：“你到底要去哪里？喂——”

“等下到了你就知道了。”许劭严沉声回答他，宋未晚对他太熟悉，光从声音就已经听出他的情绪似乎有些不对头。她不说话，只静静看着窗外的路牌和风景。

没过多久，车拐进了一个小小的山坡，沿着山坡公路盘旋向上。宋未晚远远看到“墓园”两个烫金的大字，在阳光下闪着柔和的光，心里突然明白过来，他今天穿着这一套衣服，原来是要来拜祭什么人。

车停下，许劭严从车的后座抱出一束白菊，默不吭声地走在前面。她跟在后面，沿着一层一层的台阶往上走。

台阶的两边是郁郁葱葱的苍天大树，远远听得见鸟叫声，越发显得安静。许劭严步履缓慢，大概走了十来分钟，才终于停下。他带着她穿过一排墓碑，走到其中一个前面。

许劭严将白菊轻轻放下，然后朝墓碑深深鞠了一个躬。朝墓碑看过去，宋未晚看到一张小小的照片，上面是一个女人的脸庞。

女人看上去很年轻，神态安详从容，宋未晚忍不住轻声问：“这是谁？”

许劭严从上衣口袋掏出一块手帕，擦了擦墓碑上的泥巴，然后轻声告诉她：“这里面，葬着我妈。”

宋未晚惊讶了一下，随即反应过来，走上前也恭恭敬敬鞠了一个躬。她以前和许劭严在一起的时候，从来没有听他提起过他妈，她一直以为，伯母可能只是没有和许劭严在一起生活，没想到……

“我没想到伯母这么年轻就……”

“是啊，服食大量安眠药去世的。她去世的时候，我才不过十三岁。”许邵严背对着她，她看不清楚对方的表情，只能听见他低声说，“没有人知道她突然自杀的原因，可是我知道，她是为了让我能够堂堂正正进入顾家的门。”

宋未晚惊讶地问：“为什么？”需要用自杀的方式来让他进顾家大门？这是什么逻辑，实在让人难以理解。

“其实，我不姓许，许是我妈的姓，我真正应该姓的，是顾。”

这句话，吓了宋未晚一跳。她没想到许邵严会把自己带到他母亲的墓前，更没有料到他会跟自己讲这样的话，可是等她突然意识到自己听到的可能是豪门秘密，又觉得有些惊慌起来。她连忙想要制止他：“你别再往下说了，我不想知道……”

“可是我想告诉你。”许邵严转过身看她，即使隔着墨镜，仍然能感觉到他的凝视，由不得她挪开视线。宋未晚从没见过他流露出这样沉痛的表情，“我的名字，第二个字，是邵。从我踏进顾家大门的那一天起，爷爷就跟我说，永远只能是邵，而不是召，让我进家门，是他能做到的最大容忍，我永远都不要再奢求更多。在他心里，我永远都是一个私生子，永远比不上顾召南重要。”

“你是说……你和顾召南，是同父异母的亲兄弟？”

“不错，当年我爸爱的是我妈，却因为家族商业联姻，不得不娶不喜欢的女人。老爷子不让他和顾召南的妈妈离婚，没想到后来他会因病去世。我妈不希望我没名没分地在外面流浪，可是，顾家有明媒正娶的儿媳妇在，有继承财产的孙子在，我们娘俩永远都是见不得光的外人。她选择结束自己的生命，因为她相信，顾家不可能任由自己家的血脉在外面流落，一定会接我回去。”许邵严的手搭在墓碑上端，石头粗糙不平，可是他的手指皮肤却白皙光洁，他大概很用力才能控制情绪，所以指尖都发白了。他说：“晚晚，你现在明白了吗？我必须要回到顾家去，必须要在顾家待下去，不管吃多少苦，受多少委屈。因为，这个机会是我妈用命换来的。”

宋未晚的心彻底乱了，她慢慢找回一些思绪，想通了许多事情：“你回到顾家，对外说是顾老爷子的外孙，实际上却是孙子，反正他的女儿当年嫁去国外，没有人会想得到……可是顾召南呢？他知道你是他父亲在外面的儿子，对不对？”

“对，尽管我叫顾召南哥哥，可是他们还是觉得我来路可疑。顾召南的母亲温家也是财力雄厚的名门望族，很轻易就能查出我的来历背景。在此之前，她一直以为丈夫温柔体贴，疼爱自己，听到这个消息之后，觉得自己的整个世界都颠覆了，一气之下回了娘家，发誓再也不会踏进顾家大门。所以，顾召南一直非常憎恶我，做什么都要跟我作对。”

许邵严伸出手，露出他的手给宋未晚看，有一条纵横贯穿整个手心的伤疤，歪歪扭扭，像一条丑陋的蜈蚣。

他说：“还记得你以前问过我，这是怎么受伤的。我当时回答你，是不小心摔的。事实上，这是他妈妈知道实情之后大闹一场，差点用刀刺死我。我当时用手挡了一下，就添了这条疤。

“老爷子说过，在这个家里，想要待下去，就必须学会忍。

“所以，我忍。

“不能姓顾，我忍。

“无法和顾召南一样公平地拥有继承财产的权利，拥有老爷子的疼爱，我也忍。

“差点被刺死，被顾召南羞辱，我还是能够忍。

“这些，都不算什么。当时我对自己说，只要我能留下来，我什么都可以放弃。包括你。”

山上的风有些大，吹得树叶沙沙作响。

他们所站的位置，正好被一棵树倾斜的阴影笼罩，宋未晚往后退了两步，终于有阳光照在她的手臂上。似乎只有这样，她才不会觉得冷，那种山风吹进骨子里的阴冷。

“三年前，发生了那样的事情，老爷子很生气，对我说如果再见你，就不能留在顾家。在顾家和你之间，我选择顾家，放弃你。”

宋未晚今天听到了太多让她震撼的事情，后果是听到他说这句话时，只是微微失了个神：呐，原来曾经被许劭严放弃过，在她不知道的时候。

他带着她来到母亲坟前，就是为了告诉她，当初做出那样的决定有多么迫不得已吗？他是背负着母亲的性命走进顾家大门的，她宋未晚一个再普通不过的女人，怎么能和他身上背负的期望相提并论？

在国外那样难熬的日子，她不断告诉自己，他一定是有苦衷的，不然不会这么狠心不见自己。如果这辈子有机会再见他，她一定要问清楚。

只要他肯说，她就会相信。只要是真的，她就愿意原谅。

现在，他真的说了，她也没有理由不信。心里纠结了这么久的不甘终于得到一个解答，宋未晚却没有像想象中那样如释重负。

尽管她知道，许劭严对自己不是完全没有感情，但她已经不能确定自己的感情。

她低声说：“既然放弃了，何必再费这么多心思打听我的事情呢？”

“那你呢？既然离开了，何必又回来？”许劭严的眉宇间皱出一个“川”字，“如果不是因为我，我想不到还有什么原因，你会再回来。晚晚，你也忘不了我，是不是？”

“不是！我不是为了你！”

“那是为了什么呢？”他的目光宛若实质，生生压得她喘不过气来，“宋未晚，除了我，还有什么原因非要进顾氏？”

宋未晚步步后退，而他，不想和她再隔着这样生分的距离，一点点迫近。

墓地的小道并不宽，她只好站住，厉声喝止他："许劭严，你不要再过来——我，以后都和你无关了，你已经要和蒋梦溪订婚了，不要再在我身上花费心思。"

她只是没办法回答自己为什么回来的问题，又不想许劭严联想太多，所以只能搬出蒋梦溪。

果然，这个名字让许劭严瞬间冷静了下来。

"如果不是因为我，我宁愿你永远不要回来，让你看到如今这么不堪的我，这么软弱任人摆布的我。"许劭严的眼中闪过从不示于人前的挣扎与脆弱，"你不知道，我一直在想你，想见你……可是真的见到，我却如此怯懦。"

"邵严，蒋梦溪是顾老爷子中意的女子，而且，你们身上还肩负着顾蒋两个家族将来的利益大计，你应该多和她培养感情，不要费心来问你的前女友了。"宋未晚观察着他的脸色，小心翼翼地劝说。

"可是，我现在后悔了。"许劭严说，"如果，我说我想要娶的是你，你愿意陪我一起忍下去吗？"

宋未晚被他的话惊到："你什么意思？你既然选择了放弃我，那就好好听顾老爷子的话，不是挺好吗？"

"以前我活在顾召南的阴影里，每天小心翼翼，生怕有一天做得不好会被老爷子赶出顾家。可是如今——顾召南已经被赶出顾家了，老爷子身体又不好，只能倚重我……再加上顾氏现在的情况很糟糕，想要从蒋家获得支持，只能寄望我和蒋梦溪的婚事。"

"所以？"

"所以，我很重要。"他弯了一下嘴角，似乎是自嘲，"以前是可有可无，现在是前所未有的重要，就凭这点，难道我不能努力一把，争取属于自己的幸福？"

"可是我不……"

"不要急着拒绝我。"他急急打断宋未晚的话，"你再考虑考虑，或者等等我，好吗？"

太阳渐渐升高，从松柏枝叶的间隙里摇曳出无数细碎的阴影，在他脸上晃动。面对这样认真的表情，她突然失去了一口拒绝的力气。

宋未晚陪许劭严在墓园站了许久才下山，她出门本来是要找沈蓉兴师问罪的，现在，似乎没有了再去找她的必要，只好坐着许劭严的车回公司上班。

到公司已经是将近中午时分，她在地下停车场与许劭严道别，匆匆坐另一部电梯回自己部门。

回去才知道，好巧不巧，廖凡出去办事了，办公室里氛围热烈，大家趁着上司不在，正兴致勃勃地说八卦。有眼尖的同事看到宋未晚进来，连忙嚷道：“来了来了，刚说到她呢，就来了。”

宋未晚发现自己成了所有人目光的焦点，莫名其妙地问：“发生了什么事？”

某女同事亲密地揽住她的胳膊，热切地问：“未晚，刚刚小蜜说，你居然和许总一起去召南实业那边开会商讨合作事宜，是不是真的？”

小蜜本名叫刘密，是廖凡手下的一名秘书，所以经常能够从廖凡不小心漏出的口风中听到各种八卦，时不时带到部门众人间共享，所以受到大家的热烈欢迎。她见同事这么轻易就把自己“卖了”，故作娇嗔道：“讨厌，我明明说了，一起去开会的有许总，还有各部门的经理。我们廖经理也去了呀，你为什么单单只说许总？”

旁边立刻又有人插嘴：“哎，你们搞清楚重点好不好，许总和部门经理去是正常的，可是宋未晚为什么去呀？未晚，你平时不声不响的，背后是不是有哪位公司高层在挺你呀？”

宋未晚心里一跳，面上却微笑着回答：“你们想多了，我不过是公司一个普通小职员而已，哪来的背景后台支持？公司让我一起去参加会议，主要是因为这份合同是我花了很多时间和心思签下来的，我对召南实业做了很多功课，了解情况。在谈判的过程中，我旁听，说不定能够给高层决策提供意见。”

“就是，我就说嘛，你们太八卦了！”刘密听了也连连点头，“瞧瞧我们办公室都是些什么人，整天胡思乱想，不好好工作，小心业绩上不去，回头廖经理收拾你们。”

旁边一群人连忙卖乖，迅速把话题转移了。

“欸，未晚你真是太有本事了，要知道我们公司以前有不少人想要和召南实业谈合作，据说没有一个能够见到顾召南，也不知道他们为什么这么不待见我们公司。”

“那当然了，你们想啊，当年顾氏本来就该是他顾总的，鬼知道老爷子一大把年纪了闹的什么失心疯，把顾总赶出家门，白白便宜了许总。”某同事眼睛瞪得圆圆，做出夸张的手势说，“这么大的顾氏集团，本来全都是人家顾总的，现在落入许总手里了，人家能高兴？”

“唉，豪门里的这档子事儿啊，说都说不清！据说当年顾总还在顾家的时候就很不待见咱许总，鬼知道是不是做了什么过分的事情，才被老爷子逼走。”

“喂，你怎么知道不是许总闹的？顾总一走，占尽便宜的可是许总。”

话题已经迅速切换到了顾召南与许劭严的恩恩怨怨上了，宋未晚这个传说中的许总前女友，自问对这些八卦都没有办公室里的姑娘们了解得多。

两个同事正争论不下，刘密终于开口劝说：“好啦好啦，你们别吵了。公司如今是个什么状况你们知道吗？说许总能因为顾总的离开占到什么便宜，那真是没有根据。就顾氏现在这样儿，搁谁手里都是烫手山芋。”

她的话刚说完，就有人立马听出了奥妙，连忙凑上来打听：“密姐，你这话是什么意思？公司是不是又出什么娄子了？”

“呵呵，你们以为我们顾氏还是当年的光景吗？老爷子身子骨还硬朗的时候，咱们集团绝对是云城商圈的龙头老大，那时候什么鼎新集团，什么响巢国际，还只是二三流的小公司呢。这几年，老爷子不在，董事会里那帮老家伙整天忙着内斗，根本不把许总放在眼里，导致我们顾氏越来越衰败了。”

“是啊，董事会意见混乱是常有的事情，现在别说外面的合作方有意见，就我们公司内各部门之间，关系也很难融洽。”李佳琪似乎也有些感触，点头说，“长此以往，对公司发展肯定不利。”

“你们不说我还没觉得问题有这么严重，上次去吃饭，有个小姐妹在别的公司给老总当秘书，她说自己无意间听老总说，我们顾氏现在财务运转都不像以前那么自如了。你们说是不是真的呀？”

“啊——不会吧？一直没出什么问题呀！”

“谁说没问题？公司的股价今年一直低迷，要不是前几天许总和蒋家千金传绯闻，一下子反弹了三个点，鬼知道这种情况会持续多久。”

宋未晚正在收拾桌上的东西，听到谁提的这么一句，手中一沓纸顿时掉在了地上。她忙不迭去捡，却听到自己的手机响了起来。她一边手忙脚乱地收拾，一边接听，“喂，你好？”

“宋小姐，还记得老头子吗？”电话那头传来急促的咳嗽声，宋未晚顿时脊背一僵，变了脸色。

对方的声音低沉而虚弱，却充满不容置疑的强势：“我身体不好，想请宋小姐过来一见，车半个小时后会到公司楼下等你。”

“啪——”手上的纸重新掉落，散得一地凌乱。

“宋小姐，老爷派我来接您过去。”司机低着头，为她开门的时候这样说。

依然是这句话，依然是这辆车，依然是这位司机，一切都让宋未晚觉得有些恍惚，她慢慢坐上车的后座，听着车门砰一声关上，突然有想要立马下车逃跑的冲动。那个看似慈祥实则犀利的老人，给自己留下了很深的阴影，她到现在都还记得，那个炎热的中午，自己坐车去见他的情形。

当时她低着头，死死攥着裙角的布料，心里不停地想着该怎么回答老爷子的话，因为紧张，手心的汗浸湿了裙角一小块地方。

半个小时后，她攥着一张支票，脸色苍白地走了出来。连对方礼貌地说要送她回去，都拒绝了。

她想，这辈子再也不会见到那个老人了吧？那种人，明明对着你微笑，却会让你感觉到从头到脚像是泡在冰水里一般的寒意，明明是客客气气地与你商量，却总是有种压迫感叫你无法招架。

如今，她已经比以前出息了太多，不会因为紧张把裙角的布料弄皱，可是，手心里还是出了好多汗。

因为她不知道顾老爷子为什么突然想见自己。

这个疑问一直持续到顾老爷子幽居养病的医院，和上次在病床前探望顾老爷子不同，这次老爷子在病房的会客室等她。

她推开门的前一秒还在心里暗想，不愧是云城最好的医院，每个病房都配备了会客室，贵得有理。

下一秒，她就看见了顾老爷子。这个老人深深陷在椅子里，才多少天没见，整个人似乎又瘦了一圈，脸上的皱纹蜿蜒出更多沟壑，病痛将他折磨得越来越憔悴。他的眼睛，暗沉、浑浊，深深凹陷在眼眶中，似乎下一秒就会合上打个盹儿，可是她感受到探究的意味。没有接触过的人，永远不会知道他的厉害。

她恭恭敬敬鞠了个躬说："顾老爷子，您找我？"

顾老爷子不说话，只是看着她，就足以让她感到无形的压力。

就在宋未晚快被这种注视压得喘不过气来时，老爷子才突然开口说："没有别的什么，只是想知道，宋小姐这次回到云城的目的，是什么？"

宋未晚心中一慌，忍不住反问："老爷子，您这是什么意思？"

"怎么，宋小姐难道不承认？"顾老爷子的手原本一直拢在袖子里，这时候突然伸手，将一沓照片摔在桌上。

宋未晚只看了一眼最上面的几张，惊得脸色都变了："你，怎么会有这些照片？"

最上面一张，是一个男人的背影，站在某个小区的路灯下，抬头往某幢楼上看。那楼，再眼熟不过，是她现在和沈蓉住的地方。

第二张，依然是同样的地点，穿着不同衣服的男人。

第三张、第四张……

每一张，都是。

前不久的某个晚上，宋未晚听情绪失控的许劭严说过，他曾经跑到自己住的楼下，彻夜都没等到自己回来。

她没想到，这种行为，居然会有这么多次。

她翻阅一张又一张照片的表情早已被坐在她对面的顾老爷子看得清清楚楚，确定这个女人没有说谎，可是他依然冷冷地说："邵严这么多次跑到你家楼下去张望，你从来都不知道？宋未晚，你答应过我什么？你说这辈子永远都不会回来，结果却背弃诺言回来了，甚至进入我们顾氏集团工作。以为我老了病了，就不知道，你和召南实业顾召南牵扯不清的同时，还在干扰邵严的心神吗？"

"我没有！"

"如果没有，以邵严那么沉稳低调的性子，为什么会答应那种无聊八卦杂志的访问？如果没有，以召南如今对顾氏的不满，为什么会那么轻易答应签下合作合同？如果没有，今天上午邵严为什么要带你去他母亲的坟前？他以前从没带任何女人去过！"

宋未晚被老人陡然凌厉起来的气势吓了一跳，虽然她早就有思想准备，但是依然感到意外。

她没有想到，他会对这些事情知道得一清二楚。

对方似乎知道她的疑问，神情傲慢地说道："我并不在意你，我只是更关心邵严和顾氏的将来，你已经差点毁了他们的过去，为什么还要不识大体地出现？"

"你居然派人跟踪许劭严？"宋未晚终于在他的话里猜出了这些照片的来源，她往后又翻了几张，果然后面还有她与许劭严说话的照片，有她坐在许劭严车上的照片，最后一张就是她和许劭严站在他母亲坟前的照片。她惊得几乎要跳起来："你凭什么侵犯邵严的隐私？他干了什么，和谁在一起，是他的自由！"

"我从来都给他自由！"顾老爷子肃然地否定了她的说法，"离开顾家，或者身为顾家子孙为了顾氏做点事情，选择权从来都在他手里！我从来都没有强迫，对顾召南是这样，对他也是这样。"

"你的意思是，劭严选择为顾氏做事，所以他能够待在顾氏，而顾召南不愿？"

"不错！顾家的子孙，无论什么事情，都要为家族兴衰考虑，由不得他们胡来！"顾老爷子冷笑着说，"宋未晚，你以为你自己有多了不起，离开了三年还能让邵严这么念着你？你不过是他们兄弟争来抢去证明自己能耐的玩物而已！你当自己有多令他们兄弟难忘？不怕实话告诉你，当年你刚出国不久，顾氏就因为几个大项目同时上马出现了短暂的资金问题，与蒋家合作是最简单直接的办法，我让召南跟蒋梦溪那丫头多接触接触，他不听我的，呵呵，偏偏邵严是个懂事的孩子……"

"所以，当年顾召南被赶出顾家……"

"我承认是我逼得太狠，但是他也太让我失望了！"顾老爷子露出几分惆怅的神情，"他是个聪明的孩子，可惜，太不成熟。我知道他恨邵严，恨我，恨顾家，顾家怎么能交到一个对顾家没有感情的人手上。"

宋未晚忍不住冷笑出声来："呵呵，这就是豪门吗？许邵严是你的亲孙，难道顾召南就不是？顾老爷子，您扪心自问，您怕我勾搭许邵严，那么顾召南呢？勾搭他就没关系，对吗？"她原本以为自己在这个老人面前还会像几年前那样局促不安，没想到真的面对他时，自己居然也能像刺猬一样竖起刺来。

顾老爷子惊讶地说："邵严果然都告诉你了！他和我们顾家的关系，甚至包括他母亲的死，他怎么进我们顾家的，都告诉你了对不对？他对你，还不死心吗？"

她摇摇头，脸上满是嫌弃："你们所谓的豪门，多脏，多黑暗，多残酷，我们外人永远想象不到。"

顾老爷子一愣："我们这样的家族，要想在险恶的商界长久立足下去，只能由有雄心有耐力有远见的人继承！宋小姐，你难道忘了三年前你也干净不到哪儿去。"他不明白，为什么会有这种没钱、没地位、没背景的蠢女人，一心想要嫁入豪门？前面扮得再清高，结果还不是要低头接收他的一纸支票？

宋未晚早就见过他的冷淡刻薄，只轻轻几句就可以击溃人心，当年，她就毫无招架之力。如今，依然如是。她顾不上礼貌地站起身说："老爷子，上次您让蒋小姐带话给我，只要能谈成顾氏与召南实业的合作，就不会为难我进顾氏工作。我做到了。至于您担心我会干扰顾氏与蒋氏之间的联姻，实在太多虑了，我没有插足做小三的喜好。没有别的事情，我就不打扰您休息了。"

"站住！"

她的手已经搭上了门的把手，突然被喊住，即使不用回头，都能感觉到，顾老爷子的眼睛正死死盯着自己，希望可以找出她的一丝破绽。她将脊背挺得笔直，一点也不肯弱了声势。

"宋未晚，我再问一遍，你究竟为什么来顾氏？"

她在心里几乎笑出声来："我说是为了找一份好工作，老爷子你信吗？"

"呵呵，好，都当老头子快死了，什么都不知道。就算你说是为了邵严回来，以为我会相信？"顾老爷子不怒反笑，"不过你也别太得意，我早晚会查出来。"

"那我就等着，如果真被抓住了什么把柄，我一定立刻离开顾氏。只是老爷子德高望重、手段也厉害，千万别冤枉了我才行！"宋未晚不想与他多说，然后推门离开了。

室内，顾老爷子长长叹了口气，许久才幽幽开口："这个宋未晚，可真是个麻烦呀……我们顾家两个小子，每次都被她扰乱心神。只是可惜了一番心思，连石头都失了稳重，刀又怎么会锐利？"

宋未晚走出来的时候，手一直在发抖。要在顾老爷子面前控制情绪，是一件很不容易的事情，尤其对于她这种心怀鬼胎混进顾氏的人来说，更加需要小心。

顾老爷子已经很明确表达了对她意图的怀疑，所以，她做得好不好丝毫无损对方的猜测。

心里清楚了这一点，她反而渐渐平静了心情，只是没走几步，就看到一个身影匆匆往医院大门处赶来。

对方远远也看见了她，快走几步抢到她面前，劈头就一巴掌抡了过来。

宋未晚早就提高了警惕，所以一把挡住，虽然同为女人，可是出身良好的千金小姐力气哪里及得上她。她只微微使了点力气，对方就连退了两三步才站稳。

“蒋家小姐一向文雅得体，怎么，要在医院门口行凶？”

蒋梦溪柳眉都竖了起来，表情谈不上什么文雅得体，甚至还有些扭曲。她指着宋未晚的鼻子说：“宋未晚，我忍你很久了！”

“我也是！”她看着对方鼻尖上冒出来的汗，微笑，心想这一路赶过来够急的，真是好灵通的消息。

“你是不是忘了，我现在才是许劭严的女朋友，你已经是过去式了。”

“那又如何，我不是说了，回来是为了和你抢男人，难道你也忘了？”看到对方倒吸一口冷气，脸上露出惊悚的表情，宋未晚这才恶作剧地笑了，“蒋小姐你以为这世上男人都死绝了吗，我偏偏要抢你的！”

“那你来医院干什么，到老爷子面前卖乖讨喜吗？”蒋梦溪冷冷道，“外人不知道，可我清清楚楚，老爷子最讨厌的就是你。要不是你当年狐媚下贱，他也不会和自己的亲孙子闹得大动肝火，甚至还把人赶出了顾家大门！”

她说话一点情面都不留，处处戳到人痛处，宋未晚听得微怒，打断说：“蒋梦溪，如果真的像你说的这样，你紧张什么？你知道老爷子亲自约见我，所以担心了，是不是？”

“我……才没有！”蒋梦溪撅着嘴，可是气势明显弱了。她平时为了讨好顾老爷子，花了很多心思笼络他身边的人替自己留意老爷子平日的喜好动态，所以老爷子约见宋未晚，立马就有人把消息报告给了她。

所以她，一下子就慌了手脚，匆匆赶过来。

她花了那么多心思，想要嫁进顾家，甚至最近在媒体舆论上做足功夫，为的就是扫清障碍，让外界知道，她蒋梦溪和许劭严的好事，已经快成了。在这么重要的关口，她不允许有一丝一毫的纰漏。

“蒋小姐是特地来看老爷子？那我就不打扰了。”

“喂，老爷子和你说了什么？”蒋梦溪终究还是沉不住气地问她，“听说最近顾氏和召南实业谈合作，邵严经常把你也带去开会，是不是有这回事？”

“是有这回事，不过，双方公司各部门经理也在。蒋小姐难道认为我和他能在那么多人面前有暧昧？”

“我当然相信邵严，他才不会口味差到要和你纠缠不清！”

“其实我也一直相信他不会口味差到要和你将就，云城名媛那么多，怎么偏偏这么草率挑了你……”

“宋！未！晚！”对方一个字一个字咬着牙蹦出来，似乎要将她的名字嚼碎似的。

宋未晚微微收敛了玩笑的神色，说：“我没有时间和你在医院门口指手画脚甚至破口大骂，蒋小姐你如果是来关心老爷子的身体，那就上去吧，老爷子现在应该会更开心见到你。”

“那老爷子为什么突然找你？”

“这和你有关系吗？”宋未晚讽刺地笑了笑，说，“我已经和老爷子聊过，现在就要走了。蒋小姐如果有什么不放心，尽可以去问老爷子。”

她径自离开，将蒋梦溪甩在身后，气得对方在她身后破口大骂：“宋未晚，你有什么了不起！你那些不要脸的事情我都知道！你别忘了自己以前有多脏多贱！”

宋未晚冷冷牵起嘴角，只是不知道为什么，笑容略微有些僵硬。

脏？贱？无论她愿不愿，都只能咬牙承受了吧？

太阳渐渐落山，心情不好，不想回家。

宋未晚去了一个叫 Paradise 的酒吧喝酒，晚上人不多，她坐在吧台偏僻的角落，一杯接着一杯。

酒吧歌手在角落里清清淡淡地唱着一首苦情歌，原唱本来是沙哑着喉咙唱的，时不时还得配上一些哭腔与咆哮音，赚尽热泪。可是今天的这位歌手，唱得没有什么花哨，酒吧里的人却听得认真，周围十分安静。

这样清净的环境，实在太适合独饮。宋未晚喝光了好几瓶，眼里终于泛起了醉意。

桌上的手机不停振动着，醉眼蒙眬，仔细分辨出屏幕上沈蓉的名字，她按掉。

对方重新打过来，她再按掉。就这样重复了两三次，终于不再打过来。

这种有心事又喝了酒的时候，她实在不想接对方的电话，因为怕不小心多话，泄露了满腹的心事。

她的心事，呵呵，该从何说起呢？她细细地想了想，突然想不起来自己藏了什么心事，只能歪着脑袋又叫了一瓶。

该从哪里想起呢？混乱的那一夜？还是她是怎样不得不接受顾老爷子那张支票的？

她到如今都不知道自己是怎么爬上顾召南的床，走错了？她原本想去的是许劭严的房间？怎么也想不通。

她也不想接受那张支票，可是，她没有办法，她要救自己的母亲。

太多的不甘不愿甚至后悔的事情，可是，就是这样明明白白发生了，再也回不了头。

在这如雪花般纷至沓来的回忆里，这一瓶酒，她终于没喝完就醉了。

手机屏幕又在不停闪烁，吧台年轻的调酒师注意到，过来推一推她，可是没有任何反应，她听不到。

顾召南接到电话的时候，已经是深夜，他刚刚把邮箱里的信件全部处理完毕。

电话那头传来的陌生男人的声音让他眸色一沉，沉声问道：“你是谁？”

“您好，请问是顾先生吗？我是Paradise的调酒师，您的朋友在我们这里喝醉了，我看到她手机里最近几个未接电话都是您打过来的，所以是不是可以麻烦您过来接她回家？”

“酒吧？在哪里？”

换衣服出门，开车，只用了一刻钟就赶到了对方所说的酒吧。

酒吧已经快要打烊了，稀稀落落剩下几个余兴不减的客人，在酒吧里徘徊着不肯离开，他匆匆走进去，一眼就看到歪在吧台睡去的女人。

头发散乱地遮住一张小小的脸，她趴在那里，脸色酡红。顾召南站在这个女人的面前，眼睛里就只看得见她了。这样乱七八糟的地方，难为她还睡得着！不怕有乱七八糟的人趁她醉了乱来吗？他脸色不自觉地沉了下来，简单察看她的衣物整齐，才微微放心。

“您是……顾先生吗？”服务生小心翼翼地询问，看到他点头，连忙求救似的说，“这位小姐喝醉了，在这里睡了好几个小时，怎么喊都不肯起，我们现在要打烊了，实在没办法才会打搅您休息……”

“没有关系。”他把酒钱给清，然后摇了摇宋未晚，没有任何反应，于是拍了拍她的脸说，“醒醒，你喝醉了？睡了这么久，该醒了。”

宋未晚在迷迷糊糊间感觉到，不耐烦地打开他的手：“别吵，我还要喝，再喝……”

淡淡的酒气扑面而来，闻得出她应该并没有喝多少，只是本身酒量有限，所以很容易就醉了。顾召南不自知地笑笑，又摇摇头，深夜被打扰，似乎也不觉得是什么负担。

“你已经喝醉了。”他低声说，“起来，我带你回家。”

“家？不，不要，我没有家，早就没有了……不回……”她口齿不清地咕哝，说得很轻很快，所以顾召南听不清楚。

他俯下身子，将外套披在女人的身上，然后将她抱起，走出了酒吧。

不知道是不是错觉，她似乎比上次更轻了，抱在怀里几乎感觉不到吃力。大概也只有这样的时候，她才会安安分分被自己抱着，没有任何别扭与反抗吧？

半夜的风有些凉，远离酒吧里未散尽的余热，出来才更觉得温差的对比。尽管身上披着外套，宋未晚还是忍不住打了个哆嗦，她下意识往身边的暖源靠了靠，整个人都贴了上去。

顾召南身体顿时僵硬了一下，似乎被对方这个动作惊到，站在原地，一动不动，下意识就想分辨怀里的人是不是在假睡。上一次，他差点就被她骗过，这一次——

他仔细看了看对方的眉眼神情不曾有任何变化，听着呼吸深浅次序，是真的睡着了，随即，眉宇间染上了一层淡淡的温柔。

虽然知道她的住处在哪里，但是出于时间太晚不便打扰她的室友，以及私心里其他的一些考虑，顾召南带她回了自己在市中心的住处。

抱这个女人坐电梯上去，花了他很大力气，原因并不是臂力不够，而是这件事太考验忍耐力。

宋未晚睡得很不老实，不停打酒嗝不说，一双手也不停上下摸索。

顾召南略微躲闪避让，可是终究没办法把一个醉鬼就这么丢下，靠得这样近，免不了发生各种摩擦接触，这绝对是在撩拨男人的底线。

从进电梯再到出来，短短一两分钟，他连呼吸都有些紊乱，勉强抓住她还要再往下乱折腾的手，等到磕磕绊绊地把门开了，已经憋得脸都红了。

他正抱着她进卧室休息，一个不留神，让那只手沿着腹肌向下了一点，引起的反应剧烈。身后的门顿时砰的一声，重重关上。

“嗯——”男人低沉的呻吟声带着喘息，一切都滑向失控的边缘，他忍不住低声咒骂，“该死！”

顾召南被一个动作惊到，和她一起摔在床上。

“好痛！”男人一百多斤的体重压得她快喘不过气来，她挥着手，试图抵开，掌心贴在他的胸膛。

顾召南感觉自己呵出的气都是热的，他微微侧开身体，不可抑制地吻上了对方。

冰凉的两片嘴唇，让他忍不住吸吮，酒精的味道混着她身上特有的香水味迎面而来，气氛有些醺醺然，一切向着他无法预知的方向而去。他是个男人，对着自己喜欢的女人，根本不需要掩藏什么欲望。

顾召南慢慢地脱去了自己的衣物，他居高临下地望着床上的女人，像一只野兽，盯着一只茫然无知的猎物，漆黑的瞳仁亮得异常。

送上门来的，不吃白不吃。

一夜，缠绵。

宋未晚醒来的时候，头有些痛，身体的每一寸骨骼更像是被拆过了。

身边的男人有一张宛如雕塑般坚毅的脸，眉毛、鼻子、嘴唇的轮廓，无一不像是刀刻出来一般，棱角分明。就像他的性格，强势、霸道、果决。

她见过的人里面，除了明星，大概没有比他更有型的了，哪怕是闭着眼睛，也是好看的。

他呼吸沉稳有力，睡得轻松满足，她却再也睡不着。

那些回忆太混乱，想一想都觉得脸红耳热。

昨晚，算是什么？酒后乱性？自己该把责任都推到他的身上，说他趁人之危、无耻下流。可是，对方问她要不要继续的时候，她是清醒的。早在那个时候，她的酒就已经醒了，接下来，全程都是清醒的。

以前，她从来没有那样大声地尖叫，甚至激动地流眼泪。昨晚，那个疯狂、妩媚的女人，简直让她不敢回想。

人在快感的驱使下，容易做出让自己后悔的决定。

现在，她就十分后悔。

以前她的清高呢？不屑呢？还有憎恶呢？都在这一夜之后变成了一个笑话。

他们以这样亲密的姿态纠缠在一起，几乎忘了曾经所有的不堪。

她无法原谅这样的自己！

想到这里，连多在他怀里停留一下都会觉得恶心，她轻手轻脚地从他的怀抱里挣脱出来，爬下床，每走一步都有些不适。她忍着，一边走，一边悄悄回头看床上的他，生怕下一秒对方会突然醒来。

逃似的走进了浴室，打开喷头，滑过脸颊的，除了水流，是否还有眼泪？她早已分辨不清。

所有的声响被浴室的门隔在这一方小小空间里，暂时，只有她一个人。

洗了一个热水澡后，她居然累得出了一身汗，腿软得几乎摔倒，醉酒的残留影响不会这么快就散去。

擦干身子，穿上浴袍，她站在镜子前，看看里面的自己，有一张还很年轻的脸，和那些意气风发在职场打拼的女孩子一样。

可是，她的眼睛，出卖了她。里面有些东西，日渐衰老，不复存在。

那双眼睛，早已经不再纯粹，带着复杂的心事，还有——

脖颈到胸部一大片深紫色的吻痕让她快疯了，连忙拢一拢浴袍的衣领，遮掩住大半。可是，终究欲盖弥彰。

“宋未晚，你一定是疯了！”她轻声对镜子里的女人说，怎么又和那个男人滚到了一张床上，而且几乎没有任何抗拒！

浴室的门被推开，她回头，看见顾召南斜靠在门边。

他身上穿着长袍系带的睡衣，但是懒懒地没有系好，露出胸口一大片古铜色肌肤，少见的性感，可是她没有心情看。

“什么时候醒的？”

“从你进浴室洗澡的时候开始，水声响起，我就听到了。”

他没有告诉她，自己听着水声发了很久的呆。他居然也会有些不知所措，在“乘人之危”之后，担心她会以什么样的态度来对待自己。虽然，已经不是第一次，却变得患得患失。

直到水声停了好久，她还没有出来，有点担心，所以才会推门进来。

好巧不巧看到她站在镜子面前发呆的模样。

宋未晚冷眼望着他："顾总一大早有偷看别人洗澡的兴致？"

"你全身上下，我都看过。"他恢复了一贯的锐利，"昨晚，是你自己脱光了勾引我，我没有理由拒绝，不是吗？"

"这样对待一个喝醉酒的女人，你还真是死性不改！"

"是呀，可你偏偏每次都要选择在我面前喝醉酒，不是吗？"

这样的对话一说出口，两人同时想起了不愉快的过往，对视的目光寒意湛湛，似乎都带了冰霜。

不愿多做纠缠，哪怕多看他一眼都会觉得烦躁，她推开他，到卧室捡起自己散落在地上的衣服，然后又回浴室换上。

她干脆利落地逃离了这个是非之地。

第五章 纠缠

顾召南，永远是她宋未晚生命中的魔鬼。她最珍贵的第一次被他掳去，从此他便仿佛对她下了咒语，时时处处都要与她纠缠。

清晨五六点钟，时间还早，路上行人不多，浓浓的雾气还没有散去，两三米以外就已经看不清楚，所以一时很难打到车。

宋未晚出门刚走几步，腿就抽筋了，害她差点摔倒。她扶着路边的护栏，正在揉脚踝。

一辆车无声地停在旁边，车窗摇下，露出顾召南面无表情的脸，他说：“上车！”

“我自己可以坐出租车，谢谢！”

“上车。不要逼我生气。”

语气没有丝毫变化，可是宋未晚知道他做得出任何事情，只能乖乖地、警惕地坐上了车的后座。她眼观鼻鼻观心，安慰自己，一大早在繁华的市中心很难打车，以后尽量和他保持距离即可。

顾召南从后视镜看了她几眼，对方一脸云淡风轻的样子，好像什么都没有发生过一样自然，这模样着实让人生气。

他脸一沉，发动车子，往她家的方向而去。

忍了又忍，终究还是没忍住，他试着开口和她谈昨晚的事：“未晚，我——”

“顾召南，我想，昨晚只是个意外，可以吗？”

“宋未晚，我想我们可以试试。”

“我不爱你！”她很直截了当地拒绝了他，莫名有些生气。

“以前不爱，不代表以后，你为什么不肯试试？”

“顾召南，你以前也这么对我说过……现在我还是要对你说，我们不可能！”

顾召南沉默，车内的气压顿时低了好几分。一路再也没有什么对话。

宋未晚强撑着车开到自家楼下，匆匆忙忙地下车，连一句“谢谢”和“再见”都来不及说。

顾召南望着她逃走的背影，脸色阴沉得厉害，突然一拳狠狠地捶在方向盘上。

宋未晚刚从电梯里出来，一脚就踩在一个软软的包上，差点被绊倒。环顾四周，发现原本就不大的过道里几乎堆满了大大小小的箱包，凌乱不堪到让人发指的地步。

她原本有些不高兴，不知道是谁这么缺德，一大早堆着这么多东西在这里，等到听到有人在一旁清脆地喊了一声“晚晚”，脸色顿时大变。

“当当当！ Surprise！”那个穿着一身波西米亚风彩色长裙的中年妇女，瘦得跟竹竿似的，张开双手夸张地做着手势：“好久不见，是不是很惊喜？”

她的脸上是惨白的颜色，露在外面的肩膀和手臂，甚至脖子都是鸡皮一样松弛的皮肤，乍看像一个已经上了年纪的老太婆。

宋未晚只觉得眼前一黑，差点要冒金星，只有惊，没有喜！她怎么会突然回国来，而且还能一下子就找到自己的住处。

女人脸上原本化着浓妆，大概是因为时间长了，有些残了，再加上额头鼻尖上的汗，越发显得粉底厚薄不匀。她年纪已经不小了，笑的时候露出许多皱纹，很容易就能猜到她的年龄起码有四五十岁。徐娘半老，还要这样刻意打扮，丑人多作怪！

宋未晚与她隔着三四个箱包的距离，就这么冷冷看着对面的女人。对方脸上的笑容依旧近乎是刻意的讨好，可是她却丝毫不为所动，甚至没有掩饰厌弃鄙夷的神情。

“你回来干什么？”

“我……回来不干什么。”女人被她看得有些毛，露出几分怯怯的神态，“只是……有些日子没见你在我身边，想你了……”

“想我？”她冷笑，“是怕我丢下你一个人走掉吗？”

“没有……我没有这样想。”

“你以为，我和你是一类人吗？”她的眼神在对方身上扫过，莫名的凌厉，而对方，居然也就在她这样的眼神下，露出了更加难堪的窘态。

“收起你的这副可怜相，何碧莲，你以为还会有谁相信你这副惺惺作态的样子吗？”她刻薄地说，“是谷文森告诉你我在这里，让你来找我的对吗？”

女人对她的态度完全不以为意，反而因为她问自己的话而有了几分欢喜，忙不迭地回答：“是呀，是呀，谷先生对我们真是太好了。他说你回国替他办事了，又知道我肯定很惦记你，所以告诉我你的住处，让我来找你。”

“你就这样回来？那东西，戒了吗？”

“戒了，很久没有发作了。医生检查过没什么问题，谷先生才同意我出院来找你。你放心吧！我的身体现在……”

“我有什么不放心？”宋未晚打断她，“别站在走道里啰唆了。”态度冷淡得几乎不像她自己。

她说完，转身去开门，随手拎起靠门的两个行李，进了屋子。

家里没有人。

她开了沈蓉屋子的门，看了看，确定她昨晚应该没有回来。

何碧莲一边忙碌地往家里运东西，一边唠叨着说："家里不是说应该还有个姑娘住吗，我昨晚一下飞机就过来敲过门了，没有人开门。我还以为走错地方了，可是谷先生就给了我这个地址，我只好想着等等再说。这不，你早上可算回来了。"

她个子虽然挺高，可是身子骨瘦得像柴，来回提了两三趟东西，就累得有些气喘了。

宋未晚看了一眼，默不作声地出门，替她拎了几个，把所有东西扔在地上，然后说："只是过来看看我，干吗好像要把家都搬来似的？"

"我把房子退了，这些东西全都得带回国来，不然没地方放。"

"退了房子？"

"是，我想好了，不再回美国去了。"女人的脸上露出坚定的神情。

"不回美国你要住在哪里？云城？当初是你死活都要离开的！"宋未晚不耐烦地说，"等我把这件事解决了，就送你回去。"

"晚晚，我不想再去美国了，年纪大了就恋旧，想回故乡……"

"够了！"她听了她说这些，突然暴躁起来，凶巴巴地打断了接下来的话。

这时候，门哐当一声又开了，沈蓉站在门口，目瞪口呆地望着屋子里的行李箱包，眨巴眨巴眼睛，一脸"我是不是走错地方了"的表情。等到看见宋未晚，和屋子里多出来的另一个女人，才干笑着问："我，回来了……呵呵，呵呵呵……这位是？"

"我妈。"

"啊？"沈蓉一脸吃惊的表情，似乎没有想到风格迥异的两人会是这样的关系。毕竟是奋战在娱乐圈一线的狗仔，身经百战，什么样的人都见过，所以很快就调整了情绪，端出热情的笑容，"阿姨，你好，我是未晚的高中同学，现在和她住一起。我叫沈蓉。"

"你好，你好，我是未晚的妈妈。我们家未晚回国，多亏有你照顾了……"

宋未晚看着热情寒暄的两个女人，头隐隐又有些痛了。

何碧莲回来的第三天，宋未晚已经连续三天都没有好心情。她在租房网站上面贴了需求公告，想要找个合适的房子。

她把自己的联系方式留在公告下面后，又看了几家房源，都不合适。

做这些的时候，她的QQ一直在响个不停，等到她反应过来，发现是沈蓉的头像在闪，点开，几乎是刷屏一样的单方面对话。

“未晚，在吗？”

“未晚？”

“未晚，别搬走呀，住得好好的。”

“未晚，你是不是还在生我的气呀？”

……

宋未晚苦笑着摇头，连忙回复她：“我没有。”

“那你为什么一定要搬出去住？”

“我妈回来了，你那房子就两间卧室，我们挤着住一起太不方便了。”

“真的吗？”

“是，我没生气。你不要多想。”

“未晚，对不起，我真的不是故意的。我真的没想到许劭严肯接受我的采访是因为你，我只是给他采访的时候和他多聊了几句，不小心就聊到你身上了……”

“我相信你。许劭严想要跟你打听我的情况，自然有办法做得不露痕迹。”

“你真的不生气啊？我前几天晚上都不敢回家，怕你会怪我。那天早上悄悄溜回来，想换个衣服赶紧走人，没想到撞上了你和你妈。我觉得自己都没有办法面对你。”

“没有怪你，真的，我要和我妈住一起，不能总是麻烦你。”

“真的不麻烦，你们可以随时住在这里。”

“我妈有很多很麻烦的习惯，不是很方便继续这样挤着住一起。我还是得给她找个地方，你能体谅我的对不对？”

原因在于何碧莲，沈蓉终于不说话了，宋未晚又安慰了她几句，总算把她的情绪给稳定了，这才长长出了口气，感觉有说不出的疲惫。

然后，她掏出电话，犹豫了很久，手指徘徊在一个号码上面迟迟不肯落下。

这个号码，是上次谷文森留给她的。自从她为了逼他联系自己，甚至连木马病毒都用上之后，他大概是不耐烦了，给了她这个号码，让她以后有重要的事情可以直接拨打这个号码。

前些日子，他一直催她去找顾召南，希望她能尽早帮顾氏与对方签下 GEF 高新技术合作授权。可是她因为相亲时惹哭那个女孩的事情和顾召南闹，惹得顾召南不高兴，对方一直不肯见她，完全没有谈的机会。

所以，对谷文森，她一直只能敷衍着，说自己正在和顾召南接洽，有细节需要敲定，就这样又拖了好几天。

现在谷文森直接把何碧莲送回国了，她心里明白，那是对自己的警告，如果自己再不能给对方一个满意的答复，恐怕会很麻烦。这个男人，狡诈阴毒，什么都做得出，被他记恨上了，肯定会很惨。

她想着，自己什么都没有谈成，现在打电话过去，无疑是找死，又把手机通讯录关掉了。

这时候，李佳琪端着一杯咖啡走过，步子迈得有些浮，精神也不是很好。她脸上有很重的黑眼圈，越发衬得脸色苍白。

宋未晚关心她的身体，问：“最近是不是睡得不好？”

“嗯，白天有些犯困，晚上却经常失眠。”李佳琪苦笑，将咖啡放到她面前说，“我刚刚本来想去泡一杯提神，突然想起来自己现在已经不能喝这个了，给你。你的脸色也不比我好到哪里去，是不是有心事？”

“没什么。”

“GEF 高新技术，你去找召南实业，是不是谈得不顺利？”

宋未晚惊讶地抬头，望着对方说：“你怎么知道？”

李佳琪温婉一笑，将垂下来的几根碎发捋到耳后，回答说：“我只是猜的，你可要抓紧，我听说有别的大公司也对这项技术的应用感兴趣，想要与召南实业洽谈合作。最近正在频繁接触，要是让他们谈成了，你可就真的一点机会都没有了。”

她的神情再自然平静不过，仿佛这些商业上不容易打听到的琐事，真的只是随便听来的。

宋未晚愣了一下，点点头，感激地说：“谢谢，我知道了。”

然后，连忙掏出手机给顾召南打电话，说：“我想见你。”

这一回，顾召南很爽快地答应了她：“我在兰溪，你自己过来。”

兰溪会所的包间里，两个男人面对面坐着喝酒。坐在顾召南对面的那个男人，冷冷清清一张脸，似乎谁欠了他钱似的，是上次帮宋未晚在这里解围的那个男人，叫卫楚。他和顾召南私交很好，时不时聚在一处喝酒聊天。

顾召南的事情，他知道不少，他的事情，也几乎不瞒顾召南。这就是男人之间的情谊。

“卫少，干了。”顾召南喝得有些急，才来一会儿工夫，就把新开的一瓶酒喝掉了小半。这样喝水似的喝酒方式，纯粹是闲得没事干。

“不能再喝了，你等一下还要谈生意。”说话时，卫楚擎着一杯酒，意味深长地说，“喝醉了，说不定又会做出什么后悔的事情。”

“你什么意思？”光线太暗，顾召南的表情隐在阴影深处模糊不清，连声音也显得有些闷，“有些事情，就算做了，我也不后悔。”

他说完，仰起脖子，将杯中的酒一口干尽。

“顾总，你说做什么？我不明白。我说的是签合同，你说的是做……什么？”

“滚！”

“我真是好心劝你，要是不小心喝醉，把不该签的合同签了，以后只怕再也没什么借口见你想见的那个女人了。”卫楚的话里微带几分嘲意，“何况，如今，她还是上赶着来找你，等你帮她达成心愿，你以为她还会再找你？女人呢，都是这么自私无情！”

“你自己蠢，被女人戳了一刀又一刀，不要以为别人和你一样蠢！”

“……”

宋未晚跟着服务生的引导，到了兰溪会所某包厢的时候，顾召南已经喝得微醺了。

卫楚看着她进来，突然站起身说：“我喝得头都有些疼了，去趟洗手间，顺便吹吹风。”

包厢里一下子就只剩他们两个人。

宋未晚站在顾召南的对面，说：“顾总，我来是想和你谈谈GEF高新技术合作。”

“我以为你找我是来陪我喝酒的。”顾召南斜靠在软垫上，轻轻摇晃着杯中的酒说，“每次找我，都是因为工作？宋未晚，你就这么喜欢为顾氏卖命？或者说，是为了许劭严？”

“这是我的工作。”

“你的工作也要你陪我上床吗？”

“顾召南！”

“你看，只有在特别生气的时候，你才肯喊我的名字。平时你都叫我什么呢？”顾召南嘴角弯起不屑的弧度，“顾总！啧啧，叫得多客气多礼貌呀！你喊你们许总呢？邵严？啧啧，多亲热多甜蜜……”

宋未晚脸色微变，说：“顾总和许总，都是云城出类拔萃的人，我都得客客气气供奉着，绝对不敢亲热。”

都是假的！女人，就是这么虚伪！他爱的这个，也不例外！

“行，很好——”他点点头，当作是信了。喝酒！

宋未晚看着他一口把整杯都喝了，眉头微皱，忍不住打断：“我也不拐弯抹角，想请顾总告诉我，最近是不是真的有别家公司在与召南实业接洽商谈 GEF 高新技术合作？”

“呵呵，原来是知道了这个？”他不否认，抬眼看着她笑，“我还以为你能继续沉得住气不见我，一听说有别家公司也想要这项技术，急了？”语气中，有怨，有不屑。

原本他还存着一丝幻想，她可能是为了那天醉酒后的那件事来的，想清楚了，肯回应一下自己了……没想到，果然还是自己自作多情。卫楚说得没错，他想得太多了。

“顾总，我希望你能够不要把个人感情带入工作中来。”她深吸一口气，试图劝说他理智一些，“不管你有什么要求，我们顾氏都可以好好商谈，而且我们最近还在谈其他合作，彼此之间能够商榷的空间很大，不是吗？”

“那又怎么样？许劭严自以为是，到现在都还看不清楚顾氏的处境，就凭你们现在资金周转不灵、人才严重流失、内部管理混乱……内部出现了各种问题，还想要和我们公司谈公平合作？”

“那你想怎样？要什么条件，你才肯把 GEF 高新技术给我们？”

她的话刚说完，他就沉默了，一双眼睛死死盯着她，似乎在思索。半晌，才幽幽地说：“如果我说，我要你呢？”

她沉默地对抗着，贝齿咬着下唇，不吱声。明明知道他的意思，却不肯答应。

他将酒杯随手丢在桌上，发出砰的一声响，惊得她心头一跳。

她看到他的眼中涌动着说不清道不明的野性，似乎她早已经在他的掌心里，想什么做什么都逃不过他的算计。本能地意识到，眼前这个男人，此时此刻是危险的，她下意识想要转身，逃跑。

可是，他却从靠垫上拿出了薄薄一沓纸，若无其事地说："敢走出去，我就把这份合同撕掉！"

"你，这是，什么意思？"

"这份合同，是GEF高新技术合作的授权合同，我签了字的。只要你走出去，我就把它撕掉，我公司办公桌上放着的另一份合同我立刻就会让人寄出。"

宋未晚惊疑不定地看着他，光线昏暗，看不清楚对方的表情，更无法分辨他所说的合同真伪。

她说："不可能，你不会拿这么重要的合同来玩儿。"

"你可以试试，走出去，就能试试我说的是真是假。"

可是，她不敢冒险。

顾召南给足她时间思考，坐在那里，不动如山。

大概过了十几秒，宋未晚的手从门把上慢慢放了下来，她紧张地望着他手中的合同说："不要这样，顾总，一切都好商量。"

"过来。"他用的是命令式的语气。

她不得不重新走回到他面前，苦笑着说："你早就把合同带在身上，是因为料到我肯定会来找你？"

"是，有它在，即使你再不愿意，也不得不来找我。"他拍了拍身边的位子，示意她坐下，然后说，"这份合同是我花了大价钱买来，专门买来的……"

"所以你一定要让它物有所值。让顾氏将它用到未来的地产开发中去吧，一定不会让你失望……"

他摇头示意她停止游说，反而告诉她说："钱我有的是办法赚，但是这一回，我想用它来赚的不是钱，而是你。"

"顾总，你说过，只要我保证不介入许劭严和蒋梦溪之间，而且只要你找我我都随叫随到，你就把合同签给我。"她试图和他讲道理，搬出他之前承诺过的事情来与他对质。

“很明显，你答应我的这些，都做得不是很好。”很显然，对方是个不守规矩的人。

宋未晚不胜其烦，使劲压一压胸口翻腾的火气，正要再浪费一番口舌，却听到对方突然说：“不要动！”

“怎么？”她身体微微一僵，被他的目光吓到，以为有什么虫子之类的东西在衣服上。

就在她愣在那里一动不动的时候，突然，他的双唇准确袭上了她的，烈酒的味道混着男人身上特有的凛冽气息扑面而来，她想躲，却早已被他洞知，腰被牢牢揽住无法逃脱。

顾召南的“偷袭”太出乎她的意料，导致她甚至没有时间细想，他的舌头已经撬开她的齿关。他仗着自己的强势，掠夺着她仅剩一点的空气。这样直截了当的深吻，简直让她窒息。

她憋得脸都红了，想说不要，却连舌头都被纠缠住了，只能发出这样类似呓语的声音，尝试着要将他推开，却反被对方压倒在沙发上。

一切，都突然变了味儿，小小的包厢里，气氛瞬间变得火热。

宋未晚骇得使劲挣扎，大声说：“不要这样——顾召南，快停下……”

“你没有资格说停下！我说了算！”他吻着她的脖子，深深吮吻。

“不要，快停下——不要让我恨你……”

她的眼里的确闪着恼恨的光，明知道面对他的巧取豪夺，自己几乎全无反抗的可能。

他的动作戛然而止：“不要？如果我现在停下来，包厢里的这份合同，马上作废，你也要对我说不要吗？”

她的身体微微一颤，然后僵住。

一滴眼泪，从她的眼角滑落，无声，却落在他的眼里。

她仰着头，双眼直直望着天花板，一动不动的样子，像是放弃了所有的挣扎。只是，牙齿死死咬着下唇的动作，泄露了所有心思。

只看了一眼她绝望的表情，他突然失去了所有兴致。

他静静地从她身上爬起来，说：“滚——”

“……”

“听到没有，现在就给我滚！”似乎是为了向她报复，他拿起那一沓合同，笑了笑，然后，哧一声，撕成了两半、四半、八半……碎了。

宋未晚就在这碎片里僵硬地站起身来。她的眼角兀自闪着晶莹的泪光，将衣服理得齐整，稍微将乱了的头发也拢了一把，然后快步地走出了包厢。

临走的时候，她转过头，面无表情地说：“顾召南，你真叫我恶心！”

恶心！是她对他最直接的印象，这个词像一根刺，瞬间扎进了他空洞得有些膨胀的心里，然后他听到嘶的一声响，那是破开口子不停漏气的声音，很轻微很轻微，只有他自己听得到。

刚刚那一刻，他在她眼中看到羞愤与耻辱。

多讽刺！她觉得他很——恶心！

“召南？你们刚刚发生什么事情了？她怎么那么快地跑出去了？”卫楚进来问他的时候，他才像是突然醒了过来，起身追了出去。

宋未晚走得飞快，那些到处飞扬的碎纸片似乎一直在她面前盘旋飞舞，提醒着她，一切都完了，没有了转圜的余地。她的心里乱成了一团，好好的一件事被自己办得乱七八糟。

可是，她是个人，不是他顾召南的玩具。

自尊这种事情，她还没有办法丢掉，所以她搞砸了谷文森要她做的事情。

她走到兰溪外面，正不知道往哪里走，突然被人拽住了胳膊。

男人的声音凉凉的，怀着怨毒：“这不是，宋小姐吗？真是巧，能在这里遇到。不如去包厢陪我喝杯酒？”

宋未晚回头，忍不住吃了一惊，的确很巧，他们仅有的两次见面都是在这家会所。

可不就是上次那位与她和廖经理一起谈合同的郭总，那次要不是她跑得快，差点要在他手上吃大亏。

她冷冷地掰开他的手说：“郭总，我今天不是来谈生意的。”

“哼，敬酒不吃吃罚酒，上次让你跑了，今天难道你还以为能跑得掉？”郭总冷冷笑着说，“我派人盯了你很久了，今天既然决定来收拾你了，你以为你能跑得掉？”

“放开她。”

身后，那个男人脸色阴郁，心情很糟糕。

郭总望了他一眼，这种气质太抢眼，立马认了出来："又是你？"

"手断过，现在又好了？"顾召南冷笑，"这次是想粉碎性骨折？"

"这次该骨折的是你！"话刚说完，就从旁边窜出来七八个黑衣服的人，每个人手上都拿着一根棍子，凶神恶煞的样子。

宋未晚看了，眼皮不禁一跳，这么多人。

"给我打！"对方一声令下，所有人都朝着他们包抄过来。

宋未晚吓得一声惊叫，可是顾召南已经将她揽在了身后，身手矫健地抢过了一个男人手中的棍子，狠狠砸在对方的胳膊上，顿时听到骨头碎裂的声音。那个男人哀号一声，抱着胳膊在地上打滚，满脸痛苦的样子。

其他几个人，几乎都不是顾召南的对手，可是，人太多。

只一会儿工夫，顾召南就左支右绌，有些支持不住。他眼角余光瞄了一眼宋未晚说："还傻站在这里干什么？回去！喊卫楚！"

"啊？哦——"她正要往回走，突然脸色就变了。

顾召南对她说话的时候，一分神，没有留意旁边一个男人正拿着棍子朝他头上敲过来，这一下，要是挨实，不死也该残废吧？

已经来不及多想，她连忙扑过去，推了顾召南一把，棍子夹着呼呼的风声从顾召南的耳边掠过，砸在她的肩膀上。

咔嚓一声脆响，她似乎又听到了骨头碎裂的声音，似乎还有顾召南的惊叫。

可是，她已经来不及想更多，又一记重击狠狠敲在她头上，一阵剧痛，让她眼前一黑，失去了知觉。

宋未晚醒过来的时候，眼前一阵一阵发黑，她伸手想要捂住头，却触碰到一层纱布。

手指按在上面，痛得她深吸一口气。

这动静顿时惊动了坐在一旁沙发上的顾召南。他原本正在电脑上看一份企划书，听到声音连忙站了起来，走到她病床前说："醒了？有没有什么不舒服？"语气温柔，微带关切，他自己却似乎完全感觉不到。

从她昏迷到现在，他一直守在她的病房，就没好好合过眼。那种焦躁不安的情绪，只有他自己最能体会。

“头很晕，看什么都好像模模糊糊地在面前打转……”宋未晚看不清楚他的脸，声音因为睡得时间太久而有些嘶哑，她突然想起什么似的，脸色微变，“我是不是，要失明了？”

不会这么狗血吧，像电视剧里的柔弱女主角一样，被撞击一下头部就失明了。

“你想太多了……”顾召南解释说，“因为现在已经是傍晚时分了，病房里没有开灯……”

“我一昏迷就睡到了下午？”

“是第二天下午。”他说得更具体，没说的是，他有多害怕她醒不过来，差点把医生揍一顿。医生再三向他保证过，说绝对不会有事。幸好，她还是醒了。

宋未晚不作声，她已经渐渐适应了头部伤口刀割一般的感觉，只用手指轻轻触碰着，感知伤口的位置，时不时因为疼痛轻微发出咝咝的声音。

“头晕是正常的，昨天你的头被棍子不小心扫到，裂开一个大口子，血流个不停，送到医院缝了好几针。”顾召南安慰她说，“放心，不会有事情。医生已经给你照过 CT，脑震荡而已，在医院好好休养，再过几天就不会像现在这么晕眩难受了。”

她真诚地说了一句：“谢谢你。”

他因为这三个字发了好一会儿呆，然后木讷地追问：“谢我什么？”

“谢谢你两次都替我解围，要不是你突然出现，我只怕就不是头破血流这么简单能应付过去了。”

“不用。暂时不要太吃力想要把东西看得完全清楚。”时间已经不早了，虽然他比常人精力旺盛，但是累了一天一夜没合眼，终归也微微有些疲惫了，想要回去洗澡睡个觉，明天再来看宋未晚。他站起身来说，“你注意休息，我先回去了。有事按电铃。”

“好。”她看不清楚他，只有个阴影在面前晃，大概是他站立的位置，于是就朝着他所在的那团阴影微笑。

病房里光线太暗，他看不到。

从宋未晚的病房出来，他将电脑交给等在门外的秘书，说：“企划书我已经看过了，明天让他来我办公室一趟。今天就先这样。”

“顾总，刚刚护士小姐来过，听说你在病房里面办公，没敢打扰，说等一下请您去护理室换一下药。”

“嗯。”

他这才突然感觉到，手臂又有些隐隐作痛了。昨天现场那么乱，大家都打红了眼，尤其是朝着宋未晚头上砸下来的那一棍子，如果真落实了，能直接要了她的命。多亏他动作快为她挡了一下，那根棍子微微偏了，到她头上的力道才会减小许多。

他是直接用手臂迎上去的，当场急着关心宋未晚，还没有什么感觉，等到把她送去医院进行了一系列的检查和伤口处理之后，他才突然感觉到火辣辣的疼痛。

医生让他脱衣服检查的时候，他差点手都抬不起来，被砸过的地方肿得老高，有些发青发紫。

医生给他拍了片子，说只是有些淤血，虽然伤到了经络，幸亏没有伤到骨头，只要贴几贴膏药，慢慢就会舒筋活络，化开淤血。

借着刚好在医院的机会，他去护理室把今天的膏药换了，然后叮嘱了小护士几句，才从护理室里走了出来。

才出门，就在走廊里碰到熟人——顾家的老管家钟叔，是跟在老爷子身边的老人了。对方站在外面，似乎专门为等他，见到他出来，顿时迎上来，恭恭敬敬地说：“小少爷，老爷子听说您在这里，特意让我来请您。”

他沉默了一会儿，点点头，让秘书先离开。然后，跟着钟叔走了。

老爷子的病房在走廊另一头，钟叔敲了敲门，然后侧身让到旁边，示意他自己进去。

顾召南点点头，走进去。

他一眼就看到病床上倚着软靠坐起的老人，几年不见，瘦得不成人形了。病痛，让这个老人的身体一点一点委顿了下来，抬起眼朝他看过来的时候，眼眶深陷，可见是真的老了、虚弱了，可是，眼神依旧雪亮、犀利。

他走到顾老爷子的病床前，叫了一声：“顾老爷子。”

“有三四年没有听你喊过我一声爷爷了。”顾老爷子似乎不在意对方的称呼变得比以前客气生疏，像一个外人。他沉浸在自己的情绪中，感慨地点点头，“我以为到死，你也不会再来看我，没想到，还能有这一天。好啊，好啊！”

顾召南低着头，沉默不语。

当初他离开顾家的时候，顾老爷子拄着拐杖在他身后骂："连兄弟的女人你都要抢，禽兽不如！现在还要忤逆我？你走出这个家门，就不再是我们顾家的人，以后不要再回来！"

他头也不回地走了，想着以后再也不会相见。不相见也挺好，省得互相怨念。

只是没想到，这么巧，宋未晚出事了，就近送来救治，与老爷子同在一家医院。

顾老爷子派人来请，他就来见，如此而已。

"手臂怎么样了？"

他微微一愣，抬起头看向对方，发现对方的目光正停留在自己的左臂上，随即平静地点头说："医生已经告诉你了？包扎在衣服里面，看不出来有什么，只是皮下有些淤血，没有伤到骨头，多贴几次膏药就没事了。"

"那宋未晚呢？"老爷子状似无意地继续问起，"我听说……她昏迷一天一夜了，你一直陪着，连公司的事务都不回去处理？"

顾召南的目光陡然一凝，似乎想从顾老爷子脸上看出什么来，可是，对方是活了这么大把岁数的人精了，早已练得任何情绪也不形于色。他微微有些懊恼地说："你想说什么？直接说就是了。"

"那好，爷爷问你，当年可以说你年轻妄为，可是如今你也是事业有成的人了，到现在都还和她纠缠不清，真的喜欢她？"

他点点头，没有任何犹豫："真的喜欢。"

顾老爷子摇摇头，不赞同地说："当年我就跟你说过，她不喜欢你，甚至还会因为那件事恨你，你以后都该离她远远的，不然早晚会吃大亏。"

"她恨我又怎么样呢？恨我，我也放不下她。"

"可是，当初她离开了。如今再回来，谁知道她怀着什么居心？"

顾召南望向他道："当年我因为一些事离开了云城，没有赶得及……才会让她就这么离开……所以，如今她回来，我就再也不会放手。"

"就算她回来害你，要折腾得你不得安生，你也不放手？"

顾召南点点头，眼神坚定。心里却在苦笑，她大概恨自己恨到入骨了，恨不得离自己远远的，怎么可能怀着别的心思来接近？一直以来，都是自己没脸没皮地贴上去，用各种下三滥的手段威胁她就范。如果真要害自己，他认了。

顾老爷子冷眼旁观，瞧见他脸上惆怅的神情，心里忍不住凉了大半截。

顾老爷子点点头，一边叹气一边说："你是再也不可能回头了，非要在她这条道上走到黑呀。"

"所以，就不劳您再操心了。"他冷冷地答，像是在对一个陌生人讲话的语气。

"好了，我知道了……顾氏，你再也不要回来了……我们顾家的一切东西……什么都不会留给你。"大概是精神耗费了太多，顾老爷子每说一句，都忍不住喘几口气。说完这几句话，似乎用尽了全身力气，整个人都虚弱了下去。

他闭上了眼睛，再也不肯看顾召南，眼眶凹陷得更深了，脸色也灰暗颓败，好像瞬间又老了几岁。

顾召南知道，自己这回是真的让他失望难过了。

又一次。

可是，他不后悔。

顾老爷子按了按手边的电铃，钟叔立刻从外面走了进来，看一看病床上闭目养神的老人，心领神会地说："老爷子一定是乏了，所以，顾总，今天先就这样吧？您辛苦这么长时间，也该早点回去休息了。"

顾召南颔首，突然跪下来，磕了三个头，然后转身走出了病房。

以后，只怕更没有再见的机会。

宋未晚出事的那天恰好是周五下午，接下来两天都是周末，所以能安心在医院住着。她醒来后给何碧莲打了电话，告诉她自己在外面出差，让她不要担心。

医生要求她至少留院观察三天才能出院。

顾召南却因为她的受伤态度变得温和许多，仿佛之前在兰溪包厢里的那个人是她的一场幻觉。

他每天上午八点左右过来，陪她。她睡觉，他就在一旁看文件，一日三餐都是他秘书送到病房来，照顾得无微不至。

有时候她睁开眼，常常发现那人坐在沙发上看着自己若有所思，一双沉静的眸子似乎藏了她看不透的心思，即使知道被她发现了，也没有回避的意思。

宋未晚被那种眼神看得心惊，每每回避，却又患得患失地觉得自己这样显得心虚了。

她闭着眼睛，不停盘算，该怎么去面对他。

她越是窘迫局促，顾召南就越发坦然镇定。

周日上午，她早早起来，站在窗户边等了一会儿，终于看到那辆熟悉的车在医院门口停下。

她慢慢地走回病房，然后走进靠里边的洗手间，听到外面敲门声的时候，她轻轻掩上洗手间的门，拨通了廖凡的电话。

顾召南敲了三四遍门，没人回应，于是自己推开了病房的门。

宋未晚不在病床上，他望着叠得整齐的被子，眉头微微一皱，不好好休息，到哪里去了？

就在这时，洗手间里传来了对方的声音，门虚掩着，恰好让他能够听得到。

“我想请个假……”

“一天吧……”

“不是，我只是身体有些不舒服，所以想休息休息……”

“廖经理，对不起，GEF 高新技术合作的授权合同我现在还没有签下来……但是我已经尽力了……不，不是你想的那样……”

“对不起，我身体真的出了点问题，等我上班了一定再去谈，好吗？喂……喂喂？喂——”

大概是被那个廖经理粗暴地挂断了电话，她“喂”了几声，在洗手间里深深叹了口气。

顾召南在外面听了一会儿，然后走出病房，拨通了秘书的电话低声吩咐道：“你给我把办公室桌上第三个文件夹里的文件取过来，我在医院等你。”

转身，回去看到宋未晚也已经从洗手间走了出来，看到他问：“你来了？”

“嗯，头还晕不晕？”

“好多了，没什么问题了，我明天就去上班吧！”

“不准！”

“顾召南！”宋未晚瞪着他，声音高了起来，“你凭什么管我？”这种剧烈的情绪牵动得她头皮一抽，疼得双眼都忍不住眯了起来。

“你现在是病人，该听医生的话！让你休息一周就休息一周！”顾召南似乎觉得自己语气太重了，轻声说，“情绪不要激动，你坐下来，头疼还没好就不要逞强。”

“顾总，我不是你，有人替你管理公司，有人替你做事，我只是个打工的，上头有人管着，要靠自己的工作来养家糊口。”

“你的工作？如果我不点头答应将GEF高新技术合作的授权合同给顾氏，你的工作能有何进展？”

宋未晚无力地坐在了病床上，脸色瞬间变得难看。

顾召南有些不忍，说：“你安心养病，我已经让左立去我办公室拿合同了，我答应给顾氏，还不行吗？”

左立，是他的新秘书，这几天出入医院多了，她也认识。她顿时明白他的意思，却问：“为什么？”

“需要原因吗？”

“如你所说，顾氏并不是你最好的合作对象，有更好的公司正在找你洽谈。而且，你一直很讨厌许劭严，不是吗？”

“如果我说，为了让你好好休息，你会不会感觉到有压力？”

她有些后悔，自己会突然心血来潮问这样的问题。

“我只是说说，你不要当真……”这一回，换他垂下眸子，不去看她的眼睛。

所以，看不到，她也垂着眼睫，掩饰其中涌动的复杂神色。

这样的算计，她只是赌了一把，赌他对自己的不舍得，赌他对自己……

可是，依然会有心虚，有亏欠。

第二天，宋未晚将顾氏与召南实业的GEF高新技术合作意向的合同递交到廖凡手里的时候，对方惊得眼睛都直了。

他连连重复着说：“不可能，这，怎么可能？”

“顾总已经签过字了。”

“我没记错的话，你昨天跟我请假的时候，还说没谈拢？”

她不答他的话，只是冷冷地提醒：“廖经理您看看如果没什么问题，就请早点交给许总吧！”转身，走了出去，不理会对方惊诧的眼神。

回到办公室里，一群同事惊讶地指着她的脑袋上还没完全拆掉的纱布，关心地问：“未晚，你这是怎么了？”

“哦，不小心撞了一下。”

她回答得含糊，众人也很识趣地没有细问，只是关心了几句，又谈回到他们议论的八卦上来了。

“佳琪，那个郭总，好像是你的客户吧？”

李佳琪把视线从手中的文件上挪出来，一时有些反应不过来：“哪个郭总？”

“哎呀，就是外界传言很色的那个，经常爱占女人便宜，据说他前阵子也不知道得罪了谁，被人在兰溪会所打得进医院了。”

宋未晚听得眉头不由得一皱，耳朵也悄悄竖起来听。

李佳琪不知道郭总上次被打的事情和宋未晚有关，归根究底，其实还是因为自己怀孕不能去应酬，让宋未晚代去，才会惹出这场风波来。她只是惊讶地问：“这么严重？”

“是呀，今天听说他又爆出事情来了，好几家公司突然拒绝与他合作，而且还惹出了偷税漏税的官司，被有关机构立案调查了。”又是廖凡的秘书在爆料，她说，“上次未晚不是还替你去和他们谈合作的吗？廖经理也一起去的，据说合同都签回来了，结果许总莫名其妙毁约，不愿和对方合作。”

“这件事我也听说了，好像许总还对廖经理发火了。那时候我还觉得莫名其妙……”

“难道那时候，许总就已经知道对方公司早晚要出事？”

“这可难说，高层的心理，咱们是永远也捉摸不透的！”

宋未晚静静地听着，不发表言论，只有李佳琪，眼神若有若无地朝她飘了一下，没有看出她有什么异样，又转开了。

这时候，廖凡突然进来了，冷着脸呵斥：“都在干什么呢？一大早就喜欢在办公室聊八卦，还有心思工作吗？”

办公室里气温骤降，所有人迅速回到自己的座位上，埋头工作。

廖凡严厉地扫视了一眼，然后缓缓踱步到宋未晚的面前，敲了敲她的办公桌，低声说：“许总让你去他办公室一趟。”

宋未晚嗯了一声，出门去坐电梯。

她走进许劭严办公室的时候，许劭严一眼就看到了她头上的纱布，惊讶地问：“你的头是怎么了？”

“不小心磕着了，没事儿。”

“有没有去医院看一下，要不要紧？”

“周末已经留院观察过了，虽然还有点晕，但是已经没什么大碍了。”

“如果又不舒服，可以跟廖凡请假回去休息。”

她点点头，说：“谢谢许总的关心，我好多了。”

没有告诉他昨天已经跟廖凡打电话请过假了，只是廖经理对自己部门的同事一向管理严格，怎么可能会轻易批假？

但是也多亏了这一点。她摸清楚了廖凡的心理和脾气，所以才能够故意在顾召南面前，让对方不知不觉地配合着演了一出苦肉计，不然，GEF 高新技术合作意向的合同不知道什么时候才能到手。

许劭严拿起了手中的合同，又看了看，说：“这份合同，是廖凡刚刚送到我办公室来的，他说是你一大早就给他的。”

“是的，许总，你看看，有没有什么问题。”

“对方提出了要与我们顾氏共同开发使用 GEF 高新技术，我们要将这个技术运用到将来的一批房屋设计中去，而他们，到时候参与相关利润分成。相关要求，我看了看，是合理的。”

“那，您就早点拿去董事会给其他董事看看？”

“嗯，好。”许劭严点点头，脸色微微有些不寻常，似乎有话要说，却斟酌着不知道该怎么开口。

宋未晚疑惑地看着他：“许总是不是还有什么话要说？”

“这份合同……他之前一直不肯签，你是……怎么签到的？”他推了推眼镜，还有些不耐烦地舔了舔嘴唇，这是他烦躁时爱做的动作，一般人看不出来。她却那么清楚。

宋未晚突然就笑了：“怎么，许总吞吞吐吐，原来就是想问这个问题？靠上床换来的。这个回答，许总你满意吗？”

“你又？”许劭严痛心疾首地望着她，“你怎么可以这么不自爱？”

她笑了：“自爱？不然，许总有什么办法能让他点头签下这份合同？”

“出去！”

“许总，对于这份合同的内容，你应该没有什么异议吧？”

“我让你出去！”桌上的东西推倒散落一地，发出好大的响动。

张瑞希听到动静推门，也被满地的狼藉吓了一跳，连忙问：“许总，有没有什么需要帮您的？”

“出去，都给我出去，听到没有！”这大概是他第一次在员工面前这样没有风度，忘了仪态。

张瑞希也被吓到，连忙鞠了个躬出去。

宋未晚表情冷淡，转身，昂着头走出了办公室。

再回到办公室的时候，坐下没多会儿，贾佳突然跑来跟她说：“未晚，廖经理要我来通知一声，因为你的头受伤了，特地放你两天假，让你回家休息。”

她的话刚说完，办公室里顿时传来一阵桌椅键盘之类物品的杂响，许多揣测的目光不停朝她的座位扫过来。宋未晚心里暗叫一声糟糕，这回想不引人注目都难了，赶紧收拾东西溜出了办公室。

她刚走，一群同事就在办公室里闹开了锅：“贾姐，这是怎么回事儿啊？”

贾佳双手交叉在胸前故作不知：“什么怎么回事儿呀？好好工作！”

“凭什么我们都要好好工作，她却可以回家休息呀？”

“姓廖的这是怎么了？他不是出了名的剥皮抽筋没人性吗？恨不得天天逼着我们加班，你们什么时候见过他给谁放假？”

“就是，不公平！”

贾佳鼻子里哼着气，没好气地打断说：“哼，要公平？要公平你们也去替公司把GEF高新技术合作的授权谈下来！要公平的话，你们也去顾氏谈个八千万的合作项目，谁做得到？我保证廖经理也给你放假，别说两天了，想回家休息两个星期都行！”

有人倒吸一口冷气：“GEF高新技术合作的授权已经谈下来了？”

“八千万？你是说上次她谈成的那个和顾氏的合作？”

这些，都没听贾佳细细提起过，乍听说，众人顿时陷入惊呆状态，连一向镇定的李佳琪脸上也是若有所思的神情。

不知道过了多久，有人低声问了一句：“难道她和顾总有什么特殊关系？”

“怎么可能，据说顾召南从不近女色的！比咱们许总绯闻还少！他就算要变直，也不可能看上宋未晚这样的吧？”

“喂，咱们许总的绯闻可不算少！”

自此，新的八卦话题迅速展开，办公室女人的丰富联想构成了各种香艳剧情。

宋未晚有幸避开了办公室一群女人的八卦，只是刚到楼下，就看到一辆熟悉的车，安静地停在公司楼下对面。车里的人大概也看到她出来了，顿时按响了喇叭，响了三声。她心里暗暗叫了一声倒霉，终究还是硬着头皮过去，坐到了副座。

顾召南握着方向盘，一见她就冷笑："宋未晚，你好样的，一大早，脑袋还没好，就这么急着去邀功？"

宋未晚心中暗叹一口气，果然，还是被他看穿了，顾召南是什么人，哪里是随便就能欺骗的？

她点点头承认："是呀，我以为自己演得挺好，能瞒过你的，没想到还是被识破。"

"是演得挺好，如果不是这张脸长得可憎，你该爬上的就不是我的床，而是各位导演制片的床了。"

宋未晚脸色微变，说："顾总今天是要来羞辱我的？可是，是你自己签的合同，我并没有逼你。如果没有别的事，我就先走了。"说完，手搭上了车门把手，想要下车。

可是，几乎就在同时，被一只手按住。她吓了一跳，顾召南的手臂已经悄无声息地将她圈在座位上，让她无路可逃。

车内空间狭小，他的脸，慢慢靠近，距离越发暧昧，连鼻息都与她交融在一起。

她的脸唰的一下就热了，强装镇定地说："你要……干什么？"

"干什么？老子被你简简单单这么蒙混欺骗，自然要来讨回点！"

她的身体完全被禁锢在这小小的一隅，挣扎都没有任何余地，想开口说"放开"，不料——

还没开口，一个吻就落了下来，干燥、滚烫，容不得她拒绝的霸道。

宋未晚没有丝毫准备，感觉自己的脑子都有些不够了。他前一秒还在痛斥自己的狡猾奸诈，怎么下一秒就能切换成这样亲昵的动作？

宋未晚没有想到他会这样无赖，一下子都有些蒙了，气愤得胡乱挥舞拳头，捶在他的肩膀，然后又是手臂上。

这一下，他猛地放开了她，右手捂着左臂某处，疼得脸色都白了，恨恨地说："宋未晚！你这个女人！"原本就受过伤的地方，猛然被捶打一下，很疼。

宋未晚理直气壮、怒目斜视："是你先无耻的！我是正当防卫！"

"你，你凭什么这么利用我？仗着我对你一再容忍，所以你才得寸进尺吗？"他的眼睛瞪着她，红得厉害，眼神深处闪着让人心悸的光。

她差点以为他这是要委屈得哭了？

可是，怎么可能？

她顿时发觉有些不对劲，刚刚他强吻自己的时候，鼻息浑浊，双唇也热得有些不寻常。她连忙伸手向他额头探去。

顾召南来不及躲闪，身体一僵，被她摸到。

额头滚烫。

"发烧了？"宋未晚顿时气结，"发烧了你还出来跑？还敢耍流氓？"

对方只是沉默地看着她，气氛顿时变得有些诡异。

她心虚地意识到，自己对一个病人的态度似乎有些过分了，何况他刚刚才被自己骗取了同情心签下了合同。

"宋未晚，我在发烧。"他又强调一遍，"我在发烧，你知道吗？"

"那又怎样？"

"发烧了所以头脑会不清醒，做出什么事情来都是很正常的，应该被容忍、被体谅。"

"无耻！这么清楚的逻辑是头脑不清楚的样子？"她气得又想打人，"顾召南，你会不会太过分了？"

可是他却回答说："虽然我发烧，可是我很清楚，我是来问罪的。有个女人，对不起我。她利用我的舍不得，骗我签字，你说，她过不过分？"

她哑口无言。

这时候，电话响了，那么巧，那么及时，打断了他的指责，她的愧疚。

宋未晚如蒙大赦地接起，那头传来左立焦急的声音："宋小姐，请问你在哪里？你有没有见到顾总？"

"我——"她迟疑了一下，下意识回避对方的问题，反而问道，"为什么突然打电话问我？"

"他一大早身体就有些不舒服，我劝他休息一下，他却不肯，强撑着和我去医院看你，结果差点头晕摔倒。后来医生帮他量了体温，说他这几天没好好休息，上次为救你手臂留下的伤有点炎症，导致发烧，我去帮他挂号买药，一会儿的工夫，回来就发现他不见了。在医院都转了一圈了，还是找不到他。我猜想……”

为救她，手臂留下的伤？宋未晚一怔，突然有些不敢抬头看对面望过来的那双眼睛。

为什么他一句都没向自己提起？

“宋小姐？宋小姐？你在听吗？”

宋未晚猛然醒过神，回答说：“嗯，我知道了，他和我在一起，你放心，我现在就送他回家休息。你能不能帮忙把药带到他家里？”

年轻的秘书在电话那头顿时松了口气，连声道谢。

她挂了电话，抬头望着他，表情凝重。

“左立打来的？”

“顾召南，你是直接从医院过来的？”

“是。”

“为什么？”

“因为你不在病房，所以猜想你是来了这里，就想来看看。”他嘴角微撇，露出一个似笑非笑的表情，有些苦涩，也有些失望，“果然……”

“顾召南，我……”那三个字在嘴边转了个圈，终究没有说出口，被她全部咽了回去，她平静地说，“送你回家。”

“我自己可以回去，不需要你送。”他坐正了身体，望着前方的远处说，“我已经验证了自己所想，看到了该看到的，所以，可以回去了。”

“可是，你在发烧。”

“我很清醒，我知道我在干什么！”他的语气有些冲，却又深吸一口气，试图控制情绪，“你下车，自己打车回去，抱歉……我……今天没有心情送你。”

“今天我送你。”她拔掉车钥匙，态度不容拒绝。

顾召南没有想到她会这么坚持，乖乖地下车，坐到了后座。

宋未晚一边将车子发动，一边从后视镜里看身后的男人，他闭了眼睛靠坐着，似乎刚刚一番对话已经耗了他太多精神。

可是她能感觉出来，他在生闷气。

虽然是车流高峰期，但从她公司开车到他家，不过十几分钟的时间。

顾召南已经睡着了，只是身体时不时动一下，发出轻微的闷哼声，显示睡得很不安稳。

她熄了火，坐在车上看了他一会儿，终于还是不忍打断他的好觉：“到家了，别在车里睡了，上楼休息吧。”

她一开口说话，他就像是装了声控开关似的，陡然惊醒。

下车，上楼，左立早就等在家门口，看到他们两个一同从电梯里出来，脸上露出如释重负的表情：“顾总，您总算回来了。”

顾召南指了指自己的喉咙，示意嗓子疼，不想说话，转身掏出钥匙开了门。

宋未晚跟左立一同进去，然后说：“你把医生开的药拿出来，我去倒水让他吃药。”

“不用！”顾召南沉声拒绝，嗓音沙沙的，只说了两个字就疼得直咽口水。刚刚进门的时候，他就是扶着墙的，现在身体更是轻微摇晃着，似乎根本控制不住平衡。

宋未晚看在眼里，责怪说：“你都烧得头重脚轻了，不吃药怎么可能轻易退烧？”

“是啊，顾总，医生说，你有炎症，不吃药一时间很难好的。”

“我不吃。”他拧着眉头，倔强地拒绝，甚至瞪了左立一眼。左立被他平日的积威所挟，立刻把头缩了缩，不敢再吭声。

宋未晚失笑：“顾召南，你这么大的人，不会是怕吃药吧？”

“胡说！”

“没有最好！我差点以为你的表情是……畏惧？”

顾召南的表情有些凌乱了。

宋未晚转身去厨房倒了一杯水出来，又从左立手中的袋子里掏出一堆药，按照说明看着顾召南一一服用。

左立看了看手表，已经将近下午一点，连忙提醒说：“顾总，您今天早餐和午餐都没有吃过，需不需要……”

“不需要。”

“可是……”

宋未晚打断了他们的对话：“你刚吃过药，不要空腹，最好还是喝点粥。”

左立有些为难："可是现在这个时间，周围哪里有卖粥的？"

"说了不用，我有点累了，想休息一下。"顾召南摆摆手说，"你去公司跟贺总说一下，让他替我处理下午的一些工作。"

"好。"

顾召南头疼得厉害，没有力气再说更多话，转身回了卧室。

他没有交代左立，宋未晚应该怎么处置。

也许真的是太累了，也许是在生她的气。

左立犹豫着问她："宋小姐，要不我先送你回去？"

"不用了，我想先留下来，给他煮点粥。你先走吧。"

左立知道，这个宋小姐，在顾总心目中是很有分量的，她愿意留下来照顾顾总，自然是再好不过。他点点头，说："好吧。"然后，放心离开了。

宋未晚去厨房，打开冰箱和橱柜看了看，发现所有厨具餐具几乎都是新的，没有动过。好在有点米，冰箱里也有些没有开封的酱菜。

淘米，煮粥，不一会儿，厨房里就弥漫着米汤的清香。

等待的时间，她站在厅里，望着桌上的东西发呆。除了一大堆退烧消炎药，还有外敷的膏药和云南白药。

左立说过，那天顾召南为了她，手臂受了伤。

这时候，电话响了，她匆忙接起的同时不由得向卧室方向望了一眼，怕响动太大会惊扰了顾召南。

她声音压得很低："喂？"

"宋小姐不方便接电话？"

"谷总？"宋未晚表情瞬间冷凝，她又望了一眼紧闭的卧室门，转身往厨房走去，"你找我有什么事？"

"哦，没别的，只是想说，宋小姐这一出苦肉计，玩得惊险，也玩得漂亮！连我都忍不住想要喝彩，所以特地打电话向你表示祝贺之意。"

"我不明白谷总在说什么。"

"宋小姐在谷某面前还装什么糊涂？"谷文森不屑地说，"这么巧，你和顾召南同时遇袭，又这么巧，你还进了医院……我已经找人偷偷去医院打听过，医生说你至少要留院观察三五天的时间，偏偏你今天就赶着出院去公司……刚刚又有人告诉我，顾召南拒绝了好几家公司的优厚条件，态度和上周完全不同，如果我没猜错，你已经替顾氏拿到GEF高新技术合作的授权了吧？”

“谷总的消息这么灵通，还问我干什么？说起来，这不都是谷总所希望看到的吗？”

“我原来以为，顾召南不过是想利用你羞辱羞辱许劭严罢了，没想到，他对你好得还真是让人感到意外。”谷文森闲闲地评价，蓦地话锋一转，“你难道，一点都没有感动？”

“你什么意思？”

“顾召南怎样对你，而你，背地里是怎样算计他的？这个问题，难道你从来都没有想过？真的一点都不觉得亏欠了他？”

宋未晚攥着电话的手不觉用力，她几乎是不加思考地回答：“不觉得！”

“对啊，我差点忘了，他当年活活拆散了你和许劭严！他那样对你——”

“闭嘴！你不用拐弯抹角了，我对顾召南的厌恶，从来都没有减少过一分，更不可能会喜欢上他！这样回答，你满意吗？”

她忍不住提高了音量，就在同时，背后传来轻微的一声响，像是什么东西掉在地上的声音。

她连忙回头，吓得差点把手机都扔了。

顾召南，站在厅里的桌旁，离她不远，脚边掉了一个药盒。

她不知道，他什么时候出来的，更不知道，他有没有听到，听到了多少。

而电话那头的谷文森，完全不知道这一头的她，置身在怎样尴尬的场景。他只是轻声对她说：“宋未晚，不要忘了你刚刚说的话，更不要对顾召南有任何不必要的感情，因为，我还会让你做更过分的事情，希望，你不要让我失望。”

顾召南的脸色惨白，也许是因为病得不轻。他的视线与对方对上，只觉得浑身的血液都在沸腾，烧得他眼前都快要模糊了。

是的，他在发烧。

可是他还没有烧得失去意识，隐约看到她的背影，在厨房里打电话。刚刚他只听到了一句话，却像是从火炉坠到冰窖里，连牙齿都冻得打战，发出咯咯的声响。

她在给谁打电话？许劭严吗？向对方保证，绝对不可能会喜欢自己？

他之前空着肚子吃药，还故意支使左立回公司，甚至装作忘了安排宋未晚，就是想要看看这个没有心的女人到底会不会愧疚，会不会想着留下来照顾一下自己。结果——

他应该是欢喜，还是难过？

她如他所期待，留了下来，却不小心让自己听到这样决然的话！这大概是她最真实的心声了吧？

他觉得有些撑不住，摇摇晃晃地扶着桌子，才不会狼狈摔倒。

“小心——”

他不知道自己为什么会这么心虚，甚至抢在她前面低声说：“我太渴了，想出来喝水。”

“哦，水，我给你倒。”她也很慌乱，去厨房里取了杯子倒水出来，才发现他刚刚吃药时用过的杯子还在桌上，他仰起头，一口喝干了里面的水。

“还要不要？”她端着另一个杯子，尴尬地站在旁边。

顾召南默不作声，又喝了一杯，却因为喝得太急呛着了，胸口湿了一片。

他不停咳嗽，咳得眼睛都红了，然后背过身去，一边擦拭嘴边的水迹，一边说：“弄湿了……进去换个衣服，你早点回去吧……”

“顾召南！”

“什么？”

“锅里有煮好的粥，我按了保温键，你饿了可以吃一点，别空着肚子。”

“唔。”

“还有——记得按时吃药。”

“好。”

从头到尾，他都背对着她，而她望着他的背影，互相看不清对方的表情。

可是，忧伤与不忍，两种情绪，无声无息。

宋未晚咬咬牙，转身先离去。

听着门轻轻带上的声音，他挺得笔直的背突然一松，露出几分颓然，背上已经出了密密一层汗，应该是退烧药终于开始发挥效用了。

衣服湿了一大块，却忘了再去换掉。

他转身，慢慢地走到厨房里，找出碗和汤匙，然后从电饭煲里盛了一碗清粥。

坐下来，慢慢喝了一口，烫得他嘴唇发麻。

他冷冷一笑，猛地一用力，将手中的汤匙摔在地上，粉碎。

冷笑声，隐有回声，回荡在空旷的屋子里，还有他空洞而麻木的心。

而他，像个木头一样坐了很久，直到面前的这碗粥完全变凉。

第六章 怨恨

他顾召南不怨许劭严掌管本该由自己继承的企业，可是，他不能忍受宋未晚的痴心这么多年也由许劭严一个人掌管。

他输得起天下，却输不起她的心。

翌日，顾召南的烧依旧缠绵不退。

早晨七点多，电话响起，他昏昏沉沉地接起，嗓音还带着疲惫。

对方似乎愣了一下，然后诧异地问：“你还没起床？”

“妈？”他蓦地醒了，听声音就知道是正在国外休养的温婉莹，她很少打电话给他。他看了一眼钟表，下意识问，“突然打电话给我，有事？”

“顾召南，我问你，为什么突然要跟顾氏合作？”

咄咄逼人的语气让他有些疲惫，他揉了揉额头，回答：“顾氏？我根本没有想要与他们真心合作，不过是猫玩老鼠似的捉弄他们而已。”

“猫玩老鼠？你从前不是不屑与顾家再有任何来往吗？怎么这次突然换了想法？”温婉莹冷笑，“我还听说你最近和一个女人纠缠不清，可别又是之前那位姓宋的回来了吧？”

顾召南沉默了。

“不是吧？难道真的被我说中？你最近几次的反常举动，真的和那个女人有关？”她被他的反应气得不轻，连连质问道，“顾召南，你又犯什么糊涂？之前受到的教训还不够？”

“妈——是谁告诉你这些的？”

“还用别人告诉我？为什么出了这么大的事情，你事先却不告诉我？”

“……”

“上次我给你安排的相亲，结果一点消息都没有！我还纳闷儿你是不是真的像报纸上说的那样。没想到，还是因为那个乱七八糟的女人！”

“妈——”

“别以为我不知道你心里在想什么，你要气死我吗？那种女人，怎么配得上你？最近，你乐叔叔的女儿正要去云城，拜托你多照顾，等下我就把她的号码发给你，你必须请她吃饭！”

“我最近生意很忙。”

“再忙也要抽空陪她！就这样！”

电话被强行挂断，他再也没有睡意。

起床，冲了个澡，将一身的汗洗掉，换上衬衫西服。

然后左立也来了，站在厅里望着他吃药，小心地说：“顾总，今天早上，宋小姐给我来了个电话。”

“嗯。”

“她问起您的身体状况，说昨天她煮了不少粥，让您早上吃药前先垫垫肚子。”

他的话还没说完，就发现顾召南的脸转过去，朝某个方向看着。

桌上，一碗粥，好像没有动过。

地上，还有汤匙的碎片。

顾召南静静看了片刻，面无表情地说：“等一下替我联系家政，让她来收拾一下屋子。”

“那您要不要喝点粥再去公司？”

“全部倒掉。”

“……”

“还有，等下查一查日程安排，把今晚的时间空出来，替我在希尔瑞餐厅订一个双人座。”

此时宋未晚正在办公室，心不在焉地整理着文件。

昨天顾召南，到底有没有听到自己和谷文森的对话？她想起自己临走时，对方异乎寻常的反应，心里就更加惴惴不安。

因为心虚，所以一大早就忍不住给左立打电话，别有用心地问起了顾召南的身体状况，希望能够刺探出半分消息。

可是，左立说，顾总应该还没起床。

于是，她更加坐立不安。

以至于办公室几乎所有人七嘴八舌地议论着新八卦时，她一句也没有听到耳朵里去。

只有细心的李佳琪发现了她的异常，悄悄走过来，拍拍她的肩膀。这个动作吓了她一跳。

“想什么呢？一大早就失魂落魄的样子。”

“没，没什么，可能是昨晚没有睡好。”她结结巴巴地说。

李佳琪微微一笑：“是恋爱了吧？”

“啊？”

“瞧你一脸患得患失的样子，如果不是喜欢上谁了，怎么会在工作的时候老走神？”

宋未晚的表情陡然凝住，连忙否认；“我，没有。”

“那她们刚刚说了什么，你听清楚了没？”

“……”

李佳琪叹了口气，说：“她们在谈论许总最新的花边八卦。”

宋未晚不明白：“许总？又有什么花边？”

旁边有人插嘴：“未晚，我们刚刚吵了大半天，你一句都没听进去吗？过来，过来，你来看看，这张照片上，许总旁边站着的那个女人，绝对不是蒋梦溪，对不对？”

“怎么可能，蒋梦溪那个女人那么厉害，能让许总跟别的女人单独活动？”

“唉，你们这些平日里夸许总帅气专情的小萝莉呀，这回总算看清楚了吧，男人呀，都是一个德行，哪有不偷腥的！”

“未晚来看看，你也见过蒋梦溪的……”

宋未晚和李佳琪对望了一眼，靠近了去看搁在同事桌上的报纸，脸色顿时变了。

报纸A1版面几乎大半张的篇幅，登了连续数张照片，公墓、男子、女子……她没有想到，这一回，自己居然成了报纸笔下的“当事人”。

最上面用黑体加粗撰写了标题：顾氏接班人携神秘女友拜祭生母，揭开豪门血泪上位史。

还没有细看文字内容，宋未晚的脊背已经冒了一层冷汗。

“未晚？”有人喊她，她恍然不知，眼神死死盯着几张照片上的许劭严，戴着墨镜的，脱了墨镜的。而且，每一张照片都有自己，但是很巧，没能拍到正面照。

真不知道该说是不幸，还是大幸。

“未晚，喂——”

她终于回过神来：“什么？”

“你这是怎么了？”李佳琪叹气，“又走神……”

“我只是没想到……这些媒体什么都能拍……他们为了博眼球胡编乱造是常有的事情。”宋未晚尴尬地笑了笑，“说不定许总只是和朋友去一趟公墓而已，这也要拍出来乱编排？”

“不是这么简单。你还不知道，已经有记者神通广大扒出来了，许总去拜祭的，是他亲生母亲的墓。”

立刻有人惊呼道：“许总的亲生母亲……许总的母亲不是顾老爷子的女儿吗？”

“现在有传言说，他的母亲不是顾老爷子的女儿，还有人八卦，他其实是顾召南同父异母的兄弟……”

“天啊，不会这么狗血吧？那些记者也太狠了，编的故事越来越重口味。”

“豪门里面的那些事儿，谁说得清呢？不然你们想，顾老爷子怎么会把自己的亲孙子赶出家门，反而要扶持一个外人？我看这传言倒是有可信的地方。”

“现在网上铺天盖地都在议论，能被带去自己母亲面前的女人，肯定是他内心认定的未婚妻。”

“而且，这个女人的背影，一看就知道，明显不是蒋梦溪。我很好奇她是谁？”

宋未晚听了这句话，几乎不敢抬头看周围几个七嘴八舌的同事。

贾佳脸上微微露出几分担忧的神情：“听说因为这条新闻的爆出，我们顾氏今早的股市又出现动荡了。唉！许总现在随便传个绯闻就能影响我们顾氏的股市，你们说……”

“不会吧，我们顾氏现在真的是像传言那样糟糕了吗？”

“我说许总也太不注意自身形象了，前阵子才刚和蒋梦溪秀恩爱，又传出这样的绯闻，这不是往人家蒋家脸上甩了一记耳光吗？蒋家要是撤回前阵子对顾氏的资金支持，那可怎么办？”

“就是！要不是瞧着自家女儿可能要嫁到顾家当少奶奶，蒋家怎么可能这么卖力支持许总？”

“这不，财经网上早就有记者在分析了，顾氏集团将来掌权的位子落到谁手里，现在看起来，还很难说呢。顾老爷子一直就中意蒋梦溪做自己的孙媳妇，虽然一直在休养身体不管公司业务，但是如果知道许总在外面乱来连累顾氏的话，恐怕小顾总还有机会回来继承家业。”

“是呀，许总的能力虽然不错，可是和小顾总比，好像……你瞧人家从无到有，如今召南实业已经有了这样的规模。要是顾老爷子回心转意让他回来管理顾氏，说不定真的会有不同呢？”

“更重要的是，顾召南的母亲，当年也是顾老爷子强势要求儿子娶回家来的，据说娘家也是财力丰厚。人家是名门嫡出，嫡出你们知道是什么意思吧？许总就算不是外人，也只是庶出……这背景，听起来就不能比！”

有许劭严的拥戴者顿时起哄：“嘁，都什么年代了，还抱着这些个封建老思想！什么嫡出庶出的，谁讨了老爷子的欢心谁就是嫡出！”

贾佳冷笑：“出了这种丑闻，顾老爷子能欢心？唉，你们等着看吧，今天早上就要开董事会了，鬼知道那帮子董事会给许总什么脸色看！”

她一向跟在廖凡身边，消息灵通，最清楚公司每天刮什么风。所以她的话刚说完，办公室里顿时安静了下来。每个人脸上，都多多少少有些失落的神情，高层一旦发火，倒霉的还是他们这些打工的。

宋未晚已经稳定了心神，她没有想到，自己不过是和许劭严去了一趟他母亲的墓前，居然会惹出这么多的事情来。

医院里，顾老爷子沿着石子小路慢慢散步，这两天，他渐渐能下床走动。医生建议他多去草坪走走，多呼吸呼吸新鲜空气有助于恢复。

天气很好，下午的阳光暖暖地照在身上，让他整个人都显得精神了。

钟叔远远地走过来，身后还跟着一个年轻男人。他说：“老爷子，方先生到了。”

顾老爷子点点头，钟叔就退下了，留下那位方先生恭敬地站在老爷子面前，喊了一声：“老爷子好。”

这位是云城鼎鼎有名的私家侦探方世勋，心智手段很高。顾老爷子从他出道起，就一直资助他的侦探社，所以这几年，他一直为顾老爷子服务，做了许多事。

顾老爷子摆摆手，示意往前走。姓方的这位就在身边跟着，直到走到不远处的长凳旁，顾老爷子才回过头来，问：“小方，早上的那些新闻，看了吗？”

“您指的是许总被刊登的那些照片吗？”

“你怎么看？”

“我认为这件事未必是那些无聊的八卦周刊记者干的，背后也许另有其人。”

“嗯？”顾老爷子看了他一眼，“怎么说？”

“我查过那家娱乐周刊，上次许总和蒋小姐一起喝早茶的绯闻也是他们爆料的。他们的记者一向只关心娱乐圈绯闻，对许总这种商圈人士并不太关注，这两次突然跟踪报道许总的私隐，不是他们以往的风格。于是，我暗暗调查，发现他们的主编和蒋小姐私下有不少接触……”

“你是说，这次的事情，和上次一样，都是蒋梦溪这丫头搞的鬼？”

“我觉得很有可能是她。就在今早，您让钟叔联系我之前，我的人刚刚发现她突然被喊回蒋家大宅，应该是她父亲看到了报纸，找她谈话。谈话只持续了半个小时就结束，一直到现在，蒋家对于这个报道似乎没有任何回应，没有接受媒体的采访追问，也没有在资金问题上为难顾氏。”

“是，我的人给我的反馈也是这样，照理说，以蒋世雄那么疼女儿的个性，如果听说邵严亏待了他女儿，还不得闹得风风雨雨？”顾老爷子点点头，似乎也认同对方的猜测，“这个蒋梦溪呀，也太不会来事儿了，不过，这样也好，敲打敲打邵严，省得他忘了自己的身份胡闹。”

大概是走得累了，他在长凳旁坐下了，抬头望着对方说：“那么宋未晚呢？最近你调查她，有没有什么新的消息？”

“宋小姐这边，依照您的吩咐，我一直没有放松过，自从前几天她和小顾总一同在兰溪遇袭之后，出乎意料的是，有那么多家公司竞争的同时，她真的成功从小顾总手里拿到了 GEF 高新技术合作的授权。”

“出乎意料？”顾老爷子冷笑，“我倒是一点都不觉得意外，她上次不也是促成了顾氏与召南实业的合作意向？有第一次就有第二次。除此之外呢？”

“她搬出了原来的住处，不再和那个叫沈蓉的记者合住了。”

“为什么？”

“我查了查，因为她母亲从国外回来了。”

“谁？”

“她的母亲，貌似姓何，三年前与宋小姐一同出国的那位，如今回来了。”

“她母亲也回来了？”顾老爷子脸上的表情有了微妙的变化，他思考了片刻，说，“不对，这件事情我总觉得有些不对。三年前她明明答应我出国后再也不回来，三年后突然就这么回来了。而且，为什么她和她母亲不是同时回来的？你替我查一查，他们去了美国之后的生活，有没有接触到什么人。”

“老爷子你的意思是？”

“我怕她背后还有人。老头子活了一大把年纪，商场上尔虞我诈的事情见得太多了……”

方世勋听了他的话，脸色顿时肃然：“这一点我居然没有想到。老爷子你放心，我马上就去查。”

“一定要尽快查出来。”顾老爷子点点头，说：“还有，让人密切关注顾氏和召南实业的合作，我还要一份召南实业当下所有项目以及合作方的资料，你尽快搜集给我。”

“好的。没别的事，我先回去了。”

宋未晚站在许劭严办公室外，脸色苍白。

她不能回头，却心虚地猜测，张瑞希此时正在背后打量自己。对方会不会突然觉得，自己的背影和报纸上的那个是同一个？不敢多想，不能多想，她有些暗恨，许劭严怎么会在这样不合适的时间喊自己过来。

当然，对方的理由很充分，是为了找她谈一谈 GEF 高新技术合作的有关事项。

想着这些乱七八糟的事，她听到了里面的应声，连忙推门进去。

许劭严正疲惫地揉着突突跳的太阳穴，上午的那场董事会，几乎伤透了他的脑筋。那几个老奸巨猾的董事，每个人都带着报纸来开会，像是商量好似的，对他的“荒唐行为”进行了严厉指责。老爷子现在肯定也已经知道这件事了，他还没有想好该怎么去解释。

“许总，您找我，是关于上午的会议，董事们有什么意见需要更正？”

“他们是有很多意见，不过，今天上午的会议，他们几乎没有时间看这份授权合同。三个小时，他们轮番指责我没有让公司发展得更好，指责我各种花边新闻拖累公司、让公司股票动荡、影响合作方信心，甚至还要我赶紧去和蒋氏沟通，别惹得对方生气撤资影响公司项目……”许劭严将文件夹晃了晃，又愤怒地摔在桌上，“这种时候，他们更关心的是我许劭严个人的感情生活。”

宋未晚脸色微变，不悦地说：“既然他们没有提意见，您找我来干什么？”

“未晚，你是因为报道的事情不开心吗？”他试图与她解释，“我也没有想到，他们会跟着到那种地方，差点对你的生活造成困扰，我很抱歉。”

“差点造成困扰？我现在就已经觉得很困扰了。”宋未晚忍不住，“许总，你没什么事情也把我喊来你的办公室，这种行为，你能保证，不会对我造成困扰吗？”

“未晚，上次那只是意外！”

“那不是意外，事实上，我现在特别害怕再与你有更多的接触。让公司的股市动荡，被董事会责难，甚至还可能动摇合作方的意向，这些后果，你认为是我能够承担得起的吗？”

“所以？”

“所以，许总，请放过我好吗？我只是个小人物，只想在顾氏安心工作，不想哪天突然轰轰烈烈上了报纸头条，变成人人喊打的老鼠。”

她一下子说出心里的想法，许劭严被她气得不轻，脸色铁青地看着她，沉默。

他是真的累了，心里有一肚子火想发却发不出，这个时候，什么都不想做，只想找她来，跟她说说自己的心事和压力。可是没有想到，她心里想着的，却是要避开他。

气氛顿时降到冰点。

这时，办公室的门突然被推开，夹杂着张瑞希焦急的提醒声：“蒋小姐，您现在不能进去……”

“不能进来？”蒋梦溪站在门口，望着屋子里的两个人，脸色微变，嘴角微微弯起一个不屑的弧度，“我果然来得不是时候，要不，你们先聊，我在外面等着？”

嫉妒、愤怒、怨恨的眼神，像刀子一样，恨不得从她身上剜下肉来，宋未晚心里暗暗叹了一口气，怎么就这么巧，这么倒霉！偏偏被撞上，这种时候，她真没心思在许劭严和蒋梦溪中间做任何无谓的纠缠。

她下意识地开口说：“不，正好许总也交代完工作了，我先走了，蒋小姐，你们慢慢聊。”然后如蒙大赦地从办公室溜出，不忘把门关上。

许劭严皱眉看着蒋梦溪，不明白她为什么总是要在这样不合时宜的时候出现。

蒋梦溪一点也不客气，像是来到自己的地方，在他面前坐了下来，说：“你就没什么要对我解释的？”

许劭严不说话。

“好，你没有什么要对我解释的，我却有事情要告诉你。”她耸耸肩，自顾自地说，“我爸看到了报纸上的那份报道，今天一大早就把我喊回家了，他发了老大的脾气，说要撤回资金，中断和顾氏的合作，是我，好说歹说，才拦下了他的决定。”

许劭严的眉头渐渐舒展开来，似乎想要笑：“所以，我应该感谢你？”

“难道不是吗？听说上午顾氏的董事会上，你被围攻了？难为我一听说这个消息，就立刻放下手头的事情来找你，想要安慰你。可是你呢？这个时候，你居然还见宋未晚！你到底把我当什么了？”她越说越委屈，眼眶一下子就红了。

“你这是要哭了吗？蒋小姐，这些照片不是你发给媒体的吗？怎么反而你倒成了受害者？”

“你……什么意思？”

“上次也是这家周刊，你利用他们告诉所有人，我许劭严和你感情甜蜜，快要谈婚论嫁了，不给我任何反悔的机会，真的以为我不知道？所以这回，你更加肆无忌惮？”

“许劭严！”蒋梦溪被他轻蔑而不屑的眼神气得浑身发抖，“你明明知道，还故意装作不知道，在你眼里我是不是特别像白痴？可是你别忘了，是你不对在先，我也是被你逼急了！”

“所以，你又有什么资格装成受害者的样子，还跑到我面前来，是想让我内疚？”许劭严冷冷道，“你以为，老爷子中意你，你就一定能嫁到顾家来吗？如果让他知道你的任性害得顾氏动荡，你以为——”

“你敢！你如果告诉他，蒋氏和顾氏的所有合作都完了！”她气急败坏，威胁道，“爷爷说了，今年年底我们就要订婚，明年结婚，现在整个云城都知道了，你要是让我难堪，我们——就鱼死网破！”

晚餐时间，希尔瑞餐厅。

顾召南和一个年轻的女孩子面对面坐着用餐，却有些心不在焉，只是在开始点单的时候和服务生简单说了几句，然后就沉默了下来。

左立很有经验，提前订的是一个情侣座，所处位置清雅幽静，说话也方便。

可是，这个座位，那么巧，和上次是一模一样的位置。

那次，他的对面坐的是宋未晚。

一想到这些，顾召南就觉得浑身都不对劲，甚至没有办法自然地与对方进行交流。他摆出沉默寡言的姿态，专心切着盘子里的牛排。可是，依然能感觉到女孩子的眼神一直在他身上徘徊打量，落在他身上的次数太频繁了，时间也太久了。

这种近乎灼热的目光，不同于那些女人赤裸裸流露出的占有、挑逗甚至情欲，而是一种简单纯粹的情感——仰慕。如果细细看，或许还能看出从内心深处满溢而出的欢喜。

也许她是碍于家教和女孩子的矜持，才没有太张扬，可是，足够让他察觉了。

顾召南在这样的目光下，越发觉得不自在，他敛起微微不耐烦的情绪，咳了咳。

对方的反应像受惊的小鹿一样，开口说："召南哥哥，你喉咙还是有点不舒服吗？我听左秘书说，你这几天发烧了，是不是工作太辛苦了？"

顾召南俊脸几乎一红："我没事。"

"我听温伯母说过，你平时工作特别忙，管着这么大一个公司，一定要注意休息呀。"

"嗯。"他心里暗叹，这么单纯的关怀，让他有些消受不起。

似乎感觉到他全身紧绷的状态，女孩子试图聊点别的来缓和气氛，她笑嘻嘻地望着他问："召南哥哥，我们上次见面是什么时候你还记得吗？"

顾召南眉头微皱，记得不是很清楚了："嗯，七八年前？我记得那时候你好像还在上高中？"

"不是啦，我们才六年没见而已，没有你想的那么久。"她眼里有一瞬的失落，瞬间又被欢快的神情填满，"我还记得，那天你来我们家的马场赛马，你的马跑得最快，连我哥都不是你的对手。"

顾召南点点头，赛马这回事是有的，别的，他记得不是很清楚了。甚至当初那个面孔模糊的小姑娘，一转眼出落得这么漂亮，也有些出乎他的意料。

"那你，还记得……我叫什么名字吗？"对方又小心翼翼地问。

顾召南被她期待的眼神搞得压力骤增，认真想了想，说："乐……欣桐。"

"哎呀，太好了！你真的记得呢！"她笑得眼睛弯弯，特别开心满足的样子。

顾召南终于露出了今晚的第一丝笑意，浅浅淡淡的，有些无奈。

他特别能明白她的高兴，当初，某人也总是记不住自己的名字，每每用"许劭严表哥"来称呼他，他生气甚至嫉妒到快内伤了。从来没有一个女人敢记不住他的名字，甚至不把他放在眼里，瞎子都看得出他顾召南比许劭严强千百倍，偏偏她，比瞎子还不如！她的眼里，永远都只能容得下那个男人，这让他无奈，以至于终于有一天，她第一次完整喊出他名字的时候，他兴奋得双手别在身后发抖。

哪怕那时候，她是愤怒地指着他的鼻子、恨不得吐口唾沫才解恨的神情，他也在心里高兴得地动山摇。

那时候，他不明白为什么，要花那么大力气，哪怕是让对方讨厌自己，也要在她心里留下自己的名字。

后来，他在心里历经千回百转，才终于明白，那种心情是在乎。

只有在乎一个人，才会那么希望对方也能记住自己。

“召南哥哥，你怎么……又走神了？”

“没，没什么。”他有些懊恼，怎么会挑了这么个地方吃饭。随随便便一点小事，就能想起某个女人，再多的念想，都是浪费，不是吗？

何况，面前还有一个这样简单的小女孩，真不知道他妈怎么会安排她过来和自己见面的，就算动点念头都会有负罪感吧。

虽然隐隐感觉到，对方对自己很喜欢，近乎崇拜的那种。

可是，他对她，没有感觉。

或者说，他已经很久没办法再对一个人有感觉了。

外界一度传言说他取向有问题，他也差点以为自己要变成是了，如果那个女人没回来的话，他几乎担心自己以后还行不行。

她回来了自己才知道，原来没变，他讨厌自己一直没变。

可是，却没有办法，除了她，他对任何人都好像丧失了一种感觉。

哪怕面前这位乐欣桐，隔着六年的时间再见自己，眼底的爱慕之情再明显不过，可他却提不起精神来应对。

乐欣桐也感觉到了他的漫不经心，意识到他并没有对自己有太多兴趣，她的眼底闪过一丝失望。她想起来见他之前，好朋友们给自己出的主意，各种大胆扑上、火辣勾引的方法，脸上不由得漾起红晕。

真的……要采取那些办法吗？

一瞬间，心里转过许多念头，但是最终她还是放下刀叉，笑眯眯地说：“吃饱了，这家餐厅的东西真好吃。”

“嗯，吃饱了？”顾召南也放下了手中的酒杯，他生过病，胃口不好，吃得也不多。

“是呀，和召南哥哥一起吃饭很开心。”她笑着看他喊人结账，心里暗暗骂自己太笨了，连一句那么简单的邀请都说不出口。

顾召南起身，为她拉开凳子，说：“我现在送你回去休息吧。”

今晚的时间就要这么过去了？她跟在顾召南身后往外走，心里特别焦急，临上车，终于狠下心来，低声说：“召南哥哥，你不带我去你家里参观参观吗？”

声音细如蚊蚋，顾召南差点以为自己听错，转过头来，却发现她的头压得低低的，几乎不敢抬头看他。

一下子就明白，这样主动，完全不是她的风格，所以才会这样吃力。他装作没有明白，含糊着回答说：“我这两天……身体不舒服……”

“啊？哦，这样啊——”她甚至没时间去想他的借口有多烂，手指捏着衣服上的纽扣，急得不行。大概真是急中生智，她还能想得起朋友们教她的另一招，“要不，去我酒店房间喝杯咖啡？我，我咖啡煮得很好喝……”

“欣桐……”

“啊？”

顾召南停下脚步，无奈地看着面前的女孩子。夜色渐浓，餐厅灯牌闪着五彩的光，在她眼底折射出变幻的色彩。他这才发现，她今晚穿着露肩的修身小洋装，身体曲线玲珑尽显，可爱中还有几分性感，像一朵已然绽放的花朵，静静等待。

她的意思，他都明白。

可是——

他低声叹了一口气，温柔而惆怅，听得她耳朵都红了，一颗扑通扑通乱跳的心也像是在今晚餐桌上的果子酒里泡过一样，酸酸甜甜，冒着气泡。

她看到他越来越近，身体都不能动了，既期待，又紧张，胡思乱想。

可是，他只是轻声说：“女孩子不能随随便便喊男人去她住处喝咖啡，你明白吗？”

“我——”她急得脸都红了，知道他已经明白了自己的意思，“我不是——平时——”

“我知道，你平时不是这样的女孩子。”顾召南看着她手足无措快要哭了的模样，替她解围，“所以，我送你回去，早点休息，好不好？”

“好……”

她低着头，不敢看他，觉得自己一定有哪里做得不好，所以才会对男人没有任何吸引力。一整晚，他甚至都没怎么正眼看过自己。她怎么会这么笨，在这样的情况下还邀请他，他会不会觉得自己很不庄重。

她正胡思乱想，顾召南的手机突然响了，只一声。

气氛完全被破坏。

顾召南手上拿着手机，以为是骚扰电话，只是为了转移注意力随意看了一眼。在乐欣桐的角度看去，他侧脸的表情在一瞬间突然变得生动，连眼中也似乎添了几分熠熠的神采。

她很好奇，是谁的电话，只响了一声，却因为他的反应而变得暧昧。

顾召南对她说："欣桐，你先上车，我打个电话，等下送你回去。"

她点点头，乖乖地坐上了车，左立充当司机，坐在驾驶座位上，大概等了有些时候了。

她突然有些忍不住，开口问："左秘书，我想问个问题，你不要骗我，好不好？"

"只要不涉及公司机密，乐小姐想知道的，我都可以说。"

"召南哥哥……他有没有……女朋友？"

左立认真的表情一下子凝结，没有料到她会问这样的问题。他脸上露出纠结思考的表情："顾总的……女朋友？"

"欣桐！"车门突然被打开，打断了这个问题，吓了他们一跳。顾召南俯身望着车里的两个人，说："我突然有些事情要处理，不能送你回去了，让左立送你回去，可以吗？"

乐欣桐笑得有些勉强，却很体贴地点头回答："嗯，你有事就先忙吧，我可以的。"

"送乐小姐回去后，立即给我个电话。"顾召南对左立严肃地吩咐一声，然后关上了车门。

顾召南匆匆拦了一辆车，就往宋未晚的新住处赶。

早在几分钟前，她打他的电话只响了一声就挂了。

也许是按错了，或者是后悔了。

他回过去两遍，她才终于接起。

"什么事？"对方的沉默让他不耐烦，"到底什么事？宋未晚，你说话！"

“我妈——失踪了，她不在家，到现在都没回来。”她的声音在发抖，“我联系不上她。”

“你在哪里？我现在去找你。”

顾召南赶到宋未晚住处的时候，她正蹲在大楼前的地上，头埋在双臂之间，一动不动。

“未晚？”那一刻，他以为她在哭。

可是，她抬起头的时候，脸上却是干的。

她说：“顾召南，我不想麻烦你的，你也帮不了我。”

她只是太慌乱了，却不能打给任何人，沈蓉帮不上忙，许劭严她害怕牵扯出更多纠葛，至于拨通他的号码，纯粹是走投无路时胡乱按的。

真的是鬼使神差，线路一通，她就后悔了，所以立马按掉。没想到他会看到，而且回得这么快。

顾召南打断她：“不要说这些没用的，好好想想，她可能会去哪里？会不会去了你之前住的地方？”

“我已经给沈蓉打过电话了，她说我妈没去过她那里。”

他试着启发她：“那还有没有别的地方？你再想想——毕竟你们以前在这里生活过，她可能去的地方，你应该能够想得到。”

宋未晚的眼中陡然闪过惊喜的亮光：“我知道了，她可能会去我们的老宅。”

“你以前住过的地方？”

“是。前些天，她回来的时候，对我说过，年纪大了，恋旧。她在云城，最留恋的地方大概就是我们以前住过的地方了。”

顾召南想了想，点头说：“好，我们马上出发。”

宋未晚坐在副驾驶座，原本是给他指路的。

可是，过了两个红绿灯的路口，她因为想心事而恍惚了一下，等到回过神来，才发现对方居然在没有她的指引下，一路沿着正确的路线朝老宅的方向而去。

开始是讶异，到后来，是难以言喻的心慌，那么偏的地方，他怎么能走得这么熟？

车拐到离城区很远的西蕃区，经过一段矮矮的楼房，道路也比如今的城区狭小逼仄许多，是她曾经住过的地方。这几年正在拆迁，尘土飞扬，环境乱糟糟。

自从回到云城，这是她第一次回来。车在一栋小矮楼前停下，她心里按捺不住焦急，三步并作两步跑到二楼 202 室去敲门。

当初离开就已经卖给了新的用户，不过短短几年光景，开门的又换了面孔。屋子的主人听明白她的来意后，摇摇头说："没见过有什么人来敲门，我一直在家里。"

宋未晚失望地说了声打扰，然后离开。

顾召南陪在她身边，轻声说："也许在这附近也说不定。"

"还能去哪里呢？她如果真的回来了，肯定会来我们住过的地方。不然，我真的想不到还有什么地方。"宋未晚急得团团转。

"要不我们去附近的那个菜市场看看？还有旁边的夜排档，晚上会有好多人聚在那里，说不定有人见到过她……"

宋未晚突然沉默地看着他，直到他也发现有些不对劲，自己停了下来。

两个人慢慢从楼上下来，头顶悬着一弯月，照得周围亮堂堂的。

她突然问："你是不是来过这里？"

"什么？"

"你是不是以前来过我家？"她想不明白他怎么会对自己家周围的环境这么熟悉，只有许劭严知道她家在哪里，"是跟踪我，还是许劭严？"

"你……"他不敢看她的眼睛。

"什么时候，为什么跟着我？"

"可不可以不说？"

"如果我非要知道呢？"

"你鼻子破了的那次……"

那次？她想起来了。

她和许劭严正式确定在一起不久，顾召南想要插足不成的时候。

那时候，顾召南几乎天天都能想着法子折腾许劭严，先是带着他的前女友在他面前不停晃悠，然后还威逼利诱宋未晚离开他……一切办法都不奏效的时候，他那帮玩得好的朋友居然有人沉不住气了，其中一个尤其爱出头，带着几个人拦住了约会中的许劭严和宋未晚，说要给他们点颜色看看，替顾召南出气。

许劭严文文气气的一个人，哪里是他们的对手，几下就被揍得鼻青脸肿。

那时候，她也不知道自己是哪里来的勇气，居然冲了上去，然后就不小心被一拳揍在了鼻梁骨，流了不少血。

那帮子人里有人喊了一声："谁干的？小心小顾总回头算账！"一下子就都散了。

她捂着鼻子，血流得满手都是。后来，是许劭严送她回家的。

也是那一次之后，她怨恨起顾召南，从没见过他这么蛮不讲理的人，这样肆意欺负自己的表弟，心狠手辣，没有人性。

"原来你那天一直都在。"宋未晚幽幽叹口气，说，"我差点忘了，你那么恨许劭严，要是知道他会被揍，怎么可能不躲在一旁看热闹？"

他不说话，表示默认，心底却微微泛着苦。

他没有告诉她，其实，那天他看到她冲上去替许劭严挨了一拳头的时候，整个人都被震住了。

鼻子都流血了，肯定很疼，可是她一滴眼泪都没流，一边捂着，一边还在安慰许劭严。这样的女孩子，他从来没见过。

那一刻，他多羡慕许劭严，即使被他玩得鼻青脸肿，身边始终还有一个这样的人。而他，什么都没有。

说不清是什么心思，他鬼使神差地跟在他们身后，跟了一路，于是他第一次知道，她住在这个地方。

后来有那么多的人问过他，甚至连最要好的卫楚也觉得疑惑，怎么他刚开始像是玩玩许劭严和宋未晚而已，后来怎么真的玩过头了，好像非要宋未晚不可了。

他没办法回答，只知道，亲眼看到那一幕开始，他就好像放不下她了。

他悄悄开着车，跟在她后面，无数次走过这条路，有时候是她一个人，有时候是她和许劭严。

他站在楼道角落的暗影里贪婪地看着他们，胸口膨胀着嫉妒，多想有一天能取代许劭严站在她身边，也被她这样温柔地注视着，看她嬉笑的神情……这种想法就像脚下的青苔，日复一日，疯狂滋长。

这些，她从来都不知道。

以前不会知道，现在更不必知道。

面对她的猜测，他只是轻飘飘地说："是呀，我就是见不得许劭严好，所以想着法子要拆散你们。你瞧，我最后还是成功了，你们终究没能在一起。"

"顾召南，你凭什么这么理直气壮？说到底，他也是你弟弟！同父异母的弟弟！"

"我没有弟弟！他只是个来历不明的野种！"

"不管你承不承认——你都改变不了……"

"不要再说了！"他粗暴地打断她，被触及了底线的他永远都很激动，"你懂什么？他和那个女人，害了我母亲一辈子！你凭什么说他们无辜！"

宋未晚被他眼底涌动的激烈情绪吓到，连忙噤声。

"对不起，我有点激动……"他很快又平稳了情绪，抹了抹脸，说，"有些事情，外人永远无法体会。宋未晚，公平点好吗？我不能强求你明白我们的感触，就像你也不能奢望我能与他和平相处。"

暂时和解，他们都不想在这个话题上继续争论下去。

两个人在老宅附近又找了找，也去了菜市场和夜排档，都没有见到何碧莲。她的心，一点一点沉了下去。

顾召南劝她说："不要急，再想想，会不会还有什么地方，可能你一时没想到？"

宋未晚心里一动，脸色有些苍白，在夜色中看不见。她让自己不要胡思乱想，强自镇定着说："没有了，这么晚，想不到还有什么地方是她可以去的。"

"那我们在周围——"

"不用了，已经找过，没有就是没有。"她深吸一口气，说，"我们回去吧，说不定她早就已经在家里等我呢。"

顾召南点点头，同意了她的想法。

又坐车回去，寻人过程一无所获，他和她之间却突然像是隔了一层隐形的障碍，一路陷入了无话可说的境地。

顾召南先忍不住，轻声说："未晚，不管怎么样，你有事情的时候，先想到的是请我帮忙，我很开心。"

"我——其实——"

"不用再花心思想用什么理由来回答我，我想，我们都顺其自然，听凭自己的心，好吗？”车在路口右转的时候，他挡住了她接下来的话。他的神情难得这样柔和，看得她一愣，突然忘了解释。

可是，他却不经意朝马路对面望了一眼，只一眼，脸色顿时狠狠沉了下来。

马路对面大商场的LED大显示屏正播放今天的新闻，刚好是许邵严携神秘女子拜祭生母的这一条。

和许邵严站在一起的那个女人是谁，别人不知道，他却只看一眼背影就能认出。

顾召南一个急刹，将车停在路边，细细看完了整条新闻，突然冷冷一笑：“都已经带着你去见他那个死鬼妈了？看来他对你是真的上心……宋未晚，你难道不知道他和蒋梦溪早就是公众眼里的一对吗？什么时候开始，你愿意为他充当这么隐忍可笑的角色？这样算是什么，小三、情人？”

宋未晚张了张嘴，却不知道该说什么。莫名其妙就被许邵严带去那里，事后还被莫名其妙拍到照片上了头条。从头到尾，她连拒绝的权利都没有。

“难怪今晚遇到事情，你先想到的是给我打电话。我怎么这么蠢，怎么会不明白，你现在找我，不过是怕给他添麻烦，难为我还上赶着……”他语气森寒，眼神也凌厉，像刀一样雪亮地望着她。

“对不起，顾召南，我真的不是故意的。”她心里觉得亏欠，连忙解释，“我实在是不知道该找谁帮我，而且，真的不是有心想要打扰你……”

越是心慌，越是语无伦次，她大概都不知道自己在说什么。

“闭嘴！不要再说了！”他粗暴地打断，“宋未晚，你这算是在笑话我吗？”他从头到尾就像是一个傻子，自以为是的傻子！

他一边转着方向盘重新上路，一边说：“宋未晚，我想，就这样吧……以后记得，不要再来打扰我的生活。”

语气凶狠。

车速飞快，他几乎一直在加油门，在街道间穿梭，他是故意的，用这种方式宣泄怒火。似乎她坐在他车上就是一个累赘，急急要送她回去，以后再也不要有任何瓜葛。

宋未晚被他手中的方向盘转得都快晕了，好几次看到他差点撞到别的车，紧张地抓了抓自己的衣角，她咬着牙，硬是不肯说一句“慢点”。

车在她家楼下停下的时候，又是一个急刹，身体因为惯性猛烈前倾，安全带勒得肩膀生疼。

宋未晚连忙下车，想要说声“谢谢”之类的客套话，可是，对方猛踩油门，车身早就蹿出了几米之外。

她苦笑，他是真的，恨死自己了吧？

折腾了这么长时间，却没有找到何碧莲，她拖着沉重的脚步上楼，心里一片凌乱。

回到家开门，黑漆漆一片，她伸手开灯，突然被吓得高声尖叫。

沙发上坐着的那个女人，赫然就是莫名其妙失踪的何碧莲。

“你，怎么会在家？为什么不开灯，差点吓死我！”宋未晚气得不轻，“你到哪里去了，我找了你一晚上你知不知道？”

何碧莲坐在那里，她整个人，像是呆住了，一动不动。头顶白花花的灯光微微摇晃，在她瘦骨嶙峋的脸上投下惨白的暗影，越发显得表情阴森诡异。

“何碧莲？”宋未晚觉得不对劲，连忙摇摇她，问，“何碧莲你怎么了？说话！听见没有，你发什么神经！”

“怎么办？怎么办呀？”

“什么怎么办，到底发生了什么事情，你跟我说呀！”

何碧莲呆滞地望着她，眼珠子转都不转一下地说：“怎么办？我找不到我们以前的家了。”

话刚说出口，突然就崩溃大哭了起来：“我找不到了，晚晚，我怎么办？我们以前住的地方，我居然都不认识了。”

她脸上的泪水，沿着沟壑般的皱纹蜿蜒而下，哭得像个无助的孩子。

“别哭了，你哭什么？”宋未晚被她哭得头都大了。

“昨天晚上，我梦到你爸了，他来找我，说还在那个屋子里头等我，问我们为什么总是不回家……晚晚，我们回去吧，就算死，我也要回去……”何碧莲一把抓住她的手，神神叨叨地说，“晚晚，我不要住在这里，我要回家，我们以前住的地方。”

“何碧莲，你又在发什么神经？我们的那个屋子已经卖给别人了。你今天突然失踪，我还去过，已经是别人的屋子了。”

“别人的屋子？晚晚，我们再把那个屋子买回来好不好？买回来——”

“买回来？”宋未晚冷笑，“你以为我们很有钱，想买就买？那是房子！不是模型！”

“不行，我不管，一定要把房子买回来，那是我们的家……”何碧莲往屋子里走，翻箱倒柜地找东西，“存折呢，你等我拿存折，我们赶紧去买……”

“何碧莲，你是不是老糊涂了，我们还有什么存折？钱都被你拿去吸那玩意了！你醒一醒，不要再疯了！”宋未晚拉住何碧莲，没想到对方的力气特别大，一下就把她推开了。

她实在拗不过，急得一个耳光抽在对方脸上，啪的一声脆响，打得她手都麻了。

何碧莲手里原本拿着一堆乱七八糟的衣服和废纸，全都掉在了地上，双眼直直的，好像被打蒙了。

“冷静点！”宋未晚一边喘气，一边拉着对方的手说：“你看看现在几点了，一晚上你都在闹！蓬头散发，一身臭汗，也不知道你乱跑到哪里去了，还不快给我去浴室洗个澡，早点睡觉！”

说这话的时候，她突然觉得有些不对劲，心里莫名有不妙的感觉，连忙抓住对方的袖子，用力往上捋起。

何碧莲似乎也在她这个动作的瞬间突然清醒明白了过来，死死拽着，不肯让她动。

到底是她力气大些，将袖子捋上去半个手臂，顿时——

瘦得皮包骨头的手臂上，许多个细细的针孔，无规则分布着，刺痛了她的眼睛。

宋未晚突然觉得眼前一黑，晃了几下差点没摔倒。她死死盯着那些针孔，足足有几秒的工夫，然后一滴泪，落在了何碧莲的手臂上。

何碧莲就像是被她的眼泪烧灼到一样，迅速将手缩了回去，慌乱地扯着袖子盖住手臂，脸上露出羞耻又惭愧的表情。

“晚晚，我，你千万别误会，我已经好了，这些，这些不是你想的……”解释或者谎话，在亲眼所见的真相面前，是那样蹩脚拙劣。

她的眼泪一下子又涌了出来，模糊了面前那张慌乱错愕的脸。宋未晚心里难受得像有把刀在捅，恨恨地望着对方说：“何碧莲，你为什么要这样对我？我是不是上辈子欠你的？你知不知道那东西会害死你的啊，为什么不听我的话，不肯戒掉？”

何碧莲扑通一下跪在了她的面前，哭着说：“晚晚，对不起，妈妈真的想要改的，真的很努力地试过……可是，这东西太可怕了，一旦沾上就真的戒不掉，戒不掉啊！妈妈离了它就要死的，你知道吗？”

“是不是谷文森，是他逼你的对不对？”宋未晚咬着牙，愤懑地问，“他是不是从头到尾都在骗我，为了让我替他来办事，说帮你彻底戒掉，可是从头到尾都没有兑现承诺！”

她掏出电话，想要找到对方的电话打过去质问，可是何碧莲死死地拽住了她，不让她打。

“放手，我一定要问个明白，谷文森凭什么骗我？”

“不要，你不要打给他，是我自己的问题，跟谷先生没有任何关系……晚晚，求求你，谷先生是好人，他真的帮了我许多，是我自己不争气……妈妈对不起你……”何碧莲自从染上那玩意之后，身体日益瘦弱无力，压根儿就拦不住她，反而被一把甩得跌坐在地上。

“妈——”宋未晚听到对方骨头戳在地上发出一声闷响，吓得脸色都变了，顾不得继续打电话，连忙去扶。

何碧莲却趴在地上，不停地朝着女儿磕起了头，“咚咚咚”每一声都很响，吓了宋未晚一跳。

“妈，你干什么，你起来呀，痛不痛？你快起来——”

“晚晚，呜——妈对不起你，妈妈在医院里戒了一段时间，可是真的坚持不下去……”何碧莲被女儿使劲拉住，不能再继续磕下去，她仰着头，怎么都不肯起来，“谷先生真的花了很多心思让医生好好帮我，可是我想回来，我怕再不回来以后没有机会……”

眼泪混着鼻涕，还有尘土，在这个女人的脸上揉成一团，显得脏乱不堪……在她脸上完全看不到昔日的神采，甚至连做人的尊严都一点一点消耗殆尽。

宋未晚已经几乎认不出这样的何碧莲了，她的心一点一点疼得几乎麻木。

她哽咽着说：“妈，你起来，起来好不好？”

这一晚，何碧莲折腾到很晚，好不容易把她哄得休息了，宋未晚已经累得筋疲力尽。

她擦干最后一滴眼泪的时候，嗓子也已经疼得说不出话来。

何碧莲是从什么时候开始吸那玩意的？

宋未晚已经说不清楚，恐怕连何碧莲自己也记不住了。

在她们出国之前，还住在云城的时候。当年，那个美丽的女人，在二三十年的婚姻里，享尽丈夫的疼爱与女儿的孝顺，尤其是她的丈夫，从来舍不得让她吃一点苦，一点家务都不让她碰。那时候的何碧莲，有一个幸福美满的家。

只是没想到，宋未晚爸爸会突然过世，从来没有经历过任何打击的何碧莲因为悲痛过度，一下子病倒了。原本就小病不断，再加上心情抑郁，整天以泪洗面，她的身体每况愈下，全身上下各种小病小痛，折磨得她痛苦不堪。

也就是在这样的情况下，她出入各种大医院小诊所，吃各种药也治不好，用尽了许多办法。病急乱投医之下，她听信了谣言，说有一种药，能够缓解她的病痛。

她只是市井里的小妇人，什么都不懂，就被人欺骗着碰了那东西。

果然，病痛全消，精神舒爽，整个人都松快，只是从此一发不可收拾，再也离不开。为了买那东西，她一点一点把家里的存折掏空，把值钱的东西全部卖掉，甚至还欠下了巨额的债务。直到宋未晚发现的时候，她已经泥足深陷，再也无法自拔。

房子也要卖掉，无路可走。

那一年，那么巧，宋未晚走投无路，不得不收下一张支票。

她永远都不知道，宋未晚为了带她离开，牺牲了什么。

后来在大洋彼岸，她还是死性不改，很快又沾上了那东西，再巨额的支票在价值昂贵的那东西面前，都只是个早晚见底的数字而已。

那段日子，暗无天日，她们在争吵打骂中互相憎恨，又在互相憎恨中继续苦苦支撑。

直到她们再次走投无路，这一回，宋未晚遇到了谷文森。

或者说，谷文森早就盯上了她们，特地在她们走投无路的时候出现。

这一次，宋未晚和他谈了一笔交易。

只是，她还在如履薄冰地完成着任务，对方却已经先背弃了当初的承诺。

这是她最后一丝希望，却被硬生生掐断了，好像一切都突然失去了意义，她的心里弥漫着愤怒、伤心，还有绝望……复杂的情绪交织在一起，让她没有办法冷静。

她没有听何碧莲的话，还是拨通了谷文森的电话，在凌晨两点的时候。

正常人早已入睡，可是，这个男人似乎永远都没有休息的时候，电话只响了几声，就听到他“喂”的声音。

宋未晚的手在哆嗦着，几乎握不住电话，连声音都在哆嗦：“谷文森，你……答应了我的事情没有做到，就没有什么要跟我解释的吗？”

“你终于找我了？虽然比我预期的迟了点，但好歹还是发现了。”对方似乎早就已经料到她会打来这个电话，声音轻快，“令堂要回国，我拦不住。她想要做什么，我都该尽量满足。”

“可是，你答应了我，要帮她戒掉那东西！”

“但是她戒不掉，能怎么办？宋小姐，你大概不了解令堂的身体状况，她现在很虚弱，要完成整个疗程真的很勉强。而且她的精神状态也很差，在之前的治疗中，有好几次差点死掉。我和医生谈过，如果要强行继续，除非令堂百分百配合才行，不然，我怕你的任务还没完成，我会先把你交托给我的事情搞砸。相比于逼她去死，我更宁愿她像现在这样活着，你觉得呢？”

“你的意思是，你没办法帮她戒掉？那你当初为什么要答应我？谷总，你是生意人，最起码的信誉在哪里？”

“宋小姐，不要激动，何女士的身体情况和精神状态实在是我们当初无法预料到的，我是真的用心请了医生为她治疗，可是她执意要回国，我也没有办法。”

“没有办法？”宋未晚的声音顿时冷了下来，“既然如此，我们之间的交易从这一刻开始是不是也可以取消了？”

“冷静！我要是你，现在更该多想想怎么赚钱供何女士更合适，不是吗？”

宋未晚疲惫地揉了揉太阳穴，说：“既然你已经没有办法帮何碧莲戒掉，我也不必再苦苦支撑了。不怕告诉你，顾老爷子从来都没放下对我的怀疑和防备，他一直认为我回顾氏心怀不轨，早晚会对顾氏不利。所以，你就算隐在我背后，估计也瞒不了他太久。而且，我进顾氏才这么点时间，只是个普通职员，没有任何分量，至于说帮你整垮吞并顾氏，那更是痴人说梦！所以，接下来，我想我帮不了你什么了。”

“哦？那你确定要看着何女士去死？”谷文森语气森寒，“没有那东西，只怕她一个星期都挨不过去。不帮我你压根儿没有钱买，是想亲手杀了自己的母亲？”

“浑蛋！你想怎么样？”

“我只是想帮宋小姐减轻负担，只要你帮到我，我保证，何女士即使戒不了那东西，起码她这辈子我不会让她因为断了那东西而痛苦难受。你考虑考虑？”

这一刻，宋未晚突然明白，即使不能完成对她的承诺，他也敢把何碧莲送到自己身边来，因为知道，她别无选择。

她闭了闭眼，狠下心：“我答应你。”

“棒极了！”谷文森满意地笑了，轻声说，“忘了告诉宋小姐一件事，其实我也发现，顾老爷子一直暗暗在查你，想必我也瞒不了他多久，所以，我现在不想收拾顾氏了。”

“什么意思？”

“我突然觉得，召南实业似乎更好下手。”

宋未晚心头剧震，忍不住脱口而出：“疯子！你有病！”

“哈哈哈哈——”电话那头传来爽朗的笑声，“宋小姐你情绪这么激动，不会，是爱上顾召南了吧？”

“胡说！没有的事！”

“没有最好！那就接近他，毁了他。别忘了，当初他把你害得有多惨！”声音幽幽，似乎要诱引出内心最隐秘的恨意。

顾老爷子的病房外，许劭严已经足足站了半个多小时。

昨天他打电话提前告知要过来的时候，钟叔曾经对他说：“老爷子要做全身检查，不方便。”

今天，他直接过来，结果——

还是被拦在了门外。

等待的时间不算太长，可是额头上已经渐渐渗出汗来。这一次，他已经可以确定，老爷子已经看到了那些报道，甚至还有可能对公司当下的状况也了如指掌，所以会对他表达不满情绪。这几天最忧虑的事情，终于还是发生了。

许劭严正琢磨着，该用什么办法见到老爷子，然后求得宽宥。这时候，钟叔从里面走出来，将门虚虚一掩，对他说：“许少，您回去吧，老爷子今儿个早上身子就不怎么舒服，说是不见客。”

轻飘飘一句话，许劭严一听，脸色瞬间就变了。

见客？许劭严已经在顾家这么久，居然还只是他心中的“客”？

钟叔跟了老爷子这么多年，从来都谨言慎行，不可能有这样明显的口误。

分明是老爷子，借着钟叔的口来提醒他，他从来都没有经过老人家最后的点头。对方不认可，他终究是顾家的外人。

他挤出一丝微笑，问：“钟叔，老爷子什么时候才能有时间见我呢？”

“公司有什么特别紧要的事情？”

“没有，只是我自己有些事，想跟老爷子请示。希望钟叔帮帮忙，等老爷子精神好的时候——”

“既然没有紧要的事情，还请许少记得医生的嘱咐，尽量让老爷子静心休养。”钟叔面无表情地打断他说，“其实，老爷子早就留话给许少，任何决定，都不为你自己，而是为了顾氏。任何不违背顾氏利益的事情，都算不上要紧事，任何可能危害顾氏利益的事情，都请许少三思。”

说完，又向许劭严鞠了个躬说：“我要进去照看着老爷子了，许少你请回吧。”

转身回到病房，“身子不舒服”的那位正坐在竹藤椅上，戴着老花镜看一沓文件，面前的桌上已经堆了乱七八糟的各种材料。

钟叔看到他这副专心的模样，忍不住叹气：“老爷子，虽说你是装病，可是也不能这么操劳呀！医生真的说过要你少动心思，怎么又看起文件来了？”

“让他回去了？”顾老爷子取下老花镜，揉了揉眼睛说，“我不放心啊，这回，恐怕是有人要对咱们顾氏下手了。就邵严那点子微末道行，只怕还没警觉呢，我不动心思行吗？”

“老爷子你也别太小瞧他了，我看许少心思活络得很，刚刚在外面和我说话的间隙，还想让我给你递话儿进来。”

“哼，就凭这些个小心思，能管好我们顾氏这么大的家业？他有几斤几两，这几年，我早试得差不多了。”顾老爷子嘴角一撇，“当年，他想赶走召南，我就睁一只眼闭一只眼，他想进董事会，我就暗地里帮他一把，他想管管公司，我就退下来……该做的我都做了，可他始终没办法让我满意放心。这一回，宋未晚突然回来，他的心思又活络了，真以为自己翅膀硬了能飞了？”

"老爷子，您心里头明白着呢！是他越来越放肆，不把你的话放在心上，你今天拒不见他，肯定能让他明白你的意思。他就算翅膀硬了想飞，也得你给他画个天出来！"

病房外，许劭严莫名其妙就这样吃了一个闭门羹，无奈地转身离开了。

刚出了医院大门，司机已经很主动地把车开了过来，停在他面前。

这时候，另一辆车也停了过来，车窗摇下露出半张脸说："许总，有没有空和我聊一聊？"

许劭严看了看对方，大墨镜几乎挡住了鼻子以上的所有面容，看不清楚相貌，下意识防备地望着对方说："你是谁？"

"我是能帮你摆脱掣肘，早日掌握顾氏的人。"

许劭严禁不住冷笑，今天这是怎么了，碰见个谁，都能用这么轻狂的语气跟他说话。是不是真觉得自己是个软柿子，随便揉捏？

他冷冷拒绝说："谢谢你费心了，我不认识你，更不觉得一个素不相识的外人也能在我面前胡说八道，你是哪家周刊报社出来的记者，真以为自己很了解我？这么有想象力编故事你去写出来呀！"

"哦？我真的是在编故事？"对方轻声笑了，"我知道，许总当年能将顾召南成功从顾家赶走，和一个叫宋未晚的女人有关。前些天各大媒体争相报道的那条新闻，也和她有关。这样，算不算了解你？"

许劭严瞳孔陡然一缩，问道："你究竟是什么人？"

眼神如刀，在对方脸上扫过，有探究，也有狐疑，更有说不清的忌惮。

"我不仅知道这些，我还知道，你不想听从顾老爷子的摆布，娶蒋梦溪那个女人，而且你和顾召南——"

"住嘴！"许劭严下意识朝四下里张望了一下，对方说出的话，每一句都让他冒出了冷汗，生怕再被更多人听到。他没有想到，居然会有人把他心里的一些事情摸得这么清楚。

"许总有没有兴趣上车来，我想我们可以细谈。"对方胸有成竹地微笑，似乎早就料定他的反应，"我叫谷文森，我想，你应该很有兴趣听一听我的建议。"

这天下午，召南实业与顾氏展开了第三次合作讨论。

许劭严破天荒地迟到了，之前顾氏的几个部门经理花了很多心思想要联系上他，结果连他平日里最信赖的秘书张瑞希都无奈地告知他们：“许总的手机关机了，一时之间联系不上他。”

许劭严一向严谨认真，以前从没有出过这样的问题，他们也没想到。

对此，召南实业的一群人冷嘲热讽，足足花了半小时指责他们诚意不足。

因为，这一次的会议，连顾召南都来参加了。许劭严，真把自己当回事儿了？居然敢玩缺席，是因为前几次会议上的不愉快给顾总甩脸子吗？

召南实业的贺源索性提出直接终止合同，廖凡急得一个劲儿地赔不是，替许劭严解释。

宋未晚在一旁看着，发现他的脸都白了。

就在双方吵得不可开交的时候，许劭严终于匆匆赶过来，连连道歉说：“实在对不起，让你们久等，临时接待了一个人，所以来晚了。”

“就这样吧——”先前一直沉默不语的顾召南终于放下了交叉在胸前的双手，冷冷说，“今天的会议，结束。”

“顾总，不要这样，如果是因为我的迟到，我个人向你道歉。”

“许总，像贵公司这么散漫的作风，我想我们公司没办法与你们合作，怕以后你们出了纰漏，要让我们公司替你们埋单，赔本的买卖我不会做。”

会议室里顿时没有人说话了，只剩顾召南和许劭严四目相对，眼神冷得能杀死人。

许劭严有些疲惫，这些天关于他的谣言甚嚣尘上，因此引发了四面八方的压力，逼得他几乎喘不过气来，原本想和召南实业谈成合作事项，能够消弭公司董事会对他的质疑。

可是，他差点忘了，那是他最大的死对头，顾召南。

曾经，他们那么恨对方、嫉妒对方，如今，怎么可能便宜了对方？

他只是和某人在车里聊得久了一点，忘了时间，才会迟到，却因此成了对方发难的最好借口。

即使是主动低头赔礼道歉，对方也要在这么多人面前驳了自己的面子，这让他心中无名火起，气得脸都红了。

他想，这一回，顾召南肯定会一口咬死，拒绝合作到底了。

可是没想到，顾召南却望着他轻蔑地笑了，他忍不住脊背一僵，这是下意识的反应。因为对方的这个表情，让他印象深刻，曾经无数次在他面前出现过。每一次，一定是有了新的花招对付他。

果然，顾召南看着他，慢条斯理地开口说："其实，合作的事情，我实在没有时间跟你们浪费太多口舌。上次我已经提出来一个方案，建议按投入分配最终收益，而我们公司在这次的投入中，要占大头。"

话音刚落，就有顾氏的某部门经理立刻跳出来反对："不行！这个绝对不能同意，我们顾氏在业内一向以高投资闻名，近年来从没有做过投入占小份的生意！"

宋未晚眉头也一皱，如果答应了，就等于顾氏在接下来的合作中处处让召南实业出尽风头，这在外界看来，实在不是什么好事。

"怎么，不同意？"顾召南站了起来，"不同意我就要走了，许总你可要想清楚。今天，必须拍板，过了今天，我们就没有再谈的必要了。"

许劭严望着他，眼中精光闪动："顾总，你确定非要这样做？"

"我确定，而且，接下来的合作项目，我们召南实业要投入七成。"

这一回，连召南实业的人，也好像被吓到了，互相耳语的声音不断传来。

贺源按捺不住喊了一声："顾总——"

顾召南皱眉看着贺源："你有意见？"

"不是……我只是想，大家讨论这么长时间，都有点累了，要不先休息十分钟？"

贺源的建议一出，两边公司均有人表示赞同。

顾召南当先走出了会议室，贺源立刻心领神会地跟了上去。

两个人坐电梯到贺源的办公室里，关上门。

"说吧，你是不是不同意我提出的条件？"

"是的，顾总，我想顾氏现在的状况，并不是我们合作的最佳伙伴。"贺源见对方没有反对，于是继续说，"我建议维持之前的做法，继续围绕合作细节抓住不放，跟他们长期拖下去，直到他们完全失去耐心。"

"那么好处呢？"

好像没有什么好处，他只是觉得如果真的和顾氏合作，坏处很多。

顾召南的脸顿时黑了下来："你的意思是，我们浪费一堆时间在他们身上，只是为了让他们放弃与我们合作的心思？那我当初何必签那个合作意向？"

"顾总，平心而论，我真的不明白，当初你为什么——"贺源欲言又止，生生转了话头，"我们召南实业的强项在于专利版权，做的都是科技含量比较高的项目，资金并不算宽裕。而且，回报大意味着风险大，我不赞成你这样冒险。"

"我们召南实业创办时间太短，虽然靠着科技项目飞速发展，可是资金积累这种事情，不是一下子就能完成的，所以我们才更要在短板上下功夫。我认为，这次的冒险是值得的。"

"顾总——"

"不要再说了，我已经决定了！"顾召南打断他，说，"我现在要回去，等许邵严给出最后答复。你也别太急着担心，我提出的要求，他答不答应，还很难说。"

说完，径自走出了办公室。

会议室里，顾氏集团的所有人表情都有些难看。

尤其是当许邵严说出："就按顾总提的这些条件来，我们顾氏集团同意这次的生意。"

"许总——"有部门经理还想再劝他三思。

可是他使了个眼色，顿时没有人敢再多说一句话。

在文件上签下的名字，每一笔、每一画都很用力。合同终于谈成，顾氏与召南实业即将正式启动合作项目。

许邵严看了一眼顾召南，伸出手说："我们顾氏的资金已经全部到位，接下来就看顾总的了，按照合同的相关要求，下周一之前，召南实业的资金也要到位。希望我们合作愉快！"

"放心，我们会准备好。"顾召南只是用手指尖部位虚虚地接触了一下对方的手心，很没有诚意的一次握手，然后微笑着说，"剩下的合作细节，有劳各位稍作讨论！"

他是最先离开的一个，经过宋未晚的身边轻轻哼了一声，但是从头到尾都没有看她一眼。

许邵严似乎也跟他约好了似的，把剩下的事情都交给公司其他人，提前离场。

宋未晚心里暗急，找了个借口去洗手间，悄悄跟在他身后，喊住他：“许总——”

许邵严停下脚步，吩咐张瑞希先去车上等自己，然后拉着宋未晚到僻静处问：“找我有什么事吗？”

“为什么要答应签下这份合同？”

“你担心我？怕我吃亏，是吗？”

宋未晚尴尬地解释：“你误会了，我只是觉得，这样的分成比例，对我们顾氏来说，并没有多大好处。你轻易拍板答应下来，公司的董事们会不会有意见？”

“爷爷给了我这样的权力，有时候可以自作主张。”许邵严细细看着她眼眶下很浓重的黑眼圈，应该是这些天都没休息好的缘故，声音不由得柔和了几分，“放心，上次媒体对我们的报道，没有影响到老爷子对我的信任。我一定有办法让他能接受你。”

“许总，你是不是误会了……”

许邵严瞧着四下没人，已经轻轻拉住了她的手说：“你最近都不接我电话，是不是还在生我的气……”

话还没说完，就被一声冷笑打断。

对面的洗手间好巧不巧走出来一个人，冷眼看着他们：“呵呵，许总真是好兴致，不管是在死人坟前，还是在我公司的洗手间旁，都能旁若无人地谈情说爱。前几天照片在娱乐八卦版头条挂得还不够？”

视线落在这对男女的手上，不由自主多了几分凌厉。

许劭严偏偏不怕激怒他似的，抓紧宋未晚的手说：“晚晚，你不要急，等我。不用多久，我一定能给你一切……我们俩的未来。”

明明是对她的承诺，却偏偏要让他听见。

顾召南的手无声地捏紧，就这么冷眼看着这对“恩爱”的男女，恨不得……

宋未晚暗暗使力，抽出手来。她想要跟许劭严说清楚，他所谓“未来”，她早就已经不再想要参与。可是，顾召南在一旁看着，她的嗓子眼里突然就发不出声音来似的。

她还记得，他之前说过：“以后记得，不要再来打扰我的生活。”

这时候，做这样的辩解，会不会也是一种打扰？

她正犹豫着，许劭严却已经抢在她开口之前说：“我先走，有什么事，我们回头再说。”

顾召南站在旁边，看着，直到宋未晚往会议室方向而去，突然挡在她面前。

“你们俩的未来？呵呵——”他嘴角噙着一丝笑意，冷得让人心颤，“他给你的未来，如果我非要毁掉不可呢？”

第七章 割舍

曾几何时，她最大的愿望就是能和许劭严再走到一起。可如今当他真说出这句话，她却无法接受。

时间改变了一切，尽管她对他的爱还未褪去，可是已面目皆非。

许劭严坐车回公司的路上，张瑞希从副驾驶座转过头来说：“许总，刚刚开会的时候，蒋小姐给你打了三个电话。”

“有事？”

“我问过，蒋小姐说，这些不是我们这些下属能过问的。”张瑞希将保管在自己这边的手机递上，说，“你是不是要给她回个电话？”

“不用——”

几乎在他拒绝的同时，他的手机又嗡嗡振动了起来。

“蒋梦溪”三个字，在屏幕上跳动，这是第四个了，大有他不接就不停下的趋势。

张瑞希面无表情地看着上司，心里暗自幸灾乐祸，这么死缠烂打，只怕是要分得快了吧？愚蠢的女人！

许劭严终于接过电话，按下接听：“有什么事？”

“许劭严，你是不是故意避开我，一直不接我电话，让你那个老女人秘书回复我是什么意思？”

“胡闹什么？我刚刚在开会！”

“是呀，你在召南实业开会！”早就已经得到消息了，同去的人里面有宋未晚，蒋梦溪冷笑，“你是有多喜欢那个女人，恨不得抓紧一切时间和她见面！”

“你在发什么神经？我和谁一起谈生意，还没有差劲到需要你来教！”

蒋梦溪笑了一下：“难道不是吗？许劭严，你在想什么，真以为我不知道？以前你听从老爷子的安排，就算心里没有我，好歹还能做足表面功夫。可是，自从宋未晚回来以后，你连虚与委蛇都懒得做了。你悄悄带着她去你妈的墓前，到底有没有考虑过我的感受？难道你还幻想能和她有什么未来？”

“难道不可以？”许劭严冷冷道，“蒋梦溪，你做的已经够多了，不要再试图触碰我的底线！”

“呵呵呵，你是说那些照片被媒体曝光出来的事情？老爷子应该也已经看到那则新闻了吧，他如果知道你还和宋未晚牵扯不清，你确定接下来顾氏的掌权人选不会有别的变数？信不信我还可以做得更多！你别忘了，顾氏的资金链如今深度依赖我们蒋氏，你要是再做出让我不开心的事情，不要后悔！”

“我是这么容易被威胁的人？”

“你不要后悔！我——”尖厉的声音近乎刺耳，被他直接挂断。

许劭严气得深吸一口气，这才意识到，车里还有司机，还有……张瑞希。他是被蒋梦溪的无理取闹气昏了头，才会这么不分场合地发脾气，甚至忘了旁边还有外人。

“停车！”

“什么？”张瑞希和司机都没有来得及反应，等到许劭严黑着脸再次重复自己的话时，车才猛然停下。

许劭严推开车门下车，说：“我打个电话，你们在车上等我！”

张瑞希先前听得内心各种暗潮涌动，她最爱看到的就是那个愚蠢的女人不断挑战许总的底线，然后被许总收拾，尤其是最后许劭严直接挂断对方电话的动作，简直是让她激动得想鼓掌！这一回，已经闹得这么凶了！

可是，这还没过几分钟，顾总又要打电话回去吗？不方便让外人听到，是想去跟蒋梦溪服软求饶说抱歉吗？唉——

她望着许劭严下车走远的背影，长长叹了口气。

此时，许劭严走开一段距离，从怀里掏出一张名片，对照着上面拨通了号码。

他说：“是的，我现在想要回复你，你的建议我可以考虑。如果你今晚有空，我们见面再聊聊？”

顾召南和许劭严在会议上分别拍板，定下了召南实业与顾氏合作的基调之后，具体事项的商讨顿时显得水到渠成。

经过一番争论，终于在下班一个小时后敲定所有细节。两班人马都疲惫不堪，顾氏的经理们兴致并不高，分别散了，连按照惯例应该有的聚餐都省去了。

宋未晚也累得筋疲力尽，早早回到家。

客厅里乱成一团，她心里有种不妙的预感，走了几步，看到有针管掉到地上的玻璃碎片上，顿时反应过来。

她急忙跑到何碧莲的房间外推门，发现门居然从里面反锁上了。

“何碧莲，你开门！”

“听见没有，快点开门！”

里面，一点声音都没有，吓得她脸色都白了，连忙用力撞门。可是这间屋子的门都是厚重的实木做的，锁也坚固，她细胳膊细腿的一个女人，没什么力气，压根儿撞不开。

“何碧莲，你不要吓我……”她吓得眼泪往下掉，整个人都慌了神。

就在这时候，门里突然传来咯咯的笑声。

“哈哈哈哈——”何碧莲在屋子里笑，“好开心呀，哈哈哈哈——”

笑声兴奋激烈，像一个停不下来的神经病。

这种情况，宋未晚再熟悉不过，何碧莲每次注射完之后，都会出现这种兴奋到不行的反应，自己一个人笑个不停，完全失去对周遭其他人和事的知觉。

只是因为刚刚注射过，而不是有了不测，她不知道该庆幸，还是该难过。

就在刚刚那几分钟，她快被她逼疯了，差点要打电话报警，请他们帮忙破门而入。可是，如果真的惊动了警方，她怕他们会把何碧莲强行送进戒毒所。

谷文森说过，何碧莲身体情况太差，强行戒掉有危险。

宋未晚不知道何碧莲摄入了多少，不停在外面敲门：“何碧莲，你快开门，听见没有……”

可是，那扇门始终死死关着，没有打开过。

第二天，她是在地板上醒过来的，发现自己坐在何碧莲的房门前睡过去了，全身腰酸背痛。

昨晚，她实在太累了。

里面又没了声响，她连忙使劲敲门，没过几下，听到何碧莲嚷嚷着：“谁呀，一大早——”

门开了，她望着何碧莲的脸冷笑：“何碧莲，你回国真是因为想家吗？昨天开心吗？”

何碧莲脸色顿时一白：“你，怎么会知道？”

“你以为关上门我就不知道？”宋未晚冷笑，“昨晚你没控制好量，一下子摄入过多了吧？你知不知道有多危险，好多人因为摄入过量死掉！你真是幸运，只是一直笑个不停，足足闹了大半夜！这么大声，是想邻居报警来抓你吗？别怪我没警告你，要是被他们送去戒毒所强制戒掉，我绝对不会去看你一眼！”

说完，她转身去了浴室。时间已经很晚了，匆匆忙忙洗漱了一下，镜子里的那个女人眼袋浮肿，黑眼圈明显，形似鬼魅。她赶着上班，没空再跟何碧莲啰唆，把何碧莲一个人丢在家，想着等晚上回来再理论。

打了车去公司，眼看就要到的时候，沈蓉的电话就心急火燎地打过来了：“未晚，你看了今天的报纸没？出大事了！”

她昨天一夜都没睡好，头疼得厉害，靠在椅背上一边揉着太阳穴，一边说：“怎么了？”

“你，你是许劭严前女友的事，全被无良杂志爆出来了！”

宋未晚的太阳穴突突一跳，眼睛猛地睁开：“怎么回事？”

“报道详细扒了你的资料背景，包括当初那些陈年往事，还说你就是前阵子被拍到的和许劭严一起去祭拜他妈妈的神秘女人，介入到许劭严和蒋梦溪的感情之中。未晚，上次我看到那些照片就被吓到了，一直没敢问，照片上的女人……真的是你吗？瞧着背影真的像你……”

“沈蓉，我不知道该怎么回答，但是有一点可以肯定地告诉你，我真的没有想要介入他们中间。”

“好啦好啦，我还不清楚你的为人吗？你今天别去上班了，现在你可成了全城媒体关注的焦点！”沈蓉神神叨叨地压低了声音，“你知不知道我是中途悄悄溜出办公室来打电话通知你的，我们主任正在布置任务呢，接下来会有好几个同事要去公司门口蹲着等你了，你要不还是在家躲两天吧姐姐。”

“别急，等我去公司看看，到底是怎么回事再说。”挂掉电话，车已经停在了公司门口，宋未晚深吸一口气，踌躇着有一瞬想要再坐车回去。可是，有些事情早晚都要面对。

她快步走到自己办公室，一进门，原本吵吵嚷嚷的办公室瞬间安静得诡异，所有人的目光齐刷刷地朝她身上扫来。

宋未晚一愣，还没硬着头皮走到自己的办公桌旁，就被一个同事拉住：“未晚，今天一大早报纸上说的那些消息，你看了没？”

“没，什么消息？”

“说你，是我们许总的前女友，几年前分手了，是不是真的？”

即使早就有了心理准备，她的表情在这一瞬还是有一丝不自然。

所有围观的同事都是八卦狼，一听到有同事大胆问出了自己想问又不好意思问的问题，顿时精神抖擞地盯着宋未晚。所以，她的每一丝反应落在众人眼中都掀起好大波澜，女人们纷纷露出激动又压抑的表情，没有想到！居然是真的！

报纸上说的那些，绝对不是无凭无据！是真的！

“天啊！宋未晚！”

“你真的是许总的前女友吗？太低调了吧，居然一点都没有告诉过我们！”

“喂喂喂，你们小声点，一大早是想把别的部门的人也引过来吗？这份报纸一大早肯定传遍全公司了！”

宋未晚完全招架不住她们，她从一个同事手中接过报纸，细细看了几眼，越看脸色越难看。报纸上除了说她是许邵严的前女友，还说据了解内情的人爆料，她如今一回国就到顾氏上班，分明是心怀鬼胎，想要插足许邵严和蒋梦溪之间……

这位所谓了解内情的人，是想要指责她当小三！

众人七嘴八舌停不下来，办公室顿时弥漫着热烈的氛围，却被一声威严的暴喝打断：“都在干什么呢？一大早就这么闲，还上不上班了？”

廖凡站在门外，还没有走进来，冷冷看着办公室里的一幕。在他严厉的目光下，所有人慌乱地跑回自己的座位，忙起了自己手头的工作。

宋未晚把报纸往文件夹下压了压，正想装作认真工作的样子，就听到廖凡面无表情地说：“宋未晚，出来一下。”

“许总让你去一下公司对面楼下的X元素，他有重要的事情要私下跟你说。”

声音不大不小，能让办公室里的那群人也听到。廖凡嘴角那一丝恶意的笑不带掩饰，似乎非要证实她与许邵严之间不清不楚的暧昧关系，而且要让所有人都知道。

这样，还会有谁相信她是无辜的，没有靠关系？以后这帮子同事，还怎么心平气和地和她一起工作？

廖凡分明是无所不用其极地想赶她走。宋未晚气得手指捏紧，明知道对方的心思，却无可奈何。

她更不明白，在这么敏感的时候，许邵严为什么还要让她去见他。可是，碍于对方是上司，自己只是打工的，对方做任何吩咐，自己只有听的份儿。

X元素是一家甜品茶餐厅，在公司附近比较有名。

宋未晚从公司地下停车场绕过去，果然看到公司楼下有几个手持相机的人，一看就是狗仔记者之流。她连忙低着头，侧过脸不让他们看到，悄悄往公司对面而去。

推开X元素的门，内里地方并不大，这个时间也还没到生意兴旺起来的时候，所以只有稀稀落落两三个客人，一眼就能看清。

宋未晚扫视了一圈，也没有找到许劭严，反而听到有人清脆地喊她名字：“宋未晚，这里。”

不是许劭严，是蒋梦溪。

宋未晚一愣，随即在心里暗骂自己真笨！廖凡是蒋梦溪的人，这一点她早就有所了解，怎么就一点都没有警觉。许劭严那么谨慎低调的人，怎么会在这个关键时候私下见自己，就算会，也只能是在他办公室，而不是外面这种茶餐厅。

莫名其妙被耍，心情总不会太好。

“坐，我帮你叫了杯咖啡。没有想到会是我，而不是许劭严，你很失望？”

“我只是没有想到，我们顾氏的经理也能被你一个外人指使得动，如果被许总知道了，他一定不会太高兴。”

“宋小姐，你很怕我？”蒋梦溪笑着端起面前的白瓷咖啡杯，望着宋未晚说，“或者说，做了对不起我的事情，心虚得连坐在我对面的勇气都没有？”

“对不起，蒋小姐，我想，我没有时间，更没有兴趣和你面对面坐着。失陪！”宋未晚颔首，准备离开。

蒋梦溪急忙喊住她：“慢着！”

“你还有什么事？”

“你是许劭严前女友的消息今早突然被爆出来，到底是谁干的，你就一点都不好奇？”

宋未晚停住脚步，瞪着她看了片刻，近乎是质问的目光。

“是你干的？”

“坐下，不然我不确保自己会不会爆出更多内幕来，许多事情，外人不知道，可是我，却知道得清清楚楚。比如，当年许劭严的前女友，也就是宋小姐，为什么突然跟男友分手出国。”蒋梦溪气定神闲地坐着，嘴角甚至还噙着一丝不屑的笑，“你也知道，公众对这些豪门家长里短的事情最感兴趣了，被那些个媒体逮着一点儿风，他们能给你制造出满城轰动的效果来。宋小姐那些过往，应该不希望被扒出来吧？”

宋未晚忍不住咬咬牙，在她面前坐下，说：“你到底想要怎样？”

“想要怎样？这个问题应该是我问宋小姐才对，你要怎样才肯离开顾氏，不再缠着邵严？所有人都知道，他是我的男朋友！”

“我没有想要抢你的男朋友，今天早上的这些八卦，如果是你透露给媒体的，我更加不明白你是什么意思？你就不怕被许劭严知道你做的这些事？”

“怕？到现在，我还有什么好怕的？他早就知道是我干的，我这样都是被你们逼的！”蒋梦溪脸上露出忿忿的神情，“你如果没有勾引他，他怎么会突然有想要和我分手的念头？宋未晚，他原本就是我的，我们就快要订婚了！可是你偏偏回来了，你为什么要回来？你一回来，他连敷衍我一下都懒得，甚至还要和我分手！”

宋未晚一愣，没有想到许劭严已经全部都知道了。

她听同事们闲聊的时候说起过，蒋氏因为蒋梦溪和许劭严的关系，在资金上面给予了顾氏不少支援帮助，所以，顾氏这几年虽然没有在许劭严手上有大发展，但是一直保持着平稳的姿态，没有出现什么大的岔子。

可是，蒋梦溪这姿态，分明是被他逼急了。他真的不怕？为什么？

以她对许劭严的了解，她真的很难相信，他会为了自己，放弃顾老爷子为他定下的女朋友，因为那等于放弃顾氏，他一直以来辛辛苦苦孜孜以求的东西。

他说过：“只要让我留下来，我什么都可以放弃，包括你。”

言犹在耳，字字清晰。

宋未晚摇摇头，告诉蒋梦溪：“我不信你的话，我和他早就不可能了。而且，他不可能为我放弃顾氏。”

“难道我会信你吗？”蒋梦溪冷笑着拿起电话，一边拨通免提，一边说，“他现在，甚至都不接我的电话，就是因为你的出现。”

果然，电话嘟嘟响了十几声，没有人接。

她再拨，还是没人接。

第三遍拨，只响了两声就被直接挂断。

蒋梦溪的脸上闪过一抹狠厉的神情，内心的愤怒从来没有像此刻这样明显，几乎要把她整个人都吞没。她收回手机，手指在屏幕上划了几下，两条早就编辑好的短信立刻发了出去，给不同的对象。

这么微小的动作，很难察觉，做完这一切，她嘴角甚至悄悄弯起了一个难以看出的弧度。

她对宋未晚说："看到了吗？都是因为你！就算你不承认，他也说了，要和你在一起，哪怕蒋家可能因此撤回对他的帮助，他也不在乎！"

以前，她觉得自己很了解许劭严，知道他最在乎的是什么，只要自己捏着他的命门，就不怕他会离开自己。

可是这一回，她突然发现，自己好像从来没有了解过他。或者说，她自以为对他而言最重要的东西，一直都只是她以为。

他心里更重要的，是面前的这个女人。这让她嫉妒得想流泪。

更可恨的是，这个女人一脸淡然地听着，好像一切和自己无关。她只是回答说："对不起，那是你们之间的事情，我不想关心。上班时间，我没空听蒋小姐说这么多话，要回去工作了。你，自便。"

"站住！"蒋梦溪心里焦急，余光扫了一眼窗外，看到有三三两两的身影正匆匆赶来，脸上露出一丝得色，"这场戏还没演完，你想退场？"

她说完，就端起桌上属于宋未晚的那杯咖啡，全部泼在了自己的脸上。

做完这些，似乎犹嫌不够，她咬咬牙，狠下心，将杯子朝着自己头上砸过来。

杯子摔在地上，粉碎。

"啊——救命啊——"尖叫声划破茶餐厅的寂静，原本不起眼的角落瞬间吸引了所有人的视线，包括正要离开的宋未晚，也不由得转身回头看了一眼。

只见咖啡的水渍淋得蒋梦溪满脸都是，甚至连雪白的衬衫也被殃及。她的额头上破了一个老大的口子，往外源源不断地渗着血，样子说不出的狰狞可怖。

宋未晚因为看到这一幕震惊了，她还没来得及反应，身后门外已经涌进来好几个人，一进来就抱着手中的相机对准她一阵猛拍，闪光灯亮个不停，几乎闪得她睁不开眼。

她下意识用手挡住眼睛，听到有人兴奋地大喊："天啊，绝对是头版头条，这年头小三居然敢动手打原配！太凶残了！"

她耳朵嗡的一声响，好像突然明白了什么。

脑仁，好疼，好像要裂开了一样。

下一秒，有话筒已经递到她面前，某记者慷慨激昂地问："宋小姐，请问你为什么要这么毒辣地出手打蒋小姐？您是不是仗着和许总当年那段没有结果的感情，恶意插足他们之间？”

“宋小姐，我也有问题想问你，听说你是出国留过学的高才生，品学兼优，为什么回国后居然做出打人这么没素质的事情？你刚刚是在逼蒋小姐离开许总吗？”

“请问……”

她不停躲闪，可是，七八个记者迅速包围了她，闪光灯和话筒穷追不舍地朝她逼过来，大有非逼她开口不可的架势。

她从来没有见过这么咄咄逼人的情况，被他们围着，整个人都惊呆了，哪里还说得出话来。

那些人不会放过她，甚至还有气愤不平的女记者看到这一幕，心生恶意，动手推挤着她骂：“你凭什么插足做小三？年纪轻轻有没有羞耻心？”

“别，不要这样——”她的声音很低，淹没在人群中，没有人听得到。

更没有人注意到，她的脸色越来越苍白，众人死死地围着她，密不透风。

宋未晚觉得连呼吸都有些困难，可是她张了张嘴，就被人逼得连大气都不敢喘，最后突然眼前一黑，晕倒了。

晕倒之前，她听到有人急切地喊着她：“晚晚——”

许邵严和张瑞希赶到的时候，正巧看到宋未晚软软地晕了过去，他又气又急地喊了一声她的名字，不管落在旁人耳朵里有多亲昵暧昧，拨开人群硬是冲了进去。

“许总，你不能——”张瑞希在他身后焦虑地跺脚，天知道这样冲进记者的包围圈里，被一顿乱拍，明天各大报纸杂志又得写成什么样儿。她今早刚看过报纸，虽然不确定那些记者写的东西有几分可信，但是在这样关键的时候，许总就不能和这位宋小姐保持点距离吗？真不知道，许总是怎么想的。

可是，许邵严已经听不到张瑞希的话了。

焦急忙乱之中，张瑞希不小心瞥到了一个熟人的身影，蒋梦溪，她远远地站在角落，头发衣服都脏了也顾不上，只是冷冷望着这边。她的目光越过人群，幽怨而愤怒地停驻在最中间，许邵严的身上。

那个男人，早就为宋未晚慌了手脚，根本看不到她。

她哇的一声哭了出来：“邵严，我才是你的女朋友！”

这一声，瞬间拉回了好多媒体记者的注意力，许多人眼里闪着八卦狗血的光，认定这是一出充满爆点的报道。可是许劭严只是恨恨地看了她一眼，然后抱起宋未晚就往外跑。

他的动作，近乎野蛮地从人群中撕开一道口子，同时还不忘对张瑞希说：“快联系医院做好准备，我现在就送她过去。”

张瑞希突然明白了，刚刚许总明明还在开会，中途看了一眼手机，就突然什么都不说地往外冲，吓得她以为出了什么大事。

一定是蒋梦溪在搞鬼。

而那个女人，在媒体面前泪流满面、痛哭失声的画面，被无数镜头拍下。

这个简短的画面，在午间新闻播放了一次。

顾老爷子坐在电视机前看了一遍，坐在椅子上，久久没有吭声，以至于没有人敢去打扰他，谁都看得出他心情很不好。

只有钟叔，小心地上前问了一句：“老爷子今天中午还没吃药，要不吃了药去睡个午觉？”

“睡午觉？”顾老爷子冷笑，“倒是睡得着？反正很快就要永远睡过去了，我看有人是巴不得早点气死我才好。”

“老爷子这说的是什么话，谁敢有这么大的胆子？”

“这个蒋梦溪，闹出了不小的动静啊！她都在媒体上这么演了，应该是对邵严很失望吧！”顾老爷子一眼就看得出，这一幕是蒋梦溪自导自演的戏码，他问，“蒋家现在有什么动静？照理说，应该也要配合对顾氏采取手段了。”

“听说——今天上午，蒋家公关部发言人突然召开记者会，在许多媒体面前宣布了接下来的一系列投资计划，其中有一项是说暂停对我们顾氏的资金支持，要用于下半年他们自家的一个重要项目。”

“邵严居然也会有犯糊涂的时候，闹成这样，非要逼我出来不可吗？”顾老爷子叹口气，眼神飘向不远处的书桌，上面厚厚一沓文件前几天还铺满了桌子，今天已经被叠得整整齐齐了。显然，他已经把那些材料都看完了。

他有些惆怅地说：“要是我身体还好，有力气出去做事，哪里需要借助蒋家帮邵严，如今——内忧外患，不得不提防某些别有用心的人浑水摸鱼啊！”

“老爷子，那如今，您有什么办法帮顾氏吗？”

“我让你喊律师过来，他来了吗？”

“来了有一会儿了，在门外等着见您呢。”

顾老爷子点点头，深吸一口气，似乎打起了几分精神，又似乎添了几分感慨地说：“好啊，那我这回就再给他一个选择的机会。你让律师进来，然后打电话给蒋梦溪，就说爷爷身体不舒服，要见她，让她去把邵严也喊过来。”

“这——”

“怎么？”

“我听说，许总现在也在医院呢，上午蒋小姐这么一闹，宋小姐被一群记者围住逼问内情，当场晕过去了。许总现在陪在宋小姐身边，恐怕不会搭理蒋小姐，以他们如今闹成这样……”

“那你就对蒋梦溪说，我病危，要他们俩速速来见我！”

钟叔的脸色微变，听着顾老爷子因为用力说话而咳嗽不停，连忙点点头，出去了。

医院里，许劭严将宋未晚送到后，医生给她做了详细检查。

最终断定，她的头部前阵子刚刚受过重击，没有好好在医院卧床休息观察治疗导致了轻微后遗症，再加上她最近太辛苦了，前一晚几乎没怎么休息，低血糖。

这样虚弱的身体，在一群记者推来搡去下，居然就晕过去了。

许劭严听到这样的解释，不由得一愣，他问医生：“那她现在这样，什么时候能够醒过来？”

“宋小姐的身体没有什么别的问题，我们给她挂点水，她睡一觉，很快就会醒的。”

听着医生这样说，他略微放下心来，点点头，让医生出去，病房里只剩下他陪着她。

药水点滴落下，他的手，紧紧抓着她的手，冰冰凉凉，瘦得让他心疼。他没有想到，她这么不会照顾自己，身体已经这样糟糕了，被那帮记者推挤了几下就能昏倒。

以后，他要好好保护她，再也不让别人伤害到她。

张瑞希走进来的时候，他正专注地望着宋未晚的睡颜，眉头微蹙，一脸担心的样子。即使是平日里和他接触很多的秘书，也几乎没有见到过他这样生活化的面孔，卸去了那些没有温度的微笑和礼节，他只是一个会爱、会怕、会疼的男人，守着自己的女人。

任谁看了这一幕，都不忍心打扰。

可是，她也只是看了一会儿，然后微微有些不忍地上前说：“许总，外面有许多记者，想要继续采访你和宋小姐，了解事情的来龙去脉。我已经和院方沟通好了，所有媒体都被保安拦在医院门外进不来。”

他沉声说：“做得好，让医院加强安保，一个都不许放进来。然后你再替我去善后一下今天上午会议的有关事项。”

云城最好的私立医院除了拥有最先进的医疗设备和最高明的医生，还有这样一个优点，守卫森严，闲人莫入。

除非有身份的认定或者得到住院病人的预约同意。

所以，那些记者暂时没办法进来打扰宋未晚。

宋未晚睡了很长的一场觉。

醒来的时候，她觉得头很疼，头顶的药瓶提醒她，这里是医院。

她突然想起来，自己是被一群记者围得喘不过气来，最后居然可耻地晕过去了。至于之前，她还记得，和蒋梦溪在X元素针锋相对。

明明头破了的是蒋梦溪，为什么自己也会头痛得好像裂开一样。她吃力地转过头，看到趴在自己床头睡着的那张脸，突然愣住。

很熟悉的画面，当年，依稀也是在医院，类似的场景。

那次是她“死皮赖脸”追求他将近两个月之后，他始终没有松口答应她。后来被她缠得烦了，约她去小树林说个清楚，结果，那天晚上他没去。

她还以为自己记错了地方，在小树林里来回走了好多圈，直到突然下起大雨，淋得她眼睛都看不清，只好放弃回去。

回到家，她就发烧了，第二天甚至不能上课，在校医院挂点滴。

醒来的时候，就看到他，趴在自己的床前，那双英俊的眉紧蹙着，就连睡觉都不安稳。

他睡得很浅，在她的手指刚刚触碰到他眉毛的时候，就突然惊醒了。

她其实已经猜到，他昨晚是要和自己说不可能的，只不过她不死心罢了。

可是，她没有想到，生了场病还没好，他就突然抓住自己的手，说："宋未晚，我们在一起吧。"

她当场就蒙了。

幸福来得太突然，让人猝不及防。

后来，他们真的在一起了。

……

画面几乎重叠，只是她已经不再是当年的少女，而他，也不是当初那个略带些许青葱的少年。

她只是想要轻轻抽出被他抓着的手，却又一次惊醒了他。

许劭严抓住她的指尖，不让她溜走，定定地望着她，漆黑的瞳仁里似乎藏着一座沉默却即将爆发的火山。

她无法抵抗这样的目光，别开脸说："不要这样看着我。"

"为什么？你在逃避什么？"他的手指攀援着，连她的手掌都要握住，力气更大。

她有些疼，急急喊着："放手！许劭严，你不要这样！"

可是，他却突然打断她："宋未晚，我们重新在一起，好不好？"

她差点以为自己听错："你刚刚……说什么？"

"宋未晚，我说，我们重新在一起，好不好？"

一字一顿，字字用力，似乎下定决心，断了所有后路。

"我跟顾召南睡过，这样，你也要？"

他的眼圈突然红了，里面闪动着晶莹的水光，似乎差点就要溢出来。可是他却点着头，说："我要。"

她的眼圈一下子也红了。

她拒绝他说："许劭严，我们不可能了。"

他的脸色顿时变了，想要问为什么，电话就在这个时候响了起来，打破一室安静。许劭严回过神，看了一眼屏幕上"蒋梦溪"三个字，心情顿时变得更糟糕。这个女人，总是在关键的时候搅局。

"邵严？"

"是蒋梦溪。不用理她，她煽动一群媒体来攻击你，现在得逞了！心思歹毒的女人！”他按掉电话，不肯接。

可是，电话又不依不饶地打了过来，大有他不接听就不肯罢休的架势。

宋未晚叹气：“你接吧，吵得我头疼。”

许劭严脸色微变，犹豫了一下，终于还是按下接听键。

蒋梦溪的声音从那头传来，噼里啪啦像炸开了一样：“许劭严，你是不是还守着那个女人？现在整个云城都知道她插足你和我之间，你要是聪明，最好和她保持距离！”

“你够了！蒋梦溪，你把自己的头弄破，在媒体面前装无辜装可怜，有意思吗？我了解她，她根本不可能用杯子砸你，一切都是你干的！”许劭严冷冷地说，“你又想借助媒体舆论给我压力，以为我会因为你的做法放弃和她在一起的念头？休想！”

“你疯了吗？难道真的不怕顾氏因为你被连累？”

“我不怕，你不用再多说什么了，再见！”他铁青着脸，挂断了蒋梦溪的电话。

然后，将手机关机，恢复到完全没人打扰的状态。

宋未晚看着他有些生硬的表情，说：“我还没和你在一起，她就已经这样整我，要是我和你真在一起了，她岂不是要杀了我？许总，求求你，放过我吧……”

“晚晚，你不要激动，我说的是真的。我是真的想和你在一起。如果可以，我希望一个月后和我订婚的是你，而不是蒋梦溪！”

他刚说出这句话来，把宋未晚吓到了：“你，什么意思？全云城都知道，你们一个月后就要订婚了！这是老爷子安排下来的婚事，你疯了吗？”

他目光专注地望着她，许久才说：“我没有疯，这么多年一直清醒。我希望，我们会一直在一起，我娶……”

话还没说完，病房的门就被大力推开，撞在墙上发出巨大的声响，盖住了他最后想要说出的那句话，她终究没有来得及听清楚，也没有机会追问。

蒋梦溪站在门口，厉声喊他：“邵严，快，快走，爷爷听说快不行了！我们赶紧去他那边看他。”

他神情一凛，连忙往外奔跑，匆忙间甚至来不及回头看她一眼。

蒋梦溪看了一眼许邵严匆匆冲出去的背影，站在门口朝病房里的宋未晚冷笑：“看见了吗？他再紧张你，一听说老爷子快死了，还不是赶紧冲过去了？你以为，你有多重要？其实很可笑。”

说完，她转身喊着：“邵严，你等等我——”高跟鞋嗒嗒响着走远了。

宋未晚挂着点滴，再也睡不着，坐起来。

没过多久，张瑞希走进病房说：“宋小姐，许总已经让我跟医院这边沟通安排好了。他刚刚让我来告诉你，有些事他会去和顾老爷子说清楚，让你好好休息，不要想太多。”

她暗暗打量着面前这个年轻的女人，听到许总这样类似承诺的话，居然反应也是淡淡的，好像那是跟自己无关的事情。

这种反应……让她有些意外。

更让她感到意外的是，她居然在宋未晚的病房遇到了顾召南。

顾召南冷着一张脸，说：“你，出去。”

气场强得让人无法拒绝。

张瑞希心里特别想知道，这个女人究竟是有什么特别，居然能同时与许邵严和顾召南都有说不清的关系。尽管心里揣着各种疑问，却不得不走出了病房。

宋未晚紧张地望着他问：“你来干什么？”

“不是说晕倒了？醒得这么快……”顾召南走到她病床前说，“难道是演苦肉计？”

宋未晚早就想到他会挖苦嘲讽自己，反唇相讥道：“顾总这么忙，也会有时间来关心我是不是演苦肉计？”

“你真以为我是来关心你？”顾召南冷笑，“不过是来办点事，中途遇到上次给你治脑袋的医生，听他说，上次你为我脑袋上挨了一棍子，到现在还有些影响，所以来看看。没想到，许邵严这回还真是为你豁出去了，当着那么多记者面送你来医院。顾氏现在应该乱成一团了吧？要是不小心倒闭了，你说，他会不会真的娶你？”

他丝毫不避讳地在她面前幸灾乐祸，她却只能沉默地瞪着他，一言不发。

“早就劝过你，做什么不好，非要做介入别人感情的第三者，头破血流不说，连你打蒋梦溪的片段，都上电视了，如今整个云城都知道你是个什么样的女人。”

“顾总，如果你来，是为了讽刺我的话，我想没有什么太大意义。”她也不吝在他面前“晒幸福”，说，“事实上，邵严提出了要和我重新在一起，我也答应他了。”

顾召南吃了一惊，心里有惊涛骇浪在翻涌，面上却偏偏强装镇定地说：“不可能，他那么虚伪自私，怎么可能为你放弃顾氏？”

“我不需要说谎。他还说，希望一个月后和他订婚的那个女人，是我。”

“爷爷不可能会答应的！”他一拳捶在墙上，冷冷地说，“都是你一厢情愿！”

“他已经去找顾老爷子去了，顾召南，你凭什么觉得不可能？这世上，又有什么事情是绝对的不可能！”

她还要继续说，顾召南已经摔了门出去：“对不起，我有事先走！”

几乎是狼狈逃出宋未晚的病房，他没有想到自己会这么忍不住。

出门之后，他没有回去，反而往顾老爷子的病房方向而去。中午的时候，钟叔打电话对他说，老爷子病危。

他心里扑通一下，嘴上却故意漫不经心地回答：“那你告诉我这些干什么？应该告诉许邵严才对，让他多陪陪老爷子。”

“小少爷，你明明知道老爷子当年最疼的是你。如今他都这样了，你真的都不来看他吗？我听医生说，他这几天情况很不好，随时可能……你们上次见面他对你说话太重，一直后悔，想再见你却又碍于面子不肯说，跟了他这么多年，他不说我也知道……”

顾召南沉默了许久之后，终于还是答应过来，远远看老爷子一眼。

他走到老爷子病房外的时候，遇到了焦急等在门外的许邵严和蒋梦溪。

许邵严看到他突然出现，表情顿时有些紧张：“你怎么来了？”

“老爷子身体不舒服，我为什么不能来？”顾召南反问，“许总刚把宋未晚安顿好，又带着蒋小姐来看老爷子，会不会太忙了？”

“这些跟你有什么关系呢？你已经不是顾家的人了，这几年也从不愿和我们有什么联系，爷爷身体不舒服也跟你没关系，他不想见到你！”

“吵什么？”钟叔从病房里走出来，脸色有些不好，“许少，这么大声音会影响到老爷子休息的。”他是顾家的老人，从小看着顾召南长大，一直就很疼顾召南。后来眼见着许邵严回到顾家，顾夫人和顾召南相继离开顾家，对许邵严更加没有好感。所以，任何时候都忍不住偏袒。

“是。”许邵严恭恭敬敬地低头，小声说，“是我欠考虑了。我只是想，老爷子身体本来就不好，应该不想看到不相干的人，所以想请顾总先离开。”

“是老爷子让小少爷过来的。”

“老爷子让的？”许邵严的表情不由得一僵，心里泛起不好的预感，“为什么？”

钟叔摇摇头，只是说：“老爷子现在在里面等你和蒋小姐，等一下可能还要见顾总。”

许邵严和蒋梦溪对望了一眼，彼此都从对方眼中看到了疑惑、忐忑，还有不知所措……却不得不硬着头皮，走了进去。

病房外，顾召南望着钟叔问：“老爷子怎么样了？”

“没有大碍了，你来了就好啊！”钟叔叹气，不多说，心里却暗暗想，人来了，老爷子想的，就更加容易成了。

许邵严和蒋梦溪进去的时候，一眼就看到病房里除了顾老爷子，还有一个人。

那人穿着一身黑色的西装西裤，手里提着公文包站在病床前，看到他们进来，点了点头示意，然后走出了病房。

顾老爷子手里捏着两沓纸，半躺半坐在病床上，眼神有光，气色也不错，身体情况至少看上去不像钟叔说的那么糟糕。不是说好不容易被抢救过来的？病房里的情景和想象的有些不一样，这让他们更加觉得不安。

蒋梦溪干咳了一声，小心地问：“老爷子，您身体要不要紧？”

顾老爷子招招手说：“你们过来，我有话要说。”

声音也听不出一丝虚弱无力，许邵严突然明白过来，顾老爷子是故意要钟叔告诉他们自己病危。所以，他才会这么急，和蒋梦溪不计前嫌地同时出现在这里。

顾老爷子盯着他们两个看了一会儿，目光不怒而威，充满打量，平白给他们增添了许多压力。

就在他们快要扛不住的时候，老爷子终于开口了：“梦溪，我问你，你到底还想不想嫁进顾氏，做邵严的妻子？”

蒋梦溪的脸红了一下，悄悄看了一眼旁边的许劭严，瞧着他一脸漠然，心里顿时凉了半截，冷冷地说：“爷爷你大概不知道，他现在和那个宋未晚越来越过分，完全没把我放在眼里。虽然我很想做您的，嗯，顾家的孙媳妇……但是，许总似乎并不是这么想的，他已经明确表示过要和我分手，他想跟那种女人在一起。”

“那你呢？我问你想不想，没有问他。”

许劭严顿时按捺不住："老爷子——"

"闭嘴！我说得不够清楚？我只问梦溪，你插什么嘴？"声音有点高，似乎是动了真火，许劭严顿时噤声，蒋梦溪更是吓得大气都不敢喘。

顾老爷子很少用这种语气训斥许劭严，更多的时候，他只是静静坐着听他过来汇报公司的成绩，偶尔点拨一两句已经很难得。在许劭严的印象中，自从顾召南离开顾家之后，老爷子真的是放手让他去管理公司了，即使偶尔出现小失误，也从不苛责。

从来都没有出现过这样厉声训斥的情况。许劭严心里明白，一定是最近自己的事情越来越影响到公司，令他生气了。

蒋梦溪有些怯懦了，她没想到会直接被顾老爷子问这样的问题，在老爷子期许的目光下，连声音都有些颤抖："我，我……"

"照实说，没关系。老实告诉我，你想不想？"

"想！"她舔了舔有些干的嘴唇，横下心说，"您知道，我是真的很喜欢邵严，当然想要为这段感情求个好结果。"

她从上学那会儿就喜欢许劭严，只是那时候，他已经换了无数女朋友，全被顾召南抢跑了，最后一个宋未晚没被抢走，结果感情和他特别融洽……怎么排，都没能轮得上她蒋梦溪。

那时候她差点放弃，直到宋未晚也因为某件事情彻底退出了许劭严的生活。得知那个消息，她紧张兴奋得好几个晚上都没睡着觉。她想，这一次，她一定要把握机会，义无反顾地走向许劭严。

命运果然垂青她，在顾氏和蒋家的一次商业合作中，给了她与许劭严见面了解的机会。她费尽心思想要得到许劭严的注意，却被顾老爷子一眼看中！老爷子说她是自己心目中的孙媳人选。

一句话，奠定她注定要嫁进顾家大门的未来。

这条路，她走得太慢，却也太平顺。

可是，此时此刻，老爷子却冷冷地打断她的回忆："既然你想嫁入顾家，为什么还要要手段害得顾氏现在一团糟？"

"我没有——"

"没有？老头子常年病着，可这脑袋却没糊涂。"顾老爷子指了指房间的电视说，“今天的新闻，闹得这么轰动，现在整个云城大概都在传邵严变心的新闻吧？你给邵严留了一点面子？给我们顾氏留了半分余地？想嫁入我们顾家，做的却都是对顾氏不利的事……”

蒋梦溪急了：“对不起，老爷子，我是一时糊涂……要不是他非要和我分手，害得我急了，我也不至于做出这些乱七八糟的事情来。”

这三年的时间，她花了太多心思，全都在许劭严的身上。她以为，自己的付出，许劭严会珍惜。没想到到头来还是抵不过宋未晚那女人钩钩手指，他就跟着跑了。

她一想到他之前说过的绝情话，就觉得心凉，咬着牙又气愤地说：“我虽然喜欢他，但也不是让他这么欺负伤害的，如果他跟我在一起都三四年了，还放不下那个贱女人，那我也不是非要嫁给他不可。”

“净说傻话！我还没死呢，他要是敢欺负你伤害你，你为什么不来找我帮你讨公道？非要把事情闹得这么难看不可？”顾老爷子责怪地说，“我先前真是看错你了，以为你是个好孩子，没想到也这么糊涂！”

“老爷子——”蒋梦溪的鼻子原本就有点酸了，听到他这么说，顿时再也抑制不住，眼泪直流，泣不成声。

许劭严被她哭得心都烦了，连忙拉了拉她衣服，不悦地说：“在老爷子面前哭什么哭？像什么样子！”

“哼，你还知道不像样子？你自己做得比她好？瞧瞧你为了一个女人，私心作祟把我们顾氏搞成了什么样子？董事会这几天已经连续有好几个老东西都找到我面前来了，告你状的人一大把！”

许劭严连忙服软：“老爷子，对不起，都是我的错，您别生气……我一定早点把烂摊子收拾好，不让您为难。”

“不为难。”顾老爷子淡淡地说，“我已经想好了，今天找你来，是让你做个选择。刚刚出去的那位是我请的律师，姓张。”

许劭严脸色微变：“老爷子，你为什么请律师——”

“我觉得胸很闷，也不知道哪天会不会有什么事情，说不定一下子就过去了。所以，起草了两份遗嘱，有备无患。想请邵严你先看看，觉得哪份更合适。”

顾老爷子扬了扬手，原来他手上的文件就是两份遗嘱的合同。

许劭严接过，看了一会儿，惊得眼皮一跳：“这个，是什么意思？”

“两份条款内容一样的遗嘱，只是继承人的名字不一样。一份是你，一份是召南。”

“我不明白。”

“我现在，想请你来帮我选择，到底应该立哪份儿。”

许劭严抬头，对上顾老爷子讳莫如深的眼神，突然有些懂了，为什么老爷子突然把顾召南喊过来。

是想给自己压力，只要自己拒绝了对方的条件，对方会立刻把顾召南请进来，继续谈。不得不说，老爷子这一步走得妙！明明知道，顾召南是他的死对头，他们两个会互相较劲，谁都不会让谁。

一想到顾召南在门外等着，许劭严的额头上就微微冒出了汗，这是遗嘱，不是别的任何东西。他要是一个不小心，机会就拱手送到顾召南手里了，以后，再也没有他什么事了。

这种事，他决不允许发生！

他深吸一口气提醒自己镇定，强笑着说：“老爷子，您是不是忘了，顾总他早就离开了顾家，这几年一直和我们顾氏不对付。他那么心高气傲的人，对顾氏更是没有一点感情，不可能会接受您的这份遗嘱。”

“没有人会嫌钱多，不是吗？如果全都给了他，你什么都得不到，辛辛苦苦回顾家，岂不是全都白费了？”老爷子循循善诱，“你对得起你去世的妈？她一直希望你能够出人头地，在顾家做一番事业……”

许劭严沉默了。

和顾召南相比，他几乎没有任何胜算。如老爷子所说的那样，对方恨他入骨，如果真的让对方继承老爷子的财产，只怕以后再也没有自己好日子过了。

十年隐忍，就成了一场笑话。

“邵严，你一直都是懂事听话的孩子，虽然最近做了许多出格的事情让董事会有所不满，可我还是先让你进来，做这个选择。可别怪爷爷没有给你机会……”

许邵严身体一震，缓缓地抬起头，满脸不可置信的表情……老爷子刚刚说什么？爷爷？！他是第一次听到对方这样自称，是变相承认，他是顾家的人吗？

这么多年，他忍受着顾家内外那么多人暗地里的非议和目光，缄默不语，为的是什么？有些东西他得到了，可是有些东西，他以为自己这辈子永远也无法得到。

偏偏在这个时候，老爷子轻描淡写的两个字，就让他激动得浑身都在颤抖。一直以来被孤立、被排挤，不被重视和认可的心情……好像一下子变成了阳光下的水蒸气，轻巧到看不见。

一旁的蒋梦溪，听到顾老爷子这一声“爷爷”也紧张得心都跳到嗓子眼了。虽然这个秘密，她早就千辛万苦通过蒋家的渠道知晓，可是她和许邵严这么久，无论是顾老爷子还是许邵严，一直都没有亲口对自己说过，她也不敢问，一直装作不知道。

如今，这么公然在自己面前提起——甚至连提及顾氏董事会的钩心斗角，也不怕她听到，是真的不拿自己当外人？还是有什么别的想法？

许邵严死死咬着嘴唇，怕自己会忍不住立刻开口答应，不管对方有任何条件，都会答应。即使在这个时候，他依然告诉自己，要克制，要冷静。老爷子给他这么大的机会，不可能没有任何条件，只怕是最让他为难的事情。

心扑通扑通跳个不停，他似乎隐隐能够猜到是什么，却依然沉声问道：“您的条件是？”

“不愧是我们顾家的孩子，哈哈哈——”老爷子的话在耳边继续，似诱似哄，“只要你答应娶了蒋梦溪，不要再和那个宋未晚有任何瓜葛，一切都是你的。以后，顾氏的所有，顾家的以后，全都可以……再也没有其他人的事情……”

“老爷子！”蒋梦溪忍不住惊叫，只觉得脑袋嗡的一下，差点转不过来了。她怀疑自己听错了，老爷子，这是亲自开口，逼着许邵严娶她？甚至用上了顾氏的所有来逼迫？兴奋、激动、紧张……各种情绪交织在心里，让她张着嘴巴，脑袋却一片空白。

站在她身边的男人，内心也是各种复杂，这是老爷子第一次开口承认他是自己的孙子，虽然只是私下里，只有他们两三个人在的房间。也是老爷子第一次提及他一直心心念念，却不敢想得太具体的未来——顾氏的所有，顾家的以后，全部都可以——

许邵严没有说话，面部表情也还算平静，只是垂在身侧的手臂轻微颤动，泄露了他的心事。一切来得太快，超出了他的预期，让他目眩神迷。

明明是那么美好的未来在面前展开，每一个字都轰隆隆在耳边炸响，炸得他血肉模糊。

好像曾经，他也面临过这样的选择，命运是如此惊人的相似，兜兜转转，那一次，他的选择是？

他的牙齿咬得太紧，以至于咬破了嘴唇都不自知。腥咸的味道在口中弥漫，如铁锈一般沉重。

“老爷子，你这是……非要逼我……”逼他离开宋未晚？

“我不是在逼你，我是给你自己选择的权利。”顾老爷子严肃地说，“鱼和熊掌不可兼得的，难道你不懂？宋未晚有什么好？当年，就是她害了召南……”

最后这句话刚出口，许邵严就忍不住身体一颤，这反应太剧烈，以至于站在他旁边的蒋梦溪都不由得奇怪地看着他。

他艰难地开口问：“老爷子，你……是不是也怪我……当年……”

当年那件事，他怎么能完全坦然，当时太急太狠，他一直都怕，老爷子会不会因为那件事……

老爷子顿时意识到自己的话太重了，触及了他的心事，冷冷道：“顾家的男人从来都不该为了一个女人失去理智，那件事我不怪你，可是我不能原谅她！”

“不是她的错……我当年，已经很对不起她……”

“那又怎么样？婆婆妈妈，怎么成大事？我们顾家的男人，怎么能为了一个女人裹足不前，乱了心智？你是想和顾召南一样吗？”老爷子失去了看他优柔寡断的耐心，厉声斥道，“许邵严，如果你和顾召南一样，我就当我们顾家没有什么以后了，那我为什么要选你来继承我的所有？顾召南起码是长子嫡孙，可以堂堂正正姓顾，你和他比，什么优势都没有！想什么都不牺牲，就获得一切，你什么时候变得这么天真？”

“可是——”

“没有什么可是！如今顾氏被你搞成什么样子？你的绯闻引得公司股市动荡，蒋家已经开始断了给我们的资金支持，董事会一帮人也开始喊着要你卸任……这些你有什么好的办法解决？你如果不娶蒋梦溪，用实际行动粉碎那些谣言，稳定人心，顾氏会受到重创！你造成的烂摊子，必须你来解决，不然，就给我滚出顾家！”顾老爷子嘴角扬起嘲讽的笑意，“当年你可以舍弃她，如今反而不行？”

这句话更像一把刀，狠狠朝着他心里最柔软脆弱的地方刺下，逼得他没有一点退路。

同一家医院，另一间病房的宋未晚，刚刚挂完今天的点滴。

医生替她又检查了一遍，让她好好休息，再观察四五天才能离开。

她给何碧莲打了一个电话，怕说自己在医院会让对方担心，借口说自己要出差，让她在家好好待着，不要到处乱跑。

何碧莲早上刚刚被她吼过，一直担心她会生气不理自己，看到她主动打电话回家，连忙点头答应她的所有要求，绝对不再乱来，乖乖等她回来。

挂断电话没多久，又有电话拨了过来，是谷文森的。

她接起，对方冷笑："宋未晚，你会不会入戏太深了？"

"什么？"

"你不是告诉我说，对许邵严没有什么？怎么一转眼不是跟他去拜祭亡母，就是跟他的正牌女友在茶餐厅打架？现在整个云城铺天盖地都是你们的三角恋，连我都忍不住要怀疑了，你是不是想搭上许邵严这条船上岸呀？"

"你胡说什么？那些都是记者乱写的！"

"记者乱写？我却觉得，无风不起浪！宋未晚，我可警告你，之前让你混入顾氏接近许邵严，是为了对顾氏下手，那会儿你对许邵严是真情还是假意我都可以睁一只眼闭一只眼。现在你的目标是顾召南，我还等着你起作用呢，你这样和许邵严纠缠不清，对我的计划有什么好处？"

"谷先生，这些报道，都是蒋梦溪搞出来的花样，你的消息这么灵通，难道真的不知道？"宋未晚一边揉着手上扎过点滴的针孔，一边还击，"就算我真的和许邵严有点什么，不可以吗？你答应我的事情都没有做到，凭什么让我继续为你做事？"

"宋未晚，你不会到现在还这么天真，以为许邵严会为了你放弃一切吧？"谷文森的声音顿时冷了下来，"旧情复燃这种事情，玩玩而已，图个新鲜刺激，怎么会当真？蒋梦溪比你年轻漂亮，还有那么好的家世，能够帮他……何况你都被别人玩过了，他真的一点都不介意？"

"闭嘴！"

"别天真了，他不可能娶你，你死了这条心！乖乖帮我把事情办好，不然我怕你哭都来不及……"

这一回，她狠狠挂断了电话，在对方还没说完的时候。

宋未晚在医院住了四五天，一直到出院，许劭严都没有再来看过她。

一切开销用度，都是张瑞希过来替她办理的。

她特别不经意地问起过，老爷子怎么样了。

对方告诉她，老爷子经过抢救，已经脱离危险了。许总这几天又要忙着处理公司的事情，又要操心老爷子的病情，所以一直没时间来看她，希望她能够谅解。

回答这些的时候，语气是斟酌的，表情是犹疑的，说不出的不自然。

宋未晚虽然觉得有些奇怪，但是心想，老爷子被抢救过来这种事情，总不可能会欺骗自己，所以安心养病，直到医生批准她出院。

张瑞希一大早帮她办理好出院手续，正忙着替她收拾包袱。

突然听到有人在门上敲了敲，宋未晚抬头，看到蒋梦溪倚着门看她："终于要出院了？"

宋未晚立刻站直了，满脸警惕地问："你来干什么？"

蒋梦溪压根儿没有要回答她的意思，反而颐指气使地望着张瑞希说："张秘书，你怎么还在这里帮她收拾东西？邵严这几天已经够忙了，你难道不知道自己的本职工作在哪里吗？"

"是许总让我来的……"

"那我现在让你赶紧回公司。"

宋未晚忍不住提醒："蒋小姐，我想，邵严应该不喜欢你过多干预他的事情。"

"那是以前……如今，不同了！"蒋梦溪笑着，从包里取出一样东西，挑衅地望向她，"哦，差点忘了正事——"

白皙好看的指尖，拈着的是一张大红的请柬，红色的卡片上烫金的两个大字，像烈焰，灼伤了她的眼。

"九月一日，希望你能准时来参加，我和邵严的，婚礼。"

她心中震动，伸手去接，却没接住，卡片如同火红的枫叶从指间掉落。

许劭严匆匆去见顾老爷子之前，有句话没有来得及对她说。

那句没有听得真切的话，后来在心里琢磨千百遍，答案早就呼之欲出。

如果一个男人真的爱你，他会跟你说："我娶你！"

可是，许劭严对她说过："宋未晚，我们重新在一起，好不好？"

还说过："如果可以，我希望一个月后和我订婚的是你，而不是蒋梦溪！"

却终究没有来得及说出那句："我娶你。"

说出口的话都可以不当真，何况还没来得及说出口的话？

于是，他真的要娶别人。

她出院前三天，这个消息就已经传遍全城。

顾氏和蒋家联合召开隆重的发布会，澄清之前许蒋宋三人的三角恋谣言，同时在现场宣布这个消息，顿时让所有媒体震惊。

宋未晚是最后一个知道的，而且是用这种方式——蒋梦溪直接将请柬送到她手上，像是狠狠给了她一记耳光。

不到一个月，那个曾经说要和她一起的男人，要挽着另一个女人的手，走进教堂。

不是原本的订婚，而是结婚。

她又一次被放弃了，虽然不是第一次，可是，依然有种被狠狠羞辱的感觉。

沈蓉打电话给宋未晚，再三怀疑："这个消息是真的吗？他真的要娶蒋梦溪，而不是你？"

"是真的。"

"不是吧？"沈蓉大惊小怪地说，"别的记者不知道，我作为你的闺密还不知道？那天那个报道，蒋梦溪都把自己的头磕破了冤枉你，想在媒体面前造成你是个小三的假象，让舆论把你淹没，结果许劭严赶过去直接抱起你往医院赶，看都没看她一眼。你和她，谁才是许劭严的心头好，再明显不过了。他怎么可能放弃你而和蒋梦溪结婚？"

"是真的，就如他们发布会上所说的，一切，都是个误会。"宋未晚轻描淡写地说，"我和许劭严，一点关系都没有。"

这样的结果，她已经很满意了。起码蒋梦溪看在许劭严的面子上，给她留了后路，没有说她是第三者，主动勾引许劭严不成什么的，已经算很厚道了。

不然，她早就被人民群众的唾沫淹死，被各路媒体记者追着打，哪里能这么悠闲地坐在家。如今，全城的注意力都在顾蒋两家的婚礼上。

一周过去了，每天报纸上都有各种报道，前天说顾氏的股市继续涨了几个点，昨天说蒋氏高层挪出了新资金继续投入顾氏，今天说顾氏和召南实业的大型合作案正式启动。

宋未晚一回公司就忙得焦头烂额，所以很幸运地不用待在办公室，被其他同事各种八卦的猜测包围。召南实业如期将款项打入账户，相关项目正式启动。许劭严和顾召南都出席了新闻发布会。

宋未晚坐在角落，过了这么多天，她终于见到许劭严，在这样的场合。在镜头前，他永远是商界精英的模样，回答每一个问题都一丝不苟，让人挑不出一点毛病。

她在人群深处看着，神情有些恍惚地想，再过几天就是下个月一号，他就要结婚了。

只是台上有另一个人，将她的样子看得清楚，他嘴角撇了一下，愚蠢的女人，都到这一步了，还不死心？

顾召南在随便回答完一个记者的问题之后，故意看了一眼身边的许劭严，说："之前许总宣布和蒋小姐的婚礼消息，我们都觉得很突然，今天也想借这个机会恭喜。"

"哪里，哪里，谢谢顾总关心。"

"其实我本人不是个八卦的人，只是有相熟的记者朋友在发布会之前拜托我一定要问许总一个问题——"顾召南特意停了停，目光转向场中的某个位置，"我看，之前被传介入许总和蒋小姐恋情中的贵公司员工宋未晚小姐今天也在现场，不知道许总的婚礼，有没有邀请她呢？"

宋未晚突然听到自己的名字被提起，一个激灵，突然回过神来，发现在场许多媒体记者的视线都落在了自己身上。她看了一眼台上的顾召南，看到他眼底闪过一丝嘲讽，恨恨地咬紧了牙关。这种贱人，不得好死！

被问到问题的许劭严脸色微变，却迅速反应过来："当然，当然，之前我和梦溪召开婚礼发布会就已经澄清过不实谣言了，宋小姐如今是我们的朋友，之前被无聊八卦记者乱写，也是被我们连累了。所以，这次的婚礼，怎么可能不请她？我们早就发过请柬了。"

早就发过请柬了！宋未晚脸色苍白，原来蒋梦溪那天趾高气扬的行为，他都知道，一切都知道！

顾召南看穿她此时的狼狈和难过，似乎犹嫌不够，似笑非笑地说："许总这样一说，我绝对相信，他对宋小姐，是一点多余的想法都没有。本人也在这次的合作过程中与宋小姐结下了不浅的缘分，自问，‘从里到外’对她了解很多，认为她也不是那种自作多情、痴心妄想的女人。所以，许总婚礼那天，你一定会早点到，对不对？”

宋未晚气得浑身都在抖，却生生挤出微笑，答得坚定响亮：“对！顾总说得太对了！”

视线隔空交错，电光石火，一触即分。

旁人却只当是顾总的幽默，与顾氏联手开了一个玩笑，借着之前许蒋宋三人的绯闻余热炒作新项目的关注度，博取版面宣传。

宋未晚疲惫返家，发现家中乱成一片，以为遭了贼。她喊了几声何碧莲，听不到回应，慌忙跑到自己房间，发现平时放存折的抽屉锁被砸开了。

她连忙打何碧莲的电话，结果，接电话的却是一个男人，听到她的声音冷笑：“你就是她女儿？”

“喂？你是谁？”

“我是谁你不用管，你妈欠了我这里好多钱了，今天拿了存折来还，就这么点钱，哼哼，远远不够！”

“我妈在哪里？你让她接电话！”

“你妈？”对方冷笑，“现在正发作了，满地打滚呢，我看快死了吧？你还指望她接你电话？”

“你到底想怎么样？要钱我可以给你，你不要为难她！”

“还我？口气不小，你以为是区区几万？我告诉你，她已经开始吐白沫了，过不了一会儿就会死！”

宋未晚吓了一跳，连忙开口求道：“不要啊，求求你救她，你在哪里，我马上就过来！要钱我可以给你，要多少我都能想办法！”

“要多少钱都可以想办法？宋小姐你以为我是傻子吗？一个星期前，如果许劭严肯娶你进顾家大门还好说，可是现在他要和别的女人结婚了，你有什么本事让我相信你有钱？”

宋未晚一惊，问：“你，什么意思？”

“哎呀，我差点忘了，你还有一个办法。”对方不理她，自顾自地说，“顾召南，如果你有办法搞定他，一切都好办了。”

“你是谁？你到底是谁？是不是谷文森让你这么做的？”宋未晚顿时明白过来，忍不住大声吼道，“他这个神经病！畜生！想用我妈来威胁我，我会报警的，我不会放过你们的！”

“报警？呵呵呵，你试试看吧，看那些警察能不能找到你妈。谷先生说了，你再不去求他，他让你连你妈的尸体都找不到！”

第八章　分别

在他身后，她也捂着胸口，和他同样的动作，生怕被人看出那不可见人的心事——才刚刚萌芽，却即将凋零。

她和他，也许此生再不会有交集。

许邵严和蒋梦溪的婚礼很隆重，在云城最奢华的酒店举办。

顾、蒋两家都是有头有脸的人家，经过几代经营，早就积累无数人脉，来参加婚礼的宾客几乎全是商界名流、政界要员。

订婚典礼的现场很热闹，一对男女养眼得让所有人赞叹。

就连一向幽居养病的顾老爷子，也穿着西服精神抖擞地到现场露了个脸，引起了不小的动静，许多人争着要一睹这位云城传奇人物的风采。

宋未晚躲在人群后面的角落，一口接着一口地喝酒，辛辣的、甘甜的、微酸的……各种酒精混在一起，头晕得厉害。醉死才好，就不用觉得日子这么难过了，她自暴自弃地想着。

好巧不巧，却遇见最不想遇见的人。

般配的才子佳人站在自己面前，蒋梦溪满脸得意和炫耀地举杯说："宋小姐，真想不到，你能鼓起勇气来参加我们的婚礼。我和邵严都很感谢你！"

她不答，只是死死看着自己曾经爱过的男人，在对方躲闪而游离的目光下，心里有无数声冷笑，几乎要脱口而出，却被自己狠狠压在喉咙里。

"晚晚——"许邵严情不自禁喊了声她的名字，突然意识到自己不小心失态了。他嘴唇翕动了几下，终究只是说，"谢谢你能来，我和梦溪敬你！"

杯沿轻轻碰过，这是他们最后的交集，然后擦肩而过。

她扬起脖子，将杯中酒一口饮下，因为太快太急呛得涕泪俱下，十分狼狈。

余光里有人递来一块雪白的手帕，她一边接过，一边忙不迭感谢，终于找到借口让眼泪簌簌地往下掉。

"哭了？伤心了？早跟你说过，他不会再要你了！"顾召南冷冷地望着她说，"宋未晚，知不知道你这副苦兮兮的样子像是在参加葬礼，而不是婚礼。"

他们的婚礼，可不就是她的葬礼吗？她突然意识到面前站着的是谁，恨恨地将手帕摔到他脸上，骂道："这里不欢迎你，滚！"

"这不是你的婚礼，你欢不欢迎不重要！"

这个男人无时无刻不在刁难羞辱她，要不是前几天他在记者会上问那样的问题，她完全可以躲在家，不来参加这场婚宴。

她想要一杯酒泼到他脸上，再骂一句"滚蛋"。

可是，手中轻轻巧巧的一个酒杯，似乎重得让她抬不起来。几天前的一段对话不停在耳边回响——

“你要多少钱我都能想办法筹来，别为难我妈。”

“你以为你妈只是吸那玩意这么简单？”

“你什么意思？”

“她还帮忙运输，呵呵，很不巧，证据在我手里。”

“谷文森，你好卑鄙！”

“没办法，谁叫你不听话，我不得不想办法让你听话。宋未晚，乖乖接近顾召南，按照我的指示去做，不然——”

……

“你又想哭？”眼前这个男人，看着她眼底粼粼水光，冷冷道，“宋未晚，你这副可怜样子做给谁看？我早就警告过你，许劭严不可能为了你放弃他好不容易拥有的一切！”

“这跟你有什么关系？顾召南，你难道很懂我？”她一口吞下杯中的酒，辛辣的酒精直冲鼻梁，生生被她忍下去。

视线已经开始模糊，不远处的人群在跳华尔兹，一圈一圈又一圈，晃得她头晕。

蒋梦溪和许劭严，一黑一白，在舞群最中间，被追光灯打着，金童玉女般耀眼。

他们是全场的焦点。而她，在角落里，打了个酒嗝，无心恋战：“失陪。”

跌跌撞撞，往回走，还没走几步，就撞在一个端着托盘的服务生身上，酒水洒了一身。

“对不起，小姐，真的对不起——”服务生紧张地道歉，顾不上凌乱的杯盏，“我把您的裙子弄脏了。”

小混乱惊动了身边一小撮人，包括一直跟在她身后的顾召南。

宋未晚摔在地上，一下子起不来，她闭着眼，忍住想要吐的冲动，没有办法回答对方，只能不停摆手，表示自己没事，不需要担心。

她今晚穿着一件露肩长裙，布料轻薄，被酒水一淋就透，尤其是胸口的一小块地方，贴着身体勾勒出浑圆的曲线，春光若现……顾召南匆忙追上来时，看到的就是这一幕，气得不轻。

他一把推开围在宋未晚旁边的服务生，语气不善地说：“走开，她交给我了，没有你的事！”

“顾总？”服务生认出他，犹豫着说，“可是，这位小姐喝多了——”

“滚！”

怒意那么明显，吓得对方连忙跑了。

顾召南匆匆脱下西装，遮盖在宋未晚的胸口，将她一把抱起，离开了婚宴。

她下意识挣扎：“不要，放我下来——”

却换来他一句：“闭嘴！”语气凶狠，恨不得摔死她。她到底是有多伤心，非要在许劭严的婚宴上喝得这么醉、这么失态？

“呵呵，我没事，别晃，头好晕——”宋未晚揉着太阳穴，似乎是醉了，身体却绷得紧紧的。她实在想不到，还有什么办法能够接近顾召南。

上一次是什么时候？在酒吧喝醉酒？然后就和对方滚到了一张床上。

所以这一次，还是像上次那样，显得更加顺理成章、自然而然？

她也是在摔倒之后，对方追过来的瞬间想到的，顾召南对她还没有真的死心，利用这一点，她还有机会再次接近他。

所以在对方抱住她的时候，她几乎没有太多反抗，很快接受了这个事实。

她没有醉，都是装的。

顾召南应该没有理智来分辨。他将她带上自己的车，动作麻利地开出酒店，犹豫了一下，终于还是把她带回了自己的小公寓。

她的鞋子在一段路程中已经掉了，头发也乱了，还带着一身浓烈的酒气。

顾召南放了满满一浴缸的温水，将她丢了进去，动作粗暴直接，丝毫没有一点怜香惜玉的意思。

宋未晚被呛了好几口水，费力地扑腾了几下，然后听到他冷笑着说：“宋未晚，你不会真以为我的智商已经低到这么容易糊弄的地步，连你喝没喝醉酒，都分不清？”

“顾召南！”

“想跟我回家你直说！”

目的被对方看得清清楚楚，宋未晚羞臊得恨不得找缝钻进去。她全身湿透，整件晚礼服成了湿淋淋的一块布，贴着身体，被对方的目光注视，连忙用手挡在乍泄的春光。

顾召南就这么倚着浴室的门，看了一会儿，在她终于忍不住骂了一句“滚”

的时候，开始解领带，然后是衣服扣子，一边解，一边朝她走过来。

“顾召南，你要干什么？别过来！”她想要从浴缸里爬起来，却不小心又摔了一跤。

顾召南已经走到了她的面前，脸上被她扑腾着，泼了一脸的水，衬衫湿了大半。他抹了一把脸上的水，表情阴冷：“你当自己是个什么人物？这副身子，早被我玩腻了。”

说完掉头就走，带着不想再看她一眼的轻蔑。

正掩上浴室的门，就听到里面砰的一声脆响，类似玻璃瓶狠狠砸碎的声音。

他懒得搭理，到阳台上点了一支烟，深吸一口，任烟草的味道弥漫肺部，再慢慢呼出。好像这样，就带着心里的郁闷烦躁一点点散出。

他大概抽了两支烟，再回到房间里的时候，宋未晚还没有从浴室出来，隔着磨砂玻璃门，看不见里面情形，甚至也听不到一点水声，一丝动静都没有。

他心里倏地一紧，觉得有一丝不妙，连忙用力推开了浴室门。

浴室里的情景，吓得他差点呆住。

宋未晚躺在浴缸里，手腕一道血红的印子，垂到浴缸外，流了满地的血。

“宋未晚！”这一瞬间，他听见自己的声音从胸口传出来，麻木而空洞。一瞬间的惊骇很快被惶恐淹没。

“宋未晚，你给我醒醒！我这就送你去医院！”

“你不能有事，绝对不能有事！”

“宋未晚！你听到我说话没，不准睡！”

顾召南的心神已经乱了，他迅速给她裹上衣服，抱着她冲出门的时候，几次差点摔跤。

“不准睡！”

啪的一个耳光狠狠抽在宋未晚的脸上，终于能看到她的眼皮动了动，睁开了一些，眼神有些涣散地望了他一眼。

他一只手握着方向盘，车速飙得飞快，几乎在市区横冲直撞，一边还回过头来看她的情况。

他特别后悔，非要逼着她去参加许劭严的婚礼，非要在这样的时候对她说那么刻薄的话。明明，他不是那样想的。

宋未晚醒来的时候，已经是早晨，宿醉的头疼，让她忍不住想要抬手揉揉脑袋，却被旁边的人一把按住："你在挂水，不要乱动。"

顾召南说话的语气，比以往都温和了几分。大半夜，医院的医生迅速对宋未晚的伤口进行了处理，确定她没有大碍。他守在她床边，大概是一夜都没有休息的样子，眼睛里面布满血丝，显得有些憔悴。

"你救了我？"宋未晚冷笑，嘴唇因为失血而发白，"为什么不让我去死呢？省得被你白白糟践！"

"宋未晚！"他冷冷问她，"你为什么自杀？要真是贞洁烈妇，三年前你怎么没有自杀？"

"我想死你都不让吗？"她说，"可是，你千万别多想，我自杀，也不是为了你！你做什么，我都不在意，这身子，还能再怎么脏呢？"

他咬着牙，怒极反笑："原来，倒是我自作多情了，他都已经和别的女人结婚了，你居然还闹自杀？"

为许劭严？呵呵，如果他以为是这样，那就是这样吧！

她别过头说："这和你没有关系。"

"宋未晚！我们能不能心平气和、像老朋友一样说话？"

老朋友？谁能把一个曾经强暴自己的人当成老朋友？是她太保守小气，还是他太异想天开？宋未晚指着病房的门说："你走，我不想看见你。"

他生气，却又无奈，静静看了她片刻，然后说："我上午有重要会议要参加，不能在这里，刚刚给你那个叫沈蓉的朋友打了电话，等一下她会来陪你。"

说完，他匆匆走了。

沈蓉赶到的时候，宋未晚吊瓶的水刚刚挂完，护士拔了针让她按住。

她受伤的手臂悬空横在胸前，手腕处缠着一圈纱布，被进门的沈蓉一眼就看到，对方顿时吃惊地追问："你这是怎么了？天哪，我没猜错的话，宋未晚你是玩割脉自杀了？"

正往门外走的小护士忍不住又回头看了一眼宋未晚，眼中露出异常复杂的神色。

宋未晚顿时觉得有点丢脸，瞪了她一眼，示意闭嘴，直到护士走远，才小声说："你干什么叫这么大声？丢不丢人！"

"呵，我就说许劭严和你当年那么深的感情，在你回国之后也一直纠缠不清，居然说分就分了。他和别的女人结婚，你怎么可能一点都不伤心。可是我也没想到，你会做出割腕自杀这么疯狂极端的行为来呀！”沈蓉在她面前搬了把椅子坐下，劝说道，“你怎么这么不爱惜自己，为了一个男人，就寻死觅活！”

“沈蓉，事情不是你想的那样！”

“那你为什么要割腕？”

宋未晚噎住，不知道该怎么回答。谷文森逼她，许劭严骗她，顾召南羞辱她，每个人都要把她赶上绝路……她真的太累了，一点都不想再继续了，再加上昨晚喝了点酒一时冲动，才会不小心做出这样的事情来。

可是，偏偏被顾召南救了回来。

“我要回家，我不想待在医院，你替我去办一下手续。”

在沈蓉去办手续的时候，宋未晚的手机一直在振动，她掏出来看了一眼，脸色就变了。

又是谷文森！

很短的一条短信，发给她一个视频，像一根无法回避的刺，狠狠扎到她心里。

“看到你妈运输这东西的视频没？如果你不想她死——那就不要再犹豫，靠近顾召南，不要再找借口说什么你和他早就关系恶劣，我查得清清楚楚，他还在奢望你有一天爱上他，就利用他的这个心理！我们的时间不多了，不管你用什么办法……”

办完繁琐的出院手续，宋未晚在沈蓉的陪同下回家休息。

途经商场，两个人还一起进去挑选了些食材和生活用品，在餐厅吃了饭，回家已经是下午。

从车里出来，外面呼呼刮着风，这几天天气更加冷了，道路两旁的树木已经开始掉叶子。

不知不觉，秋意渐渐浓了。

沈蓉在宋未晚住处转了一圈，没有看到何碧莲，问她：“你妈怎么不在家？”

宋未晚背着她，只能强自镇定地回答：“她一个朋友约她去住几天，所以没在家。”

“我陪你吧。”

宋未晚明白她的意思，说：“我不会再想不开了。”

“可是，我不放心，顾召南说了，不能让你一个人待着。”

“跟他有什么关系！”她突然烦躁起来，把沈蓉吓了一跳，随即又深吸了一口气道歉，“对不起，我心情有些不好，不是有心。”

“没关系……未晚，有句话我还是必须说，顾召南很在意你。”

“什么？”

“许劭严已经结婚了，人总要往前看。我不明白，你为什么不肯考虑考虑别人。”

宋未晚没有办法再装作听不懂她的话，挑眉道：“你是指顾召南？我和他，不可能！”

斩钉截铁，一点都不想和对方讨论这个话题的语气。

多年朋友，沈蓉明白她的脾气，两个人一起收拾了混乱的屋子，没过多久，门铃响了。

沈蓉开门，看到顾召南站在门外，说曹操曹操到，这让她有点开心，连忙高高兴兴请他进来：“你们两个聊吧，我去烧水。”

撂下话，不顾宋未晚使的眼色，溜进了厨房。

宋未晚面无表情地问：“你怎么来了？”

“我去过医院，那边说你回来了。我不放心，所以过来看看。”

她扑哧一声笑了：“有什么不放心的？”

顾召南瞪着她，许久才幽幽地说：“你，究竟还有没有心？宋未晚，为了一个不爱你的男人，值吗？为什么，我的心你就是不明白呢？”

不明白？她怎么会不明白？只是不肯领受罢了。是他毁了她的人生，她恨他，又怎么会给他好脸色看？

“顾召南，你不要白费心思了，我喜欢的不是你，你早就知道，我们不可能的。”

他望着她手腕处的白色纱布，包裹得厚厚的，隐隐有血丝渗出。

他说：“我救了你一命，你怎么报答我？宋未晚，你不是一向最讲公平交易吗？救命之恩，你拿什么来交易？起码试一试，总不过分。”

她没有想到，强势如他，也会有这么无赖的一面，一时愕然地看他，老半天才开口问：“你确定要试一试，不管我怎么对你，都没有关系吗？”

他几乎没有犹豫地点头。

这一刻，她心里转过数个念头，犹豫再三，挣扎再三，终究——

暗自叹气：大概这就是命，他逃不过，她也逃不过。

下定决心，她深深望着他的眼，说：“我想出去散心，你难道能一直陪着我？”

他满眼疑惑：“离开云城？”

“对。我要走就走，但是你不行。你有整个公司要打理，没时间就不要勉强。”她故作轻松地看着他，眼底的神情却有些认真，“不要说我没给你机会，我只是让你看明白，我们不可能。”

“没什么不可能，什么时候走？我订机票！”

渔火摇晃，映着水面的灯影，越发相得益彰。

“真的没有关系吗？”女子眉眼如花，坐在江南水乡特有的乌篷船中看风景，船桨轻轻拨弄水面，越发显得淡定闲适。

明明已经到了秋天，可这里的天气依然暖洋洋，草木青葱茂盛，映着碧绿的湖水，景致秀美宛如初夏。

顾召南看着她这副悠然的样子，不知道为什么，心中总不由自主产生一种焦躁的情绪。这是他们来到这里的第四天了，没了手机，他连时间都有些难以把握。

从他要求和宋未晚一起出来散心的时候开始，他就想，陪着她，这是自己的机会。那么多的工作，说丢就丢下了，临别只和助理简要交代了些事情，全是为了陪着这个女人。

如今，有些事情的发生似乎不在他掌控之中。

几天前，未晚拎着简单的行李上飞机的时候，转身看见他跟着，突然笑了：“顾总日理万机，真要抽出时间和我一起出去散心？”

“公司一切运转正常，不需要我担心，出去十天半个月也没什么。”他遵照空姐的吩咐，关机，调整坐姿。

没想到，后来又转了好几辆公车，越走越远。

出门在外，总是各种意外，手机半路被偷的时候，他们走到了很偏僻的地方。她望着他，挑衅说：“出了这么大的事，顾总还不赶紧求救？”

他望着她似笑非笑的神情，微微挑眉说：“不需要，我可以应付。”

他是怕自己转身找个地方打电话，她就能悄悄消失在人海，像当年一样。

他不想再像当年那样，等着她去疗伤，这一回，他想陪在她身边，直到她点头给个机会。

这几天，她总在旅途中和他玩心眼，令他应接不暇。每每他想去借个手机，宋未晚总是冷眼旁观地说："你这么不放心自己公司的事情，还不如早点回去，省得坏了我的兴致。"

于是，他就放弃了那些主意。她走着，他就跟着，各怀心思。

走着走着，心思就渐渐淡了。

第七天，他们自己租了一个乌篷小船，在水面一路飘摇。

她穿着在小镇买来的棉布衣裙，坐在船头悠闲地钓鱼，裙上印染着颇具地方特色的花纹，头上还包着一块头巾，就像是从本地农家走出来的女子。

他就在一边看着街旁小摊买来的地方旅游册，时间悠长得让他心慌，说不清是患得患失，还是若有所失。

他想，人生如果就这么过下去，什么也不多想，应该也挺好。

不知道她是不是也是这样的想法。

夜里，突然下起了急雨，淅淅沥沥，声音很大。他们两个缩在船舱内，那样狭小的空间，手脚相碰地挤在一起。

小船晃晃悠悠，吱吱呀呀地响，说不清是怎么开始的，身体纠缠在一块，慢慢地贴在了一处。

她早就有心理准备，在这样一同漂泊的旅程里，和他，早晚要发生点什么。只是没有想到会是在这样的时候，这样的地点。

等她反应过来的时候，已经有些晚了。

也好，至少一切看起来顺理成章、水到渠成。

他闷热的鼻息呼在她耳朵上，很故意，这种时候，还怀着不良的心思。她耳朵滚烫，动了动身子，却不小心蹭到不该蹭的地方，耳边顿时传来他闷哼的声音。

"想往哪里去？"他连声音都沙哑了，一把拉住她的手腕，将她拖回自己怀里，嘴唇靠上她小巧的耳朵，只一个轻触，就感觉到她身躯的颤抖。

她的背贴着他的胸口，黑暗中，身体的一切感知都变得异常敏锐。

船外，一阵大雨朦胧了水面，淅沥的雨声盖住了所有暧昧的声音。她就像在暴雨中的小船，在水面打转，不辨方向，甚至无法掌控自身。

成年男女，情欲如水，一切都像是脱离了正常的节奏，却又自然而然……他们都是流浪了太久，身体干渴了太久，需要的温暖和慰藉，只有彼此能给。

宋未晚恨透了自己这样曲意逢迎的样子，忍不住想要闭眼。

可顾召南不允许，一遍一遍地浅吻她的鬓发和眼睛，手指描摹着她的曲线，强迫她看着自己，逼得她柔软成了一摊春水似的。

他不停地问："看着我，看清楚了吗？我是谁？快告诉我！"

他们本该是互相帮忙纾解欲望的男女，却又角力抗衡互不相让。

她被折磨得快疯了，死死咬着牙关，跟他耗着，嘴唇都咬破了也不肯屈服求饶。

"顾召南……"

"叫我召南！"

江南的夜啊，浸透了绵长的忧愁，她扬起脖子，深深望着天上黯淡的星子，宛如她此时茫然无助的心境，曾经，她也这样无力地任由他侵犯。

那一次，她无力抵抗，而这一次，她放弃抵抗。

眼角沾染了湿润的露水。为什么，每一回都这么漫长，这么绝望？

顾召南，如果可以，我宁愿死，也不要跟你在一起。

顾召南是被稀稀落落的说话声吵醒的，天光大亮，舱外飘来阵阵香气。

他懒懒地躺着，足足有一会儿才算真正清醒过来，起身去船舱外找宋未晚，突然发现，船靠岸了，难怪会听到许多人说话的声音。

宋未晚不在船上，只有之前租船给他们的船公，在船头支着小小的锅煮鱼汤。

他一愣，走上前问："和我一起来的那个女人呢？"

"那个女娃？一大早就给钱走了呀，还让我不要吵醒你呢。说等你醒了，再告诉你就行。"船公笑眯眯地端出一碗鱼汤说，"来，尝尝我的鱼汤，很鲜的。"

"不用了。"顾召南脸色微变，突然有种不好的预感。

他费了老大功夫，跟小镇上来往游客借到电话后，第一时间就给左立打去了电话。

左立那边似乎忙得一团乱，电话声丁零零就没停过，顾召南一听他的声音，心就往下一沉："出了什么事？"

左立听到熟悉的声音，几乎都要哭出来了："顾总，你在哪里？我一直打你电话，总是关机，公司有大麻烦了。"

"到底怎么了？"

"公司和顾氏的合作出问题了，有关部门检测到我们在GEF高新技术管材的制作过程中存在大量化学元素超标，对人体有严重危害隐患，已经叫停了项目的运行。"

"怎么会这样？"

"更严重的是，贺副总前阵子开发的楼盘项目，突然遭遇大火，许多买主纷纷要求退房，闹得很严重。"左立焦急地说，"好几个项目都出现了这样那样的问题，我们都怀疑是有对手在整我们召南实业，您不在，也没有人主持事务。"

"贺副总呢？"

"他前天在上班路上突然遭遇车祸，到现在依然躺在医院昏迷不醒，那些记者乱写，说您已经逃跑了，现在每天都有生意伙伴来闹事，公司乱成一团，不少员工已经直接不来上班了。顾总，怎么办？"

"稳住，等我回来。"顾召南挂了电话，迅速拦车，踏上了回去的路。

远在万里之外的云城，短短不到十天，已经翻天覆地。

顾氏大楼的总裁办公室里，许劭严正不停翻着雪白的纸张，神情专注。

蒋梦溪从背后搂着他的脖子娇嗔："邵严，你还要看多久文件？人家都等你两个小时了，等一下还要去准备给爸爸的生日礼物呢！他这次为了帮你的生意牺牲这么大，你可要好好孝顺他老人家，陪我一起去挑！"

许劭严身体一僵，正欲不着痕迹地推开。

宋未晚就是在这个时候突然推门进来的，张瑞希不在外面，她直接忘了敲门，直到看到屋里两个人贴靠得很近的身影，神情一滞，转身就要出去。

许邵严眼尖，看到她，连忙喊住："未晚——"

"宋小姐怎么来了？"

她冷冷地站在门口，贴着门，望向屋里的两个人，想要退出去的想法因为迟疑而落空。她一回云城，就看到了铺天盖地的新闻消息，真的、假的、夸张的……连她也分辨不清，只是有些疑问，她想要找许邵严当面问清楚。

蒋梦溪神情戒备地望着她，她也就沉默着，半晌突然咧开嘴笑了："恭喜许总，贺喜许总，终于把顾召南整得惨败，是不是特别高兴？才刚刚办完婚礼，又恰逢召南实业遭遇重创，真是双喜临门呀！”

许邵严嘴唇紧抿地看着她，神情微变：“未晚，你终于回来了，我一直在等你。”

“等我？”

“是，等你，如今，再也没有人能够阻拦我们了。”他目光专注地望着她，眼底满满都是不加遮掩的爱意，“我说过，要娶你。如果那天你没听清，今天我再说一遍。”

沉默，可怕又该死的沉默，对方的神情似乎只是微变，只有惊，没有喜。他的一颗心，兜兜转转，缓缓下沉。

蒋梦溪最先反应过来，打破了这样的平静，她摇晃着他的手，尖叫：“邵严，你在胡说什么？你已经和我结婚了！”

“结了还可以离，不是吗？”

“你在说什么？”她不可置信地望着面前这个男人，此时冷着一张脸的样子，就像是一个陌生人，“你难道忘了我们蒋家这次为了帮你，付出了多大的代价吗？你怎么可以这样对我？”

“闭嘴！”许邵严不屑地瞥着她，语气森寒，“你以为你们蒋家还是过去的样子，还有资格威胁到我？”

他只一句话，就击溃了自己新婚妻子的所有骄傲。

蒋家，早已不再是过去那个蒋家了。那么，她也可以不再是他的妻子了。

事情的起因是顾氏和召南实业前不久刚刚启动合作的项目，因为前景太好，所以蒋家也坐不住了，蒋梦溪的父亲仗着女儿刚嫁入顾家，许邵严要想在顾氏站稳脚跟不得不依仗自己这个岳父，于是提出想要中途加入。

这个想法遭到顾氏高层的集体反对，只有许邵严思考了许久之后当场拍板决定把顾氏该投资的三成全部转让给蒋家，等于说，这个项目，顾氏几乎完全退出了。

董事会为此纷纷指责许邵严公私不分，他给出的理由是，本来利润就不算很多，没必要斤斤计较。何况，蒋家一直是顾氏最强有力的资金支持，区区一个生意，让了就让了。

结果没想到，三天后，有关部门强行叫停该项目，所有资金一旦运转就没有办法停下来，蒋家和召南实业一下子处在了被动的局面上。金钱和信誉双重损失，云城其他商场对手纷纷落井下石，往死里整这两个企业。

只是一个星期的时间，本城商界重新洗牌，蒋氏集团和召南实业因为商业投资决策失误，遭受重创，蒋家股票下跌十几个百分点，召南实业更因为总裁顾召南的失踪而人心涣散、事故频出。

已经传出本城出了名的黑心商户谷文森低价收购了蒋家足足三成的股票，甚至还抢走了召南实业两单大生意。就连许邵严，也瞄准时机出手，狠狠踩了原本是合作伙伴的召南实业一把。他甚至在新闻发布会上撇清了顾氏与这个项目的关系，一切都是自己的岳父和顾召南两人背着自己搞出来的。

至此事件之后，顾氏董事会对他刮目相看，终于充分意识到他当初把项目让给蒋家做是多么明智。

宋未晚一回到云城就从各种网上新闻和报纸杂志了解情况，她看得出，除了谷文森，顾氏无疑是最大的得利者。

宋未晚突然觉得自己的猜测都是对的，她颤声问道："你，果然和谷文森……"可是，怎么会那么巧，他会把生意让给蒋家？

蒋梦溪也看出来了，她不可置信地望着自己的丈夫："难道，这件事情，是你和谷文森在背后操纵搞出来的？"

"不错，顾召南这次吃了这么大的亏，是我和谷文森早就算计好的。本来我已经咬咬牙准备牺牲那三成的投资资金，怎么也要拖垮他们召南实业。可是你爸那么爱占便宜，偏偏要插一脚。他以为自己是我岳父，我就要给他面子？呵呵，我顺水推舟，全都给他做，其实是找他做替死鬼！我们顾氏如今一点风险都没担，还能抢你们的生意和股票，哈哈哈！这样的下场都是你们自找的，怪不得别人！"许邵严脸上微微带着笑意，志得意满又满是期待地望着宋未晚说，"未晚，最大的功劳，是你的！以后，我们可以在一起了。顾召南，蒋家，再气焰嚣张也都是云城的历史了。"

如果没有未晚，他怎么能让精明能干的顾召南昏了头，一改常态地答应与顾氏的合作，然后又一门心思想要投资占大头？他们顾氏出钱投资一个永远不可能做出成绩的项目，注定惨败！

宋未晚苦笑，没有想到，许邵严和谷文森，居然也能联手走到一处。当初，她和谷文森定下这个计划，引顾召南上当，连许邵严和蒋家联姻，她独自情伤，也是故意演给顾召南看的。知道他对自己有情，所以才加以利用，用自杀的方式让对方放心不下自己，甚至跟随自己离开这座城。在路上，她偷了他的手机，断了他和外界的联系，所以他下属的请示求助他完全没有机会收到，给了许邵严充足的时间搞垮顾氏。

耳边传来恨恨的骂声："你们这对狗男女，真无耻！"

蒋梦溪冲了过来，劈头盖脸就是一个耳光，宋未晚连忙往后退，终究还是慢了一拍，对方尖利的指甲擦过她的脸，顿时火辣辣地疼。

许劭严怒声斥道："蒋梦溪，这里不是你撒野的地方，给我出去！"

"出去？我是顾老爷子指定的儿媳，她算什么东西？三年前，她喝醉酒和顾召南滚到一张床上去的事情，早就众所周知，要不是这样，顾召南怎么会被老爷子讨厌，失去继承家业的机会？怎么会轮得到你，许劭严！"

"闭嘴！"

"这么乱的女人，怎么配得上你！"

"啪——"响亮的一声，蒋梦溪的脸高高肿起，嘴角都出血了，她的话让许劭严失去了冷静自持。

未晚愣住，没有想到许劭严会这么大反应。

顾召南，这个男人是她和许劭严之间的一根刺，是他和那噩梦般的一夜，让她从此失去了清白名声，被顾老爷子厌弃。她也说不清，苦心孤诣配合谷文森的部署引开顾召南，究竟是不是因为自己心里最深处，一直都还恨着他。她只知道，他毁了自己，那自己也要让他付出代价。

可是为什么，害得他一无所有之后，自己心里却更加空落落？宋未晚黯然转身，听到许邵严在身后喊她名字，语气急切："晚晚，你去哪里？"

她却只是摆手："让我静一下，心里有点乱。"说完，匆匆走出了他的办公室。

许劭严担心地望着她离去的背影，眸色深沉。

蒋梦溪在旁边捂着肿起的脸颊，再看到他望着门的方向露出温柔的表情，心里怒火更甚，忍不住打断说："人都走了，你还看什么？许劭严，你已经是结婚的人了！"

"我已经让律师准备好了离婚协议，晚点给你送过去。"

"你这样乱来，问过爷爷吗？"

“爷爷？”许劭严露出一个疑惑的表情，敲了敲额头，“哦，我差点忘了，他不是在医院休息吗？这些小事哪里需要劳烦他操心？”

“你都快把顾召南的公司给生吞了，难道他到现在还能不知道？谷文森在商场上是出了名的心狠手辣，听说还有黑道背景，你和他勾结，被爷爷知道的话，一定不会放过你！”

“他知道又怎么样？我已经做了，而且，为公司带来这么多好处，董事会全都赞同我，他没理由反对。”

蒋梦溪冷笑：“你明明早就知道这个合作项目是一个陷阱，还装作不知道地推给我爸爸，要是被外面那些人知道你是这样可怕的人，你以后还凭什么在商场立足？”

“外面的人知道？他们怎么知道？难道你去告诉他们？”许劭严轻蔑地看着她，“去吧，告诉他们你瞎了眼嫁给我这样的人，看看他们是批判我，还是笑话你们蒋家！”

“你！”蒋梦溪气得浑身都在发抖，一句话也说不出。

宋未晚心情复杂地回到家，离开了好些天，家里居然整整齐齐。

她惊讶地放下包，正看到何碧莲从厨房里出来，见到她也是一脸惊喜：“晚晚，你回来啦？”

“呵，没死？”宋未晚脸色一沉，“你怎么没有死在谷文森那里呢？回来干什么？”

“晚晚——对不起，妈妈又拖累你了。”何碧莲讪讪的，“我实在是没有办法，憋不住了才不得不找人买那东西，没想到那人是他手下……”

“你自己作死不要连累我！”

“谷先生……是不是又……让你做什么为难的事情了？”何碧莲一问，冷不防被她一个愤恨的眼神扫过来，吓了一跳，“他不会让你做什么违法的事情吧？”

“他那样的人，难道会让我做好事？”宋未晚丢下这句话，径自回了自己屋，砰的一声将门关上，再也懒得看对方一眼。

宋未晚过几天去上班，回到办公室，所有同事也正忙着讨论最近召南实业遇到麻烦的事情，看到她出现在公司，顿时露出意外的表情。

众人都知道，她在许总结婚典礼不久后就请了好多天假。时间这么巧，虽然之前记者发布会上许总已经澄清和宋未晚之间并没有暧昧，但是仍然有八卦的同事猜测，并没有那么简单。至少，宋未晚对许总余情未了，不然怎么会在这个时候请假？绝对是为情所困，远遁疗伤。

谁也没想到她会提前回来，大家默契地观望了一会儿，发现面容憔悴了些，神情也有点恍惚，更加确定了心里的猜测。

有同事高兴地把一沓文件丢到她桌上说："你回来就好了，不在的时候，廖经理让我替你做这些，太繁琐了！召南实业跌了这么重的跤，害我们忙得脚不沾地。"

"这些是？"

"都是我们抢来的生意，大多数原来是和召南实业合作的，如今瞧着召南实业快倒了，纷纷解约了，便宜了我们顾氏。"

宋未晚一愣，又看了一眼桌上，厚厚十几份，全都是抢来的？不过才几天工夫，许劭严真是下了狠手，大有把召南实业完全整垮的态势。

她不敢想象，那个更加阴狠狡诈的谷文森，会怎样往死里整召南实业。

"未晚，未晚？"

"嗯？"她抬头，望见李佳琪笑吟吟站在自己面前，"听人事部认识的同事说你今天回来销假了，我还不信，没想到是真的。"

"是，回来工作。"宋未晚平静地看着她，面色红润，比前阵子似乎胖了一圈，心中一动，不由得压低声音问，"你的孩子？"

对方微笑，右手轻轻柔柔抚了一下肚子，那恬静安详的神态，俨然就是答案。她没有把孩子打掉，准备生下来。

宋未晚心领神会地点头："有什么需要帮忙的，尽管喊我，千万不要太劳累。"

"谢谢你！"

她打开电脑，办公，忙了整整一天也没能把那些文件都处理好。中午也没去吃饭，那些材料看得她头晕眼花，初步估计这些合作起码有几千万的收益，顿时觉得心情沉重。

这么多人的办公室，手指敲击键盘的声音密密麻麻地在耳边响起，每个人都在忙碌。她捂着胸口，觉得呼吸困难，好像再这么忙下去就要昏倒了。

好不容易撑到临近下班的时候，顺手登了一下QQ，离开这么多天，好多人找她。

其中，沈蓉的头像闪个不停，一下子跳进来十几个消息提示。

宋未晚愣了愣，连忙点开细看。

都是前几天的，几乎每天都有找她。

“未晚，你在吗？”

“出大事了，你不知道？”

“天哪，姑奶奶，你在不在，在就回复我一声啊，好急！”

“你不是被绑架了吧？人呢，电话关机，我去你家也没人！”

……

宋未晚连忙给她打了个电话，电话一接通就听到沈蓉风风火火地在那头说：“未晚？你到哪里去了，怎么才给我电话，担心死我了！”

“我出去散了个心，手机特地关机了些天，怎么了？”其实她不用问也知道对方为什么找她，无非是关于这阵子召南实业的事情。

结果对方匆匆忙忙地回答她说：“嗯，回来就好，我有好多话要和你说，改天啦。现在很忙，要挂了啊。”

“什么？”

“哎呀，这么说吧，我现在要去围堵顾召南，有消息说他处理不了眼前困局，要逃跑！晚上七点的飞机，我赶着去机场的路上呢，不能让别家抢了这么劲爆的头条！”

电话嘟的一声被挂断，宋未晚坐在桌前，整个人都呆住。

耳边回旋的，都是刚刚沈蓉说的话。逃跑……机场……

宋未晚飞车赶去机场的时候，脑袋一片空白。她对司机说，有多快开多快，她赶时间。

司机果然开得飞快，可是，怎么都觉得太慢。焦躁的情绪，充斥着她的心。

一路上，她死死抓着安全带，手心都出汗了，脸色也苍白得诡异。

司机以为她很紧张，笑着安慰她：“不要怕，我开车很稳的。”

她只是拼命摇头，却没有办法开口说一句话。一下车，就冲进机场的洗手间，吐得昏天黑地。一天没吃东西，都是酸水。

用冷水漱口，洗脸，她望着镜子里的自己，眉梢和眼角都闪着晶莹，突然愣住了，自己为什么突然要来机场？

就因为沈蓉说他要从这里走？可是，这和她有什么关系？之前不过是答应谷文森的条件，要接近他完成任务。如今，一切已经顺利结束，他被自己整得这么惨。从此以后，他和她还有什么关系吗？

时间还早，才不过六点，她的公司离机场更近，所以能抢在沈蓉前面过来。可是，现在她只想离开。

她又茫然地走出洗手间，一下子撞上一个人，手机掉在地上，连忙去捡，抬头的时候视线刚刚巧，看见一个熟悉的身影。

谁也没有想到，会在这里遇上，隔着稀稀落落的几个旅客看到，都呆住。

宋未晚怔怔地望着他俊俏的眉眼，说不出的帅气俊朗，却又冷清寂寥。她以前，怎么从没发现他长着一张棱角分明的脸呢？他说得对，她是个没有心的人。

机场的晚上灯火通明，大片大片的白光直扑向她的眼前，她的眼底酸涩，似乎有滚烫的热流汹涌。

她站在他面前，依旧倔强而刻薄的姿态：“怎么，一无所有了，灰溜溜地逃离？”

他站在检票口回头望她，长长的风衣被吹得微微扬起，一句话不说，只是望着，眉头微微蹙起的样子，让她呼吸都有些艰难。

终于，她还是忍不住说：“对不起。”

他摇头，他想听的从来都不是这三个字。

可是，他知道，她永远不可能说。

但是，现在这些已经不重要了。

“七点的飞机？去哪里？”

“不是，是六点，现在就要走，去柏林。”他特地提前走，防止被那些无聊的记者追来。

“还会……回来吗？”她的声音在颤抖，甚至连垂在身体两旁的手也在抖。

他摇头，问她：“未晚，你有没有一点，哪怕是一点，爱上我？”

依然是脱口而出的恶毒回答：“没有，爱上你，不如让我死！”

“好，好，我懂了……再见！”他捂着胸口，脸色苍白地转身，再也没有回头。说再见，再见不会见，为什么一想到这个，他的胸口就闷痛得快要死掉？

在他身后，她也捂着胸口，和他同样的动作，生怕被人看出，那不可见人的心事……才刚刚萌芽，却即将凋零。

她和他，此生再不会有交集。

飞机呼啸着从头顶划过，她的心空了一块。漫长的时光、爱与折磨，她究竟还是被抛下。再也不会有人，用一段无望的苦等，换她泪如雨下。

第九章　真相

多年前，被灌醉后拖进顾召南房间的那一晚，宋未晚就知道，如果不是还爱着许劭严，她的心肯定在那一晚就死了。

可多年后，她才知道，原来那个罪恶的背后黑手竟然是他；原来，她只是花了这么长的时间，爱了一个不该爱的人。

一张报纸被丢在桌上，女人气势汹汹地坐下："说吧。"

"什么？"

"宋未晚，你看看这张报纸，再好好想想要对我说什么？"

报纸的头条标题醒目：年轻新贵夜走他乡，召南实业前途渺茫。几乎大半的版面被一张照片占据，照片中间的那个男人有一张坚毅的脸，嘴唇紧抿地站在检票口回望的动作，恰好被镜头拍到，周围来往的人群，似乎都淡化成了背景。

此情，此景，此人，甚至这眼神，她再熟悉不过。

各大报纸、网站、论坛纷纷转载这张照片，围绕其大做文章，有人将他最后回头这一望解释成对云城的留恋，也有人解释成对召南实业未来的担忧，各种联想丰富，炒得沸沸扬扬，到最近才刚刚消停。

宋未晚的手指在桌子下面不自觉抓紧衣角，表情依然是淡淡的："哦，一个多月前的报纸了，你拿来给我看什么？"

那个人，早在一个月前就登上了去柏林的飞机，召南实业也被云城一群如狼似虎的对手打击得再无还手之力，据说已经准备申请破产程序了。这些消息，她也是闲暇八卦时从公司同事口中听来的。即使走了这么久，依然有人会提起他，哪怕关于他的事情她一点都不想知道。

"你没有什么要跟我说的？"

"说什么？"

沈蓉一双雪亮的眸子越来越有主笔记者的犀利，瞪得她全身发毛，好半天才皮笑肉不笑地说："你仔细看看这张照片，顾召南临上飞机了，这爱恨交加的眼神是在看谁呢？背对着镜头的这个女人是谁，你和我应该都熟悉的呀！"

宋未晚平静如深湖的面上终于出现一丝波纹，下意识要再看一眼那张照片，却被沈蓉一把按住。

白皙的手掌，恰好挡在她想看的地方。她从没仔细看过，自己是不是也被拍进去了。

"照片上这个穿着墨绿长风衣的，是你，对不对？"沈蓉望着她，"这件衣服，我和你一起去商场买的，而且，你的背影，我怎么可能认错？"

连她那天穿什么衣服都说得出，宋未晚终于没办法再装下去了，点头承认："是我。"

“果然。”沈蓉松开手，照片上并没有什么绿风衣的女人。

宋未晚惊讶地抬头：“你骗我？”

“不骗你，你怎么肯说实话？”沈蓉露出自得的神色，“顾召南太狡猾了，连跑路都放出烟幕弹，害我们这些新闻工作者白跑一趟，谁能想到他会提前登机呢？那天要不是我跑得快，也不能看到你和他在机场隔空对望的感人画面呀。”

宋未晚面皮薄，被她热辣的目光看得几乎想要钻到桌子底下去。

她却嘚瑟地显摆说：“这张照片可是我亲自拍的，幸亏我抢在摄像师前面，没把你也拍进去。不然，哼哼，现在的网友人肉搜索这么厉害，要是被高手放出你来，呵呵呵，你懂的……”

“我是不是应该感谢你？”

“呃，这个……你也算是帮我拖延了一下时间啦！要是没你跟他这么难舍难分一下，估计他早登机了，我还拍什么呀！”沈蓉摆摆手，见好就收。

宋未晚却生气地说：“所以，你反过来还要诱哄我承认？这是朋友应该做的？”

“喂喂，我也只是好奇嘛，想弄清楚真相有什么错？”沈蓉心虚地嘴硬，“那天我觉得那个背影很眼熟很像你，可是不能确定嘛！恰好顾召南就快登机检票了，我只来得及拍了这张照片，就把你弄丢了……”

她正说着，有服务生推着餐车走过，给他们送上一份蛋糕，甜腻的奶油香气扑鼻而来，宋未晚顿时就皱了皱眉，捂住了嘴巴。

“你怎么了？是不是身体不舒服？”

宋未晚忍着心头的恶心，摆摆手，示意要离开一下，连忙起身朝着洗手间方向去了。

她站在洗手池边，一顿干呕，差点把胆汁都吐出来了。

有人从洗手间里出来，看到她脸色难看，额头上都冒虚汗了，关切地问：“小姐，你是不是吃坏东西了？我看你很难受的样子，要不去医院看看吧？”

她勉强挤出一丝笑容：“没关系，我不要紧，谢谢。”

拧开水龙头，漱口，把脸也拍湿了，冰冷的水珠沿着额头、眉毛滚落下来，她闭着眼，突然想起前天自己已经去过医院了。

“宋小姐，你的情况是……怀孕了。”

宋未晚心里咯噔一下，望着医生：“您要不再替我仔细看一看？”

医生有些生气地说："我当医生这么多年了，是肠胃炎还是怀孕我会看不出？"

"多长时间。"

"六个星期。"

她的脸色唰地白了，眼前一阵阵发黑，没有想到，老天会和自己开这种玩笑。算算上次她和顾召南在船里，几乎是没有任何预兆下发生的事情，事后也没有想起要做防护措施。

没想到，一击即中。

"宋小姐？你是不是要考虑打掉？"

"是……"她下一秒迅速反口，"不，我还需要再想想。"

医生点点头："好，不过你最好尽早做打算，拖久了对你身体不好。"

她心情沉重地出来，听到有人在身后喊她的名字。

转过身，没想到会在这里遇到熟人，李佳琪。

"今天我特地请假，来这里做产检。"对方说完，一脸讶异地望着她，"你怎么会来这里？"

"我……"

她吞吞吐吐，脸上写满了心事，李佳琪那么聪明的人，一看顿时明白几分，压低声音问："你不会是怀孕了吧？"

宋未晚沉默了半晌，点点头。

"谁的？"

她不说话，李佳琪吓了一跳："难道是许总？"

"不是他。"

对方松了口气："不是就好！你千万要清醒，他是有妇之夫，别跟他再扯上什么关系，过去那些事，都是过去了。蒋梦溪是个狠角色，你别找麻烦。"

她苦笑，不是许劭严就好吗？

可是，是顾召南，不是更糟？

她怎么也想不到，会怀了他的孩子。他现在在地球的哪个角落自己都不知道。

他和她，如今彼此都是深恨对方的吧？命运何其残忍可笑，要她的人生被那个男人毁掉，还要怀上他的孩子。

这种孽种！怎么能要？她从沉思中清醒，睁开眼的时候，眼中已经是坚定和决绝。

沈蓉从过道转角走过来，一下子就看到宋未晚映在镜中的脸，被她这种眼神吓到了。她连忙喊宋未晚的名字，连喊了两声对方才回过神来。

“你怎么来了？”

“我看你过来这么久都不回去，担心你呀！所以过来看看。”沈蓉拍着胸脯，像是被吓到，“天啊，你刚刚是什么眼神？好凶狠！”

“没有的事，你眼花了。”

“才不会，我这几天正在看港剧，心理案犯的剧情，话说，你不会和剧里人物一样，有分裂型人格吧？”

宋未晚被她丰富的联想气得不轻，骂道：“胡说八道，快走吧，去吃东西了。”

两个人难得有时间聚在一起喝下午茶，然后一起去逛街，最后分手各自回家。

路上接到许劭严的电话，约她晚上一起吃饭，说有重要的事情要和她说。

宋未晚想要推拒，被对方一句“是关于最近公司一些规划的事情”挡住，再也没办法回绝，只好答应。

她回家换了件衣服，然后打车，跟司机报地址时看到手机短信发来的餐厅，不由得一怔。

那家餐厅，几个月前顾召南曾经带她去过，云城最好的西餐厅。

和她去那里谈工作？谁信！

她硬着头皮过去，在指引下到达许劭严所在的餐桌。

鲜花、蜡烛、红酒……桌上的摆设很齐全，让她的心一紧。

许劭严穿着一身剪裁得体的西装，头发梳得一丝不苟，似乎是精心打扮过。他一向是个对自己要求很高的人，任何时候都衣装整齐，彬彬有礼，可是今天和平时有些不一样，他的表情多了点谨慎，还有庄重。

宋未晚僵硬地在他对面坐下，餐厅里的灯光突然熄灭，小提琴悠扬地响起前奏，玫瑰的暗香在黑暗中若有若无地传来……气氛顿时变得暧昧迷离，烛光跳动，红红地映着许劭严的脸，他的眼神有说不出的温柔与专注，让宋未晚几乎不敢细看。

明明是浪漫而美好的场面，可她却觉得尴尬，浑身上下都不自在。

“晚晚，今天是什么日子你知道吗？”

宋未晚愣住，疑惑地望着他，一下子想不起来。

许劭严眼底闪过一丝失望："今天是我的生日，你都忘了。"

"啊，对不起，我都不记得了……"她尴尬地明白过来，对方是请自己过来陪他过生日，"不好意思，连礼物都没准备……"

"不用对不起。"许劭严谅解地说，"你能来，我就很高兴。"

他已经好几年不过生日了，如今也只是找个由头约她罢了。

这四年，每年的今天，都是他最难过的日子，每每都会一个人躲起来大醉一场。可是今年，他不想再这样过。

他把她请到这里，是为了和她一起为他们这么多年的遗憾和错过，画一个圆满的句号。

所以，音乐声越来越舒缓，将断未断的时候，他鼓起勇气，对她说："未晚，我已经孤单了这么多年，答应我，以后每一年的今天，都陪着我好吗？"

宋未晚惊得差点打翻了红酒杯，许邵严话里的意思她听得很明白，她正想说话，对方已经从西装口袋中掏出一个红丝绒的小盒子，不用多想都能猜到里面装的是什么。

"以后再也没有人能够阻拦我们了。答应我，好不好？"

音乐声停下，烛光摇曳，气氛刚刚好，可是她却沉默地看着他，脸上的表情让他不安。

他问："你怎么了？"

可就在这时，女人尖锐刺耳的声音远远飘来，打破气氛："许劭严，你出来！"

远远的，她风风火火地就闯了进来，餐厅的服务生诚惶诚恐地跟在她后面，生怕她影响了别人用餐。

"小姐，您不能这样，麻烦您安静些好吗？"

"你算什么东西，滚！"

"小姐，不要这样……"

"许劭严！原来你和她在这里！"

宋未晚和许劭严一起转头，有些意外，蒋梦溪会在这个时候出现在他们面前。

许劭严脸色一沉，说："蒋梦溪，你跟踪我？"

"要不是找人跟着，我还不知道，我的丈夫在这么浪漫的餐厅偷偷和别的女人约会！"蒋梦溪看着桌上的红酒鲜花还有烛光，眉头已经渐渐拧在一起，等到看到许劭严手中的红丝绒小盒子，脸色顿时刷地白了，“这是什么？”

“你这么聪明，难道看不出我在向她求婚？”许劭严冷冷道，“没你什么事，给我出去！”

“哈！”蒋梦溪气极反笑，“求婚？你一个有妇之夫，求的什么婚？我一天不在离婚协议上签字，你就一天都是我丈夫！”

她激动的吵闹声顿时引来餐厅其他客人不满，不少人目光朝他们的座位投过来，有不满者，也有看热闹者。

许劭严终究拉不下面皮和她在这里争吵，压低声音道：“蒋梦溪，这里是公共场合，你闹什么闹？还不快给我回去！”

“我不回去！”蒋梦溪生硬地拒绝了他的要求，瞥着一旁仿佛置身事外的宋未晚说，“你也算是当事人之一，坐在旁边一直不吭声是什么意思？”

宋未晚摊手：“我没什么好说的。”

“那你准备答应他的求婚？”

“这和你有什么关系吗？”宋未晚对她一向没有好感，更讨厌她此刻咄咄逼人的姿态。

“呵呵呵，如果你打算答应他，那你真的是这个世上最蠢的女人！如果你知道自己曾经爱过的男人到底有多卑鄙龌龊——”

“闭嘴！”许劭严突然打断她，“蒋梦溪你给我马上离开！”

“我不！我偏要说！”蒋梦溪脸上闪过一丝疯狂，她俯下身，深深地望着许劭严的眼，“许劭严，你都不给我活路了，我怎么能让你称心如意？你不是想和她在一起吗？我成全你，如果她听说了那件事情的真相，还肯和你在一起的话，哈哈哈——”

“闭嘴！听见没有！”许劭严的神情终于不那么淡定了，他被这个疯女人吓得冷汗都出来了。

“等等，你刚刚说的话，什么意思？”宋未晚眼皮直跳，总觉得蒋梦溪那歇斯底里的表情下面，藏着一个可怕却又关键的真相，她甚至有那么一瞬想要逃开。

可是，她更想知道。

蒋梦溪脸上露出一丝诡异的微笑，很得意：“这个秘密，大概只有我才会告诉你了，你要糊里糊涂一辈子……”

“蒋梦溪！”

许劭严从来没有像今天这样慌乱，蒋梦溪的突然出现扰乱了他原本的节奏。这时候，角落里响起一阵掌声，打断了他们三人。

一个男人慢慢踱步走过来，声音慵懒而闲散：“我还以为是谁在这么高雅的地方大声喧哗，原来是许总，真是一场精彩热闹的好戏……”

宋未晚觉得耳熟，朝对方看了一眼，顿时愣住。

没想到会这样巧，吃顿饭总遇熟人，还是个让她尴尬的人，卫楚。她记得，对方和某人关系很好。

卫楚面无表情地从人群中走出来，冷眼看着这三个人说：“这算是庆祝终于把顾召南从云城赶走了？许总难得赢一回，难怪得意忘形。”

许劭严脸色微变：“卫公子，你什么意思？”

“只是劝你们趁着这几天好好得意，因为好日子——很快就要到头了。”对方不咸不淡丢下一句话，桌旁的三人脸色顿时剧变。

他一向冷傲，除了顾召南几乎没什么朋友，所以看到联手害惨自己好友的这对“狗男女”，难免控制不了情绪来羞辱，撂下一句发人深省的话，转身就走了。

宋未晚看着他离去，心中顿时急了，连忙起身追了过去。

许劭严脸色都变了，在她身后喊她的名字，可是她却没听到。

她追出去，喊住卫楚问：“卫少，你刚刚的话，是什么意思？顾召南是不是还会回云城来？”

对方没想到她会追过来，因为对她印象极差，所以没好气地反问：“那你是希望他回来呢，还是希望他永远别回来？”

宋未晚顿时噎住，不知道该怎么回答。

她肚子里已经怀了那个男人的孩子，究竟该盼他早点回来，还是希望他永远都别知道？

一想到后面这种可能，她忍不住打了个哆嗦。

卫楚瞧着她脸上的表情在刚刚一瞬间几乎换了几遍，冷笑着说：“你这样的女人，会有报应的吧！”

说完大步走了，而她在原地站了好久，一个人发了会儿呆。

等到回过神想要返回餐厅，转身就看到许劭严。

他站在她身后，眼中尽是幽暗不明的情绪，也不知道站了多久，见她看着自己，面部轮廓瞬间变得柔和。

他抱歉地说："这顿饭可能吃不下去了，我送你回家？"

宋未晚不说话，她在细细打量对方的每一个表情、每一丝动作，想要从他的反应中看出些蛛丝马迹。

可是，什么也看不出。

"许劭严，你有没有……"她斟酌着字句，慢慢地说，"什么秘密瞒着我？"

"没有！晚晚，你不要胡思乱想！"

宋未晚看了他一会儿，点点头："那好，我先回去。"

"我送你。"

"不用了，我想要冷静一下，对不起。"她拒绝了他，拦下路边的的士，匆匆离去。

宋未晚坐车快要到所住小区的时候，手探进钱包里，想要掏钱给司机师傅。

车内光线不好，好在道路两边的路灯明亮，她微微侧着身子，借助光线掏出二十块钱，还没来得及给司机师傅，就看到一辆车迎面而来，交错而过。

车身款型眼熟，车里，好像还坐着一个眼熟的身影。

她一愣，手里的钱包就掉了。

猛然间，她突然想起什么，一边忙着捡钱包一边喊："师傅，快，停车。"

司机师傅疑惑地说："这里？还没到地方呢。"

"停，就这里，快停。"她急切地喊停，司机连忙刹车。她丢下钱匆匆下车，往来时路的方向看过去。

那辆车早已开得远了，夜色深沉，迅速将其包裹，看不清楚车牌号，更看不清楚车里那个人。

她站在原地，怔怔看了许久，然后才转身慢慢往小区走去。

她想，一定是眼花看错了，那个人，怎么可能会出现在这里。

第二天是周末，她正睡得昏昏沉沉，被一阵尖锐的电话铃声吵醒。

何碧莲又不在家，没人接电话。

宋未晚平时上班很忙，压根儿管不了她出去，训斥了对方也不听，反而扬扬得意地说："谷总说了，以后我需要的东西他会无限量供应，你以后不用操心了。"

宋未晚眼睛兀自闭着，从床头摸索到电话，哑着嗓子说：“喂？”

昨天刚和她见过面的沈蓉在那头嚷：“未晚，你又在睡觉吗？喂，别睡了，出大事了！”

“到底什么事情？”

“顾召南！”听到这个名字，她的眼睛猛然睁开，睡意在一瞬间荡然无存，只听到电话那头兴奋地喊，“回来了，他回来了！”

“谁？”她的心怦怦跳得飞快，其实已经明白，却忍不住要再问一遍，似乎不能确信。

“顾召南回来了！你快看新闻！闹出好大的动静，现在全城的同行都被惊动了，争着抢着要追他的新闻，下周的头版头条肯定是他！”

沈蓉的声音还在耳边响，宋未晚已经迅速跑到客厅，按下了遥控器。

电视里正好在播新闻，女主播嗓音甜美、不急不缓地说：“下面播放本台最新消息，据称召南实业总裁顾召南，日前已秘密返回云城。而前不久，召南实业陷入一连串信用、资金危机，濒临破产，甚至传出即将被顾氏收购的消息，据称与这位顾总的决策失误有很大关系。今早，召南实业召开记者会，宣布将要开启新项目，现场还有云城科技局领导到场，双方当众签署文件，迅速引起媒体广泛关注。据云城政府相关知情人士透露，顾总从欧洲引进一系列高精密机械产品生产流水线，未来会在云城数百家大中型企业中投入使用。政府相关部门将予以资金和政策的支持，专业人士预计，这次召南实业依托政府平台，将会获得巨大收益。”

新闻里请了几位专业人士分析，之前外面传言顾召南遭逢神秘高手算计，败走德国，原来只是虚晃一枪，实则是利用召南实业本身最强的技术经验优势，去德国寻找合作项目，进而图谋东山再起。他们讨论得出结论，这次顾召南打了一把好牌，寻找的项目贴近实际发展需要，而且还能打通关节，把自己与政府捆绑到一起，铁定能够将召南实业再往上推一把。召南实业陷入被商界诸强蚕食侵吞的危机，在无形之中被化解。

有政府的支持，任何公司集团想要再打其主意，无疑要再想想。

宋未晚细细地听完他们的分析，说不出心里是什么感受。明明应该觉得很遗憾、很失望，终究还是被他逃过一劫，不是吗？可是为什么，那些隐约的释然与轻松，不受控制地冒了出来？

电视里，那张熟悉的脸，被无数镁光灯包围着，一举一动都牵动所有记者的神经，似乎天生就是焦点。一个月不见，他清瘦了，虽然在回答记者问题时眼里闪着熠熠的光彩，但是眼眶下的青黑泄露了他的疲惫与辛苦。而这些疲惫和辛苦，是她造成的。

他望着镜头，意味深长地说："如今，和以前不一样了。离开云城的心情，我会永远记得。有多少失望，就会反弹出多少抵抗。我知道你们都在看，还有你，也会看到，我，回来了。"眼神幽深，里面涌动着无数情绪，看得宋未晚悚然心惊。

她不确定，但是有那么一瞬间，她有种错觉，那个"你"，是指她。应该，只是错觉。

此时，有许多人看到这一幕。

顾氏大楼总裁办公室里，许劭严脸色铁青地望着电脑上的直播画面，猛地将桌上的水晶饰品拿起，狠狠摔在门上，砸得粉碎。

城市最繁华的路口，谷文森从后座摇下车窗看了一眼对面大楼的墙幕，轻笑："居然还能够回来，果然，你比许劭严难对付多了。过阵子看你们两兄弟怎么斗。"

医院的病房，顾老爷子若无其事地看了一眼电视说："不错，比我想象的要快。"

钟叔站在一旁，不解地问："老爷子，我不明白，为什么当初你明明已经查出来是谷文森在背后捣鬼，却不告诉小少爷？"

"商场上暗箭伤人的伎俩多了去了，告诉他这一次，能防得了下一次？"

"可是——如果他迈不过去……"

"没有如果！"顾老爷子打断他，"如果连这点坎儿都迈不过去，我何必选他？"

他们正说着，目光却不由自主又被电视吸引。记者会现场，有人刁钻地问起之前与顾氏的合作项目是否终止，毕竟相关原材料生产出现纰漏，而且还有资金难以维系的种种问题。

顾召南淡笑："之前的合作项目依然会启动，我已经从外市联系到相关厂商，确保原材料质量经得起检测。至于资金，我想介绍我们召南实业另一位参与决策的高层，她也是我的母亲，温婉莹女士。我想，有她在，资金问题我也可以很放心。"

此言一出，现场顿时哗然。

顾老爷子也不由得望向电视屏幕，只见一位女士在召南实业一群人的簇拥下缓缓走出，穿着简单黑白两色，却难掩优雅雍容的气质，大概是因为保养得宜，一眼望去不过三四十岁的年纪。

钟叔也忍不住惊呼："老爷子，是少奶奶，她回来了。"

"唔——我说怎么比我想象的要快，原来有她在帮忙。"顾老爷子点点头，眼中精光闪闪，"到底是母子连心，除了召南，还有谁能请得动她？不错，不错，她肯帮自己的儿子，这是好事。"

温氏站在台上，神情傲然，并没有与媒体多说废话的意思，只是亮了个相，很快就离开了。虽然冷冰冰，但是那股高贵得自然而然的气势，深深震撼了众人。

云城的豪门望族里那档子事儿，历来让外人猜测连连。年轻的记者只知道顾召南和许劭严有恩怨，只有资深八卦的人士才了解，顾召南的母亲温氏，家世背景也是一流的。

不然，凭什么能够嫁入顾家？

温氏财力，当年就不输顾家，当年温氏的父亲过世之后，给温氏留下了大笔的遗产，只是自从她当年决然离开顾家后，几乎所有人都忘了，顾召南还有这样厉害的一个妈。

一个月前，几乎所有人都预测，召南实业会被顾氏吞掉，顾家三代明争暗斗最终的胜利者是许劭严。

如今，温氏突然出现，众人才明白，相比于许劭严，顾召南胜的岂止是一星半点。

顾老爷子看了会儿，脸上露出倦怠的神色，于是按遥控器关了电视。

钟叔递上一杯茶水，示意说："蒋小姐今天又来了，老爷子您应该还是不想见她吧？我现在出去替你回了？"

"嗯，不用见。你告诉她，许劭严想要翻上天去，起码也得先问过我。他们这婚，离不成，让她宽心，不要三天两头往我这儿跑。"

钟叔说："好。"然后出去了。

顾召南忙了一天，晚上回到家，左立已经给他送来了几十份文件，他离开这么久，虽然之前在国外也处理了不少公司事务，但是还是有不少积压到现在。

这是他在城郊买的大屋，自从和温婉莹一同回来之后，就陪她住在这里。

连续两晚，他都在书房忙到深夜。

温婉莹推门进来的时候，敲了敲门。

他被惊动，抬头问：“妈，您还没睡？”

“还在处理公司的事情？”温婉莹在他面前坐下说，“难道没有别的副手可以帮你？”

“有个副总，之前出了车祸，还在医院里养伤。”

“这么巧，在你公司出事故的时候，连你的帮手都遇到车祸，你查出来了吧？”

“嗯。”

“我听说，你当时在外地？手机丢了，和公司断了联系，所以没有能够及时处理那些事？”语气依然是淡淡的。

可是，顾召南顿时抬起头来看着自己的母亲，好一会儿，不答反问说：“妈，你问这个是什么意思？”

“记得这个教训，以后再也不要让人钻了空子。尤其是自己在意的人。人心善变，只有金钱和利益永远不变。”

周日的时候，宋未晚突然接到钟叔的电话，要求她暂时不要去公司了，赶紧先去医院一趟，说是老爷子有话对她说。

她心里还想着昨天早上顾召南回到云城的新闻，不确定老爷子找自己是不是和这件事有什么关系。忐忑不安地来到老爷子病房，老爷子手里拈着一张薄薄的纸片把玩儿着，时不时打量她一眼，却不说话。

宋未晚被他看得浑身发毛，打起精神问：“老爷子找我有什么事情吗？”

“有了孩子？”顾老爷子突然开口，吓了她一跳。对方的眼神犀利地望着她的肚子：“召南的？”

“我……不明白你的意思……”她装作没听懂，可是，瞬间变了的脸色，还有嘴唇轻微的颤动都泄露了波折的心事。

顾老爷子看着她，露出好笑的神情：“在我面前，死不承认并不是好办法。何况，我还是从医生那里得来的消息。这是你的病历……”

他指尖拈着的那张纸，原来是她的……

宋未晚错愕震惊之余，更感到一种隐私被人窥探的羞愤：“你凭什么偷看我的病历？”

“你要知道，这个世界上，有钱，很多事情都会变得轻松简单。就比如，我的人不小心看到你去妇产科，可以买通医生拿到这个。再比如，如果你不服气，告我们，要多少精神损失赔偿，也不算是什么事儿，只要你愿意……”悠然笃定之外，难掩居高临下的姿态。

“你！”

“所以，钱没什么，我更关心在意的，是你肚子里的孩子，到底是不是召南的。”

宋未晚却被他的这种态度气笑了：“可惜你猜错了，这孩子是邵严的，可怎么办？”

“胡说！这不可能！”

“怎么不可能？前阵子要不是你装病威胁他，他早就娶了我了。我肚子里的孩子是他的又有什么稀奇？”

老爷子摇头：“不会是他，我太了解他的性子，优柔寡断，就算有贼心也不敢……”

宋未晚冷笑，不吭声。

顾老爷子也不以为忤，悠闲地扯出另一个问题：“最近蒋梦溪来过好几次，说邵严逼她在离婚协议书上签字，他要和你结婚？”

“这是他们之间的事情，和我没有关系。”她挑眉，“我都没有当真，老爷子你又何必多虑？”

她已经被许劭严放弃过两次了，在她与顾家之间，她永远都是被抛下的那一个。

早就习惯了失望，就不会再有期望。

“不，这一次，他是认真了。他的翅膀硬了啊……只是，不知道宋小姐想的是？”

老爷子的目光闪动，看得她心里一惊，突然不知道他是什么意思。

不管怎么样，她的沉默似乎传达出让对方不满的信息。

老爷子语气一沉：“你既然有了召南的孩子，就不要再和邵严牵扯不清。”

“凭什么？”

似乎是被她的桀骜激怒，顾老爷子脸上泛起一丝红晕，深吸一口气。

可是，宋未晚偏偏还要惹他生气：“我偏要和他在一起，老爷子能拦得住？邵严说了，他要和蒋梦溪离婚，和我结婚。你瞧瞧你当初费尽心思把我送出国，逼着我永远别回来，到头来，还不是一场空？”

“呵呵，你这是因为当年的事情，还在记恨我？”顾老爷子怒极反笑，神情更添几分诡异地说，“这是你逼我的，让你知道那件事的内幕，不知道你还肯不肯和许劭严在一起……你以为，你和顾召南真的是酒后乱性？”

“你，什么意思？”宋未晚心头巨震，惊疑与恐惧瞬间如潮水般涌来，脑中有一丝猜测，稍纵即逝，压根儿来不及反应。

从来都没有接触到的真相，在这样意外的时刻突然揭晓，甚至连喊停的机会都不给她。

顾老爷子嘴角的一弯诡笑，像一把钝刀，一下一下，割得她血肉模糊、疼痛难忍。

她问了两遍，可是，老爷子悲悯而讥诮地望着她，什么话也没有说。

对方应该是想看她焦躁抓狂的，带着猫捉老鼠般戏弄的恶趣味。

却没想到，她的表情是说不出的平静，连自己都暗自吃惊。

或许，她早就触及冰山一角，只是一直自欺欺人，不肯承认真相的残忍。

顾老爷子脸上那一丝期待终于消失：“难道，你已经知道了？”

“我不知道我的猜测准不准，可是，我不希望真相是由你来告诉我。”她起身，转身走了两步又回头望着他问，“我还有件事搞不懂，直到今天我才突然觉得，您心里还记挂着顾召南，他不是已经被你赶出顾家了吗？到底他和许劭严，在你心里，哪个……”

突然问不下去，似乎她也觉得自己的思绪有些凌乱，想太多，才会不假思索问出这么古怪的问题。摇摇头，放弃这个问题，然后转身离去。

可是，背后的顾老爷子在她推开门的时候突然开口：“哪个？呵呵，许劭严，或者顾召南，归根到底，不都是我们顾家的？有什么区别呢？我求的，不过是一个延续。”

古板严肃的脸上，此时尽是高深莫测的神情。

宋未晚脊背一僵，没有回头，匆匆离去。她在走廊里拨通了许劭严的电话，约他见面。

漂亮的西餐厅，她一口都吃不下。

许劭严也察觉到她的欲言又止，沉默地看着她，等她开口。

“邵严，我有问题想问你，你一定不要瞒我。”她神情严肃，声音却艰涩无比，

“三年前，我喝醉的那一夜，是谁把我送进顾召南的房中去的？”

那是她不堪的过去，尤其是在她心爱的男子面前，更让她卑微到低处。可她眼睛却死死盯着他，果然，看见了一丝震惊的表情。

一颗心，像是被冰水凉透。

“果然，是你吗？”

“你，你什么意思？胡说什么？”许劭严不敢看她的眼睛，没有想到在这样的场合，她会问自己这样的问题。他以为，那一夜的真相，将永远是尘封的秘密。

“许劭严，我一直忙着恨他，却忘了你，那件事情第二天闹得那么大，作为我的男朋友，你居然默许了，因为那样会让他失去老爷子的疼爱，是吗？他是老爷子的孙子，而你只不过是外孙，他欺负了你的女朋友，伤害了你，老爷子自然会做出补偿给你。”

他曾是她最爱的人，却用最意想不到的方式伤害了她。

鲜花美酒，小提琴声悠扬，原本是多美好的场景，可她却说着自己身上发生过的最不堪的事情。要不是那天蒋梦溪无意的一番话，她永远都不会怀疑到他的身上。

而今天顾老爷子又隐晦提了一点，更让她联想到各种疑点。

比如，她全身软得诡异，失去了反抗的力气，只能任由顾召南在她身上耸动不已。

又比如，顾召南蹂躏自己的狠态，满脸失望和快感交织的神情，还有他说的那些话。

他眼睛通红地骂她：“贱人！你不是自愿的吗？身为他的女朋友，你不该是自愿为他付出一切的吗？”

顾召南一直都知道，是自己同父异母的兄弟，算计了他。

只有她，一直糊里糊涂，过了这么多年。不是因为完全没有破绽，也不是因为她笨得想不到，而是因为她太相信，所以舍不得怀疑。

她眼中噙着泪，说：“许劭严，你好狠的心。”

原来，她只是花了这么长的时间，爱了一个不该爱的人。

许劭严脸上的表情很复杂，悲伤、惭愧、悔恨、歉疚……每一样都不是她想看到的。

她多希望说出一番猜测的时候，他能够理直气壮地打断，然后告诉她，这一切都不是真的。

可惜，自始至终，许劭严都低着头，不敢看她的眼睛。

他说："未晚……对不起。"那么虚弱无力。

宋未晚觉得自己像是一个笑话，她的手指死死抠着桌子一角，指甲掐在木板上，生疼。即使是这样，也挡不住身体里愤懑狂躁的因子，她恨不得杀了他！

可是，对方说："未晚，我真的特别后悔，真的……那个晚上，我装醉，被他们抬进自己的房间。你也醉了，是我亲手送进他的房间去的，我甚至还亲眼看着他进去……"

"闭嘴！"

"我真的想过要放弃，可是……"

"我让你闭嘴！"宋未晚再也控制不住濒临崩溃的情绪，随手抓起一样东西砸了出去。

"哐当——"一声脆响，盘子碎裂的声音惊动了餐厅里的其他人。

许劭严的额头破了，鲜血一下子流出来，沿着眉骨打湿睫毛，再一路向下蜿蜒至下巴。

所有人都一脸吃惊地望着这一幕，不敢相信，这是被盘子砸出来的。

坐在餐厅角落的这对男女，像是一对情侣，可是，究竟是怎样的矛盾，要演变成这样激烈的场面？

宋未晚心里乱成一团，拿起包，张了张口，却恨恨地说："你，让我觉得恶心！"

说完，夺路而逃，似乎再停留一秒都觉得痛苦。

留下许劭严呆呆坐着，一个人，脸上一行血迹衬着阴沉的表情，莫名有几分狰狞恐怖。

有人好心提醒他："先生，您受伤了，要不要擦一擦？"

他却恍然未闻地反问对方："她刚刚说什么？你听到没？恶心？她说我恶心？"

宋未晚匆忙打车回家，却意外在楼下遇到好久未见的谷文森。

这个男人很高傲，以前帮他做事的时候，从来都是她巴巴等着他下一步指示。她从来没有想象过有一天，对方会主动来找她，而且是出现在自己家楼下等着。

谷文森对她咧嘴一笑的时候，自然而然就带了几分特有的邪气。

宋未晚眼皮不由得一跳，心跳也乱了。她甚至下意识抬头朝楼上自己家的那扇窗户望了一眼，家里亮着灯，何碧莲这时候应该在家，他是不是已经上楼找过她？

谷文森将她的神情动作全收眼底，冷笑：“我不是来找你妈的。”

“找我？”宋未晚满脸戒备的神色，“我没有什么能够帮到你。”

“啧啧，这话说得，未免太绝情。再怎么说，我们曾经也那么亲密无间地——害过人！”

他特地将最后三个字念得很重，看到宋未晚肃然的表情顿时崩塌，心里越发畅快。

“你要我做的我都已经做到了，你也答应过不再来打扰我和我妈。”

“所以，我没有上楼和你妈叙旧，只是在楼下等你，想请你引荐我去见一个人。”

“谁？”她下意识想到的是，“许劭严？”

“不是，是顾召南。”

宋未晚听到这个名字，先是错愕，然后微微失了神，沉默着不吭声。

她垂着眼的神情，似乎在思考，可是，谷文森却瞧出了几分别的意思，刚想开口调侃，却听到对方脆生生地回答：“不行，我帮不了你。”

嘿，她居然就这么轻飘飘地拒绝了他。

有意思，有意思，他几时遇到过这样不知死活的？谷文森的眼神瞬间冷了下来，望着她问：“我不明白，为什么你要拒绝我？”

她又失了神，大概只是三五秒的时间，足以让谷文森不耐烦。其实他最烦看到女人脸上露出这样迷茫又忧伤的神情。

“我不会再见他，我想，他应该也和我一样。我们都不想，再见到对方。”

“可是，我必须要见他。”

宋未晚不耐烦地想，这和她有什么关系呢？

她今天已经说了太多话，此刻只想早点回家休息，转身就要走，却被谷文森一把拽住。

“但凡他肯和我心平气和地坐下来谈，我也不至于来找你！”谷文森不耐烦地说，“顾召南这个疯子，他现在已经失去理智了，一心想要置我于死地，根本无法冷静，所以我才来找你。”

宋未晚皱着眉，想要抽出手来，结果没成功。她想要开口让对方不要强人所难，突然传来一阵发动机轰鸣的声音，伴随一道强光猛地射过来，刺得他们两个人都睁不开眼。

等到她和谷文森都反应过来，就看到一辆黑色的汽车飞速朝他们撞了过来。

两人的脸色齐齐变了，连躲开的时间都没有。

就在这时，车在他们面前停下，伴随着刺耳的刹车声，车灯一下子开得更亮，机器的轰鸣一声响过一声，低沉而有力，带着刻薄的故意。

然后，就在他们还不确定对方是什么意图的时候，对方没有任何停留，猛踩油门，车身飞快地与他们擦身而过，冲了出去，一下子融入夜色中。

什么都没有看清，感觉却有些熟悉。

空气里似乎还残留着淡淡的焦味，那是刹车时车胎在地面上摩擦发出的气味。

谷文森眯了眯眼，望着远处一团黑暗中几乎看不见的红色光点，脸上的表情冷若冰霜。

第十章　承诺

一个女人对一个男人最坚固的承诺，就是愿意为他怀一个孩子。

想到这美好的小天使正孕育在未晚的腹中，顾召南觉得幸福两字不过如此。

夜色已深，有人的心情，恨得几欲发狂；也有人的心情，酸涩凄楚。

许劭严在外面等了许久不肯走，终于等到了钟叔出来传话。

前些天他和蒋梦溪闹得不可收拾的时候，站在这里还是一脸桀骜的神情。那时候，他刚刚将平生劲敌顾召南逼得离开云城，甚至连蒋家，也在他的预谋下吃了大亏。顾氏董事会看到他的手腕，早就对他改观，以往看他不顺眼的那些老东西，也转变态度，对他各种信服赞叹。

那时候的他，志得意满，几乎认为伸手就可以拥有更多的世界。

可是现在，不过几天的工夫，他站在病房里，神情颓败，却又执拗地问："老爷子，是不是你？"

顾老爷子皱着眉看他："瞧瞧你什么样子？气势都快丧尽了，顾召南才刚回来，还没做什么呢！"

许劭严苦笑，在顾老爷子的眼里，自己永远都是不成气候，比不上顾召南。哪怕如今自己才是对方膝下唯一的孙子，他顾召南，早就和这个家没什么关系了。

"为什么……对她说出当年那件事的真相的是你。"

"因为我想让你明白，蒋梦溪可娶可不娶，但是宋未晚，你不能碰。"

"为什么？"他有太多不明白。

老爷子冷冷地告诉他："因为她是召南的人。当年你选择了顾家放弃了她，如今就没有资格再去拥有。"

不甘与愤怒交织，令他说话都失去了理智，他红着眼吼道："可是，为什么我觉得你在偏袒顾召南？甚至，你想要把顾家也给他！"

顾老爷子冷冷睥睨着他，似乎在看一个陌生人，眼里有冷淡，有怜悯，有讽刺，开口说的话却比眼神更加犀利刻薄。

"那又如何？在我心里，能够继承顾氏的最佳人选，从来都不是你！"

"哪怕是三年前将顾召南赶出去，我心里也早就认定！你是石头，他是刀，为了磨出他这把好刀来，我当然得暂时助你一把。"

"三年前你赢了，可是这一回，你输了。何况，未晚的肚子里，有他的孩子。"

每一句话，都石破天惊，道出无人知晓的秘密！

许劭严一下子没反应过来，被震得晕了，自以为深谙豪门残酷潜规则，深深明白老爷子的喜好与忌讳，所以才布下那个局，甚至放弃了自己最爱的女人。

他以为自己侥幸得到命运之神的垂青，被选择，从此可以改变命运。却没想到，他才是最可笑的那一个，从一开始就已经早早被抛弃！

大晚上被谷文森这个衰神堵门，宋未晚整个人都陷在一种非常混乱的情绪里。

每次遇到这个阴狠的男人，她总是要吃大亏。

可是这一次，情况出乎她的意料。

差点被车撞到之后，对方居然松开手了，只是表情诡异地望着她，几乎把她看得毛了，然后莫名其妙地说："没想到你家楼下，会有这么多人等着，看来，我是真的没找错。"

她的心怦怦直跳，突然想到有一个可能，却又觉得实在太过异想天开。可是，前几天，她明明也似乎看到一辆熟悉的车。

她强自镇定地问："你什么意思？"

谷文森的眸子一转不转地盯着她，似乎在辨认她说话的真实性，然后一言不发，转身就上车走了。

宋未晚匆忙回到家问何碧莲有没有人来过，结果何碧莲一脸不解，这才确信谷文森是真的没有来骚扰她妈。

她不知道谷文森为什么突然来找自己，又突然离开，怀着忐忑的心情几乎一夜没有睡好。

第二天去上班，整个人不免有些无精打采，来到办公室却发现众人的脸色比自己还难看。她不经意地向邻座同事打听了几句，才明白，今天全城的新闻媒体又出现新的头条，几乎所有媒体都登出了消息，说之前召南实业公司遇到的危机其实是有幕后黑手操作。

宋未晚听了几句问："那些记者说是顾氏？"

一旁的贾佳居然也加入了八卦者的队伍，递过最新的报纸来给她，解释说："其实也都是些捕风捉影、没有任何根据的猜测传闻，记者的文稿说是相关人士透露，谁知道是不是他们杜撰出来的。"

"这也未必吧？无风不起浪，报纸上都已经指名道姓说出来了，除了那个什么谷总，据说还有我们顾氏的许总……"

"天啊，不会吧？那许总有没有干什么犯法的事情呀？会不会被抓起来呀……”

“是呀，那顾氏会不会倒闭……”

“住口！”就在大家越传越乱的时候，办公室里突然传来严厉的呵斥声，打断了这位接茬的办公室同事。

原本表情不一的众人顿时不约而同地朝办公室门口望去，只见廖凡铁青着一张脸，瞪得大家连忙低头作势去忙各自的工作。

宋未晚伸着手，装作去翻找文件的样子，只是手指还没触碰到文件夹，就听到廖凡点了她的名字：“宋未晚，你怎么来了？”

她不解地站起身，望着对方，只见廖凡的脸上露出一丝嘲讽的笑：“你以为自己是公司董事吗？想来就来，想休息就休息？我们部门这么忙，多少年都没出现过一下子放假休息两三周的人，你可是头一个！”

偌大的办公室里静得连纸片翻动的声音都可以听得清清楚楚。所有人都紧张地望向站着的两人，气氛异常尴尬。

宋未晚平静地说：“我请假了。”

“可是你拖累了我们整个部门的进度！”廖凡将手中的文件夹狠狠摔在桌上，似乎积攒了许久的火气终于找到了发泄的口子，“你给我离开！我们部门不需要你这样不负责任的员工！”

这是，直接逼她辞职了。

宋未晚虽然想过，休息这么久再回来工作，可能会看廖凡脸色，但是没想到对方一来就是要逼她离开顾氏的姿态。她一下子居然不知道该如何替自己解围。

他是上司，而自己——只是一个普通员工。

她脑筋飞速转动，可惜对方咄咄相逼：“让你收拾东西现在就走人，是我说得不够清楚？”

“你没有资格让我走！”

“你说什么？”廖凡似乎很久没有听过这么好笑的事情了，自己堂堂一个部门的经理，居然裁不了一个刚进公司不足半年的小员工！

可是，宋未晚横下心来，不肯在他这种小人面前折了尊严，冷冷地说：“如果上面没有点头，你说什么，都是废话！”

她的话刚落，廖凡的表情顿时变得微妙。

他一大早借口逼宋未晚离职，就是奉了上面的意思，顾氏如今的少奶奶蒋梦溪，她的意思可不就是许总的意思？

以前蒋梦溪还没嫁入顾氏，自己就已经暗暗讨好她为她办事了，指着以后能有个门路，如今嫁进来，他更是不敢怠慢。

只是他忘了，许总和面前这个女人之间的关系到现在他还搞不清楚。这回要宋未晚走，究竟是许总的意思，还是蒋梦溪一人的意思。

他暗暗着急，犹豫着宋未晚这副有恃无恐的表情，究竟是不是来自许总，甚至董事会还有别人是她的靠山？

这时，宋未晚桌上的座机却突然响了，她几乎是没有任何犹豫地接起："喂，你好，总裁室？是张秘书？你好……"

声音不大，可是足够办公室的人听见，包括廖凡。他的脸色几乎在听到"张秘书"三个字的同时唰的一下，白了。

宋未晚挂断电话的时候，转身朝办公室外走，只是，路过廖凡身边的时候停了停脚步，用只有他们两个人才能听到的声音轻声说："廖经理，许总找我有事，暂时我可能辞不了职了。您要不，再和蒋小姐商量商量？"

顾老爷子的病房里，顾召南面无表情地站着。

人生就是这么奇妙，离开云城的时候他就知道自己一定会回来，于是他真的回来了。

可是他当初离开这个病房的时候，就再也没有想过还会再过来，就像他当初离开顾家时一样。

甚至上次老爷子病重，钟叔把他喊来，也终究没让他进病房。

他以为自己和顾老爷子再也不会相见，可是没有想到——

如今是顾老爷子主动又提出见他。

他一声不吭地站着也能给人压力。钟叔在旁边看着，忍不住轻轻咳了咳，在心里既伤感又欣慰地想，当初自己看着长大的小少爷，如今越来越有气势了，难怪老爷子一直都最看好他。

顾老爷子默默观察了许久，心里很满意，开口打破僵局说："召南，我今天找你来的意思，是想请你放顾氏一马。"

“哦？”顾召南似笑非笑，“老爷子的话，我有些不明白。”

“哼，臭小子，跟爷爷也揣着明白装糊涂！你撅一撅屁股，我就知道你拉的是什么……”意识到自己要说的话不雅，顾老爷子连忙咳嗽了两声，瞪着他说，“你想做什么，还能瞒得过我？”

顾召南被他自称“爷爷”搅得一愣，有些不适应老爷子突然这么亲昵地与自己说话，就连一旁的钟叔也被他这么“慈爱”的语气吓了一跳。

顾老爷子却似乎完全没有察觉，晃了晃手边的报纸说：“你以为我不知道？今天云城各大报纸都出现爆料，说你们召南实业之前遭遇危机，是有幕后黑手在操作，各种矛头都直指顾氏和谷文森那个小痞子，除了你，还会有谁？如果我没猜错，明天开始，顾氏的股价会不断下跌，相关部门也会找上门来，调查邵严和谷文森之前都做过什么，一周之内舆论和市场的双重压力，势必造成顾氏和响巢国际的动荡，就像他们当初对你那样……”

顾召南沉默地望着对方，许久，才长叹：“老爷子果然眼明心亮。”

“你这是心里气不过，要来报复啊！”

“是！既然想动手整我，却整不死，那就要做好被我反扑的准备！”顾召南脸上露出几分傲然的神情，“不然，这云城，以后谁都会在我身上动心思！”

“对！对！这才像我们顾家的人！”顾老爷子连连点头，笑眯眯地看着钟叔说，“老钟啊，瞧见没？我就说他挺得过去！”

“什么意思？”

钟叔笑呵呵地回答：“小少爷，其实老爷子可关心你了，一举一动都替你看着呢。当初谷文森想要害你，老爷子其实早就知道了，他说你肯定能熬得过去，所以，故意没有说破。如今看来，小少爷真的很有本事。”

顾召南脸色微变，一下子很难消化钟叔的话，冷笑着说：“关心？当初我被谷文森和许劭严联手对付，老爷子冷眼旁观。如今，许劭严遇到了难处，怎么就坐不住了？”

“那是因为，顾氏绝对不能倒，他许劭严是顾家的人，你顾召南更是！”

“我早就不是顾家的人了，顾氏倒不倒，跟我没关系！”

“呵呵，臭小子，这是跟爷爷怄气？怪我当初赶你出去？”顾老爷子笑，“不管你承不承认，你身上流的是我们顾家的血！你当初年轻气盛，不知道商场的波诡云谲，爷爷故意赶你出去，让你自立门户也是为了顾家的将来，以后整个家都是要给你的，你要自己毁掉？”

“什么……意思？”

“你当我真的老糊涂？不把顾家传给嫡子，反而要给一个私生子？何况，事实证明，论才干魄力，他都比不上你。”

只是几句话，大量的信息，任谁都很难接受。

可是顾召南很平静，他在一瞬间就根据自己对老爷子的了解做出了判断，他不是在诓自己。这个纵横商场数十年的老人，老辣霸道，眼里只有顾家的产业和未来，哪怕牺牲儿子的幸福，哪怕为了培养下一任顾家的掌权人，故意把自己赶出去……这样外人看来不可能的事情，他真的做得出！

他突然觉得背脊冒起一股嗖嗖的凉意。

顾老爷子笑眯眯地看着他，说：“我告诉你一件事，换你放顾氏一马，我想你应该可以考虑我的建议。”

许劭严的办公室里，宋未晚低着头，不肯吭声。

许劭严快被她这样的执拗逼疯了，他已经放弃了自己的原则，甚至不惜违背老爷子的心意，可是，即使这样都不能换来她的点头。他像一个即将溺水的人在做最后一次挣扎：“未晚，我们已经错过太多，不要再浪费更多时间。等我和蒋梦溪离了，就在一起，好不好？”

宋未晚干脆地拒绝：“我不会和你在一起。如今顾氏正面临危机，你不是应该积极想办法化解吗？为什么还要在我身上浪费时间？”

“宋未晚！你非要和我这么作对吗？我当初，只是迫不得已。”

“没人逼你。许邵严，做过了就不要后悔，至少让人瞧得起你。”

宋未晚连跟他多说一句话都觉得浪费，匆匆离开了他的办公室。

刚走出来，正巧接到一个电话：“宋小姐，你好，我是玛丽医院的医生，想请问，您今天上午预约的这台手术，还准备做吗？”

“十分钟，我马上就到。”

“好。”

她打的去医院，先去见给自己手术的医生。走廊里有好几对，男人搀扶着女人迎面走过，步子缓慢而沉重，一张张苍白的脸，或是漠然，或是哀恸。

她似乎可以嗅见他们身上血腥的味道，耳边传来轻微的啜泣声。循声望去，只见走廊的拐角，一个女孩子扶着墙角哭泣，单薄瘦弱的肩膀不停耸动着，说不出的凄凉惨烈。

再走几步，还有一个女孩子蹲在地上哭，她的男朋友就陪在她面前，小心翼翼，一脸尴尬的神情。那么小的男朋友，脸上的慌张无措还带着未完全褪尽的孩子气。

或大或小的哭泣声，似乎没完没了，宋未晚受不了这样的场景，紧走几步，快步走到医生的办公室外，敲门进去。

门关上的瞬间，隔绝了外界一切嘈杂的声响，屋里安静得诡异，可是她的心，却突然跳得不受控制。

那个中年女医生看了她一眼，又翻了翻手中的一叠纸片，从中找出一张问："宋未晚？"

"是。"

"有没有人陪你来？"

"没有。"

"你放心，我们医院有顶级的技术和器械，无痛无危险，很快就结束。"

宋未晚走出来的时候，背后沁了一层冷汗。她呆呆地站在门外，回头看了一眼门上的牌子，"人流手术室"，这五个字让她失魂落魄。

不知道过了多久，半小时，或者一个小时，直到又有人进去，不小心撞着她，她才回过神来。

转身往外，没走几步，突然从走廊的另一头传来忙乱的脚步声。

似乎有所预兆，她抬头望向前方的身影，走廊里的光线很暗，可是足够她看清楚，是他！

顾召南冲到她面前，因为一路奔跑，兀自不停喘着气，然后目光却落在她身后，门牌上的字刺痛了他的眼。

他一把抓住宋未晚的胳膊，十分用力。

宋未晚还没有从震惊的情绪中走出，手腕痛得像是要断了。她吃痛地挣扎，说："放开我！"

顾召南丝毫不怜惜，咬牙切齿地问："是谁？谁允许你这么做的？"

她惊疑不定："你什么意思？"

"爷爷告诉我，你怀孕了，将近七周，算时间，孩子是我的对不对？"他望着她，眼底有震惊，有痛心，"你凭什么，自作主张打掉我的孩子？"

"谁说是你的孩子？"她倔强地扬起头，与他对视，"顾召南，你想太多了！"

"胡说！那个晚上你和我在小镇的船上，我们两个……"

"那又怎样？"她脸颊发红，不愿再回忆那个滚烫、炽烈却又恶心的夜晚，甚至刻薄地挖苦说，"顾召南，你会不会想太多了？不怕告诉你，和你的每一次，我都有吃药！何况，我又不是只和你一个男人……"

"贱人！"

啪的一声，耳光清脆，打得她眼前一黑，脸上痛得都麻木了。

周围人都被响动吓到，纷纷朝他们这边望过来，女人一脸苍白虚弱，男人一脸震惊愤怒，内中原委无须多加揣测就很明显，一定是这个女人背着自己的男朋友打掉了孩子。

这年头，能舍不得打掉孩子的男朋友，应该算好男友了吧？

所有人一脸惋惜和同情，远远望着，期待看下一步的剧情该往哪里演。

可是，情节却在此中断。

顾召南震惊地望着自己的手掌，掌心都红了，可见刚刚自己有多生气，才会如此情绪失控。

宋未晚捂着半边脸，深吸一口气，表情再次恢复平静。她冷冷地说："该知道的都知道了，我的事情，早就和你没有任何关系了。所以，再见！"

宋未晚挺着腰板，快步离开。

走廊里，人来人往，擦肩而过，谁也不认识谁。她和他，便如这其中任何一个。

顾召南背对着对方，整个人都是蒙的。他必须，也只能这样站着，哀伤如同潮水一般汹涌而至，迅速将他整个人淹没。

他没有办法，再面对这样一个女人，哪怕是他曾经深爱过的。

这一刻，他都不愿再去追她，甚至连打她骂她折磨她，都会觉得累。

没有转身，更没有离开，他只是抬起头，深深望了望那五个字，突然觉得很讽刺。在听老爷子说到她怀孕的时候，他明显感觉到自己的心跳猛的一重，似乎一下子顶在了胸口，冲撞着。

他下意识地问对方怎么会知道？

直到看到对方亮出那张怀孕六周的单子，他再也控制不住激动的情绪，一定是他的！

“我答应你，不再为难顾氏。”他的声音似乎和大脑分离，本该慎重考虑的决定居然就这么轻易蹦了出来。

那一刻，无论让他用什么来交换，他都会毫不犹豫地答应。

可是，他忘了宋未晚是个什么样的女人，她从来没有爱过自己，甚至深恨自己，还一次次狠狠伤过自己。

老爷子告诉他，宋未晚预约了一台小手术的时候，他愤怒得像一只狮子，冲了出去。

她怎么敢，在没有知会他的情况下，那样悄悄处置他们俩的孩子？

一路狂奔过来的结果像是听了一个坏消息和一个好消息。

坏消息是，他没来得及。

好消息是，那个孩子根本不是他的。如果这也算好消息，为什么会让他更加难过。

他站了许久，直到一个大夫从里面走出来。

他目光嫌恶，望着对方手中的胶质手套，纯白干净，可是为什么他觉得上面沾满了鲜血。那是无数小生命，包括……

女医生看到这个年轻英俊的男人站在走廊中央，西装革履、气质出挑，脸上的神情却是怔忪迷惘的，忍不住驻足询问：“你站在这里，是有什么事吗？”

“医生，我想问你一件事。”男人的神情寡淡，声音轻得像烟，在空旷的走廊里隐隐约约，几乎要飘走。

上午 11:45，顾召南从医院离开。

中午 12:15，回到公司办公室看文件。

下午，开会、会客、开会、继续开会。

一忙就到了晚上，回到大屋已经是晚上十一点以后。

忙碌了一整天，他的脸上依然不见一丝疲态，一头又扎到书房里处理没看完的文件。

他必须让自己停不下来，才能不去想那些杂七杂八的事情。公司越是发展，越是让他认识到商场的残酷、对手的阴险，他不能再给任何人伤害自己的机会。

敲门声响起的时候，他正对着书桌上那一盏小小的台灯发呆，惊觉过来，沉声问："谁？"

"召南，是妈妈。"把手转动，门被推开，温婉莹端着一碗热腾腾的面进来。

顾召南瞥了一眼桌上的时钟，时间是凌晨一点半，眉头微皱："妈妈，你怎么这么晚还没有睡觉？"

"我早就睡了，还以为你今天会忙很久，要休息在自己的小公寓那边不回来。后来听到你的车响了。"温婉莹将面放下，嗔道，"听说，你今天中午回来就一直在忙，午饭没吃，晚饭也没吃，就吩咐厨房给你下了碗面。你以为自己是铁打的吗，连饿都没有感觉？"

顾召南接过筷子，挑着面条慢条斯理地吃了一口，香气腾腾，这一刻他终于觉得饿了，于是决定继续吃完。

温婉莹在一旁看了一会儿，不经意地开口问："我听司机老王说，你今天上午去见老爷子了？"

顾召南肩背一僵，一边慢条斯理地吞咽，一边含糊地在嗓子眼里"嗯"了一声。

"他还找你干什么？"温婉莹听到他承认，面上顿时一沉，连声音也凌厉了几分，"他不是已经把你赶出顾家的大门了吗？如今还有什么理由找你？"

顾召南咽下嘴里的面条说："他是为了替许劭严求情，希望我放过顾氏。毕竟许劭严之前和谷文森联手整我，有些手段触及了法律，我继续揪住不放说不定能整得他们进监狱，许劭严一个人事小，到头来连累顾氏声誉受损，就不是老爷子想见到的了。"

"呵呵，这还真像是他的作风，从头到尾，他的眼里心里，只有顾氏。那你准备怎么办？"

"听他的，放顾氏一马。"

"真的？那响巢国际呢？"

"谷文森？"他的脸顿时阴沉了下来，想起某些刺眼的画面顿时更加不悦，"我可从来没想过要放过他！"

“那你就非要和响巢国际两败俱伤？”温婉莹终于没忍得住，气冲冲地说，“我已经听说了，你一回云城就频频出手还击谷文森，甚至不惜以本伤人，这是极其愚蠢的做法！我不能容许你这么任性下去！”

顾召南吃了一半的面，终于搁下了筷子，他顿了顿，说：“算计我，是要付出代价的！”

“谷文森可以以后再收拾！他是黑道起家，手段卑鄙下作，要是被你逼急了，是很危险的！这一点你不可能不清楚。再说，召南实业之前经历重创。虽然有我注入资金，也有你乐叔叔的帮忙引进项目，但是还没完全站稳，你现在最要紧的是要完成手头的这个项目。这些道理，你是真的想不清楚，还是被个人的私愤蒙蔽了脑袋，不愿意想清楚？”

“什么意思？”

“你上次栽跟头，除了有许劭严那个小杂种和谷文森的算计，还有那个女人害你昏了头，你真的以为我不知道？”温婉莹不悦地说，“你当我不知道，当初她突然回云城，是谷文森找回来的，所以你才要这么不依不饶地对付谷文森！那个女人究竟有什么好，你吃了这么多亏，还不长记性，说不定她和谷文森的关系……”

“妈！”

温婉莹被他喊了一声打断，烦乱地挥挥手说：“算了，不说她！我告诉你，欣桐就要从德国来云城了，明天的飞机。我邀请她来参加我们召南实业的商务酒会，这次你能够这么容易走出困境，你乐叔叔帮了很大忙，我希望你明白这一点，好好招呼欣桐！不要再失礼！”

说完，她撂手离开了书房，没有给顾召南任何拒绝的机会。

书房里一下子又安静了下来，碗里的面尚温，可是他已经没有心情再吃一口。

思绪像是一个闸口，他拼命想要把所有情绪的潮水都关起，可是，一不小心又溃堤。白天的一幕幕不由自主地在眼前闪现，由不得他控制。

包括，顾老爷子笑眯眯地看着他，说：“我告诉你一件事，换你放顾氏一马，我想你应该可以考虑我的建议。”

也包括，宋未晚挖苦他说：“和你的每一次，我都有吃药！何况，我又不是只和你一个男人……”

直到画面切换到最后一个——

他站在走廊里问女医生："医生，我想问，她流掉的孩子，究竟是男孩还是女孩？"

"什么？"女医生一怔，迅速又反应过来，对方一定是上午某个来人流的女人的男朋友或者老公。

她斟酌了一下，认真地回答说："一般来人流都是四十到七十天为最佳，这段时间还看不出孩子的性别。"

"哦……六七周，时间好像短了点。"他点点头，手里攥着那张单子，想要丢到旁边的废纸篓里，却被喊住。

"等等……六七周？今天上午来做手术的都是八九周左右的呀，你女朋友是？"

他一愣，手上动作慢了一下，将那张纸递过去。

"宋未晚？"医生念了一遍名字，疑惑地说，"她并没有把孩子打掉呀……"

没有打掉？

那一刻，有什么东西，重重砸下，他只听到自己心里的那座废墟轰的一声，承受了最后一击。所有一切，碎成粉末。

第十一章　风波

这一刻，眼泪应该是爱情最后的表情。可惜，她连眼泪都不敢流。怕他挽留，更怕自己软弱。

她爱这个男人，这个男人也爱她。多美好。可是他们不能在一起。多心碎。

第二天顾召南去公司处理了一天的事务，下午的时候，想要去医院看看还在休养中的副总贺源，于是让左立喊了司机来接自己。

没想到刚上车就听到对方说：“顾总，今天早上太太吩咐我提醒你，欣桐小姐乘坐班机抵达云城的时间是下午三点半，她希望您能抽空去接一下。”

“哦？”顾召南意味深长地看了他一眼，突然想起来，昨天晚上温婉莹说起自己去见老爷子的事情，貌似不经意说了，是这位司机老王说的。

看来，这个人是不适合继续在自己身边工作下去了。

他一边想着，一边漫不经心地点头：“行，去完医院之后，再去机场。”

他去看了看贺源的伤势恢复情况，然后去机场，刚好站在等候区的时候就看到下午从德国飞来的这批航班旅客。

乐欣桐居然能在机场见到他，兴奋得直挥手：“召南哥哥，温伯母昨晚对我说你今天会来接我，我还不信。没有想到你真的会来。”

顾召南体贴地接过对方手中的行李箱，微笑：“嗯，我恰好有空，累不累，带你先去酒店把行李放下，晚上请你吃饭。”

乐欣桐高兴地一把揽住他的胳膊，亲昵地说：“太好了，终于轮到你来请我吃饭了！”

她这样自然而然的动作神态，反倒让顾召南没有办法拒绝。在德国的时候，他为了谈生意，曾经在她家的庄园住过一段时间。原本他遇到乐欣桐还是会有些尴尬，毕竟曾经那么直接地当面拒绝过这个女孩子，只是没想到她却好像什么都没有发生似的，对他的态度从容大方。他也渐渐放下心来，两个人经常接触，反而比之前更熟络。

两个人谈笑风生地出了机场，坐车去酒店。

次日就是召南实业本季度的商务酒会，这次的酒会在云城五星级酒店云顶天都举办。

宋未晚提前一天突然接到温婉莹的电话，邀请她参加。当时，她正和沈蓉坐在甜品店里喝下午茶。

她前天才刚和顾召南在医院吵了一架，似乎已经没有任何再见的必要，所以第一时间就想婉言拒绝。可是温婉莹似乎并不想给她这个机会，只是简要地说了一下时间地点，就轻轻撂了电话。

甚至，不用听她答复，似乎能请她去，她就该怀着受宠若惊的心情接受。

宋未晚对着手机，愣了好一会儿神。

沈蓉看她这副神情，忍不住好奇地问她："是谁的电话？"

"温婉莹。"

"啊？顾召南的妈？传说中的温婉莹？不是吧？真的吗？"

宋未晚被她大惊小怪的样子吓了一跳，怯怯地点头。

"天啊，她为什么会打电话给你，跟你说了什么？"沈蓉兴奋地搬出狗仔的八卦狗血，"你配不上我们家顾召南，死心吧！你想嫁入我们家，门儿都没有？或者是，我给你一百万，请你马上离开我儿子？"

"你想太多了，她只是邀请我去参加召南实业的商务酒会。"宋未晚又好气又好笑地打断她，表情有些尴尬，"我正准备说不去，她就挂了电话。"

"不去？你当自己是谁？传说中的温婉莹都给你打电话了，你还装个屁呀！"沈蓉翻了个白眼，表情和语言一样粗俗，"不过说起来，他妈还真是像传言中一样强势厉害呀！宋未晚，豪门之路坎坷不平哟！"

"喂！"

"好吧好吧，我是胡说的。"沈蓉笑眯眯地说，"既然人家董事长的妈都亲自打电话邀请了，你当然要去，当然，最好能带上我。"

"你想干什么？"

"采访名人！顺便……钓个金龟婿！"

宋未晚已经无力吐槽，心里却七上八下的，想不明白温婉莹突然邀请自己去酒会究竟是什么意思。这时候，沈蓉的手机突然在桌上振动了两下，显示有一条彩信。

沈蓉漫不经心地拿起来，看了一眼，脸上顿时露出了不淡定的神情。

宋未晚正在喝一口奶茶，对方已经抬起头看了自己一眼，然后低头看彩信，然后又抬头……一脸纠结。

宋未晚顿时觉得不妙："出了什么事？"

"没事，没事，喝茶。"

"到底，什么事？"

“未晚，你老实告诉我，你对顾召南……有没有意思？哪怕一点点意思。”

“没有！”

“真的？没有口是心非？”

“真的！”宋未晚莫名其妙地烦躁，“有什么话你快直说！”

“我们社里有同事跟踪拍到……顾召南，和一个年轻漂亮的女人去酒店……”似乎怕她不信，对方还将手机竖起来给她看。

彩信上的一组照片，拍得很清楚，顾召南和一个女人在酒店前台开房、进电梯，还有进房间……整个过程都被拍得清清楚楚，甚至最后一张，还特地拍出了那间房间的门牌号。

宋未晚还没全部看完，就觉得胸口一堵，她说不出自己是怎么了。顾召南和谁去开房，跟自己有什么关系呢？

耳边是沈蓉的声音：“幸亏你没喜欢上他，不然该有多难受！我就说嘛，这些个豪门，有钱人，没有一个靠谱的。他们平时除了赚钱，最喜欢做的事情，就是玩弄女人！”

宋未晚眼眶有些酸，她竭力控制着情绪，可是声音还是有些虚；“是啊……幸亏没有喜欢上，不然……真的会很难受。”

她这样提醒自己，其实真的没有难受，不过是看不惯罢了。只有喜欢他的女人，才会因为这样的照片难过。

她不会！

酒会那天，她略施粉黛，遮住了这几天因为失眠和身体虚弱而略显苍白的脸色。

沈蓉也沾了她的光，得以陪着她一同进去。

只是，酒会还没正式开始，就已经跑得没了影。

宋未晚的目光在人群中逡巡了许久，终究不得不放弃的时候，视线突然和一个人撞上。

谷文森。

对方似乎早就看到她了，坦然大方地走过来，说：“我没有想到，会在今天这个场合遇到你。不是说和顾召南再也没有瓜葛？果然女人都是口是心非的动物！”

宋未晚毫不客气地刺他痛处：“那又怎样？谷总，您更没想到的，应该是他顾召南居然这么难扳倒，即使你狠狠算计了他，再回来还能把你们响巢国际整得这么惨！”

谷文森脸上的假笑终于再也绷不住。

靠门的一群人，突然传出一阵哗然之声，恰好缓解了两人之间紧张的气氛。

宋未晚朝那个方向望去，只见众人之间，一个老人缓缓走出，右手里还拄着一根拐杖，另一只手不停向着人群挥手。

谁也没有想到，顾氏集团的掌权人顾老爷子，居然会出现在这个酒会上。他的身后，还跟着传言中顾氏集团未来的掌权人许劭严。

许劭严和顾氏集团一帮董事一起，恭恭敬敬地站在老爷子身后，脸上的神情有些许抑郁、凄凉，却没有人看得出。

所有人都八卦地看着这一行人，不确定他们到底是不速之客，还是真的收到了召南实业的请柬。毕竟这阵子全城各大媒体正在疯传，一个多月前召南实业遇到的危机，有顾氏集团在背后搞小动作。何况，顾召南当年和顾家的恩怨纠葛早已众人皆知，被顾老爷子赶出家门，怎么可能毫无芥蒂？

就在众人猜测顾氏集团来者不善的时候，局势却并没有像他们所料想的一样急转直下。

顾老爷子笑声朗朗，只是在靠近门口的地方站了一会儿，顾召南已经远远看见，连忙领着身边召南实业的一众高层，穿过人群来迎接。

老爷子拍着他的肩膀，止不住地欣慰：“好啊，干得好啊！不愧是我们顾家的子孙，面临这样的变故都能东山再起，老头子感到很高兴啊！”

在场不乏少数精英媒体记者，早已迅速架好镜头，在他们站到一处亲密接触的时候，迅速按下快门，记录下这一幕。

顾氏集团和召南实业都是云城有名的大集团，两位董事长之间的爷孙关系错综复杂，这几年从来没有在公开场合一起露过面，外界对于他们之间不和的传闻一直没有停过，今天这一幕，大概会跌落许多人的眼镜。

就连站在宋未晚身边的谷文森，也难掩意外的神情：“咦？顾老爷子不是已经把顾召南赶出家门了吗？今天这是唱的哪一出？难道是替许劭严擦屁股来的，所以故意示好？”

宋未晚冷冷看了他一眼，没有搭话。

此时，召南实业和顾氏集团两边，已经聚拢了不少镁光灯和记者，瞧这架势，俨然是要进行一场小型的记者发布会。

“顾老爷子，请问您身为顾氏集团的总裁，为什么今天会突然出席召南实业的商务酒会？是收到了顾总的邀请吗？”

顾召南笑笑，用眼神制止了安保人员的介入，似乎不介意酒会的节奏被突然打乱一下。他也很想听听顾老爷子会对媒体说什么，老头子整日深居简出，今天特地为了顾氏而来，他不想轻易放过他。

顾老爷子呵呵笑着回答：“我是召南的爷爷，来参加酒会自然是支持自己孙子来的。我老了，以后还需要各位多多支持和帮助召南！”

爷爷！孙子！这两个词轻飘飘地冒出来，不光是许劭严，就连顾氏和召南实业的一众高层，表情也顿时变得微妙起来。

温婉莹站在远处正和人说话，听到他的回答，面色也顿时如冰霜般冷寂。

“可是，早有传闻说，顾总当初是被您赶出顾家的，所以才会出来自立门户，关于这件事，难道另有内幕？”

这位记者的问话很刁钻，看似自然却小心翼翼触及豪门内里的尴尬，许劭严听了被触及心事，脸上顿时露出尴尬的表情。

幸而所有人的焦点都不在他身上，顾老爷子站在最前面，对着话筒轻描淡写地一笑：“你也知道是传闻，那又何必理会呢？召南是我的孙子，他做事业，我自然举双手支持，年轻人嘛，总是靠家族、靠祖辈有什么出息？”

这话，俨然是说，顾召南只是外出创业而已，依然是顾氏集团的人。

谷文森彻底惊到：“难道……顾老爷子从来都没有放弃过顾召南？”

他望着宋未晚戏谑的神情，顿时变了脸色骂道：“老东西，好狡猾！”

原来，一直都是障眼法，他居然从来都没看明白。

“可笑有些小人，自作聪明，手段卑劣，终于踢到铁板了！”就在谷文森低声咒骂的时候，旁边有人凉凉地开口，语气里难掩幸灾乐祸之意。

声音有些熟悉，宋未晚不由得看过去，只见卫楚站在不远处，表情冷冷地朝这边看来，眼底难掩鄙夷的神情。

虽然她不清楚对方和谷文森究竟有什么过节，但是她曾经帮助谷文森算计顾召南，如今又并肩站在一处，她心里明白，无论自己愿不愿意，在卫楚的眼里，自己和谷文森大概早就是蛇鼠一窝、狼狈为奸的关系了。

谷文森眼中闪过一丝阴狠，只是在看到对方臂弯里还挽着一只手，突然又笑了：“前几次见到卫总，身边总是跟着不同的漂亮女伴，没想到，今天居然这么难得，带着孙小姐出来了？”

宋未晚这才注意到，卫楚今天带的这位女伴是一个表情比他还要冰冷的女人。个子娇小，面容嫩气，却偏偏化着浓妆，越发衬得冷艳高傲。

那个女人听了谷文森的话，脸突然就沉了，直接从鼻孔里发出声音：“哼！”

“谷文森，你胡说什么？”

“什么？”谷文森装糊涂，“卫少，我有什么说得不实？”

“我身体不舒服，你们继续。”卫楚的女伴似乎不耐烦听他们继续扯皮，直接从卫楚臂弯中抽手，转身就走。

卫楚那么冰冷高傲的人，居然连忙转身就追，把宋未晚看得目瞪口呆。

谷文森在一旁露出自得的笑意，似乎终于吐出了一口怨气。

这时候，场中的顾老爷子早已经和顾召南秀完了亲情，拒绝记者继续无休止的问题，朝场中走去。

周围众人都已经散开去与各自熟悉的客户朋友会面交谈，抓紧时间洽谈各种合作。他在顾召南耳边轻声说：“如今爷爷该做的都做了，你也不要再为了和邵严计较，坏了顾家的面子，多少人等着看咱们的笑话呢。你是聪明的孩子，应该不会做出让那些暗处的对手快意的事情来。”

“老爷子你放心，我知道分寸。”

“爷爷当然放心，如今只是想知道，你什么时候回顾氏来？我们顾家，早晚要由你继承。你如今能力也够了，趁着我身体还能撑几年，早点回来熟悉情况，将来省去各种麻烦。”

“谢谢你的好意，如今召南实业发展稳定，我从来没有想过要回去。”

“稳定？呵呵，借力而起，你确定真的稳定？”

“您的意思？”

顾老爷子笑眯眯的：“你虽然很聪明，但是这次能这么快回云城，婉莹绝对给了你最多的帮助。可是，钱都是她的，你有什么？你妈妈，她不是个甘于寂寞的人，让女人的感性来做生意？很危险。”

“您真的想多了，我妈不会——”

“不要急着下结论，也不要急着拒绝我，我等着你回来。”

两人正走着，顾召南抬头不经意往宋未晚的方向望过去，正巧看到她和谷文森站在一起，顿时走了神。

他心里转着各种念头，终究没有来得及，温婉莹早已经拖着乐欣桐的手走过来，远远就喊：“召南，你看，我把欣桐带过来了。”

“妈？”他疑惑不解地望着温婉莹，只觉得她的笑意直接而明显。

他还没来得及反应，温婉莹已经拿着话筒开始说话：“诸位在场的来宾，今天请大家来，不仅是参加我们召南实业的酒会，更是有一个女孩子要向大家介绍。她叫乐欣桐，父亲是德国柏林有名的华人富商，与我们温家是世交。”

“咦？这位小姐？”

“不是今早报纸上的，顾召南最新绯闻女友吗？”

乐欣桐一出场就惹得闪光灯连连，顾召南看到一众记者的反应，不由得眉头微皱，他一大早就看到早报上登出了自己之前在机场接乐欣桐回酒店的照片，心想温婉莹应该是要在这个场合替乐欣桐澄清谣言。

所以，温婉莹说：“来，召南，也站到我身边来。”

这时，他很自然地站到了她们身边。

温婉莹一只手还牵着乐欣桐，另一只手也抓起了顾召南，说：“我想说，我看到了媒体对于我儿子和乐小姐的报道。这位乐小姐，家世好，人也漂亮，目前正在和召南交往。我很中意她，也希望将来她能做我的儿媳妇，我会特别开心！谢谢媒体朋友的关注，希望大家给他们空间继续发展，谢谢了！”

话音刚落，全场哗然，掌声喝彩声交织在一起，特别热闹。

顾召南差点没来得及反应，等到反应过来，似乎一切都已经在他不知情的情况下发生了，他妈硬是在这种场合逼着他承认乐欣桐的女友身份。

这一刻，他连拒绝的机会都没有。

听到这个消息，宋未晚脸色唰的一下变白，手指不住地颤抖，差点把酒水都洒了出来。

谷文森在一旁看到，淡笑：“你瞧大家都在鼓掌欢呼，怎么你偏偏好像被吓到的样子？宋未晚，你别告诉我，你一点都不难过。”

“这跟我……有什么关系？”她嘴硬着不肯承认，可是，眼睛却控制不住地死死盯着场中的那个人。他在笑，在应付媒体，在和温婉莹、乐欣桐说着外人都听不见的话。

这一切，为什么要看呢？

不小心看到，为什么还会这么难过呢？

他又不是自己的谁！想到这里，她的肚子突然抽痛了一下。她低下头，看了一眼，这才又想起，里面还有一个小生命，正在一天天长大。

谁说她和顾召南完全没有一点联系与瓜葛？这一个，不就是吗？

可是，她不想告诉顾召南他的存在。

因为她明白，自从自己帮谷文森那么狠地算计了他之后，就永远失去了和他在一起的可能。

一个注定无法在一起的男人，不小心因为一个失控的夜晚，在她身体里留下一个孩子，她却连放弃都舍不得。

这究竟，是什么样的孽缘。

宋未晚强撑着精神，期望酒会早点结束。可是，没完没了的应酬交际让夜晚变得漫长，她背着身子，不想看顾召南母子满场飞的样子。

一个小时过去了，她终于有些不耐烦，朝出口方向望了一眼，想要离开。她今晚没有沾一滴酒，可是大概因为站得久了，脚酸得厉害，差点摔倒。

这时候，一直冷眼旁观的谷文森莫名其妙在一旁扶了她一把，说：“你没事吧？”

姿势有些暧昧，几乎贴在一起。宋未晚还没来得及想明白对方突如其来的殷勤，就听到一声冷笑。

酒会的主人不知道什么时候突然出现在面前，冷冷望着他们此时的亲昵：“在我的酒会上当着这么多人面也能搂搂抱抱，会不会太急切了？”

“顾总？”谷文森似乎此时才看见对方，慢慢松开宋未晚，嘴角噙着一抹笑，在顾召南看来十分欠揍。

他背着的一只手在身后无声捏成拳头，极力控制着情绪，他还不想和这种人渣一起登上明天早报的头条。

气氛一时有些僵滞，他们三个人之间诡异的情况惹得不少人侧目。

宋未晚最先熬不住，说了声“失陪”，匆匆往外跑。

顾召南一怔，下意识想要去追，却被挡住。

“你有什么资格去追她？顾召南，她从来都没喜欢过你，还不死心？”

“你算什么东西？”

“我？”谷文森咧嘴笑了，“为了我，她可以忍着恶心和你上床，你说，我算——”

他的话还没说完，就是一声闷哼。就在这极短的时间间隙中，顾召南的拳头又快又狠地揍在他小腹上，剧痛让他弓下腰，几乎说不出话来。

顾召南在众人注意到之前快速跑了，他跑得飞快，差点撞上服务生手中的酒水。

终于，在酒店外，宋未晚临上车前，他抓住了对方的手，恶狠狠地喊：“站住！”

宋未晚有些错愕，随即是莫名其妙的愤怒：“你要干什么？”

“为什么要骗我？”

“什么？”

“我问你，为什么骗我说孩子打掉了？”

宋未晚不知道他是从哪里得知的消息，只能强装镇定地说：“那又怎样？”

“你为什么骗我？说，孩子到底是不是我的？你是不是也骗了我？”

“不是你的！”

“我不信，不是我的又是谁？”他气得不轻，想起刚刚那一幕，忍不住脱口而出一个名字，“谷文森？”

她心里藏着一个不愿说的秘密，扑通扑通跳得很急很快，似乎下一秒就要从嗓子眼里蹦出来。在对方这样凌厉的目光下，她居然有些胆怯，可是，她更加知道，说出来的后果，可能很严重！

她的沉默，在他看来，几乎是默认。

尤其是这样理直气壮的样子，简直让他气得想笑：“难怪你会拒绝许劭严，原来是因为他。宋未晚，我还真是小瞧了你！你，给我滚！”

宋未晚坐着车离开，她打电话回家给何碧莲，连续三个电话，结果没有人接。

想到何碧莲可能又去找货了，她的表情顿时变得难看起来。

想要早点回家等着，结果车开了五分钟不到，就听到一声急促的刹车声，司机低声骂了一句什么她没来得及听清，就一头撞在了前面的车座上。

车身剧震，很明显可以感觉到撞车了。

“是谁开的车，不要命啦？”司机把头探出窗外骂骂咧咧，突然紧张得结结巴巴，“你，你们要干什么？”

“下来！”

宋未晚一边揉着被撞到的额角，一边听到一个男人低声威胁，心不由得一沉，大概是遇到抢劫的了。

她的手默默摸到包里，这时车门已经突然打开：“宋小姐，请下车！”

“你是谁？要干什么？”

“宋未晚，我们又见面了。”一个男人站在她面前微笑，“真是好巧。”

他还穿着酒会上的那件衣服，脸色有些阴沉，少了之前的礼貌风度。

“谷文森！你想干什么？”

谷文森耸耸肩，一脸无奈的样子：“我只是有事情想要和顾总商量，可惜，他如今恨透了我，或许只有你，才能帮到我。”

“谷总，我想我帮不到你。”

“废什么话，快给我下车，我们老大要你帮忙，磨磨蹭蹭地做什么？”她被一个凶巴巴的年轻人生拉硬拽，从车上跌跌撞撞地下来了。

包被硬生生夺下，她手里紧紧攥着的手机也被对方抢下，送到谷文森手里。

电话没有来得及接通就被按掉。

谷文森望着未接通电话的名字，嗤笑：“宋未晚，你不是说不想和他再有任何瓜葛？是在说笑话吗？”

她惊惧地战栗，想要后退，却被人从身后捂住口鼻，药水的味道充斥鼻腔。她头脑一昏，不受控制地沉沉睡去。

酒会到十点多才散，顾召南先送乐欣桐回酒店休息。

两人都坐在车后座，可是，气氛却有几分沉闷。

温婉莹在酒会上突然来那么一出，无论是顾召南还是乐欣桐都觉得有些始料不及。两个人的关系一直不温不火，今晚却好像突然被捅破了一层纸，和以前不大一样了。

乐欣桐头一直微微垂着，激动得脸颊通红，有些不好意思看对方，所以看不清楚他脸色有些阴沉。

顾召南今晚心情波折太多，大概是觉得有些疲惫了，所以一路上闭目养神，一句话都没有说。可是，心里一直有个声音在低声咆哮，似乎亟待找个宣泄的口子。

这种情绪，折磨得他快要疯了。

下车告别，乐欣桐突然低声喊住他："召南哥哥，我……有个问题想要问你。"

"什么？"

"我们以后，真的，是在交往了吗？"

顾召南愣住，一下子回答不上来，在乐欣桐期待的注视下，终究心软了一下。他只是"嗯"了一声，就觉得像是费了老大的力气，终于还是横下心，又点了点头。

似乎是要给对方更清楚的回答，也给自己一个无法逃避的确定。

就这样吧，有个声音在心底轻声地说。

乐欣桐终于兴奋地回去了，他慢慢坐车回大屋，整个人都木木的。

想去书房里看资料，却发现灯亮着，推开门看到温婉莹坐在书桌前等他，神情肃然的模样。他心里顿时明白，是兴师问罪来的。

果然，温婉莹不悦地问他："老爷子为什么会突然在酒会出现？你事先都没有跟我商量。"

顾召南早有心理准备，淡淡地回答说："他只是想救顾氏，所以给足我们召南实业面子，来捧个场而已。"

"哦？我没记错的话，宴请宾客名单是我和你一起定下的，我并没有请他。"

"我也没有。"

此时此刻，他的耳边响起顾老爷子之前的话："你妈妈，她不是个甘于寂寞的人，让女人的感性来做生意？很危险。"

他当时没有接茬，可是，他是温婉莹生的，怎么会不明白自己的母亲是什么样的人？

温婉莹被他这样云淡风轻撇得干净的态度激怒了，声音微微有些高起："顾召南！你答应过我，不会再和顾氏有任何来往，你忘了吗？"

"不会和顾氏有任何来往？那我并没有和乐小姐交往，妈你怎么也忘了呢？"

话被重重撂下，带着火药味，温婉莹顿时安静了。

她早就想到了，儿子可能会有抵触情绪，只是没想到会这么激烈。

她沉声提醒他："别忘了，乐叔叔帮了你那么多是为了什么。欣桐是他的宝贝女儿，他也希望女儿有个好归宿。要不是欣桐的缘故，你以为他会这么帮你？”

这一回，换顾召南安静了下来。

温婉莹说的道理他都明白，只要他想，就可以简简单单得到一切。

可惜，他不愿意。

温婉莹不想把他逼得太紧，拍拍他的肩膀，走出了书房，留他一个人。

本来可以调整一下心情，可是就在这个时候，电话突然响起来。

他看了一眼屏幕上“宋未晚”的名字，差点以为自己看错。

手指虚虚悬浮在接听键上，不知道为什么，怎么也落不下去。他的眉头不由自主拧在一处，皱出纠结而混乱的“川”字。宋未晚？不是已经厌透了我吗？那为什么还要撩拨我？

铃声响了一声，又一声，每一声都像是敲在他的心上。

一点，一点，就这么沦陷，无法抗拒。

他闭着眼将手机放到耳边，接听，可是，那头早已传来“嘟嘟”的声音。

原来，对方已经挂断。

他就是这么没骨气，明明让她滚，不想再见她，可是对方一个电话，就足以叫他心烦意乱，忘了所有的原则和坚持。

这一次，他几乎是本能地回拨过去，没想到，电话只响了一声就被挂断了！

他突然暴躁地将手机摔在桌上，这个女人，究竟想干什么？

城市的某个角落，某辆飞速前行的车中，后座，一个男人手指摩挲着“挂断”键，嘴角浮现一丝玩味的笑意：“顾召南，你以为你真的无坚不摧吗？现在，我知道你的软肋在哪里，你还有什么好折腾的？”

宋未晚失踪了。

召南实业的酒会结束之后，她就没有去上班，足足三天，廖凡快急疯了。他早就从许、宋、蒋三人之间嗅到了三角关系，不敢轻易再找宋未晚麻烦。

许劭严每天都要问他宋未晚来上班没，他的回答总是让对方黑面。

再这样下去，他怕有一天许劭严会把所有怒火都发泄在自己身上。

这一天，他终于去人事部调出了宋未晚的档案，按照紧急联系人的联系方式拨去电话。

沈蓉接到电话，有些惊讶，听明白对方的要求之后，连忙给何碧莲打了个电话，问她宋未晚在不在家。

结果让她六神无主。

宋未晚已经好几天没有回去了，何碧莲还以为她在出差。

她想了好多，最近社会上各种女性遭到不测的消息不时在脑袋里旋转。越想越怕，虽然知道不合适，可是她终于还是忍不住给顾召南拨了个电话。

失踪？

顾召南一愣，突然想起那天晚上他收到过的一个电话。那个电话，就像是他的某段感情一样，无疾而终。

他说："宋未晚失踪了，自然有她的公司和家人操心，和我有什么关系？"

一句话气得电话那头的沈蓉暴跳如雷，大骂他是个黑心的东西，活该宋未晚瞧不上。

这话深深刺激了顾召南，他脾气大，却懒得和一个八卦杂志的小狗仔置气，直接撂了电话，冷酷决绝。

在他想来，宋未晚的失踪，无非是和谷文森在一起罢了。自己何必多管闲事，到头来给自己添堵。

这个想法虽不中，亦不远。

第四天早上的时候，谷文森来看宋未晚。

她几乎没怎么吃东西，看着她的人说她反应剧烈，吃什么吐什么。

谷文森怕她这样下去，还没等到自己跟顾召南谈好条件，就要先死在自己这里。他虽然不是什么善类，但是也知道宋未晚在顾召南心中的地位，不想为了一个女人和顾召南把仇怨结得更深。

推开门的时候，宋未晚蜷缩着坐在床上，身上裹着一层被子，他的动作很轻，但还是一下子就惊动了她。

她抬起头，双眼瞪得老大地望着他，问："你来干什么？什么时候放我走？"

她的眼眶周围一团青黑，大概是一夜没睡的样子。

谷文森寻思着这样耗下去不是办法，直接开口说："你打电话给顾召南，劝他不要和我的响巢国际再斗下去了，不然，你和孩子有什么事，我想他会心疼的。"

宋未晚直接拒绝了他："你想多了，我还没有这么重要，足以让他改变自己在生意上的决定。"

"谁说没有？永远不要低估自己的魅力。"

宋未晚似乎在思考，又似乎在发呆，久久望着地板不说话。

就在谷文森犹豫了三遍，要不要再催她给个答案的时候，她终于幽幽地开口："我，不会再找他了。"

"呵呵，好，好，好！我越来越觉得自己的决定没有错了，看来你对顾召南，也不是一点意思都没有。"谷文森笑了，他懒得再和对方耗下去，从口袋中掏出一只小小的手机，"既然你不打，那就由我来代劳吧！"

"不！不要！"她想要阻拦，却被谷文森轻轻一推，按坐在床上。

"给我乖乖坐着！"男人的眼里露出慑人的寒意，"宋未晚，你以为我不敢动你，还有你肚子里的孩子？"

他的眼神扫过她的肚子，像一把刀。

他真的什么都做得出，宋未晚毫不怀疑。

谷文森从通讯录中找出号码，按下去，这一次，只响了三声，对方就接了。

顾召南对自己这种没骨气、没底线的行为非常气愤，所以在那头暴怒地吼道："宋未晚，你还想怎么样？！我已经说过不想再见到你，你还死皮赖脸找过来干什么？"

"咳咳——"谷文森摸了摸鼻子，"顾总，我是谷文森。"

"是你？"顾召南一个激灵，顿时恢复了理智，她果然，和那个男人在一起！足足三天不回家，还怀着孩子，到底是有多饥渴放荡？

他克制着情绪，冷冷地回答："什么事？"

说这话的时候，他的手指正在股市交易图上指指点点，眼中闪过一抹精光，还可以把价抬得再高点，到时候让谷文森摔得死无葬身之地！

"我想和你做个交易。"

"交易？"顾召南嗤笑，"我不认为我们两人之间还有什么交易的可能性。谷总昨晚没睡好，所以现在头脑有些不清楚？"

他已经占据了舆论的高点，连续一周在各大报刊找人影射谷文森手段卑劣，试图搞垮召南实业，甚至还有记者自发地搜集响巢国际以往恶意竞争打击对手的证据，各种外围环境都对对方不利。再加上温婉莹强大的资金支持，他还可以逐步抬高对方股价，一点一点将对方逼入死角……无论是哪方面，都是对他有利的，只等时间一到，看着响巢国际遭遇危机。

谷文森和自己不同，对方黑道出身，靠强取豪夺卑劣手段打下的江山，不知道得罪了黑道白道多少人，只要响巢国际遇到危机，相信不用自己出手，自然会有他的各路仇家来踩死他。

他明白这个道理，谷文森也明白，所以最近曾经尝试各种办法来接触自己，甚至找别人来说情。可是，他就是不为所动。

这一次，对方找来了宋未晚，大概是真的不知道自己的底线在哪里！

谷文森打电话的同时望着宋未晚，对方抬起头，一脸紧张地望着他。她在顾召南面前，早就是个肮脏恶心的女人了，被那样鄙视厌弃，如今还主动打电话会显得更没有脸皮吧？

谷文森被宋未晚这样纠结挣扎的眼神看得一愣，虽然他明白，对方看的其实不是自己，而是电话那头的那个男人。

可是，心里还是不由得，酸、涩、苦、辣……五味杂陈。

他有多久没有再遇到一个人，用这样的眼神看着他？

曾经，也有过，只是他看不明白。

如今明白了，却再也不会有。

他心里感伤，然而只是一瞬间，眼底闪过的晦暗，转瞬即逝，似乎只是错觉，再开口却丝毫没折了半点气势：“顾召南，我不说废话，宋未晚在我手上，你要是再不停止对响巢国际的动作，我不保证，你会不会后悔！”

“她和你的关系本来就乱七八糟，以为我会相信？”

顾召南的反应不在谷文森预料之中，他愣了一下，突然伸手，狠狠一把捏住宋未晚的下巴。

宋未晚吃痛不过，顿时啊的一声叫了出来，眼泪不由自主落了下来。

电话那头的顾召南果然按捺不住地叫：“未晚？怎么了？”

“没什么，我只是不小心弄疼她了。”谷文森暧昧地说，“怎么办，你不相信怎么办？要不要我砍下她的手指头寄给你，你才相信我真的会不高兴，真的会伤害她？”

"浑蛋！"

啪——

谷文森没有留情，一个耳光就把宋未晚打得摔在床上："我脾气不好，尤其是谈生意的时候，最烦有人打扰，你以为没有顾召南，你算个什么东西？"

"住手！谷文森，你不要碰她，不然我跟你没完！"

"怎么？顾总改变主意了？愿意和我好好谈谈？"

电话那头没有再说话，只有顾召南的喘息声，急促、深沉。他有太多愤懑、嫉妒、恨意，都是因为那个女人！可是如今，要被逼着全部放下，也是因为那个女人！

这样的决定，叫他如何甘心？

可是，最终他还是做了决定："我同意，不再为难你。"

"好！"

"但是你必须立刻放了宋未晚！"

"好！我答应你。"谷文森得意地看了一眼蜷缩在床上的宋未晚，对方闭着眼，似乎昏过去了，又似乎只是被他吓怕了不敢再反抗。不管怎么样，他达成目的就好。

顾召南不放心地问："你什么时候放了她？"

"你要是想快点带她回去也行。"谷文森想了想说，"这样吧，你拟一个合同，把你刚刚购买的响巢的股份，全部还给我，我按照你抬高股价前的价格买回。我们约定好，明天上午，一手交合同，一手交人。"

"好！"

一切太顺利了，谷文森得意之余，不免有些不放心。他挂电话之前，还不忘警告道："不要耍花样！别忘了，她还怀着你的孩子，再心狠的男人，应该都不会忍心让怀着自己孩子的女人去死。"

他将手机放回口袋，看见趴在床上的宋未晚不知道什么时候又睁开了眼望他，笑着说："你现在是不是很高兴？顾召南即使和别的女人交往了，还是对你这么念念不忘。"

宋未晚没有回答他，反而淡淡地开口说："谷文森，我想问你一个问题。"

"说。"

"你刚刚对顾召南说的不忍心让怀着孩子的女人去死的男人，这些男人里面，包括你吗？"

谷文森脸色骤变，他没有回答，只是快速地转身离开，门被他摔着关上，发出老大一声响。

宋未晚捂着肚子，那里似乎受到了惊吓，有些疼痛。她想说自己现在真的很怕，可是，没有人听得到。

门外，那个男人没有走，他的手指抓着门的把手，很用力，似乎要把它生生拽下来。

没有人看到的地方，他终究还是红了眼眶。

如果每个人都有一段伤，他也没有什么不一样。

顾召南吩咐左立停止购买响巢国际的股份，同时让对方拟一份股权买卖合同书。

左立听到要求时有些诧异，之前高价买进，就是为了现在原价返还？他跟了顾召南这么久，从来没见他做过任何不赚钱反而还亏钱的决定。他们之前已经买了百分之十几的响巢股份，再过一阵子，响巢一定会大乱，现在，突然放弃。

他反问原因，顾召南的回答是，没有原因，遵照执行。

做出这个决定之后半小时，左立做好的合同刚刚送到他面前，办公室的门就被猛地推开了。

顾召南抬眼，看见温婉莹气冲冲地走了进来，眉眼之间尽是怒意。

“温总！”

如今的召南实业几乎是重新换过，温婉莹注资进来之后，也拥有了股份，在新的董事会有很大话语权。虽然大家都知道她是顾召南的母亲，平时不怎么管公司的事情，但是众人还是恭敬地称她一声温总。

温婉莹正在气头上，指着门说：“你！出去！”

顾召南点点头，示意左立先出去，等到门关上，才淡定地问：“发生了什么事？”

“这句话应该是我问你才对，到底发生了什么事，让你做出要把购买的响巢国际股份全部还给谷文森的决定？”

顾召南眉头微皱，没想到自己做的决定这么快就被知道。他还想着时间很短，在温婉莹还不知道的情况下，迅速卖掉，等明天之后再告诉她。先斩后奏，她也没有办法改变什么。

“左立告诉你的？”

"他对你那么忠心，怎么可能告诉我？"温婉莹冷笑，"现在是我在问你，为什么？"

"因为你之前劝我不要逼急了谷文森给自己造成麻烦，我仔细考虑了一下，觉得很有道理，所以决定放过他。"

"就算决定放过他，至于要把原本高价买回的股份全部原价返还给他？你当我是傻子？"

顾召南沉默了片刻，实话实说："谷文森抓了宋未晚威胁我。"

"呵，又是这个女人，我早就该想得到，除了她，还有谁让你这么没有理智，做出没脑子的事情来！"温婉莹冷笑，"我不允许你这么做！"

"妈——"

"召南，她和谷文森本来就是一伙的！你忘了他们当初是怎么害你的？你还要在她身上跌几个跟头才能明白？她根本配不上你，而且还在不停害你！"温婉莹苦口婆心地说，"你别忘了，你现在已经和欣桐在交往了。不管是我硬塞给你的，还是你自己愿意的，至少她是真心喜欢你，她对你怎么样，你自己心里也明白，为了那样一个女人，你要辜负她吗？"

"妈——"他语塞，提及乐欣桐，他突然觉得有些愧疚，即使答应了要和她好好交往，即使在心里做好决定不要再记挂那个女人，可是，真的听说她有危险，自己为什么会这么心慌意乱？

"我没有要辜负欣桐，可是——"他的解释是这样苍白无力，连自己都不信。

温婉莹更加不会信，儿子是她生的，她怎么会不明白他在想什么？她冷冷地站在他面前，身形瘦瘦小小，可是却有种说不出的压力。她坚定地说："我不同意你和谷文森谈这笔生意，你别忘了，召南实业我也有份儿！"

即使母亲强势地站在他面前逼他，他也没有办法不管宋未晚，谷文森的手段他早有耳闻，他怕——

"不要相信那个女人，她和谷文森是一伙的！"

在顾召南的心里，宋未晚的信用值早就为负，她和谷文森勾结也不是没有可能，可是，他不敢赌那个可能。

几乎是一瞬间，他就做好了决定："妈，我要她平安，只要她平安，我以后可以不再见她。"

温婉莹叹气，自己这个儿子。

她沉吟了片刻，终于咬咬牙，点头："好，你记得你说过的话，只有这一次。救了她，你再也不能和她有什么瓜葛。你已经……有欣桐了！"

母子俩隔着一张书桌对望，目光似乎有千钧重，空气似乎凝固了一般让人窒息。

温婉莹没有再多说话，转身出去，只是，在门外打了个电话。

她压低声音说："我不想看到她活着回来……"

第二天早上八点，顾召南按照约定，带上合同去见谷文森。

约好的地点是在郊区的一个旧仓库。

谷文森早早就带着宋未晚等在那里，他今天心情很轻松。

顾召南在他手下人的引导下走进来，一眼就看到双手双脚都被捆绑住的宋未晚，坐在椅子上，嘴上还贴着胶布，大概是被强行带过来的，谷文森做事一向周密，做足了防止她逃跑的功夫。

顾召南看见宋未晚这样，脸色顿时一沉，没有吭声。

谷文森却知道他这是心疼了，笑了笑，从手下手里接过刀，一边松绑一边问："我让你带来的合同呢？"

顾召南走到他面前，没有答话，只是望着宋未晚，面无表情地问："有没有受伤？"

宋未晚低着头，不知道该以什么表情来面对他，她说："没有。"声音沙哑得厉害。

顾召南将合同递到谷文森手中说："看完了，我就带她走。"

他的注意力已经不在那张纸上，伸手扶着宋未晚起来。

也许是虚弱，也许是因为身体里又多了一个，她的身体比往日沉了些，他扶她起来时，心里这样想。宋未晚试图挣扎，可是对方力气大得厉害，由不得她反抗。

谷文森看了看合同，终于点头放他们走。

顾召南脱下身上的外套，披在宋未晚身上，扶着她往仓库外走了两步。

可是就在这时候，突然有人喊了一声："小心！"

原本搀扶着宋未晚的手猛地用力，将她搂在怀里。顾召南几乎是当机立断，抱着她往旁边的一组集装箱一闪。

几乎是同时，砰的一声枪响，划破沉寂。

谷文森也被吓了一跳，随即一边隐蔽一边怒道：“顾召南你敢耍花样，老子弄死你！”

顾召南也怒了，反驳说：“明明是你卑鄙阴险！”

宋未晚被吓得脸色惨白，在他怀里瑟瑟发抖，听子弹击中木板又落地的声音估摸了一下位置。她在这一瞬间可以肯定，刚刚那一枪，是冲着他们来的。

要不是顾召南反应快，一下子拉了自己一把，或许刚刚……

“王八蛋！”谷文森能想到的是对方想要黑吃黑，连忙招呼自己这边的人说，“来人，给我上，杀了顾召南！”

仓库里顿时乱了，乒乒乓乓，枪击声不绝于耳。

事情在这短短的一两分钟糟糕到一发不可收拾的地步。

顾召南紧紧抓着宋未晚的手，他的手掌温暖而有力，莫名有镇定人心的力量。周围枪战激烈，可是他却仍然有空低声安慰她：“不要怕，我已经请了卫楚来接应，我们一定会安全出去。”

宋未晚终于反应过来，刚刚提醒他们小心的那个声音，也是卫楚的。

原来，卫楚早就潜进这间仓库来接应他们了。

可是，这里是谷文森的地盘，卫楚的人手终究还是略微有些吃紧。

当谷文森的枪口抵在顾召南额头的时候，脸上还挂着似笑非笑的笑意：“早有准备？可惜我也有准备。”

顾召南将宋未晚挡在自己身后，脸色没有一丝畏惧，甚至还笑了：“呵呵，事实证明，小混混就是小混混，永远不可能像正经人一样做生意。”

这话是在指责谷文森出尔反尔，手段卑劣，甚至还揭了对方过去的出身。

谷文森果然被激怒，枪柄狠狠砸在他太阳穴上，只听顾召南闷哼一声。

对方还不解气，又一拳砸在顾召南的腹部，一下就将他揍得摔倒在地，枪口对准他就要按下扳机。

一旁的宋未晚脸色一白，连忙喊道：“不要！”

她这几天吃不好睡不好，身体严重虚弱，此时不知道哪来的力气，一下子扑在顾召南身上，挡在枪口面前说：“谷文森，你有种就杀我！”

“呵呵，你以为我不敢？”谷文森又一个耳光甩在她脸上，“我送你和他一起去死！”

“住手！”顾召南吸着冷气，推开谷文森。

宋未晚被一个耳光甩得眼冒金星，嘴唇内外都破了，满嘴的血腥味儿，闻着几乎就要吐出来。她忍着，可是下腹一抽一抽疼得厉害，大概是动了胎气，她连忙捂着肚子，生怕刚刚的震动伤着了孩子。

顾召南瞧她表情痛苦，心里难受得厉害，他顾不上自己的腹部还在疼，一边扶着宋未晚一边吼道：“卫楚，替我毙了这个王八蛋！”

话音刚落，一旁的枪声不绝于耳，谷文森这边人虽然多，但是一眨眼的工夫就死伤了好几个。

谷文森脸色微变，枪口指着顾召南威胁说：“你们这些有钱人，最无耻，贼喊捉贼！让卫楚住手，不然我现在就崩了你！”

他还没来得及开枪，就听到砰砰几声枪响，伴随着身后两个手下倒地的声音。

“你敢！”角落里传来一声冷喝，“你动他们两个人一根汗毛，我就让你在东城的十八个盘口今天全部消失！”

几个暗角不知道怎么的，也慢慢走出了几个人来，每个人手上都拿着枪。

最前面的那个是卫楚，他冷笑着说：“谷总当年混黑道也是出了名的胆大心黑不怕死，怎么如今越活越胆小了？很明显刚刚的暗枪是冲着召南和宋未晚去的，你是真不知道还是装不知道？”

“你什么意思？”

“我想劝你见好就收，召南已经答应放过你的响巢国际，你要是想动他们，得看我答不答应。”

卫楚冷冷地与他对峙，他一向是不苟言笑的模样，此刻一身黑衣，身后还有一帮子人，更添了几分杀气。这位卫公子，还有一个响当当的名号叫“疯狗”。他在道上是出了名的冷酷热血，谷文森盘算着自己和他在云城各自的势力，斗了这么多年，彼此太过清楚，他不想刚刚解决了顾召南的麻烦，又添一个疯狗一样的卫楚。

心中暗叹，顾召南和卫楚，唉……偏偏这样的两个人交好，今天，他的打算注定要落空。

“今天，是看你的面子。”谷文森心有不甘，却不得不比了个手势，下令，“撤！”

仓库里，对方的人很快跑得干净，剩下的都是卫楚的人。

卫楚的手下拖着一个人过来，对方穿着一身黑色紧身衣，腰部和腿部都中了枪，无法逃脱，被生硬地拖了过来，流了一地血。

“老大，这个人，就是他，刚刚开的枪。”

“根据刚刚顾总和宋小姐站的位置，还有子弹射偏的位置，他应该是想杀宋小姐。”

卫楚冷着脸，听着手下几个人的分析推断，望着地上奄奄一息的人问：“谁指使的？”

这时候，站在他身后的一个手下吃惊地喊：“老大，血，流血了！”

“废话，中了枪当然会流血！”

“不是，是宋小姐的血，她流血了！”

顾召南一直抱着宋未晚，没有留意，现在才看到，她下面的浅色裤子，红了。

“快叫救护车！叫救护车！快点！”他吓得魂都快散了，朝卫楚的那些手下大声吼道。

宋未晚觉得头很晕，小腹坠坠地疼痛着，一股暖流似乎沿着腰腹向下流，一点点流出她的身体。耳边传来顾召南的喊声，让人叫救护车，她觉得很困很累，很想睡觉。

可是，顾召南用力地抓着她的手，说：“宋未晚，你清醒点，等等救护车就来了！”

“顾召南，别摇，头晕……”

“顾召南，保住孩子，一定要保住孩子！”

“住口！不要说话！”顾召南恨透了这个笨女人，在这种时候，她居然还有力气说废话，跟交代遗言似的！

他的声音在颤：“你在流血！”

“保住他，求求你，是你的！”这是昏迷前她说过的最后一句话。

顾召南听到这句话一下子愣住，然后，他突然抱起宋未晚就往外冲。

周围人还没来得及反应，就连卫楚也被吓了一跳。

他一边追，一边喊：“召南，你抱着她要去哪里？”

“去医院，快，快点！我们不能在这里等着！”

卫楚这辈子都没见过顾召南这样疯狂的模样，他傻站在原地，久久不动，最后终于长长叹了口气。

宋未晚像是沉沉睡了一觉，浑身都痛，使不上一点力气。

鼻腔充斥着消毒药水的味道，让她惊惧害怕，她流着眼泪醒过来的时候，周遭雪白一片。

顾召南正坐在床头，眼睛一眨不眨地看着她，看到她醒过来才终于有了反应，眨眨眼，又眨眨眼，确定自己不是看错。

“你终于醒了？”这一回，换他声音喑哑。

宋未晚惦记起最重要的事情：“孩子……”

他眼眶一下子就泛了红，她的心随之猛地一沉，眼泪一下子就打着转：“是不是……”

“孩子还在！”

“真的？”她不敢置信，微微扬起头，望着被子微微隆起的那个部位，是她的肚子。

幸好，还在！真的幸好！

那一刻，喜极而泣，她多么感谢上苍，没有让她失去。

他一把抓住她的手，按在自己脸颊，几个小时过去，他终于露出疲惫而脆弱的一面，后怕地说：“好险，幸亏送来得早……”

医生说，再晚点，别说胎儿，大人也会有危险。

她也情不自禁抱着他的头，他们之间，还从来没有这样亲密而感激地拥抱过彼此。

“未晚，你说的，是不是真的？是，我的？”

“是。”

他用力抱着她，到现在都还不敢相信，肚子里的孩子，居然真的是自己的。

这样的幸福来得太快太猛烈，他有些承受不起。

两人正静静抱着，病房的门突然被推开了。

沈蓉一下子冲了进来，不小心撞见两个人亲密的场景，啊呀一声，气氛顿时转冷。

顾召南尴尬地站起身来，假意咳了咳说：“你们聊，我先出去买点东西。”

沈蓉挎着包，静静地在宋未晚床边坐下，问了问她的身体，又问了问她被绑架的过程，听说还发生了枪战，眼皮吓得直跳，对宋未晚感慨：“幸亏顾召南找了帮手，不然，你们俩都得交待在那里。”

宋未晚横她一眼，恼她口无遮拦。

沈蓉的注意力早就已经落在宋未晚的肚子上面，她仔细瞧了瞧，又伸手摸了摸，小心翼翼，似乎生怕惊动了似的，啧啧称奇：“真是想不到，你肚子里已经有个宝宝了，未晚，你就要当妈妈了。”

她开始还一脸温情脉脉，到了后来，终于忍不住八卦地问：“孩子的爸爸……真的是……顾召南吗？”

宋未晚点头：“是他。”

“那你们早就有不正当男女关系了？”

宋未晚咳了咳，脸涨得通红：“沈蓉，你能不能纯洁点！你是来探望我的，还是来做采访的？”是谁告诉这个神经病自己住院的消息的？为什么要告诉这个狗仔职业病重症患者？

“好吧好吧，我错了。”沈蓉装模作样地鞠躬认错，叹了口气坐下，问，“顾召南这次为了你，可是差点连小命都交代了，你就真的一点都不愿和他在一起？唉，如果有个男人肯这样为我就好了……”

沈蓉不知道顾召南和宋未晚以往的过节，一直都不解，顾召南这样的好男人，多金帅气，家世显赫，关键对宋未晚还那么死心塌地。这种男人，多少女人上赶着求之不得，宋未晚到底还矫情个什么劲儿。

宋未晚听了她的话，想了想，说：“他很好，只是……我们不可能在一起。”

至少她想象不到那样的场景。

他们之间隔着太多阻碍，无论是当初她被他趁着醉酒强行占有的不堪回忆，还是后来她帮助谷文森算计他的机关算尽，他们之间有伤害，有欺骗，还有怨恨……虽然时间强大地抚平了许多伤口，可是，那些疤还在。

她不确定，自己以后是不是真的能够与他坦然相对那些丑陋的疤痕。

沈蓉很聪明，她听出来了，宋未晚的回答，避开了某个关键，于是，她追着问出口：“那你爱他吗？”

宋未晚愣住，她早就觉得，她和顾召南不可能在一起，所以她从来没有考虑过这个问题。

可是现在，要她考虑这个问题，她居然会紧张。

嘴唇在抖，手也在抖，身体也在抖，她完全控制不住自己。

“未晚，你在发抖，你其实已经有答案了，对不对？”

“我……”她艰难地张嘴，表情茫然，不知道要说什么。

“你难道真的爱他？”

“不，不，不是这样的！”她捂着耳朵，不停摇头，“我没有，不可能，我怎么会？”沈蓉简单的一句话，叫她整个人都陷入了惶恐不安的情绪。

有些东西在心底，一直藏着掖着，连自己都不肯承认，可是如今被揭开了。

想藏也藏不住。

沈蓉红了眼睛，数落她：“如果不爱他，那这个孩子，你为什么不肯打掉？他在一天天长大，以后怎么办？你们不可能在一起的话，孩子怎么办？未晚，你怎么这么糊涂？女人这辈子，要为自己爱的男人生孩子！”

她的话，简直是催泪的利器，逼得宋未晚泪水大颗落下来，怎么也止不住。

“沈蓉——”她的声音空空荡荡，在病房里似乎都能听到回声，“我，爱上他了，怎么办？我真的不想的，可是我控制不住……”

“不要哭，未晚，不要哭。”沈蓉将她揽在怀里，拍着她的肩膀，又羡慕又感慨，“我看得出，他也爱你，而你也爱他，这是多好的事情。相爱是最美好的事情，为什么要哭呢？要珍惜！”

顾召南回来的时候，沈蓉已经离开了。

宋未晚坐在床上发呆，眼眶红红的样子吓了他一跳，连忙追问：“到底是怎么了？”

“顾召南，我在想，我对你的偏见有多深，以至于这么多年有多伤人。”她偏着头看他，“如果现在后悔了，想说声对不起的话，还来不来得及？”

顾召南没有料到她突然会说出这么一句话来，吃了一惊，好不容易才稍稍回过神：“是我当初对不起你。”

“如今，我也不想再恨你了，你对我的好，远远大过你对我的伤害。”对着他，她很难得地露出几分温情。

顾召南心中惊喜交加，顿时明白了几分。他看着她，低声说：“我们，都不要再相互折磨了，好不好？”

今天这一场惊险，几乎让他耗尽心力，他再也不想和她这样折腾下去了。

宋未晚望着他这小心翼翼的模样，突然想起四年前的他。

那时候的他到底长什么样，她已经忘了。

可是不知道为什么，她想起当时他看着自己的眼神，那种无声地充满侵略性的眼神，好像早就认定，这是属于自己的。

那时候的她心里喜欢着另一个人，所以对这种眼神极其厌烦，甚至憎恶。她觉得，顾召南就是和以前一样，想要玩弄和抢夺罢了，这种人，压根不懂什么是爱。

可是，命运就是这么奇怪，当初她认定的那个，早就已经不像她一厢情愿那般笃定地爱着她。而她厌烦的，也不像她嗤之以鼻那般草草放弃。

她以为自己永远不可能爱他，结果，现在，泥足深陷。

所以啊，永远不要说不可能。

她认命了，不再挣扎着和自己的心过不去了，点点头，说：“好，我也累了，我们不要再相互折磨。”

“在一起，试试，好不好？”

他问过她这么多次，每一次都被拒绝，如今她终于点头，说：“好。”

只是简单的几个字，彼此都红了眼眶，相互对视，说不清是甜蜜多一点，还是心酸多一点。

因为有流产征兆，医生让宋未晚至少留院静养两个星期。

时间有点长，宋未晚思虑再三，不得不打电话告知何碧莲，自己在医院。

何碧莲一听说女儿要住院，吓得不轻，连忙问出了什么事，严不严重，等到听说怀孕的消息后，彻底沉默了。

许久，才问：“孩子的爸爸……知道是谁吗？”

宋未晚看了看坐在病房沙发上批阅文件的顾召南，眼中闪过一抹温柔：“他现在正陪着我，你不要担心。”

何碧莲问了地址，说：“等我过去。”然后撂了电话。

顾召南看完手中的文件，笑着问她：“刚刚跟你妈说了？”

“说了，她现在正在赶来医院的路上。”

“她要来？”顾召南有些惊讶，“说起来，我还没正式见过你妈。”

“那正好见见，她貌似心情不大好。”

医院离宋未晚的住处有一段距离，可是何碧莲来得很快，她推开门就看到躺在病床上的宋未晚，心急火燎地跑过去问：“怎么要住院这么严重？”

宋未晚笑：“没事，需要静养。”

何碧莲的脸色一沉：“到底是谁的？到这时候才告诉我！”

宋未晚难得看到她火大的样子，却也不怕，朝一旁努努嘴，她这才看到旁边还站着一个男人，个子高高，长相和气质都出类拔萃，看着很顺眼。她心里的火气稍稍平息了一些，心想，幸好不是许邵严。

顾召南礼貌地微笑：“伯母你好，我是顾召南。”

“顾召南？”何碧莲声音顿时尖锐了几分，“你是顾家的？许劭严的……”

“是，我是顾家的。”顾召南有些不解，为什么宋妈妈看到自己会是这样的反应。他疑惑地看了宋未晚一眼，还没来得及从对方那里接收到信息，何碧莲已经瞪着他，满脸厌恶和愤怒交织的神情。

“居然是你？”她指着顾召南，手指颤抖着，眼睛却死死盯着宋未晚，“就是他，对不对？”

“妈——”

“你怎么会和他？！”何碧莲听得明白，女儿喝止自己是不想听到自己接下来会说出什么更难听的话来。

她做错过事情，连自己都无法原谅，所以一直在女儿面前抬不起头来，事事都恨不得赔尽小心。可是今天，她一听说宋未晚肚子里的孩子居然是这个男人的，气得头都有点疼了。

三年来，她们母女背井离乡，在遥远的大洋彼岸漂泊流浪，就是拜这个男人所赐！顾召南，这个名字她在心里诅咒了几千遍几万遍，是他把自己这个家害成这样的，如今他居然能坦然无事地出现在自己面前。

宋未晚瞧着何碧莲随时都要开口骂人了，连忙喊住她：“妈，晚点我们再谈好吗？现在我想问正事，我不在的这几天，公司有没有人来找过我？”

“公司的人？”何碧莲仔细回忆了一下，然后摇头说，“没有，只有沈蓉打电话来家里问起过你。”

“哦，好。”宋未晚想着晚点还要跟公司请假，这时候电话的嗡鸣声在病房里响起。

顾召南从怀里掏出手机，看了一眼屏幕，挂断电话，朝何碧莲点头示意说：“麻烦伯母先陪着未晚，我有事情要回公司处理，先走一步，晚点看护会来照顾她。”

何碧莲从鼻孔里哼了一声，连正眼都没有看他一下。

顾召南赶时间，心里明白这位伯母对自己似乎有很大意见，奈何真的赶时间，只能匆匆离去，想着下次有机会一定要和对方解除嫌隙。

他一走，宋未晚就在病房里黑了脸。

何碧莲瞧着女儿给自己脸色看，心里又气又急：“你这是什么意思？跟我闹不痛快？”

“那你刚刚对着顾召南又是什么态度？他是我肚子里孩子的爸爸！”

“孩子的爸爸？你忘了是谁把你害成这样？未晚，他们顾家两个男人就是灾星，你跟他们牵扯不清是不会有好结果的！”

“那你要我怎么办？把孩子打掉？”宋未晚冷冷地问她。

何碧莲被她的问题梗住，一下子回答不出。

病房里顿时陷入死一般的沉寂，气氛僵到谷底。

顾召南此时已经开车出了医院大门，在路上打了个电话问：“在哪里？”

半个小时后，他到了某酒吧包厢门外，两个小青年凶横霸道地站在门口，任谁一看都知道里面有不能惹的角色。顾召南之前见过他们，都是卫楚的手下，两人看到顾召南过来，连忙鞠躬喊了一声“顾总”，直接就给开了门。

包厢里光线很暗，显得特别安静。

所以顾召南很清楚就能听到有人细若游丝般呻吟求饶的声音：“求求……你，放了……我……”

“放了你？这可不是我说了算的事情。”卫楚面朝门的方向，随意地坐在沙发上，长长的双腿交叠着，身体几乎隐在一团浓墨之中，让人难以看清楚。

顾召南越往前走越能闻到房间里的血腥气味，地上的那个男人，正是之前在仓库里妄图向宋未晚开枪的那一位。此时，像一条狗一样趴在自己的脚下。

他走近了看一眼，对方露在外面的皮肤全部都血肉模糊，一张脸已经被揍得完全看不出之前的样子了。

对方一看到他，眼里似乎有了急切求救的欲望："顾总，求……求你……放过我……"

顾召南嫌恶地离他有一些距离，不让他身上的血污沾染在身上，然后问："招了？是谁派你来的？"

"是……"

"是伯母。"

卫楚没忍住，直接把之前审讯出的结果告诉了他。

顾召南不由得一愣，差点以为自己听错："你刚刚说的是谁？"

"是你妈妈。"

"怎么会？"

"真的。"

他惊疑不定地望着对方，眼神瞬间凌厉，却又在对方坚定的目光下，渐渐涣散。

有些事情，甚至不需要去猜测去验证，已经没有理由不相信。

顾召南从包厢里出来，去洗手间洗了一把脸。

出来的时候，卫楚在外面等他，双手环抱着放在胸前，说："你妈的意思很明显，你要怎么办？"

顾召南面无表情地说："不怎么办。"

卫楚点头："也对，那是你妈，你总不能为了一个女人不要老娘了。"

他一向不待见宋未晚，所以还在担心顾召南冲冠一怒为红颜，做出不孝的事情来。现在，这颗心算是渐渐放下。

顾召南反问他："如果是你，你怎么办？你老娘要杀你的宝贝。"

"我没有这个困扰。"卫楚轻松地耸耸肩，"我老娘早就不在了。"

顾召南没搭理他，匆匆离开，在路上拨通了乐欣桐的电话。

"欣桐，我们约个地方见一面，有事情想和你谈。"

乐欣桐大概正在逛街，音乐声热闹，间杂着嘈杂人声，飘进耳朵。她愣了一下，大概是没有想到他白天会找自己，忙不迭地答应：“好呀好呀，就在我前天跟你说过的那个餐厅好不好？我一直没舍得自己一个人去吃呢，难得你有时间。”

顾召南心里本来就不痛快，听到她的回答，越发沉重，应允了她的要求。

两个人约好在一个不知名的小餐厅吃饭，他开车大概又花了半小时才找到。如果是平时，早就耗尽了他的全部耐心。

可是今天，无论怎么样，他都要见对方一面，所以什么都可以忍受。

顾召南停好车，进来的时候，一眼就看到乐欣桐托着下巴坐在最里面的那个座位，看到他眼睛顿时一亮，挥挥手说：“这里，召南哥哥。”

餐厅虽小，布置却很温馨甜蜜，氛围实在是小情侣最爱。

每一道菜都花了小心思，很别致，乐欣桐赞不绝口，觉得自己来对了地方。

更重要的是，顾召南难得主动约自己吃饭。

点了一桌子网上评分很高的美食，大快朵颐，时不时给对方讲自己听说的美食创意和做法，她兴致勃勃，意犹未尽。

可是，顾召南却吃得有点心不在焉。

这种情绪，很快就被察觉。

“召南哥哥……你……是不是生意上又有什么麻烦？”

“没有。”

“那你今天心情好像不大好。”她想了想，刚刚在电话里约自己的时候，他就说有话要对自己说，大概又是生意上的麻烦吧？她知道，自己能够帮到他，可是又怕伤了他男人的面子，所以现在她主动问出来，“没关系的，如果我可以帮到你，不要客气，尽管开口。”

尽管开口？顾召南犹豫了一下，如果真的要他开口，只怕……

他很喜欢面前这个女孩子，年轻、纯粹、善良。

如果没有宋未晚，如果他不是那么偏执，如果再早一点，或许，可能……

或许，可能真的会喜欢上她？

至少，没有明确拒绝或者推开她的理由。

可是，没有如果。

顾召南抬头望见对方关切的目光，话在嘴边回旋，却怎么也开不了口。

“其实，并没有什么事，我只是，想请你吃顿饭。”他故作轻松地回答她。

乐欣桐的期待一下子落空，眼底那一丝轻微的期待瞬间散去，却依然带着轻松愉快的神情。闺密教过的，不能急，慢慢来，相信自己是美好的，一定能感染到身边的所有人，包括他。

早晚，她一定能让他主动对自己表白！她这样安慰自己，然后说："我们有两天没见了，要不……我今晚去你那边？"

说完，自己立刻就后悔了，连忙红着脸低声解释："你别，别误会，我只是想去看看伯母，没有别的什么意思。"

顾召南一愣，刚刚没有在意，现在突然回过神来，明白对方刚刚主动要求去自己家里，真的有歧义。他一直在想自己的事情，居然一下子没有意会过来。等到他想明白，连忙摇头，"没关系，我刚刚没想到……"

他没想到，自己的话居然会引起对方更大的反应。

乐欣桐急得解释："不，你真的别多想，我，我真的不是随便的……上次那件事真的是误会，我没有想要和你……"

"欣桐，我们分手吧。"

"什么？"乐欣桐瞪大眼，慌张又迷茫地看着他，"你……"

她从来没有遇到过这样的场景，一下子蒙了。

顾召南已经看得到她眼里一下子蓄积的水汽，突然有些心疼，可是却不得不狠下心，阻断对方可能的说法："你没有听错，我也不是在开玩笑，欣桐，分手吧。"

他年轻时不是没有过荒唐的时候，以前抢过许劭严那么多任女朋友，每一次分手的时候都显得那么从容淡定、理直气壮，从来没有像今天这么心虚过。

以前他对着那些女人都可以说的理由实在太轻而易举，诸如"不合适！""玩腻了！""许劭严玩过的我会要？"这些。

可是对着乐欣桐，他觉得说什么理由，都会轻率而侮辱。

他突然有些后悔，为什么那天晚上会对她说交往的话……如果那些注定是伤害。

"可是，为什么？"乐欣桐不明白，连拒绝或者争辩都不会，只能弱弱地求个理由，"难道，你……"

"因为我有喜欢的人了，所以，不能再接受别人。"顾召南看着她，认真地道歉，"对不起，欣桐，是我的错。"

"是上次那位宋小姐？"乐欣桐虽然单纯善良，却不是个傻子，一下子就敏感地猜到。她的神情，一下子就沮丧了起来，“上次我见过她，很漂亮……所以，你一直忘不掉，是不是？”

“是，哪怕她拒绝了我那么多次，可我还是想要试试。”顾召南皱着眉，望着侧前方某个地方，似乎在想象某个场景。他的表情，无奈，挣扎，却又释然。

只是话刚说出口，乐欣桐的眼泪就流出来了，她竭力忍着，却没有办法，只能强作出笑容说：“我懂了，我要走了，对不起，失陪——”

说完，就拿着包往外跑。

顾召南瞧她一脸凄然的神情，心里不忍，喊她说：“欣桐，等等，我送你。”

“不，你不要——”乐欣桐背对着他说，“别跟过来好吗？求求你——”

她现在，真的觉得好丢脸，自作多情到这个份儿上，一直还心存着幻想，结果……

最后，她羞恼地跑掉了，抛下顾召南一个人。

晚上回到大宅的时候，屋里的大灯几乎都熄了。

顾召南轻手轻脚穿过大厅，想要往楼上走，却听到冷冷的一声“站住”。

他转身，看到沙发上坐着一团黑影，拧亮大灯，发现温婉莹在那里，一副等了他很久的样子，眼神像刀子一样飘了过来。

顾召南疲倦地揉揉太阳穴说：“妈，你这么晚还没有睡？”

“睡？我还睡得着吗？”温婉莹冷冷地问，“为什么突然开除老王？”

“原因，妈妈难道不是应该很清楚吗？”他讨厌身边有一双眼睛时时盯着自己，像是监视。哪怕，那个要老王监视自己的人，是自己的妈。

“你真的以为自己长大了，翅膀硬了？就这么迫不及待要逃出我的视线？”

“妈，我是个人，拥有自由的权利。您就在家休息休息，不要再关注我的一举一动了，行吗？”

“不关注？不关注你就要和姓宋的那个女人纠缠不休？”温婉莹冷笑，“差点以为你今晚要睡在医院。那种女人，怎么还没死，偏偏要来害我的儿子！”

“妈！你在胡说什么？这就是你命人杀她的理由？”顾召南终于忍不住，沉痛地望着她说，“你怎么会这么心狠？她肚子里，还怀着孩子，那是你的孙子！”

“你开什么玩笑！她怎么配得上你？”温婉莹被他气得发抖，“那个女人，她生的孩子，鬼知道是不是你的种！”

“妈！”

“总而言之，我的儿媳只能是欣桐，我的孙子，也必须是她生的！”

顾召南无法说服她，只能深吸一口气，慢慢地说：“今天下午，我已经和欣桐分手了。”

“什么？”温婉莹怀疑自己听错了，“分手？为什么？”

“我已经有宋未晚了。”

“混账！我不会同意你乱来！”

“无论你同意不同意，我都已经这么做了。”顾召南坚定地望着她，认真地说，“她是我的女人，肚子里也是我的孩子，这次差点被你害得死掉。如果你再找人来，我一定不会再原谅你！”

“你！你好呀……这是对妈妈该有的态度吗？”

“妈，这是我第一次，也是最后一次告诉你，不要动我的女人！”他说完，转身上楼，再也没有和温婉莹说一句话。

更没有机会看到，背后的温婉莹一张脸铁青，被他气得快要昏厥过去了。

为什么，她会从顾召南身上，看到当年他爸爸的影子？

他袒护那个女人的神情，转身而去的决绝，无一不让她觉得心寒。

不允许，她绝对不会允许，这种情况，绝对不能再出现！她要把所有苗头都掐死在摇篮中！

顾召南比之前更忙碌了，与政府合作推进的项目已经逐步上马，他要花费比之前更多的精力投入其中，几乎忙得停不下来。

生意发展势头良好，他是云城今年发展势头最强劲的年轻新贵，一举一动备受关注。

可是，与此同时，他与母亲温婉莹的关系也变得越来越僵，尤其是在对方数次要求他与乐欣桐复合无果之后，已经不肯给他好脸色。

母子俩的矛盾越发不可调和，温婉莹的脾气越来越大，经常打骂大宅的下人，闹得鸡犬不宁。

顾召南不想被卷进对方的怒火中，索性搬出了大宅，回自己的小公寓居住。

住在市区，一切都很方便，每天晚上忙完工作，还可以去医院看一看宋未晚。

第一天晚上去的时候，已经很晚了，宋未晚正坐在床上看书，一盏台灯泛着微黄的光，衬得她面容姣好，越发有种恬静的美感。

顾召南站在门口，一时有些舍不得进去打扰她。

最后是巡阅的小护士看见他，连忙把他推了进去。

宋未晚被惊动，抬起头看见顾召南站在面前，有些惊讶："白天不是刚刚来过？事情处理完了？"

顾召南目光比平时更温柔，看得她都有些不自在了。

她心想，大概是白天何碧莲的态度太恶劣，柔声安慰说："是因为我妈白天的态度不高兴吗？你不用理她。"

"我做的决定，她干涉不了的。"她古怪地看了一眼顾召南，发现他一动不动，依然是那样的表情，咳了咳说，"你不要担心。"

"我很担心……"顾召南的表情有些纠结，似乎在思考一个很难的问题，他解释说，"怕你后悔自己做的决定，或者想改主意，我已经不想再放手了，怎么办？"

"什么？"她还在想着要怎么劝解他，一下子没反应过来，露出迷惘的神情。

她不知道，自己这副模样，又无辜又茫然，有多诱人。

某人立刻就没能忍住，上前，突然托着她的下巴，吻了下去。

宋未晚骤然被袭，瞳孔瞬间放大，她下意识想要推开对方，却没能推动。

顾召南一边用力地吻着，一边贴着她的唇呓语："不要推开我。"

她一下子败下阵去，竟然没有办法继续推拒。鼻息温热，唇齿相依。

这大概是她和顾召南之间唯一一次，这么温柔的吻，没有强迫和反抗，也没有挣扎和犹豫。

顾召南有些激动，他的手情不自禁地探入宋未晚的衣服，肌肤细腻，让他心神骀荡。

"别——"

"唔，未晚，我已经好久——"他急切地吞下她的话，"难受——"

宋未晚一边躲闪，一边忌讳地说："不，不要，胎儿，会伤害到他。"

"我会轻点。"

胎儿已经满了三个月，医生也批准可以出院了，可是她终究还是心存忌讳，生怕伤到他。

顾召南因她这样生硬的动作和神情一下子醒过神，生生停止了动作。他强忍着涌动的欲望，深吸一口气，抱着她一动不动。

宋未晚的头刚好在他胸口的位置，看不清楚对方的表情，她尝试着挣扎，却听到对方闷闷地说：“不要动……就让我这么静静地抱你一会儿。”

宋未晚也被他磨蹭得有些受不了，但她耐性好，硬是忍着，终究没有回应顾召南临时而起的欲望。

顾召南叹气地抚着她微微有些圆润的肚子：“都是因为里面有个他，不然……”

宋未晚忍着笑，一本正经地建议：“我觉得你还是早点回去休息比较好，不然，我真的很担心。”

“不要，我想在这里陪着。”声音含糊，已经有了明显的睡意。

宋未晚再歪着头看的时候，对方已经呼吸悠长，睡了过去。

她轻轻推了两下，对方一动都不动，大概是太疲惫了，居然就这么搂着她睡着了。她轻手轻脚给他盖上一层薄被，熄了小台灯。

是夜，顾召南没有回自己的住处，在宋未晚病房睡了一晚上，和宋未晚蜷缩在一张床上。第二天起来，腰背酸得不行。

临走的时候，他望了望病房说：“等下让护士送张折叠床过来，方便我晚上在这里。”

“不要了。”

“为什么？”他莫名其妙地望着宋未晚，“昨晚吵到你了？”

宋未晚笑：“因为我今天就可以出院了。”

顾召南顿时一副惊到失语的表情，脱口道：“去我那边住吧……”

“这个……”宋未晚摇头，“我要回家。”

好吧，他实在赶时间，暂时来不及说服她，只能等过了今天再说。

临走时，不忘交代，有任何事情，可以让左立来帮忙。他今天实在顾不上她。

宋未晚笑，在病房里休息了一会儿，何碧莲来看她。

这段时间，何碧莲天天都给女儿送滋补汤水，再加上医生护士的悉心照料，宋未晚的身体恢复很快，胎儿的情况也越来越稳定。

又留院观察了许多天，医生告诉她，可以出院回家了。

何碧莲站在床边帮她收拾东西，看她站在窗口朝外望，忍不住冷嘲热讽：“在等人来接你？你难道真的天真到以为他会和你在一起？”

“何碧莲！”宋未晚有些哭笑不得，正准备说点什么，手机突然响了。

她接起：“喂？”

“是宋未晚小姐？”

“是，你是？”

“我是温婉莹，召南的妈妈，我们能见个面聊聊吗？”

宋未晚提前到达约好的地方，时间过了大概一刻钟，温婉莹才姗姗来迟。

宋未晚看了看手表，心里已经可以确定自己之前的猜测，来者不善。

温婉莹的妈妈很漂亮，之前在电视和酒会上，都是远观，如今才是近距离接触。她在宋未晚面前坐下，点了一杯茶，丝毫没有因为自己的迟到而有抱歉之意，反而单刀直入地问：“你又缠着召南，究竟有什么目的？”

“我缠着他？”宋未晚摇头，“你可能是误会了，我没有缠着他，更没有什么目的。”

“你没有缠着他，那他为什么昏了头？”温婉莹啪的一声将细白瓷的杯子敲在桌子上，“他为了你，都和欣桐分手了！宋未晚，你真的是好有本事呀，看来我真的太小瞧你！”

宋未晚微怔，顾召南和乐欣桐分手？

她突然想起来，那晚在酒会，温婉莹的确宣布过，顾召南和乐欣桐在交往。

她诚恳地摇头：“这件事，我真的不知道……”

“那你现在知道了，我要你离开召南，不要再给我们添麻烦了，能答应吗？”温婉莹冷笑，她从包里掏出一张支票，用指尖拈着在光滑的桌面上划过。

支票被轻轻推到宋未晚的面前，上面有几个零，她一下子没办法细数。

这一幕，怎么这么像狗血电视剧里演的。

她忍不住自嘲地笑，她该怎么回答？她和顾召南是真心相爱的？温婉莹一定会毫不留情地嘲笑吧？

她想了想，退回支票说：“我不要钱，我只要顾召南。我会和他在一起。”

“嫁给他？”

温婉莹的声音尖利，可是宋未晚眼神坚定，态度越发温和地点头："嫁给他。"

"我不同意你嫁给召南。你来历不明，家世也平庸，根本配不上他！"

"可我肚子里有他的孩子，我不能让孩子一出生就没有爸爸。"

这句话忍不住脱口而出，温婉莹顿时安静了下来，脸色难看得更加厉害。她惊疑不定地打量了几眼宋未晚的肚子，突然笑了。

这一幕，让宋未晚莫名其妙。

温氏笑着说："真像。"

"像谁？"

"许劭严的母亲。一样的贱人。"

很难想象，这样一个举止得体的女人，可以用这个轻慢而恶毒的语气说起另外一个女人。何况，那还是一个早已过世的人。

如果不是真的怨恨，怎么会。

宋未晚摇头："许劭严的母亲抢了你老公，可我不是来抢你儿子的。我只是，想要和他在一起，没有别的。"

温氏低声说："乐欣桐才是我看中的好媳妇儿，至于你——去把孩子打掉吧，所有开销，一律由我负担。"

"伯母，你的要求太过分了，我不会打掉孩子的。"

"怎么？嫌钱少？"

"不，除非他亲口说，不然我绝对不会不要孩子。"宋未晚失去了继续陪坐的耐心，她很快喝掉了杯子里的茶水，起身告别说，"伯母你再坐一会儿，我有事先走。"

说完，起身，在前台付了账才离开。

留下温氏，气得七窍生烟。

她愤愤不平地望着宋未晚离去的身影，拿起手机拨了一个号，对着那头冷冷道："给我去查一个女人，我要详细的情况！"

宋未晚见过温婉莹之后，心情有些不快。她想起自己原本计划见过温婉莹之后，就要去顾氏集团一趟的。

早早做好的决定，不想轻易更改。

所以，她又打车去了顾氏集团。

许劭严在办公室，所以，时隔这么久没见到她来，一见面就看到她递交辞呈，整个人都惊讶了。

他连忙挽留说：“是我给你放的假不够多，还是什么别的原因，非要离开？”

“因为——”她想了想，说，“我要和顾召南在一起了，他肯定不会愿意看到我还在顾氏的样子。”

“你们？在一起？”

“对。”

办公室里的气压瞬间低了下去，许劭严的脸色像笼着一层冰霜，他直直地看着宋未晚，不死心地问：“你……确定真的要和他在一起？不是为了报复我？”

“你想太多了。”宋未晚不耐烦地将手中的辞呈往他面前递了递，示意他签字。

许劭严一把隔开她的手，暴躁地从椅子上站了起来：“宋未晚，你到底为什么？就因为他现在又翻身了？他能给你的，我也能！”

“许总，你想太多了！”

“那是为什么？你爱他？”许劭严似乎突然惊醒一般，不可置信地瞪着她，“不是吧？不可能！他那样自大狂妄的人……”

“为什么不可能？”

屋子里静得只听到他粗重的呼吸声。

宋未晚脸色有些苍白，昨晚和顾召南挤在一张床上，对方姿势蜷曲，她也没有躺得平整，只是怕打扰对方休息，没有吵醒对方。一夜的工夫，她一直睡睡醒醒，没有休息好。

再加上刚刚去见温婉莹，她有点累了，想早点把这件事办完，回家休息。

她点头再次确定说：“我真的确定要和他在一起。所以，许总，拜托你签字吧。”

许劭严久久不语，最终还是签了字，太用力，笔尖把纸都划破了。

他深深地望了一眼对方，却只看到她离开的背影。

以前，他认为，有些东西，他注定得不到。

后来他想，努力一把，还是可以得到的。

而现在，他终于明白，还有些东西，他曾经那么幸福地拥有，却要遗憾地永远失去了。

他掏出电话来，打给蒋梦溪，疲惫而失落地说：“蒋梦溪，我们离婚吧，我说真的，我累了，不想再和你拖下去了。”

宋未晚办完所有手续出来的时候，已经是接近下班的点。

中途何碧莲打电话过来，问她有没有和温婉莹结束会面。

她心不在焉地回答了几句，告诉对方，自己在顾氏集团办理辞职手续。

何碧莲听了，骂她：“你疯了吗？现在工作多难找！就为了那个顾召南？”

“我的事情，你不要管。”

“我是你妈！”

“可是你都为你的女儿做过什么？”宋未晚一边往办公室走，一边冷笑着打断她，“你已经给我添了很多麻烦了，这次不要再添麻烦了，行吗？”

何碧莲被她的话哽住，气愤地挂了电话。

宋未晚回到办公室收拾东西，一众同事围过来，才刚刚听到人事经理打来的电话，说她要走，大家都觉得有些意外。

只有李佳琪知道她怀孕了，看到她东西太多，主动替她抱着一个箱子下楼，到公司门口，正好看到左立的车停在门口。

李佳琪一看对方，就知道是顾召南的秘书，拍了拍宋未晚的肩膀说：“有空常联系。”然后，转身走了。

宋未晚上车，说：“送我回家。”

左立一边开车，一边从后视镜里看了她一眼，说：“顾总吩咐了，让我先带你去他的公寓休息一会儿。”

顾召南从郊区看完工程项目之后，匆匆赶回来。

新聘用的司机偶尔抬头，看到一整天都板着脸的男人时不时露出温柔的笑意，顿时觉得不可思议。

而他，视线全部都落在手机里的某张照片上，温柔而专注。照片里的女人，睡容安详，此时，他正朝她飞奔而去。这么晚，只为了去陪她吃一顿饭。

可是，手机铃声打破了车内的安静，他看了一眼屏幕上温婉莹的名字，眉头微皱：“喂？妈？”

温婉莹毫不客气地说：“顾召南，你现在立刻到机场来！立刻！”

“为什么？”

“都是你干的好事！欣桐到底有什么让你不满意的，非要和她分手！”温婉莹非常生气，“她现在要回国了，你满意了？你要是有点良心，就给我赶快来机场送她，听见没有！”

“我有事，不去。”顾召南几乎完全没有犹豫，直接拒绝。

“为什么？你现在有什么事情比照顾好欣桐更重要？她一个女孩子，为了你从德国大老远飞过来，可是你呢？你怎么对她的？现在她被你拒绝，不得不回去，都是你惹的祸！”

温婉莹的一番话还没有说完，对方就挂了电话，气得她在人来人往的机场候客大厅里暴跳如雷。

她的身边，乐欣桐笑笑安慰她：“没有关系，召南哥哥工作忙，不能来送我，我是可以理解的。”

“欣桐——”温婉莹一把抓住这个女孩的手，眼底满是感动，“苦了你了呀孩子，你放心，回头我一定好好说他，我是绝对不会让他和那个女人在一起的！你才是我心目中的最佳儿媳妇人选！”

“不要啊，温阿姨，我知道，召南哥哥一直都只是把我当做小妹妹而已。”乐欣桐说到这里，神情一黯，“我明白的，请您不要再逼他了，我希望他能和宋姐姐幸福……”

她说着说着，自己都说不下去了，连忙转过头，生怕被温婉莹看到眼底打转的泪花。再回头，已经是笑嘻嘻的样子：“阿姨，我要上飞机啦，你有空来我家做客！”

“好，好，阿姨一定会去看你！”温婉莹不舍地抓着对方的手，又心疼又难过，多好的孩子，多好的儿媳妇儿人选，家世好样貌好，顾召南究竟是吃错什么了，非要跟那个女人在一起！

她匆匆送别了乐欣桐，眼眶都哭得红了，从机场出来，正遇到一辆车匆匆赶过来，斜停在她的车前。

车上走下来一个男人，黑色长风衣，黑色墨镜，脸上的表情不怒自威，气场十足。

温婉莹正准备开车门，看见对方走到跟前，脸色不由得一凛，冷哼道：“谷总什么时候多了死缠烂打的毛病？我都已经明确表示不会再见你，为什么连我来机场送客都要追来？”

“温总不要生气，我只是想要和你谈笔生意而已，可你总是拒不见我，所以只能找上门来。”

“我和你有什么好谈的？”温婉莹冷笑，“上次，我已经和你通过气，让你杀了那个女人，你做到了吗？你不仅没有做到，还差点想要趁乱要了召南的命，以为我什么都不知道？”

“可是，温总你别忘了，那个蠢货杀手可是你请的，是他办事不力。”谷文森摊手，“而且，最近你和你儿子联手对我们响巢国际进行打压，害得我吃了不小的亏，足以让你消气了，不是吗？我现在想和你谈一笔生意，相信——”

“我不想再相信你这个小人！更不会和你谈生意！”

谷文森摇头，神情淡定地说：“不要急着下结论，我只想参与一小部分你们召南实业这次与政府的合作项目而已。”

温婉莹被他的话引得失笑：“参与合作项目？就凭你？”

如今响巢国际还处在四面楚歌的困境之中，各路商场对头都虎视眈眈恨不得生生啃下一块来，能顺利脱身就算奇迹了，居然还敢妄想？

谷文森也笑了。他笑起来，一半脸被机场的灯光照着，却依然显得虚实不定，和他本人给人的感觉一样。

他从口袋中慢慢掏出了两三张照片，递到温婉莹的面前。

温婉莹脸上的笑意瞬间停顿，足足有两三秒，眼中突然闪过厌恶、鄙夷……很快又被狂喜的光芒吞没。

她太激动，连言语都失了平日的从容：“这，这是什么？你怎么会有这个？”

“你让人查她，不就是为了得到类似这样的东西吗？除了这三张，我还有许多，足够让她死无葬身之地，你看，这笔生意……我够不够资格和你谈？”

“哈哈哈哈！”温婉莹大笑，露出快意而雀跃的神情，“我就说，怎么可能没有破绽？那种女人，怎么可能是什么干净的好货色！谷总果然好手段！这笔生意，成交！”

第十二章　失去

得知他再也无法醒来，她并没有哭，所有的眼泪都已在这一年流尽。她隔着玻璃看了一眼自己又恨又爱的男人。

然后转身，泪如雨下。

这一次，她是真的，失去了。

宋未晚坐着左立的车去了顾召南的市区小公寓。

左立帮她把东西都搬进去的时候，她站在玄关处看了一会儿，然后才进去。

屋内灯火通明，餐桌上摆着热气腾腾的饭菜，香气扑鼻。

什么都已经准备好了，似乎就等主人回来。

她突然觉得有些惊喜，又有些被动。只是临时起意想过来看看，没想到他早就想到，而且早就做好了各种准备。

左立问："宋小姐，我刚刚已经给顾总打过电话了，他再过一会儿就回来，请问你有没有什么需要帮忙的？"

她摇摇头说："你先回去吧，我在这里等他。"

然后她一个人坐在沙发上发了一会儿呆，直到听到钥匙在门孔里转动的声音。

顾召南身上还带着外面的寒气，一进来看到她，眼里就漾起了暖意。他脱下外面的大衣，露出衬衫，问她："有没有饿？"

宋未晚点点头，两个人在餐桌前坐下，吃饭。

顾召南给她夹菜说："多吃点，你现在容易饿。"

宋未晚点头，随意地问："等下你送我回去，还是让左立送我？"

顾召南的筷子停了停，说："今晚留下来。"

四目相对，宋未晚突然扑哧笑了："顾召南你想干什么？"

"想让你今晚留下来。"顾召南停了停，又说，"以后都留下来，好不好？"

"这算是……同居？"

"我们可以结婚。"

宋未晚望着顾召南，他神情不像是开玩笑，让她有些不安。

"顾召南，事情不是这么简单。"她说，"我妈，还有你妈，我们还有很多问题没有解决。"

"那我们就一起去解决。"

她想了想，突然被他的话打动了。一起，只要在一起，都能解决的，不是吗？这么想着，她嘴角不由得露出一丝淡淡的笑意。

顾召南面无表情地拿起筷子，说："吃饭。"

晚上，宋未晚留了下来。

很明显某人蓄谋已久，各种衣物用具都替她准备好了，望着衣橱里、鞋柜里各种属于自己的物品，全都崭新连包装都还没拆开，她目瞪口呆。

默默经过深思熟虑，为了身心健康，为了肚子里的孩子，吃完晚饭，她把自己的东西都拖进了旁边的一间客房，然后沐浴。

白天太疲劳，所以躺在浴缸里多泡了会儿，直到听到外面敲门的声音，才猛然发现自己刚刚睡着了。

宋未晚连忙问："谁？"

外面传来顾召南的声音："你洗了很久。"

她应了一声，连忙擦干出来，发现顾召南穿着一身睡衣，显然已经在自己房间沐浴过了。他早早就躺在床的左半边。床头的台灯开着，他正津津有味地看着一本外文书，神态姿势悠闲，仿佛再自然不过。

宋未晚突然觉得脑仁有些疼，问："你为什么会在这里？"

"嗯？有什么问题？"对方一脸懵懂的神情，似乎没有听明白她的意思。

"你不是应该在自己的房间吗？"

"这里也是我的房间。"在宋未晚的注视下，顾召南终于又补充道，"你睡在这里，我当然也要睡到这里来。"

"可是，我怀孕了！"她压着声音，有些抓狂，"我们要分床睡！"

"我不会对你做什么，只是想陪着你。"某人淡定地拍拍身边空出来的半张床，示意她过去。

宋未晚完败。

果然，没有对她做什么。

只是，睡前，某人抱着她又是亲又是吮，从嘴唇到耳垂，手也很不老实地钻进了衣服里面，折磨得她快疯了。

第二天，顾召南轻手轻脚地出门工作时，宋未晚还赖在床上睡得香甜。

他下楼，左立已经开着车等在楼下。

"顾总，早上好。"

很难得，他回以自己的秘书一个微笑，心情大好的样子。

只是，这份心情并没有能够维持多久。

他在车上打开自己的手提电脑，随意浏览今天的新闻，只看了头条新闻的前面几行字，脸色唰地变了。

今天的新闻标题是：顾氏高层惊传婚变，插足者背景淫乱不堪。

说的是许劭严最近正和蒋梦溪闹离婚的事情，所谓的插足者，是许劭严传闻中的前女友，刚从海外归来，在顾氏集团内部工作过一段时间，早已和许劭严勾搭上，前阵子还差点坏了顾氏和蒋家的联姻。如今蒋家因为之前决策失误受到重创，蒋老爷子对许劭严再也没有什么威慑了，所以他的花花肠子再次冒出来，和插足者重新勾搭上。传闻插足者昨天刚刚从顾氏辞职，等着被许劭严包养。

言辞凿凿，捕风捉影，似乎亲眼见到一样。所有关于插足者的描述，都指向了宋未晚。

顾召南往后翻页，发现第二栏居然继续八卦了插足者海外的背景。

卖肉、滥交等字眼被放大，血红血红刺得他眼睛生疼，文字还配着图片，某酒店房间门口，那个站着数钱的女人，脸部被拍得清晰。

他一眼就认出，是昨天刚刚在医院里见过的那个女人——宋未晚的妈何碧莲。

一看到这张照片，这张脸，他顿时觉得，全身的血液都飞快地奔走，朝着头部冲了上去。

愤怒、暴躁……负面情绪瞬间爆发，找不到宣泄的口子，几乎要把他撑爆了。

然后，左立听到很大一声响动，转头看，吓了一跳。

原本在顾召南手上的手提电脑，被摔了。

而顾召南，脸色阴沉地看着他说：“给我打电话联系 R 周刊的主编，问他今天的头条是谁提供的料。”

“顾总？”左立不解地望着他，“可是，我们今天还有个合作协议要去签。”

“取消所有行程安排。我要知道，是谁捏造了这个报道，立刻，马上！”

下午的时候，顾召南终于得到消息。

然后，他匆匆赶回大宅，见到了温婉莹。

他头发、衣服都很凌乱，整个人也失去了往日的镇定，瞪着对方问：“这次，又是你搞出来的是不是？你为什么要这么做？”

“是我。”温婉莹毫不避讳，“是你逼我的，放着好好的名媛淑女不要，非要和这种不三不四的下贱女人勾搭在一起，你是想走你爸的老路，把我气死才罢休吗？”

“未晚不是不三不四的下贱女人！”

“她是！你看到报道了，还不清醒吗？”温婉莹冷笑着说，“连照片都有，还不明白？她母亲吸那玩意的！当年老爷子逼她出去才给了几个钱？够她妈挥霍？她妈为了有钱能继续吸，让她出卖自己，你没看到那些照片吗？酒店房间号是 5213！她妈在门外数钱，她就在里面陪……”

“闭嘴！”顾召南用力地将手边的一个花瓶砸在地上，吓了温婉莹一跳，他瞪着对方说，“你胡说！都是你编造出来的！”

“编造？呵呵呵，他们母女俩本来就下贱！需要我编造？是你太天真，一直以为自己爱了个什么好货色……”

哐当一声巨响，打断了温婉莹的话，紧接着一阵乒乒乓乓，顾召南发了疯似的，把周围的东西都砸了。

温婉莹坐在一堆废墟中，像一个旁观者一般看着他，直到客厅里一团凌乱，重新恢复死一般的寂静，才冷静地开口：“儿子，别再傻了，为这种女人，不值得。”

“不要再说了！这是我的事情！”顾召南眼里通红，似乎烧着一团火，“如果你还当我……是你的儿子，就不要再插手了！不然，我绝对，绝对，不会原谅！”

宋未晚只是在顾召南的住处睡了一觉，没想到等她醒来，外面的世界就好像变了。

她醒过来看手机有十几个未接来电，还有一堆短信，全是沈蓉发过来的，因为调成了振动状态，所以没听见。

她连忙打回去，刚接通，就听到沈蓉在那头大呼小叫：“未晚，你在哪里？出事了！”

“什么？”

“你妈，还有你，你们在美国的事情被媒体曝光了！现在各大门户网站都是关于你们的报道，你这几天千万不要出门呀！”

“什么报道？”宋未晚刚醒不久，一下子来不及跟上对方的思维。

“你妈吸那玩意……”

宋未晚一个激灵，一下子跟上节奏了，电话那头的沈蓉咬了咬嘴唇，瞬间斟酌了一下，考虑到宋未晚现在还怀着孕，经不起太大打击，还是不要把报道中关于她接客的这部分说出来。

宋未晚失魂落魄地听着对方叮嘱自己千万不要出门，千万不要上网或者看报纸给自己添不痛快云云，然后听着对方匆匆挂了电话，

她抬头看了看钟表，已经是将近中午时分，平日里何碧莲这个时候应该起床要出门了。

想到这里，她一个哆嗦，连忙给何碧莲打电话。

可是，电话居然处于关机状态，打不通。

她还想再打，电话又响了，这回是顾召南的电话。

“醒了？刚刚在和谁打电话？”

“召南，我……”

顾召南敏感地捕捉到她情绪的变化，沉声问：“你已经知道了？”

“刚刚沈蓉通知我，让我和我妈都不要出门。”

“嗯，她有心了。你安心待在家里，哪里都不要去。一切都有我。”

听到他说一切有他，宋未晚的鼻子和眼睛不由得一酸，几乎要落泪，她强打着精神说：“你看过报道了？不嫌弃？这样的我，这样的我妈，我们的过去……”

“不要想太多。我……爱你，别的，都不重要。”他只是觉得难过和懊悔，从来都不曾了解过那些报道里的事情。

不管是不是真的，她在美国的日子一定是充满了伤痛和血泪的，她曾经有多不堪，他就有多心疼。

如果不是他，她和她妈不会被老爷子打发去美国，就不会有后来的这些事。

如果不是他，他妈就不会特地找人扒出这些阴暗的过去，曝光在所有人面前。

都是他害的，应该是他求她原谅，又有什么资格嫌弃？

宋未晚的眼泪一下子涌了出来，无声地沿着脸颊坠落……所有的委屈、难过和无助，她咬着牙，怕让他担心。

“未晚？”异乎寻常的沉默让顾召南有些不安，他轻声喊着她的名字，似乎是在求证，也似乎在找一个回应，“你……爱我吗？”

现在，爱我吗？哪怕有一点。

他从来都不敢问这个问题，她答应要和他在一起试试，他就已经很幸福很满足，可是现在，他突然好害怕失去，如果她不是和自己一样坚定，如果她迫于这些压力丢下他……他要如何面对？

宋未晚捂着嘴巴，在电话这头无声地哭泣。

这么简单的一个问题，她想回答，却怕一开口就是哭泣的声音，会给他增添无谓的烦扰。她下意识摇头，要自己赶快止住眼泪，可是，情绪已经失控。

电话那头空空的，他的问题，像是落入了漆黑的深渊，没有一丝回应。

顾召南心里一痛，强忍着难过说："我还有事，先挂了。你在家休息，不要担心。"

然后，迅速挂断。

办公室里的窗帘拉得死死，挡住了外面刺拉拉的阳光，光线昏暗，只有电脑的微光映着他失神的表情，那双眼，通红通红地望着屏幕。

屏幕画面定格在那张黑白照片上，5213 房间门口，那个女人正在数钱。

不知道过了多久，办公室的门被敲响，他才突然回过神来。

"进来。"

左立打开门，屋内凝滞的气息尚未挥发，扑面而来，让他差点不想踏进这个屋子。

可是，不得不面对。

顾召南抬眼看他，眼中已不复之前的失神，犀利而直接："什么事？"

"刚刚，温总打电话过来，问您做好决定没？"

决定？呵呵，这算是最后通牒？

他挥挥手，示意左立出去。

然后拨通了温婉莹的电话："我不会妥协，我会和她在一起。"

"你确定？即使现在全城的媒体都在报道她，所有人都知道她是个下贱肮脏的女人……"

"我知道她不是！"他打断了温婉莹的话。

"顾召南，你现在还清醒吗？你为什么非要掺和进来？虽然召南实业得到了政府支持启动大项目，可是也经不起这种女人的丑闻拖累！"温婉莹话锋一转，"我已经手下留情，所有的报道只是将她和许劭严牵扯在一起，只要你置身事外，要头疼的只有顾氏集团！"

"她不是许劭严的女人，她是我的女人！"

"我不允许！我说过了，这种女人，配不上你！要不是你一意孤行，我为什么要花费这样的心思？"

顾召南又急又气：“你这是要逼死她和她妈！我不会答应的，我现在就去让左立召集记者，我要开发布会！我要跟大众宣布，她不是许劭严和蒋梦溪之间的小三，是我顾召南的女人，是我孩子的母亲！”

“你如果要和她在一起，就是要逼死我！”温婉莹冷冷道，“我再给你最后一次机会，只要你放弃她，我就罢手，不然，你会比现在更后悔！”

“我不会放弃她！”

“好，顾召南，你让妈妈很伤心，为了一个女人，你连公司都不顾了，你等着！”温婉莹气得挂了电话。

屋内已经完全暗下来，顾召南安静地坐着，只是拳头捏得紧紧，骨节发出咯嘣脆响，泄露了他全部的心事。

决定已下。

只是要做这样的决定，居然会是这样痛。

他爱他妈，也爱公司，可是，他不能没有宋未晚。他没有想到，爱一个人，有时候也会是这样艰难的事情。

真的很艰难，但是心甘情愿。

宋未晚给何碧莲打了许多个电话，可是，对方一直关机。

给家里打电话也没人接。

可以确定，何碧莲出门了。

她趴在客厅沙发上，全身冒着冷汗，右眼一直在跳，总觉得有什么坏事要发生，可是却只能眼睁睁看着，无力阻挡，这种预感让她非常焦躁。

直到温婉莹一个电话打进来，她存过对方的号码，一看到对方的名字在屏幕上闪动，就觉得心惊肉跳，连忙接起。

果然，对方怒气冲冲地说：“宋未晚，这是你自找的！”

“是……你？”

“不错，不是说非要和召南在一起吗？希望这代价不会太重，你可一定要挺得住！”

宋未晚心猛地一提，不祥的预感越来越浓重：“你什么意思？”

温婉莹悠悠地说：“没看电视？我是特地来提醒你，现在明珠台正在直播一场好戏，你怎么能不看呢？”

电话啪地被挂断，宋未晚手忙脚乱地找遥控器，匆匆打开电视，正好是明珠台的频道。

某记者对着镜头语速极快地播报说：“观众朋友们，那位爬上天台的女士现在真的处境危险，不知道她会不会听从广大媒体同事的劝告，从天台上面下来呢？此时此刻，她的安危，真的很令人担心……”

说完，镜头切换，电视画面刚刚好，切在某大楼的天台一角，远远可以看到一个女人的身影站在天台边缘摇摇晃晃。

宋未晚只看了一眼，顿时就把心提到了嗓子眼。

那个身影，她再熟悉不过，何碧莲。

何碧莲被一群记者的话筒和闪光灯包围，急得满头大汗，她一边来回在狭窄的天台边缘游走，一边怒斥：“不要过来，你们都不要过来！我警告你们！再过来我就跳下去了！”

“何女士，请你不要激动！能不能回答一下我刚刚提出的问题，希望你如实回答……”

“何女士，是您逼你女儿接客为自己赚钱的，还是她本身就是这样一个放纵堕落的人？”

“对于你女儿插足他人婚姻的事情，您觉得和您的教育是不是有关系呢？”

……

“闭嘴！我让你闭嘴啊！”何碧莲站在人群包围的最中间，不停后退，她捂着耳朵不断摇头，“不要问我……我什么都不知道，真的不是我……我错了，求求你们……”

宋未晚这辈子从来都没有见过这样的场景，所谓新闻行业的记者，架起镜头和话筒，如同将长枪大炮对准了敌人一般，让一个平凡的女人毫无反抗之力。

她的手机还抵在耳边，那头传来温婉莹得意的笑声：“看到了吗？你妈被这些狗仔追到天台无路可退了，宋未晚，你想每天都看到这样的情景吗？和你妈每天都被他们追得无路可退？”

“为什么？你凭什么这样对我妈？”

“都是因为你！这都是你害的！”

她想要反驳都觉得无力，还没来得及开口，只听到一声惨叫，连忙朝电视屏幕上望去——

那一瞬间，刚巧可以看见那个单薄瘦弱的身影，一头从天台上栽了下来，像一只断了线的风筝般坠落。

那一瞬间，她只觉得世界都静止了。

她张嘴大喊“妈——”，可是为什么，听不到？

最后，她的眼前一黑，什么感觉都没有了。

衣服撕裂的声音在屋子里响起，宋未晚只觉得胸前一凉，衣服已经破碎地离开了她的身体。

她不断后退，望着一步一步逼近的男人，口中不停求饶：“救命！快来人啊，救命啊！”

浑身好疼，她拼命反抗着，想要逃脱。可是男人的身体那样沉重地压在她身上，简直要将她碾碎。

那个秃头的男人有一身油腻的肥肉，身上的酒精和烟草味道混在一起，散发着类似霉味的臭气，闻之几乎要作呕。

她忍着那股反胃的冲动，试图推开他。可是，换来的却是狠狠一巴掌，打得她眼冒金星，嘴巴都破了，满是血腥的味道。

她还没来得及反应，男人又狠狠扯了一把她的头发：“你以为自己是什么贞洁烈女？老子是花了钱的！”他一点一点逼近，让她无路可逃。

“妈，救命啊，不要——求求你，放过我，妈——你快来！”她的眼泪流个不停，心想，为什么妈妈还不来？她遇到了这样恶心的事情，妈妈为什么还在门外？

“你喊妈？你妈就在门外！”男人的冷笑声直接将她击垮，“是你妈收钱让我进来的！放心，我会很轻的，不会弄疼你！”

“不！不可能！”她神经质地大吼，“你胡说！”

“我胡说？你不陪我上床，她哪来的钱买粉？”男人舔着嘴唇，淫邪地笑，“你喜欢自己脱，还是我来？”

她绝望地想，她这是再也逃不过了吧？

就在这时，尖锐的门铃声响起，响个不停。

所有的幻象全部消失，她睁开眼，发现自己摔倒在柔软的地毯上，眼角还带着刚刚梦里的阴暗回忆，整个人都是蒙的。

门被砰的一声撞开，顾召南从外面冲了进来，看到她，满脸都是焦虑的神情，不停喊她的名字：“未晚，你醒醒，未晚？你怎么了？”

哦，她突然回过神来，刚刚那只是梦，只是一个噩梦而已。

她不小心又回忆起那段肮脏龌龊的过往了吗？

最后的结果是什么？

她扑腾着，混乱中一脚狠狠踹在对方的脆弱处，在对方的惨叫声中爬起来，连滚带爬逃出了屋子。

从此以后，她恨透了她的母亲何碧莲。

那是她在这个世界上唯一的亲人，她以为，只有亲人才能够相依为命继续生活下去。

可是，到头来狠狠把刀插进她胸膛的，也是亲人。

那是她的母亲，却因为没钱买粉把她骗去酒店房间，让那么恶心变态的男人……

连亲人都不可靠，这个世上，还有什么是她可以相信的？

这个世界好脏，让她绝望。没有人知道，她有段时间抑郁到自杀。

这是她宋未晚与何碧莲之间，最后一个肮脏到不能启齿的秘密。也许，这辈子她们都无法和解，却又不得不彼此守着它，直到死亡。

她想，除了她们两个人，不会有别人知道，所以注定要互相折磨，至死方休。

可是，如今，所有一切，就这么赤裸裸被摊开放在所有人面前。

她虽然恨何碧莲，却没有想过，有一天，这件事会把对方逼死。

她被顾召南搂在怀里的时候，还在哆嗦，何碧莲死了？她终于想起来，死的那个，是她的母亲。

“你的母亲，在黑吧吸那玩意，被记者跟拍，无路可逃，才会爬上天台摔死的！”

“宋未晚，是你害死她的！你开心吗？她拖累了你这么久，终于死了！以后再也不能拖累你了！”

“这就是你和顾召南在一起的下场！”

是谁在她耳边说过这些？温婉莹？

她精神恍惚地想，脸被不停拍着，有声音在耳边不停唤她："未晚，你清醒点，你醒醒，你怎么了？"

顾召南担忧的神情在她面前越来越清晰，她终于看得清楚，勉强挤出一丝微笑："召南，你来了？"

"未晚，你怎么了？为什么会昏倒？是不是我妈给你打电话说了什么？"

"好痛……"

"怎么了？"

"肚子，好痛……"

"未晚！你怎么了！醒醒，你不要睡，别吓我！"男人焦急的声音在空空荡荡的公寓中回响，慌乱到失控。

"孕妇是受到大的刺激，再加上情绪激动，才会出现昏厥过去的现象。"医生摘下口罩，对一脸焦急的顾召南说，"虽然有少量出血情况，但是没有什么危险。孩子很平安。"

顾召南这才松了口气，他望了一眼宋未晚安静的睡容，悬着的心悠悠落地。

他朝医生点点头："有劳了，这里有我守着，没关系。"

此时已经是傍晚时分，暮色渐渐降临，窗外的光线渐渐暗了下来。

这一天，发生了太多事情，他已经疲累了。

电话在口袋里振动，他掏出来看了一眼，是左立的，连忙起身，轻手轻脚走到外面去接。

左立声音有些焦急："顾总，你在哪里？温总带了谷文森来公司，说要让他加入我们与政府的合作项目。"

顾召南面色一冷，沉声问："什么时候的事情？"

"刚到，你快来吧，他们连政府那边都已经通知了，现在政府来人了，正准备开会讨论。"

"你想办法拖住，我马上就过来。"

他匆匆挂断电话，刚想拔腿就走，站在病房门口回头望了一眼仍然熟睡中的宋未晚，一时有些踟蹰。

终究还是不放心。

下楼坐车的时候，他抬起头，望了望头顶某个楼层，终于还是按下了手机中的某个号码：“喂？钟叔？我想拜托你一件事。”

宋未晚悠悠醒来已经是晚上，病房里有一些响动，虽然全身觉得又累又酸，可是已经睡不着。

她望了望头顶白花花的灯光，下意识反应过来，这是医院，她之前住过的病房。

她怎么又回来了？

“宋小姐醒了？我正好请家里的用人熬了点粥过来，给你也盛了一份，要不要喝点？”声音很熟悉，顾老爷子？

她转过头，看到顾老爷子就坐在房间的沙发上，手里拄着一根拐杖，面前还放着一杯茶，大概已经坐了有一会儿。

她觉得有些窘迫，连忙撑着身子坐起来。

“饿了吧？听说你今天几乎没吃东西，快来。”钟叔端着一碗热气腾腾的粥送到她面前，香气扑鼻，她顿时就觉得有些饿了，伸手接过来，喝了两口，从胃到心，整个身体都觉得暖和了起来。

“慢点喝，小心烫。”

她忙问：“老爷子你怎么会在这里？召南呢？”

“他公司有急事赶着去处理，又放心不下你，所以让钟叔来照看着你点。”顾老爷子望着她，关切地说，“我既然知道你在这里，就不能不来看看，感觉怎么样？”

“我……”她突然想起何碧莲从天台坠楼的那个画面，脸色一白，心里难过得不行。眼泪一下没忍住，又落了下来，掉在碗里。

此时的她，伤心、无助，就像一个孩子，让人心疼。

“唉，你妈的事情，我也是刚刚看到电视里的报道。逝者已矣，生者要坚强！”老爷子慢慢站起来，走到她面前，拍拍她单薄的肩膀，宽慰地说，“何况，你如今也是有孩子的人了，怎么也要保重身体。”

钟叔也连连点头说：“是啊，宋小姐，你今天昏倒可把小少爷吓坏了。你也知道他很在意你，幸亏孩子和你都没什么事儿，不然叫他怎么办？”

宋未晚右手贴在自己的肚子上，下意识做出护着肚子里宝宝的动作，心里既痛楚又愧疚。她只顾着自己伤心，连肚子里的孩子都忘了，如果一个不小心有什么闪失，她要怎么办？

她强忍着眼泪，抬头望着老爷子问：“我妈……现在在哪里？”

“我听说，她的尸身被相关部门带去分析检验排除谋杀可能了，晚点会送回到医院来。”钟叔一边说，一边就看到宋未晚神情越发黯淡。

顾老爷子用浑浊昏花的老眼不经意打量着宋未晚，突然叹了口气：“没想到，婉莹做事这么没分寸，为了拆散你和召南，搞得这么大。唉，这让召南以后怎么面对你……你一定有点怨他吧？”

“我……不怨他。”宋未晚一边擦眼泪，一边说，“不是他的错。”

顾老爷子脸色微变，追问：“那婉莹呢？她可是召南的妈，害死了你妈，你一点都不恨她？你以后难道真的要嫁给召南，天天面对着一个逼死你妈的婆婆？”

“老爷子？”

“未晚，你告诉爷爷，你真的能够放下你妈惨死的仇怨，和召南坦然相处？虽然你妈曾经有许多不是，拖累了你，可是她毕竟是你妈。”

宋未晚脸色微变：“爷爷，您是什么意思？”

“你是个聪明孩子，爷爷我就不拐弯抹角了，我希望你离开召南。”

哐当一声脆响，打破了病房的平静。碗摔在地上，粉碎，如同她的心。

一周后，何碧莲的葬礼在云城郊区公墓秘密操办。

所有事宜，由顾召南安排。虽然上周何碧莲母女的事情登上了各大媒体的头版头条，闹得沸沸扬扬，但是由于顾召南的保密，没有一家记者得到葬礼的消息。

天空飘起了细雨，郊区公墓静悄悄，只有他们一行几个人。

宋未晚穿着一身黑，墨镜遮脸，看不清楚悲伤的表情。

顾召南站在她身边，朝着墓碑深深鞠躬。

这些天，他一直守着宋未晚，看着她一点一点瘦下来，又着急又心疼。

她每晚都做噩梦，梦到何碧莲从天台上摔下来惨死的情景，梦到一些不愿想起的难堪往事，常常尖叫着醒来，然后就是抱着腿缩成一团哭泣。

他总是沉默地陪着，抱住她，轻声安慰。

心里，悲伤而焦躁。

他能为她做什么？要做什么才能让她不害怕，不伤心，不绝望？

有时候他醒过来，她早就醒了，也许是一直没有睡，睁着一双眼看他，那眼神，像是下一秒就会失去一般。

他觉得很愧疚，没有办法帮她走出来。而这一切悲剧，都是他造成的。是他不好，没有保护好她和她的家人。

顾召南的人生里，第一次觉得彻头彻尾的沮丧。

简单的葬礼匆匆结束，他默默打着伞，护送她到车上。

从头到尾一句话都没有说过的宋未晚突然开口了，这是从早上到现在，她说的唯一一句话："召南，我们分手吧！"

急刹车刺耳的声音伴随着巨大的惯性，安全带将肩膀勒得生疼。

他连忙探过身子去检查："要不要紧，刚刚有没有伤到你？"

"顾召南，我没事！"

"好。"他长长出了一口气，紧绷的神经缓缓放松。

"我们分手吧！"

顾召南没有说话，手指一点一点，慢慢地抓紧了方向盘。

他全身都僵硬了，没有看身边的人，眼睛直直注视着前方，许久才轻声问："你，刚刚说……分手？"

"……"

"为什么？"

"……"

"我问你为什么！"

"……"

"因为，我没有办法和杀我妈的凶手的儿子……在一起。"

"不，不是的。我不同意。"

"对不起，顾召南，我真的没有办法。"她开口，声音冰冷、生硬、机械，几乎不像是自己的。

她的手指在一旁抓着汽车的坐垫，用力，几乎要将之抓坏。只有这样，她才能控制情绪，不被看出一丁点。

顾召南望着她，眼里有一丝脆弱在流动，他真的慌了，可是他是个男人，不能这么没有用。

哪怕是在即将要分离的时刻。

明明知道，大势所趋，一切都在向着该走的方向去。可是，他依然不想接受。叫他怎么接受？

她偏过头去，不敢看他的眼睛。男人眼底的脆弱，也可以是融化铁石心肠的绕指柔，她怕自己一不小心就会陷进去，万劫不复。

车窗外，雨声渐大，沿着玻璃蜿蜒而下，映着反光的人脸，就像是一张哭泣的脸。她听到了自己心中的哭泣，凄怆而痛楚，明明是早就做好的决定，早就预演过几百遍的场景，为什么真的上演的时候，还是会痛得连呼吸都困难？

他的声音低沉而沙哑，在耳边响起："未晚，不要分手，我们才刚刚开始……"明明说好要在一起的！他们说好的！他才刚看到一丝希望的火光，为什么要这么残忍地掐灭？

她几乎要落泪，要答应他，可是话到嘴边，却变成刻薄而决绝的回答："不，我们不可能了。请你，像个男人一样，不要让我瞧不起。"

这一刻，眼泪应该是爱情最后的表情。可惜，她连眼泪都不敢流。

怕他挽留，更怕自己软弱。

她爱这个男人，这个男人也爱她。多美好。

可是他们不能在一起。多心碎。

宋未晚和顾召南分手后的第二天，她从医院出来。

顾老爷子已经按照她之前的要求订好机票，她带着一个小小的行李箱飞去了德国柏林。

顾老爷子说过，只要她不拖累顾氏或召南实业，可以送她去国外，任何城市，开始新的生活。

她这辈子，再也不会和顾召南有任何交集。

不会再有人追究她的过去，也不会有人追究顾召南或者许劭严和她之间的关系，她可以自由地生活不受打扰。

问她想去哪里，她想了想，决定去柏林。

那是他曾经去过的城市，既然这辈子注定不能在一起，她宁可住在他记忆里的那座城市，就地终老。

还是六点的那一班，以前是她送他离开，如今，换她。

只是这一次，他没有来。

除了她和顾老爷子，不会再有别人知道她的去向。

飞机迅速升空的瞬间，她在心里默念，顾召南，这辈子，后会无期。

宋未晚到了柏林，拿着顾老爷子给的一笔钱买了一栋别墅，然后安心住了进去。

有专门的保姆伺候，医生定期约她检查身体，孩子的情况一直很好。

闲暇的时候，她会上网随意浏览新闻。

所以她知道了许多她想知道的。

她离开的第一个月，召南实业与政府合作开发的项目步入正轨。

三个月后，召南实业已经成功改造第一批生产线投入使用，大获成功。

半年后，顾氏集团总裁顾老爷子正式卸任，将名下财产股权的百分之八十和百分之二十分别留给顾召南和许劭严。

外界传言，顾召南这半年手段越发凶狠凌厉，在云城商界掀起不小波澜，已经隐隐成为领跑的角色，尤其是顾老爷子的决定一下，再次轰动全城，其地位名望一时无两。

各大竞争对手都不得不避其锋芒，甚至还在寻求与其合作的机会。

宋未晚坐在花园的藤椅上看着最近的媒体报道和分析，最近几周，顾召南行踪飘忽，媒体都难以捕捉他的动向，有人猜测他在秘密计划要和某个世家，拓展自己在国际上的商业计划。也有内部人透露消息，他已经数次缺席公司的例会，可能是身体出了点小问题。

各路小道消息，真假莫辨，宋未晚远在柏林待产，更是没有精力多想，以至于有几家网站说顾召南来了柏林会见绯闻女友乐某的小道消息，她也没看到。

午后的阳光暖暖照在身上，令她昏昏入睡，保姆Sara远远喊着她的名字，这是个生活在德国的印度女子，生硬蹩脚的英语总是让她想笑。

对方喊着：“太太，未晚太太……”

宋未晚瞌睡劲儿正浓，被她吵得醒了，耳朵里嗡嗡响，心情有些不悦地说：“Sara，你小点声，差点吓到我！”

“家里的面包，没有了。”Sara 歉意地看着她道，“我们要不要？”

“好吧，今天正好还没出去走走。”宋未晚点点头，医生要她每天多走动，对孩子好。

Sara 笑得眯起眼，像个孩子，她最开心的事情就是能够去街上走走。

两人驱车出门，到了平日常去的那条街，积雪初融的路上，Sara 小心翼翼搀扶着宋未晚，日子一天天接近临产，一点疏忽都不敢有。

宋未晚好笑地拍拍她：“我哪有这么娇气？”

到了街角的那家面包店，暖气开得很足，脱掉大衣和帽子，又摘了围巾，还是微微出汗，她们买了面包，坐在窗口等着即将出炉的那款蛋糕。

此时，城市通往主干道，通往宋未晚别墅的路上，一辆轿车疾行。

车后座，男子手中捏着一摞照片，一张一张翻过去，每张上面都是同一个女子，或行走于街道，或立于院落，或坐在花园的椅子上，全都是宋未晚。

顾召南目光沉沉，落在照片中对方日渐隆起的肚子上，难得露出一丝温柔神态。

左立坐在前方副驾驶座，微微侧头，向他请示道：“顾总，按照私家侦探查出来的结果，大概再过十分钟，便能到宋小姐的住处了。”

顾召南摇下车窗，看了一眼外面的街景，这里许多建筑、背景，在照片里也出现过，不消多说，这回找的私家侦探总算靠谱了。

他满意地点点头道：“做得很好，给对方再打一笔钱，等这次回去，我给你放一周的假。过了这个路口，路边找地方停车。”

司机依言操作，停好车，顾召南下车，慢慢沿着街边商店往前走。

左立不明所以，只能跟上，不是应该直奔宋小姐的住处？这位顾总的心思，总是难猜。

“你说……我要不要买点什么东西再过去？”顾召南迟疑地看着身边橱窗里，琳琅满目的商品。

一束花？一瓶酒？好像都不对。

他不是去做客的，顶多算是个不速之客。

甚至对方若看到他，可能是很排斥的。

他也不知道自己为什么突然要求停车，请了好几位私家侦探，找了这么久，好不容易就要见上了，他却突然有些迟疑。

“顾总，您其实不需要带什么过去。”左立叹气，他似乎有些明白对方心里在想什么了。

顾召南一手拿着照片，走进了身边的店里，对左立道：“她好像常在这家店里买花？”

照片里的女子，手捧着紫色花束，正低着头，从店门往外走，这是私家侦探偷拍下来的，所以角度刁钻，依稀露出一个额头，看不清表情。

可他就是认出了是这家店。

这个时间，花店没有客人，店主是个胖胖的，一惊一乍的中年妇人，一举一动都带着生意人的精明与热情。看到两个亚洲面孔的男人进来，连忙殷勤地迎了上来打招呼：“嗨，两位帅气的先生，请问需要点什么？我们这里的花，都是新鲜采摘的，女孩子最喜欢了。”

她觉得，他们来买花，一定是为了追女孩子。

顾召南将照片递过去，手指微颤。

女店主面色微变，觉得自己意会错了？找人？还是查案问情况？

她觉得对方要么是私家侦探，要么是……警察？

“天哪？她……死了？”女店主看看照片，来她店里的亚洲面孔不多，但她一个也分不清，感觉长得都差不多，照片里这个，好像是……

“你说什么？”顾召南冷不防对方这样说，面色一沉，连忙抓住对方的胳膊，“她怎么死的？”

他的手劲很大，拽得女店主胳膊生疼，从来没见过这样无礼的客人，可是女店主心里越发认定，这个女孩肯定是出事了，对方要么是警察，要么是侦探，来调查这件事的。电影里不都这么演的吗？跑到店里递照片找人，多半是出事了。

考虑到对方此刻情绪震荡，她一边挣扎，一边小心回答道：“先生，你冷静，如果你要找的这个女孩子，就是我听说的出事的那位的话，那她应该是昨天下午，刚刚在对面那条街，遇上歹徒抢劫的那位……”

顾召南眼前一黑，仿佛晴天霹雳，不敢相信，会发生这么巧的事情。

自己才刚得知对方的下落，才刚找来，怎么会？

左立也不敢相信，但他们也是一周前才从私家侦探那里拿到线索的，顾总甚至没来得及完全处理好公司的事情，就马不停蹄赶来了，一刻都没耽搁。

虽然柏林的治安不好，但是也住着不少国人，偌大的城市，偌大的人群，这种小概率的祸事，怎么会偏偏落在了宋小姐头上？

“天哪，你们怎么才来查问这件事？”女店主嘀嘀咕咕，想起昨天那个事件，“还是我丈夫回来告诉我的，本来来我们店里买花的亚洲女士就不多，听说就是一位常来的顾客，很倒霉，遇上了十几岁的小年轻抢劫，她不肯给钱，还想逃跑，结果在路口被车撞了……”

她越说越觉得不对劲，怎么面前这位先生的脸色越来越难看？

还有，她的胳膊好疼。

眼看顾召南已经快要崩溃了，女店主也被他吓得直哆嗦，再这样下去，该以为他们是来闹事的了。

毕竟是异国他乡，语言不通，不能引起不必要的麻烦，他还存着几分冷静，连忙安抚地拉开几乎有些恶狠狠的顾召南：“顾总，你冷静，事情还没有确认……”

“快，替我联系私家侦探……”顾召南觉得呼吸都有些艰难，他狠狠扯着衬衫最上面两个扣子，“不，赶紧联系警察局，马上确认，到底是不是。”

左立点头，连忙转身往门外跑，他的通讯录还在车上的包里，刚刚出来匆忙没带，必须赶紧回头去联系。

然而，就在他拉开花店的玻璃门，准备往外冲的时候，迎面走进来两个人，差点和他撞上。

走在前面那位，挺着圆圆的大肚子，脸上挂着恬淡平和的笑意，是个孕妇。

左立急急刹住脚步，抬头看到对方的脸，顿时呆住。

对方，看到他的脸，也呆住。

周遭顿时安静了下来。

“宋，宋小姐？”

“你怎么会在这里？”宋未晚看着左立，没想到这样也会遇上。她下意识想到，左立一向是紧跟着顾召南的，那是不是意味着顾召南也在这座城市？

想到这里，她心里微微一紧，自己特地躲这么远，就是不想再和对方有任何交集……

“宋小姐，你没事？太好了！”左立惊喜交加，回头喊道，“顾总，你看，宋小姐……她还活着！”

饶是宋未晚已经想到，却仍觉得猝不及防，她的视线越过左立的肩膀，向他身后，正与一双通红的双眼对上。

那双眼，就这么定定看着她，像一只受伤的野兽一般，随时可能扑过来把她撕碎。

短短的时间，闪过太多情绪，她看得懂的，看不懂的，迷茫，无措，惊慌，狂喜，痛楚……

都不重要了。

宋未晚在心里暗暗叹气，那是她曾经最熟悉的人，也是她下定决心要从此陌路的人。

终究，还是避无可避。

“这个？没死？我搞错了？”女店主在一旁小声嘀咕，气氛有些感伤又感人，但对她而言又有点尴尬是怎么回事？

可是，就一张照片，连个正脸都没露，怎么看得出是谁嘛！这些亚洲人，长得都差不多，她认错很正常。

一出乌龙，就此打住。左立拉着 Sara 和店主往旁边去，“耐心”地向她们请教花卉知识，把空间留给那一对男女。

大概是店里的暖气太足，宋未晚眼眶有点热，跨着万水千山，隔着重重过往，他们在异国他乡的土地再次相遇。

她曾经想过，如果终有一日，他们重逢，该如何以对？

沉默或眼泪？

没想到，真的会有这么一天。她还来不及想清楚，便已经被熟悉的烟草味围住。

不让她犹疑，不让她多想，这一回，他只想牢牢抱住她，不再让她逃跑。

全文完